“十二五”动画专业重点规划教材

顾问 路盛章

21世纪

动画专业核心教材

动画剧作

佟 婷 著

中国传媒大学出版社

图1 《埃及王子》海报1

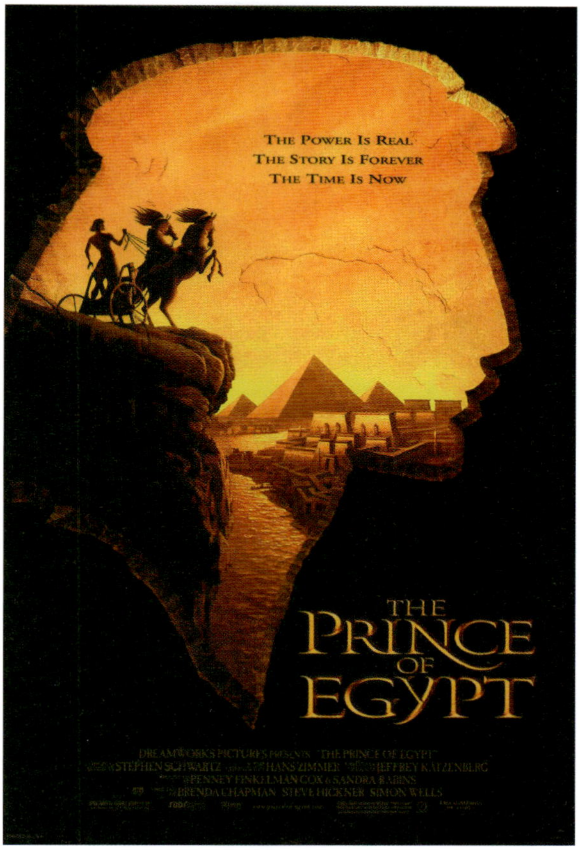

图2 《埃及王子》海报2

图3 《宝莲灯》海报1

图4 《宝莲灯》海报2

图5 《冰河世纪》海报1

1 2
3
5 4

图6　《冰河世纪》海报2

图7　《冰河世纪》海报3

图8　《冰河世纪2》剧照

6 | 7
8

图9 《冰河世纪2》海报

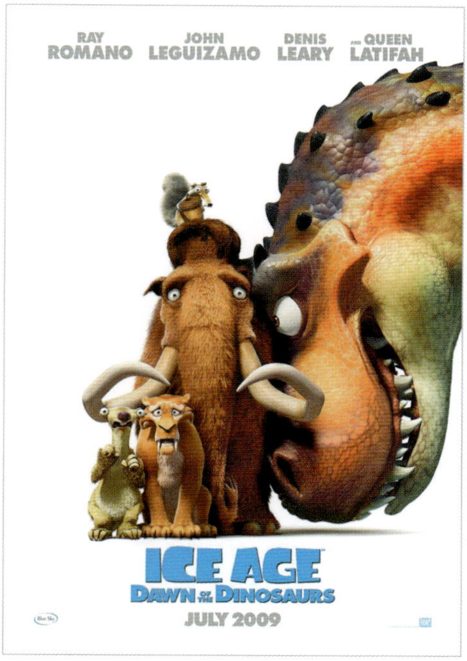

图10 《冰河世纪3》海报1

图11 《冰河世纪3》海报2

图12 《虫虫特工队》截图

9 | 10
11
12

图13 《虫虫特工队》海报1

图14 《虫虫特工队》海报2

图15 《虫虫特工队》海报3

图16 《功夫熊猫1》海报

图17 《功夫熊猫2》海报1

13 | 14
15 | 16
17

图18　《功夫熊猫2》海报2

图19　《功夫熊猫2》海报3

图20　《功夫熊猫2》海报4

图21　《海底总动员》海报1

图22　《海底总动员》海报2

图23　《海底总动员》海报3

18	19
20	21
22	23

图24 《海底总动员》海报4

图26 《僵尸新娘》截图1

图25 《僵尸新娘》海报

图27 《僵尸新娘》截图2

24 | 25
26 |
27

图28 《花木兰》海报1

图29 《花木兰》海报2

图30 《花木兰》海报3

图31 《僵尸新娘》人物造型图

图32 《美丽密语》海报1

28	31
29	
30	32

图33　《美丽密语》海报2

图34　《美丽密语》海报3

图35　《美丽密语》海报4

图36　《美丽密语》海报5

图37　《千与千寻》截图1

33	34
35	36
37	

图38 《千与千寻》截图2

图39 《千与千寻》截图3

图41 《千与千寻》截图5

图40 《千与千寻》截图4

38 | 39 / 41
40

图42 《人猿泰山》海报1

图43 《人猿泰山》海报2

图44 《人猿泰山》海报3

图45 《人猿泰山》角色设计稿1

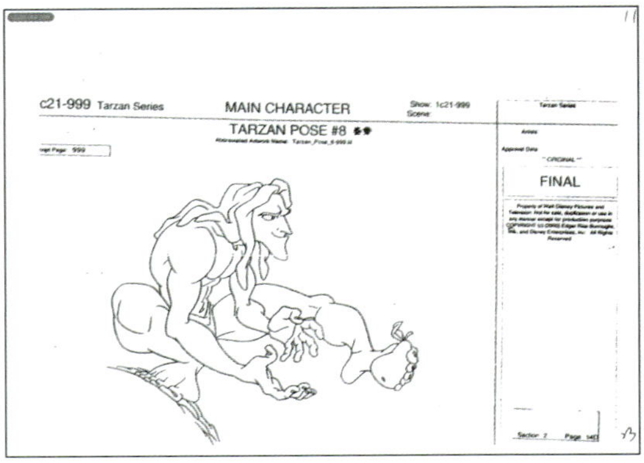

图46 《人猿泰山》角色设计稿2

42
43 | 44
45 | 46

图47 《三个和尚》截图1

图48 《三个和尚》截图2

图49 《三个和尚》截图3

图50 《狮子王》海报

图51 《狮子王》截图1

47 | 48
49 | 50
51

图52 《狮子王》截图2

图53 《狮子王》截图3

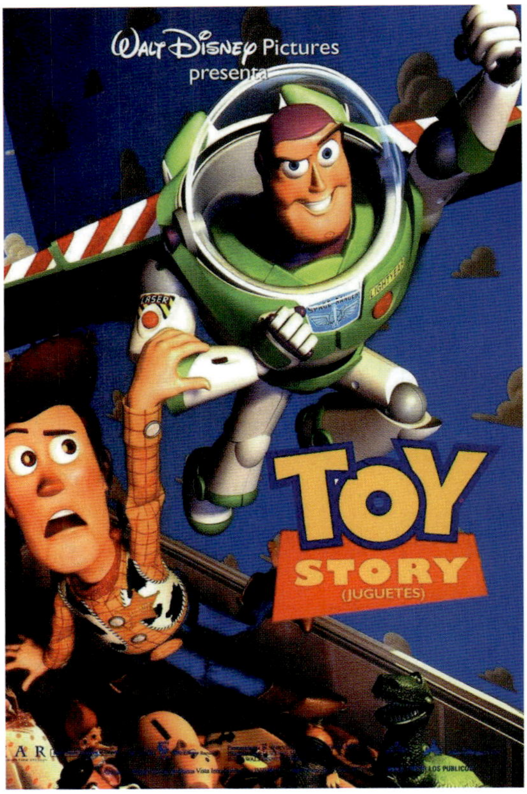

图54 《玩具总动员》海报

图55 《玩具总动员2》海报1

图56 《玩具总动员2》海报2

图57 《玩具总动员3》海报1

52	55
53	56
54	57

图58 《玩具总动员3》海报2

图59　《五岁庵》海报1

图60　《五岁庵》海报2

图61　《五岁庵》海报3

图63　《五岁庵》截图2

图62　《五岁庵》截图1

59	60
61	63
62	

图64 《小鸡快跑》海报1

图65 《小鸡快跑》海报2

图66 《小鸡快跑》海报3

图67 《小鸡快跑》截图1

图68 《小鸡快跑》截图2

图69 《小倩》海报

64 | 65 / 66
67
68 | 69

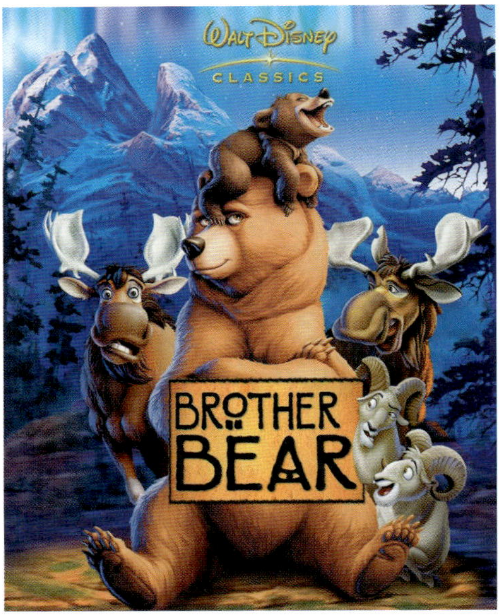

图70 《熊兄弟》海报1

图71 《熊兄弟》海报2

图74 《钟楼怪人》截图

图72 《熊兄弟》海报3

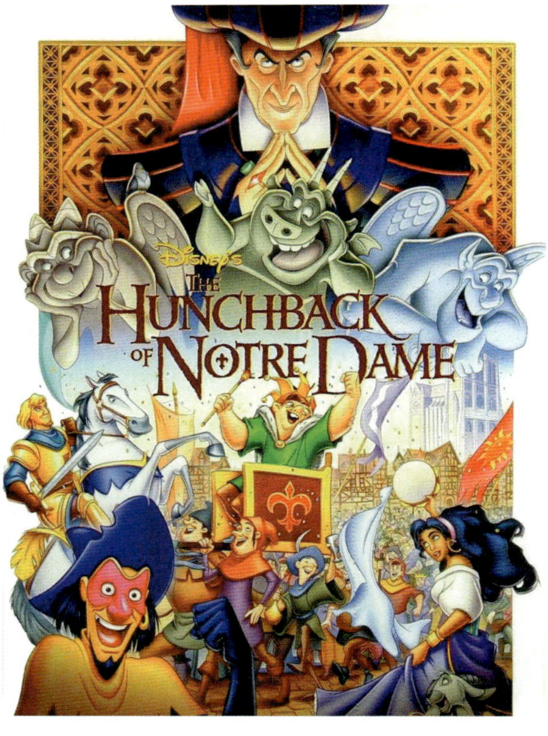

图73 《钟楼怪人》海报

70 72
71 73
74

目 录

绪论

努力提高动画剧作的原创竞争力

在影视动画片的创作中，剧本是基础，是艺术蓝图，是整体艺术构思的母体，这已是不争的事实。但是在创作实践中，大多数人却总是专注于美术造型的设计和绘制，而轻视剧作这一环节。殊不知，一个剧本的优劣从根本上决定着动画产业项目的成败。剧本，就是指动画片要有一个完整的、生动有趣的、引人入胜的故事情节或叙事结构。因此，在动画片创作中能否处理好叙事结构与美术造型的完美统一关系，是作品成败的关键。

动画剧作是用文字语言叙述和描写出动画人物的造型、动作和故事情节发展的具体形态以及对话、画外音等要素的文学剧本，它一定要为导演和美术设计留下较大的二度创作的空间，同时也要控制、制约二度创作的力度和幅度。因此，动画剧作者要尽最大的努力，写出既充实完整、生动有趣又适合二度创作的文学剧本。

一、动画剧作不容忽视

动画片是电影的一个片种，其构成元素与故事片基本相同。故事片作为综合艺术，其创作成分包括剧作、导演、表演、摄影、美术、音乐、剪辑等。动画片与故事片的根本区别就在于：表演不是用演员，而是用动画。其中，剧作的地位和作用在两者中是完全相同的。

长期以来，否定或轻视剧作的现象一直存在，为此，许多电影理论家发表了一些强调剧作在电影创作中的重要作用的文章。匈牙利电影美学家巴拉兹说："有声电影诞生后，电影剧本就自动跃居首要地位。"[①]这意味着电影作为一种独立的艺术形式已经走向成熟，需要遵循严谨而完整的创作程序。

美国电影理论家D·G. 温斯顿指出："创造性的电影制作今天通常称为电影创作，它所包括的不是一个而是几个过程或阶段。这些阶段，通常叫做写作、导演和剪辑。"[②]法国电影导演让·吕克·戈达尔所使用的术语稍有不同，他说："制作一部影片包括三个工序——思考、拍摄、剪辑。"在传统的好莱坞生产方式中，这三个过程是由三个不同的人——作家或编剧、导演和剪辑——按照时间顺序来进行的。

上文所说的"写作"与"思考"，其实都是指剧作。它是电影创作过程中居于第一位的、必不可少的阶段，是由作家或编剧完成的第一道工序。对于剧作的重要

① 〔匈〕巴拉兹著，何力译：《电影美学》，中国电影出版社1979年版，第264页。
② 〔美〕D·G. 温斯顿著，周传基译：《作为文学的电影剧本》，中国电影出版社1983年版，第5页。

性，日本著名导演黑泽明说："弱苗是绝对得不到丰收的，不好的剧本绝对拍不出好的影片来。剧本的弱点要在剧本完成阶段加以克服，否则，将给电影留下无法挽救的祸根。这一点是绝对的，无论拥有多么优秀的导演力量，也无论在导演阶段做了多大的努力，结果也无济于事。当然，导演对剧本要尽一番努力，那是另外一个问题，正因为有人把这种努力和导演混为一谈，所以才认为导演能够掩饰剧本的缺陷，那完全是一种错觉。"（引者语：实际上导演对剧本的努力仍属于修改、完善剧本的剧作阶段）

总之，一部影片的命运几乎要由剧本来决定。"我甚至认为，抓住一个好的剧本是导演艺术的第一步。"①野田高梧以其丰富的创作经验将剧作的决定性意义阐释得既中肯又深刻，简直不容置疑。就连一向强调"摆脱意志和理智"，注重"寻求幻觉"的现代派电影艺术家、瑞典的英格玛·伯格曼也不得不承认："写电影剧本尽管困难，但却是非常有意义的。因为这可以迫使他首先通过纸上的文字，从逻辑上来证明他的影片构思是否确实行之有效。"②

二、剧作是动画片创作的基础

剧本，一剧之本。故事片如此，动画片也是如此。

所谓一剧之本，是指剧本是一部影片的根本和根基，就像对于大树来说，根深则叶茂。苏联著名电影剧作家、导演杜甫仁科说："艺术电影是以文学，即电影剧本为基础的，因此，影片的高质量首先要以具有创作上真正的优秀的电影剧本为前提。"③

电影剧作的基础地位包括两层意思。第一，电影剧本作为文学形式，为未来影片奠定的基础包括两方面：思想和艺术。思想方面是指一部影片不论描写什么题材，总要对人与自然、人与社会、人与人之间的种种关系以及人自身的生存状态、人的觉醒和反思等进行某种探索和揭示，使作品富有一定的思想内容和文化价值。但是，这种思想并不是直露地表达出来，而是通过各种艺术形式创造和体现出来的，但也就是通过人物的塑造和故事情节的展开来表现的。在电影剧作中，思想蕴于艺术，艺术体现思想，二者融为一体，奠定了剧本在未来影片中的基础地位。有些动画片或思想肤浅，或形象平庸，或故事乏味，其根源都在于没有打好剧作的基础。第二，电影剧本是根据电影的影像造型特点和蒙太奇结构技巧，

① 转引自〔日〕D·G. 野田高梧：《剧作结构的基础》，《电影世界》1984年第4期。
② 转引自〔美〕温斯顿：《作为文学的电影剧本》，中国电影出版社1983年版，第84页。
③ 〔苏〕杜甫仁科：《杜甫仁科选集》，中国电影出版社1982年版，第898页。

展现出一个个电影画面，它虽然是用文字书写出来的，却为导演、演员（或动画设计）、摄影等部门的二度创作提供了完整的“艺术蓝图”，成为各艺术部门进行艺术创作的基础和依据。可以说，剧本的质量决定着未来影片的思想深度和艺术成就。动画片的剧作更是如此。因为，动画剧本要向导演和美术、摄影、音乐等设计人员提供丰富的想象空间和未来的艺术蓝图，以保证影片整体艺术构思的实现。

近年来，在一般故事片的创作中忽视剧作的现象并不多见，剧作的基础地位和作用已经得到电影艺术家们的一致认可。然而，在动画片创作中，轻视剧作的人却为数不少。有人认为，对于动画片而言，动画设计当然是关键。殊不知没有剧本提供的生动故事和鲜明形象，怎么能设计出引人入胜的动画造型及其运动形态呢？有人认为，动画片不过是讲讲“狼来了”之类的故事哄哄小孩子而已，不必像故事片那样煞费苦心地写剧本。结果却是，肤浅、平庸、贫乏、呆板之作充斥荧屏，不要说成年人不屑一顾，就连孩子们也感到厌烦。因此，中国动画片要提高思想和艺术质量，必须从剧本创作抓起。

三、原创动画剧作才有竞争力

何谓原创？原创，即是创造，任何创造都是原初诞生的。唐代颜师古在《汉书注》中说：“创，始之造也。”原创，可解释为最开始、最早、最先的、第一的、前所未有的创造。创造的现代含义体现在各个领域，包括科学上的重大发现、新技术的发明、新产品的研发等；人文及社会科学研究中创建新学说、建立新理论体系、发现新规律、提出新方案等；在文学领域中创作出杰出的优秀作品等。不言而喻，任何创造性的成果都具备两大特征：独特性和新颖性。对动画而言，优秀的原创动画作品必须首先以优秀的原创动画剧本为基础蓝本，它的原创特征表现为：

第一，整体构思的新颖性。

动画剧作要创造一个前所未有、闻所未闻的奇妙的幻想世界，其中，人物、故事、情节、环境乃至造型、色彩、音乐、气氛等都是新鲜的、陌生的，又是令人惊叹的、欣喜的，消除了人们以往的审美疲劳，获得了全新的感官刺激，享受到未曾有过的审美愉悦。宫崎骏在《千与千寻》中创造了一个神秘而诡异的灵幻境界，那里的人、景、物、神、魔、妖、怪等令人目不暇接，一个个陌生的、做梦也见不到的动画形象接踵而来。既诡异多端，又趣味盎然；既令人感到毛骨悚然，又让人流连忘返，仿佛在鬼魅之乡得到了暂时的精神解脱。迪斯尼的《狮子王》将莎士比亚的《哈姆雷特》中的丹麦王宫的夺权斗争移置非洲大森林里，变成了红狮与黑狮、叔侄之间的王位争夺，这种全新的改造让人大感意外，始料未及，虽说是名著改编，却比原著更令人震撼。

第二，无可重复的独创性。

创新，不断地创新，是一切艺术创作的基本原则。当然，也是动画剧作必须遵循的。动画剧作要创造一个独一无二、不可重复的神化境界，以独特的视角、奇异的手法，塑造个性化人物，编织离奇的故事，并创造深刻的思想内容，达到一定的哲理高度和审美意味。例如《怪物史莱克》(*Shrek*)，以人、鬼、怪的组合形象及其与驴子、公主、国王、喷火龙等展开的非人非神的故事情节，给人亦幻亦悚、亦惊亦喜的幽默与乐趣，更重要的是，电影深入挖掘出当代人在物质文明高度发达的境遇中迷失自我又寻回自我的人性悲剧。《大闹天宫》中塑造的孙悟空是空前绝后的、亦猴亦人亦神的动画形象，其主题的提炼大大突破了原著的历史局限，集中突出了孙悟空坚决、昂扬的斗争精神，达到鲜明的形象与深刻主题的有机融合，思想性与艺术性的完美统一，虽是名著改编却实现了创造性的突破。独创，个性化的独创，是一切美术创作的又一原则，动画剧作也一定要恪守。

近年来，我国从中央到地方都非常重视动画产业的发展，为此，各级政府及民间组织都投入了一定的资金、人力和物力，大量的动画创作生产机构如雨后春笋般纷纷涌现，各类动画影视剧的产量呈几何级数递增。然而，优秀的作品却仍为数不多，能够登上世界动画舞台、具有市场竞争力的作品更是凤毛麟角。大量平庸的、模仿的、跟风的，甚至抄袭的作品充斥荧幕。当然，造成这种状况的原因有很多，单从动画创作的角度来看，应该承认，动画剧作质量低、原创性差才是根本症结所在。因此，倡导原创并提高动画原创作者的原创能力已经成为当务之急。

四、动画剧作者应具有原创能力

原创能力即指对动画剧作特有的创造力。一般来说，创作艺术作品需要具备三个条件：生活、思想和技巧。

第一，动画艺术表现的虽然是超现实、非现实的灵幻情境，但它仍然源于生活，是现实生活的曲折反映，而不是闭门造车、胡思乱想的编造。倘若宫崎骏没有丰富的生活阅历和人生体验，就不可能创造出《千与千寻》、《龙猫》、《魔女宅急便》等优秀的动画作品。

第二，动画艺术虽然需要深刻的理性思考和思想内涵，但它不是直白的说教，而是巧妙地浸透在生动有趣的动画形象之中。倘若宫崎骏对人类与自然、青春与成长之类的哲理问题没有深入的探讨和理解并将其体现在动画艺术构思之中，就不可能有《风之谷》、《幽灵公主》和《侧耳倾听》之类的佳作出现。

第三，生活和思想虽然重要，但没有技巧也是枉然。动画技巧则是根据动画艺术的审美特点和特殊规则形成的表现手段和技法，即动画创作的表达能力。

总之，生活、思想、技巧对于动画剧作来说是不可缺少的必备条件。但这并不等于说，有了丰富的生活积累，具备很高的思想水平，并且掌握了动画剧作的技巧和方法就能够写出好剧本。事实也并非如此。但最重要的是，要有动画剧作的创造能力。

本书主要讲述的是创作动画电影的剧作规律和技法。尽管动画电视系列片剧作在一些具体细节处理上和电影有相似之处，但在题材选择、故事结构处理、每集情节展开、人物关系设计上，由于时长的限制、播出平台以及受众的不同也会有很多的差异，因此动画电视系列片剧作不在本书讨论之列。

思考题：

1. 什么叫做原创动画？原创的特征表现在哪两个方面？
2. 原创能力包括哪三个方面？
3. 试从《千与千寻》作品的成功之处来体会创作者的情感表达，以及感染力在动画作品中的重要作用。

第一章 动画艺术的本体、本质及其特性

本章知识点

动画艺术的本体、本质及其特征

学习目标

理解动画艺术的本体和本质

掌握动画艺术的特征是认识动画剧作规律的前提

动画本体的双重性在于：动画之“画”是绘画本体，即为漫画性造型；动画之“动”是电影本体，即电影化的运动，二者高度融合，构成了超越、自由的“非现实的漫画运动影像”。

动画艺术与其他艺术的根本区别在于：它不像绘画、戏剧、实拍电影之类的具象性艺术那样再现生命运动形态；它也不像音乐之类的抽象性艺术那样表现生命运动的情感；它完全是再造一个新奇而陌生的生命运动，这是动画艺术的本质所在，也是它作为一种独立存在的艺术形式的价值所在。

动画艺术所创造的生命运动是“非现实的漫画运动影像”，完全是虚幻的，客观世界根本不存在的影像。然而，正是这种虚幻的影像世界为神话、童话人物提供了“大有作为”的广阔天地。因此，神话性成为动画艺术的显著特征。

艺术原本是解放想象力的“自由的游戏”，而动画艺术的神话性更为这种游戏开辟了无限宽广的虚幻境界，而神话性与游戏性的完美融合就成为动画艺术的根本特征。舍此，动画艺术也就失去了存在的必要。

动画剧作是依据动画艺术的特征，将未来在银幕或荧屏上展现的综合性的动画形象用语言文字表达出来的一种文学形式。动画剧作者必须清楚认识并深刻理解：究竟什么是动画艺术？它与其他艺术形式有哪些根本性的区别？它的特殊性究竟在哪儿？尽管已有那么多艺术形式可供人欣赏，为什么还需要动画艺术？它给人类带来了什么样的特殊审美快乐？要回答这些问题，我们必须深入探讨动画艺术的本体、本质，揭示它的秘密，把握它的特性，才能驾驭它，进而创作出优秀的动画剧本。

第一节　动画艺术本体的双重性

什么是本体？本体原指“本源”、“终极存在”，也就是事物得以存在的物质实现形式。一般艺术形式的本体多是单一的，比如，绘画的本体是静态的画面，音乐的本体是有节奏的声音，戏剧的本体是表演，舞蹈的本体是肢体动作，电影的本体是镜头运动等，而动画的本体是绘画与电影二者的结合，是双重的。

从物质层面上看，动画实际上是“画”的“动”。动画之“画”，乃漫画性造型；动画之“动”，乃电影性运动。两者构成动画艺术的本体，缺一不可。因此，动画的本体存在形态是漫画性与电影性有机结合的、非现实漫画的运动影像。动画艺术的本体体现在动画艺术对现实生活的物质性超越。这里的物质性超越，不仅体现在漫画性造型上，也体现在电影性运动上。

一、动画之“画”—— 漫画性造型

一般认为，绘画是动画的本体，这一点似乎没有异议，但却有失笼统。绘画本身是一个宽泛的概念，包含许多种类和样式，究竟哪些样式适宜做动画，应作具体分析。纵观中外各类动画作品，无论是漫画、素描，还是水墨画、水彩画，也无论是剪纸、折纸，还是木偶、布偶、毛线偶之类，从中可以发现绝大部分作品是漫画或漫画性造型，即使保有写实性绘画造型，其中也蕴含某些漫画元素，否则就失去了创作动画的意义。因此严格地说，动画本体是漫画性造型形式。明确这一点非常重要。因为漫画与其他绘画形式在反映客观世界的形态上差异很大，前者追求超越性，后者注重真实性。所以，探讨漫画的审美特征是解读动画本体的逻辑起点。

漫画的艺术特征主要有三：

1. 漫画的抽象提纯，简约明快

抽象是漫画的根本性艺术特征，漫画家根据自己的自由理解和想象，从描绘对象中抽象提取出几个最具个性的特征加以表现。这种抽象的提纯不仅具有形式上的审美愉悦，而且能深刻体现客观对象的本质。漫画是用艳丽鲜明的色彩、简约明快的线条表现提纯了的抽象化形象，省略一般性描绘，突出个性化特点，善于抓住描绘对象的本质性特征，两笔三笔地勾勒，在用笔、用色，在明暗变化、色彩调合、形式节奏以及构图的动作性和静止性等方面具有巨大的情绪表现力。因此，漫画造型投入了设计者大胆想象的主观创造意图。

2. 漫画的夸张和变形

夸张是一种表现方法，指艺术家借助想象对客观事物的性质、状态、数量或程度进行夸大铺张，突出强调其某些特点，更鲜明地揭示事物的本质特征，脱离自然形成的标准和通常印象中的状貌。变形是一种具有人为表现力和审美感染力的创造方式，是将现实对象的原本形式和性质加以改变，脱离自然形成的标准和通常印象中的状貌，重新创造出的虚拟形象。任何艺术的表现方式都是对客观事物的能动表现，目的在于实现主体的自由创造。因此，任何艺术形式都离不开夸张和变形，但它们又都必然受到客观物质世界和物理时空的局限，而动画的夸张和变形则可以以作者的主观意愿超越现实、超越时空任意想象。

3. 漫画是集幽默、讽刺、怪诞于一身的喜剧

漫画既可以表现现实与本质、形式与内容、目的与手段之间的不协调的、荒谬的笑，也可以表现充满人类智慧而又含蓄幽默的笑；既可以表现对虚假、丑恶的事物发出的愤怒而嘲讽的笑，也可以表现事物的超常诙谐、个性特异而滑稽的笑。漫画的喜剧性正是通过夸张、变形、象征、比喻等艺术手法表现出来的。正是上述三点漫画审美艺术特征，决定了动画艺术本源的特殊性，从而形成了动画艺术本体的超越性、主观性和喜剧性。

二、动画之“动”——影像运动

动画之“动”，就是运用电影技术手段和电影蒙太奇技巧使静止的漫画性造型运动起来，由此看来，电影性又成为动画的另一个本体。动画运动与实拍影视运动在具体技术处理上有所不同，主要表现在以下三方面：

1. 镜头内部运动（亦称镜内蒙太奇）的特殊性

动画的运动主体是漫画性造型，它是经过夸张变形的“非实体”，它的运动轨迹、方向、形态、力度和速度等完全是通过想象设计出来的，不受运动学和重力规

律限制。同时，“(动画)这种活动绘画技术给图画的形状增加了运动性这一新的维度”[①]。这种运动主体自身形状的运动和变化，是任何实体运动不可能达到的，由此可见，动画的运动是自由多变的。

2. 镜头的外部运动(亦称“镜外蒙太奇”)的特殊性

动画可以解放一切束缚，它可以对空间进行假想，不需要对重量有所感知。这种特点对于那些超现实的或者用三维手法、不同材质制作的动画尤为重要。由于是拍摄非现实的漫画性造型运动，因此摄影机的运动异常灵活，其运动范围、想象空间比实拍影视更大，主观性、超越性更强。

3. 动画情节发展变化的特殊性

动画表现的各种形象是想象和智慧的创造物，是客观世界根本不存在的，是人们自由联想的结果。因此，主题定位、人物的行为及其相互关系所构成的情节运动甚至表现方式都是无限超越、无限自由的。

三、动画——“非现实的漫画运动影像”

很显然，动画运动本体的电影性更强化了其漫画本体的超越性、主观性和喜剧性。如果说漫画性造型是动画本体的静止存在形态，那么电影性运动则是动画本体的运动存在形态，二者结合，构成了动画艺术极端超越、自由、梦幻的影像世界。

动画艺术的本体体现了动画艺术对现实的物质性超越，主要表现在两个层面：一个是漫画性造型，另一个是电影性运动。如果跳出这两个具体层面，我们还可以看到这种物质性超越有一个重要的特点，就是它体现了对现实时间和空间的超越。因此，动画艺术的本体，从物质层面上显示了它与现实之间的联系。

动画与实拍电影不同，它是完全“假定”的媒介形态，不使用真实的摄影机去记录现实，而是手工地、艺术地创造和记录它自己，动画本身就是“非现实”或者“超现实”。动画影片呈现的结构、生产出来的文本，甚至使用童话传说的叙述，或使用动物、漫画的讽刺性的人物，都是用不同的手法在暗示着现实，并渴望在心理的层面贴近真实。

在动画艺术中，电影本体更强化了漫画本体的特长，使漫画仿佛插上了翅膀，由静止状态运动起来，其夸张变形的幅度更大，变化更多，创作主体的情绪表现力更自由、更强烈，因而动画的喜剧效果更张扬、更狂放。反过来说，漫画本体为电

---

① 〔美〕阿恩海姆著，滕守尧等译：《艺术与视知觉》，中国社会科学出版社 1984 年版，第 56 页。

影本体充分发挥运动性奠定了良好的基础，使它不受实拍电影中物质世界的限制，让漫画性造型在非常规、反常规的状态下上天入地、无拘无束、为所欲为，创造出超现实、非现实的虚拟的影像世界。可见，漫画与电影有机结合、相互依存、相互交融、相得益彰，共同构成了动画艺术的统一本体，即漫画性造型的自由运动影像，这便是动画艺术的本体存在形态。

如果进一步追问：动画本体的存在有什么意义？人类为什么要创作“非现实”的漫画运动影像？这正触及了动画艺术的本质。

第二节　动画是创造生命自由运动的艺术

一、动画艺术的本质是创造生命运动

有人认为电影的本质是运动，动画的优势更在于运动。这种观点似是而非，混淆不清。难道戏剧、舞蹈、音乐就能离开运动吗？其实运动只是这几种艺术的存在方式，并非本质。电影是由演员运用整个身心经过艺术加工表演出来的运动，由摄影机忠实地记录下来，其存在方式是真实的记录运动；戏剧是演员以自己的形体与内心的运动来反映人生世态，其存在方式是直接呈现在舞台之上；舞蹈则是舞蹈者运用自身的肢体来宣泄内心的情感，其存在方式是在舞台上表现肢体运动；音乐是以演唱或演奏发出的声音在时间流程中的运动来表达主体的情感和情绪，其存在方式是表现声音的运动。

显而易见，电影、戏剧、舞蹈和音乐都有一个共同点，即都是物质实体运动产生的存在形式。那么，动画呢？动画原本是静止的图画，并没有物质实体存在，它的运动是动画家运用电影技术制造出来的，是人为的。因此，动画的运动是前所未有的，而且是客观世界根本不可能存在的运动，故而称之为被创造出来的运动。动画艺术不仅能创造虚拟物体的运动，更重要的是，它还能创造有思想、有情感、有性格的虚拟生命运动，因而最大限度地彰显了人的想象力和创造力，这才是动画艺术的本质所在，也是动画艺术的价值所在。

人的生命存在于五彩缤纷的具体时空中，人类发明的各种艺术载体，例如绘画、雕塑、文学、戏剧、舞蹈等，都是为了替代性地实现对时空的超越，以便记录下人类生活的鲜活形象和生存状态。动画艺术是怎样通过创造运动来创造生命的呢？鲁道夫·阿恩海姆说：“人们曾多次尝试运用‘人造动作’去代替以人体为媒

介的动作。"但是,"机械手段只能创造出精致的玩具,而创造不出具有动力性质的艺术式样","只有动画片所表现出来的那种视觉运动,才能避免机械性。当这种新式技术与摄影技术结合起来时,不仅能复制和操纵人体的运动,而且还能复制另外一些大大小小的自然物体的运动。"①

这段话说明两层意思:其一,用机械手段制造的玩具是物质实体,其运动受物理时空的限制,不能避免机械性;而动画片创造出来的是视觉影像运动,是摄影技术复制和操纵的人体运动,能够避免机械性。其二,机械制造的玩具之类的运动是预设的规定性的简单重复的动作,是在外力作用下完成的,不可能"具有动力性质";而动画的影像运动仿佛是动画形象在自身的内在动力的驱动下完成丰富复杂的动作和行为,如同生命体的自由运动。但是,人类生命体的自由运动的内在动力源于自身的思想、情感和性格。因此,动画艺术创造生命就必须赋予动画形象(包括人物或拟人化的动物、物体等)以鲜明而完整的思想性格,确定它的行动目标和意义;赋予它情感,激发它行动的勇气和力量;赋予它性格,决定它行动的方式和方法。惟其如此,动画形象才有了人性,才能成为一个活生生的生命体。然而,仅限于此,还没有完成动画形象的生命创造。因为动画艺术既不是模仿现实生活中的人物和物体,也不是再现物质世界的生存状态,而是创造一个全新的非现实的生命运动影像。

动画艺术创造的物质媒介是静止的、无生命的漫画造型,它的生命运动完全是无中生有的创造,完全是根据动画家对物质现实的审美体验和艺术追求,超越现实、超越时空创造出来的。这种创造是对"物质现实"加以童话化、神话化的改造,创造出全新的、物质现实中根本不存在的"非现实漫画运动影像"。这种生命运动完全是人的自由创造的产物,也是动画艺术区别于其他艺术的本质特性。

二、动画形象生命运动的特征

动画作为创造运动、创造生命的艺术形式,具有其他艺术形式无法比拟的独特优势,同时也与其他艺术形式特别是实拍影视艺术从根本上区别开来。具体表现在以下几个方面:

1. 造型的自由性

实拍影视是记录实体运动的影像,它要求确实存在的物质实体在真实的时空

① 〔美〕鲁道夫·阿恩海姆著,滕守尧、朱疆源译:《艺术与视知觉》,中国社会科学出版社1980年版,第566—567页。

中的运动（当然，这也是一种假定，毕竟有物质实体通过电影特效完成），因此，动画造型必然受到物质世界的种种限制。

而动画所创造的生命运动根本不是物质实体的运动，只是虚拟的图画运动构成的虚幻影像，因此，动画造型具有无限的自由性。其原因在于：动画艺术的漫画本体具有超越性和主观性，为动画造型的自由性提供了先决条件。一方面，动画家可以充分调动自由想象和幻想创造出超现实、非现实的造型形象；另一方面，又可以把自己的生活感受和审美体验所形成的主观意志和审美情感通过动画造型表达出来。

动画造型的无限自由性来自于动画家天马行空般无限的创造力与想象力。“木须龙”、“东海龙王”、“锅炉爷爷”、“无面人”、“史莱克”之类的神鬼妖怪的动画形象既源于客观，又融入了动画家极强的主观审美意识，是自由创造出来的艺术形象。这种动画运动主体造型的自由性为动画艺术创作提供了无限广阔的题材。

2. 夸张变形的开放性

阿恩海姆说：“动画的这种活动绘画技术还给图画的形状增加了运动性这一新的维度。”[①]这一新的维度为动画运动主体造型的夸张变形开辟了广阔的新天地。首先，运动主体造型本身的形态可以随意变异。如英国动画片《迷墙》（*Pink Floyd the Wall*），主人公恐惧时大肆张开的嘴巴，几乎挤掉了鼻子和眼睛；《花木兰》中，木须龙被比自己弱小百倍的小蟋蟀揪住尾巴，它努力挣脱，竟使自己的身体不断拉长。其次，运动主体可以进行不同形态的变异。如《迷墙》中宁静安详的院子里飞起一只鸽子，当它飞上天空时，突然变成一只黑鹰；黑鹰正要翱翔时，只见一股鲜血冲破它的身躯，又变成一只战隼；战隼用双爪从大地上抓起血淋淋的泥土划入烟雾弥漫的天空，它又变成一个巨大的怪物；怪物瞪着两只明亮的眼睛，变成一座城堡。一群战斗机划过天空，大地上的一切都被毁灭。最后，在一片荒瘠之上，如同幽灵般的人影一个个倒了下去。这一组运动主体造型的不断变异只有动画运动才能实现，从而象征性地揭示了战争的残酷，寓意深刻。

3. 时空的超越性

一般来说，主体运动的时间是无形的，运动时间的长度只能通过主体运动过程来显现，而主体运动的空间是由运动的幅度和范围的大小决定的。应该指出，运动决定时间和空间，物理世界的时间和空间也反过来制约着运动的长度和幅度。但是，由于动画运动主体造型具有任意性和变异性的特点，是超现实、非现实

---

① 〔美〕鲁道夫·阿恩海姆著，滕守尧、朱疆源译：《艺术与视知觉》，中国社会科学出版社 1984 年版，第 567 页。

的虚幻影像，因此它的运动不受物理时空的限制，可以天马行空、为所欲为，为动画艺术创作提供了其他艺术形式难以企及的自由时空，从而大大地拓宽了受众的时空视野。

很显然，上述三点优势为动画艺术创造生命运动带来了无与伦比的自由，创作主体的想象和幻想可以任意驰骋、无限放大，动画形象可以运动起来并被赋予生命的活力和神力。毋庸讳言，动画艺术所创造的生命运动毕竟是一种富有神性的“生命幻象”，各种不同的“生命幻象”形态共同构成了多姿多彩的动画世界。

第三节　动画艺术是神话性与游戏性的结合

一、动画艺术的神话特性

动画艺术能给所有的人、动物、植物、山水、日月、星云等一切有形的物，甚至包括风、雷、电等在内的无形的物赋予生命运动，并使之成为有思想、有感情、有性格、有人性的生命体。从这个意义上说，动画中形形色色的形象似乎都像人一样有了灵性，与原始人类“万物有灵论”在外在形式上相类似。如果说原始人类依据“万物有灵”的观念创造了伟大的古代神话，塑造了许多亦人亦兽、半人半兽的神话形象，他们战胜灾难、拯救人类，充满了无穷的智慧和力量，那么，动画艺术也塑造了形形色色、亦人亦神、人兽变幻、神妖鬼怪之类的形象，他们或驰骋天地、叱咤风云，或威力神奇、智慧超人——这些或许可称之为“现代神话”。但古代神话与现代神话在历史背景、产生原因和表现形态等方面却完全不同。

1. 古代神话是原始祖先以集体无意识的形式长期积淀了关于自然和社会的观念，并在愿望和幻想中对自然力量和社会关系进行了不自觉的艺术加工。而动画艺术是个体有意识地将自己对自然与社会的感受、体验和理解通过大胆想象，自觉地创造出现代神话。

2. 原始祖先的认识能力和生产能力低下，对自然现象不认识、不理解，更无法控制和征服自然，于是想象借助神的力量来征服自然、支配自然，把自然力加以形象化，创造出丰富多彩的古代神话。动画艺术是动画家遵循自然科学、社会科学及艺术哲学的规律进行想象和幻想而创造出来的超现实的现代神话，它们曲折地反映着现实生活。

3. 在古代神话中，神的形象是神圣而崇高、仁慈而威严的，他们的行为多是创造人类、创造天地、战胜自然之类的伟大壮举,但他们的行动过程都比较简单,比较抽象和概括。那些神不过是原始人类理想的象征,是"人化了的神",其本质是神。而动画形象,尽管其外貌有的平凡、有的怪异、有的丑陋,但其行为是具体的,行动过程中充满了细节。虽然有许多超现实的举动,但在想象的情境逻辑中还是能够被人接受的,因为他们是"神化了的人",其本质是人。

从古代神话与现代神话的比较中我们可以发现,二者内在的神话本质是相同的,即想象和幻想中的超现实性。应该强调的是,神话中的超现实性与一般艺术形式中的超现实性有所不同。一般艺术形式的超现实性是受客观世界和物理时空限制的,而神话的超现实性不受任何限制,具有无限超越的自由性,所以称它为神性或神话特性。

动画艺术中富有非常浓厚的童话色彩,有的动画作品实际上本身就是童话。那么,童话和神话有什么异同呢?从童话心理出发,认为动物、植物等各种物体像人一样都有生命、有意识、有灵性。这种灵性与神性的共同点是都有无限超越性。童话是"人化的物",神话是"人化的神",他们都是人性与神性相结合的艺术形象。而且许多童话和神话作品中的形象很难分辨出究竟是"人化的物"还是"人化的神"。比如普希金的童话诗《渔夫和金鱼的故事》里的金鱼虽然不是神,却有神性。她既能一次次满足老太婆的欲望,又能让她变得一无所有。很多童话动画片中的动物、植物或者物体都被拟人化了,既具人性,又有神性。如在《玩具总动员》(*Toy Story*)中,玩具不但有骄傲、嫉妒、友爱、欢乐等人的情感,更有像火箭般飞上天空的神威。可见,在动画艺术中,无论是具有神话潜质的作品,还是表现童话情趣的作品都共同拥有一种神性,即无限超越性,这是一种神话特性,而这才是动画艺术的根本特性。即使写实类作品中也会出现这样或那样的神性元素,比如《龙猫》,其中描写两姐妹陪母亲到乡下去休养,完全是生活中平常的景象,然而奇遇发生了,两姐妹碰见了龙猫,它完全是客观世界根本不存在的神物,而且一般人见不到它,能见到它的人自然也有了神性。所以动画艺术不能丧失神话特性,否则,它将不复存在。那么,这种神话特性是如何产生的呢?答案只有一个,就是动画本体的漫画性与电影性相结合后所创造出的虚幻运动影像。

二、动画艺术的游戏特性

如果说艺术是一种游戏,那么动画艺术则是最为鲜明和最为突出的、自由创造的游戏。

一般文学艺术的门类和样式由于受客观世界和媒介材料的制约,其自由想象和自由创造的广度和深度都受到了一定的局限。而动画是科学和艺术相结合的产物，高科技的不断发展为动画艺术的自由想象和创造提供了无限广阔的天地。德国哲学家康德认为，文艺是不受外在束缚的“自由的游戏”。他说：“没有这自由就没有美的艺术，甚至于不可能有对于它正确评价的鉴赏。”①他指出艺术美的心理功能就是一种创造的想象力，也就是一种自由创造。

所谓自由创造，在动画艺术中表现为超越时空和变更时空的自然秩序；超越物质世界中的物体形状，甚至变异；任意安排物体运动的方向、速度和强度；创造客观世界不可能出现的环境、场景、人物、动物、事物等。一言以蔽之，在动画艺术园地里，想象力自由驰骋，无拘无束。迪斯尼说：“动画可以表达人们可能持有的任何思维。”②黑格尔说：心灵自由的需要是创造的强大原动力，动画艺术的无限超越性使创作者享受到在其他艺术中不可能获得的心灵自由。德国美学家席勒强调“只有当人充分是人的时候，他才游戏；只有当人游戏的时候，他才完全是人”③。游戏是人类与生俱来的本能，也是生命自由运动的方式。动画艺术正是满足人类游戏本能最好的方式。

动画艺术家在创作中使静止的画面运动起来并赋予其生命和性格的整个过程正是一种游戏活动，就像耍皮影戏一样。皮影艺人双手耍皮影，做各种动作，嘴里唱着皮影人物的唱词，神情专注，忘我投入地进行着一场游戏。这些影像在现实生活中找不到直接对应物，人们也感觉不到它们与客观世界的联系，完全进入游戏的状态，仿佛进行着玩动画、玩皮影的游戏。许多动画影视里对人物、事物的形状和动作肆意地进行夸张、变形，使其变成现实生活中根本不可能出现的状态，仿佛置身于游戏中，从这个意义上说，动画艺术的游戏就是娱乐活动。在动画游戏活动中，观赏者充分地得到了想象的自由，并享受到其中的快乐。

三、神话性与游戏性的融合统一

神话特性的超越性与游戏特性的自由想象和创造具有共同的特性，即超现实性或非现实性，这正是二者的契合点，二者有机地统一起来，构成了动画艺术的特征。由此，神话的庄严和神圣被消解在游戏的调侃和诙谐之中，游戏中的轻松和嬉戏也被神话蒙上了一层端庄深沉的色彩，从而构成了亦庄亦谐的动画世界。埃及王子摩西借助神力拯救了同胞，既有人性又有亲情；怪物史莱克不畏艰险以其

① 康德著，宗白华译：《判断力批判》，商务印书馆1964年版，第168页。
② 参见孙立军：《影视动画经典作品剖析》，海洋出版社2004年版，第117页。
③ 参见朱光潜：《西方美学史》下卷，人民文学出版社1979年版，第450页。

神勇救出了公主,但他身上却存在着许多普通人的缺点,甚至丑陋,使其神性更贴近现实生活;鱼儿们"总动员"和大闹海底既显神威,又表现了父子情深;虫虫们的举止言行颇具人性的豪迈,却又可笑逗趣;孙悟空更是将猴的形态动作、人的思想情感和神的大智大勇集于一身,达到亦猴亦人亦神的动画形象的极致。

神话特性与游戏特性融合在一起,成为动画艺术的特性,这是动画艺术区别于其他艺术形式的根本特性,失去了这一特性也就失掉动画艺术本身。很多动画作品之所以受欢迎,其原因就在于此。正是这种动画特性使莎士比亚的伟大悲剧《哈姆雷特》演变成一场非洲森林里的动物游戏;而雨果的浪漫主义悲剧《巴黎圣母院》被改编成集严肃性与戏谑性于一身的喜剧《钟楼驼侠》(*The Hunchback of Notre Dame*),这些都是动画艺术特性使然。

此外,倘若动画艺术单纯是为了模仿和再现生活的话,其真实性无论如何也不可能比得上实拍影视,因而也就失去了它存在的意义和价值。动画之所以能够成为一种独立的艺术形式,是因为它所创造的生命体——动画形象——具有独一无二的特殊性,即神话本性。比如,日本的"机器猫"肚皮上有一只神秘的大口袋,里边藏着各式各样的宝贝,它们都具有神奇的作用;美国《玩具总动员》中的巴斯光年身上有各种高级装置:激光束、弹出式飞行翼、头盔,他带着来自太空的神秘使命接受各种挑战;中国的孙悟空更是神力无比:一个筋斗云十万八千里,会七十二变,金箍棒战无不胜……这种神性与人性相结合所构成的动画形象是亦人亦神的生命体,其运动形式以现实逻辑为基础,将非现实的神性融入现实的人性逻辑之中,借助神性赋予人性无限的特殊性,而又在人性逻辑的基础上使得神性更加合理化,二者彼此互补又互融,使之合情合理,令人易于接受。所以,动画作品是以诙谐、娱乐的游戏方式创造非人非神、亦人亦神的虚幻形象,给人带来无限的自由和无比的乐趣,这才是动画艺术的特性所在。

本章简要阐述了动画艺术的本性、本质及其特性,为动画剧作提供了必不可少的理论准备,动画剧作者在创作实践中应该深入认识和体会其中的三个要点:

1. 把握动画艺术本体的双重性:设计漫画造型与运用电影蒙太奇运动的辩证关系。

2. 强调动画艺术"创造生命"的本质在于突出创作者的主观意识和审美理想。

3. 如何在神话特性与游戏特性的娱乐活动中体现深刻而丰富的内涵是动画剧作的永恒课题。动画剧作者对动画艺术的认识和理解指导创作实践,同时又在创作实践中不断加深和提高对动画艺术的理性认识。

思考题：

1. 动画的本体是什么？充分认识动画本体的重要性有什么意义？
2. 漫画的艺术特征是什么？
3. 如何理解漫画的夸张变形？能否用实际创作中的例子加以分析？
4. 动画运动与实拍影视运动在具体技术处理上有哪三个方面的不同？
5. 动画形象生命运动的特征有哪些？
6. 比较古代神话与现代神话的相同和相异之处，它们和动画的关系如何？
7. 试举例说明动画的神话性与游戏性相结合产生的艺术效果。

第二章 动画剧作的艺术构思

本章知识点

动画剧作艺术构思的原则、规律及过程

学习目标

从纵横考察中理解动画剧作要素的深度和广度

掌握并运用动画剧作构思的两条基本原则和三条基本规律

了解动画剧作构思的过程

深入理解创新对剧作构思的重要意义

动画剧作的艺术构思是剧本创作过程中的基础性环节，它关系着整个动画作品的成败或优劣。因而，对人物、故事、语言等剧作三要素纵向开掘其深度，横向拓展其广度就显得格外重要。

动画剧作者只有展开超越现实、非现实的想象和幻想才能进入虚幻的动画境界；只有以饱满的激情倾注在无生命的“图画”之中，才能使其获得充满活力的生命运动。

在动画剧作的艺术构思中，将客观世界的逻辑规律移置主观想象和幻想的虚幻世界里，将人物的行为逻辑与环境的非逻辑统一在拟人化的情境之中；理性思考渗透在形象思维中，决定着动画形象的生命运动；美术思维与电影思维有机结合，相得益彰，形成了动画形象的艺术风格。

在动画剧作的艺术构思过程中，创新是核心，甚至可以说，一切为了创新。

艺术构思是动画创作过程中最重要的中心环节，是剧作者在头脑里孕育、创造新生命（动画形象）的阶段。别林斯基把艺术家孕育新作品比喻成“怀胎”，当然这里强调的是艺术家所受的精神痛苦。动画剧作者在构思过程中需要调动自己的多种心理功能，如感知、记忆、联想、想象、幻想、理解、思维、情感等，并加以综合运用，完成一个从无到有的生命创造，让一个现实世界里本来不存在的虚幻生命在银屏上诞生。

第一节　动画剧作的构成要素

动画剧作者在构思剧本之前首先要明白动画剧本的基本构成要素，就像造房者在盖房子之前要先明白构成房子的基本要素之后才能开始构思设计图。其实，动画片剧本构成的基本要素只有三个：人物、故事和语言。但是，动画剧作的构思过程是一个极其复杂的精神活动过程，三个要素之间相互影响、相互促进又相互制约，因此，剧作者既要横向把握整体，又要纵向开掘深度。所以，这一节我们将对这三者分别进行纵向、横向分析和探讨。

一、动画剧作要素的纵向考察

通过对动画剧作的基本要素人物、故事和语言分别进行纵向的深入分析，我们可以发现其中各自不同的三个层次。

1. 人物

人物是叙事性作品的中心要素。在一部动画片里描写几个性格迥异的人物或者形形色色的拟人化形象，使他们具有一定的个性，生动有趣，也许并不十分困难，但是要提高一个层次，塑造出一个或几个典型性格就很困难了。因为典型性格只能由许许多多同类人物经过反复的提炼、升华和形象化的概括才可产生，它是共性和个性的有机统一，而且具有广泛的代表性。如果再进一步使人物性格达到高度的艺术概括，不但形象鲜明而且蕴含深刻，能反映社会、时代、人类的普遍道德观念，具有永恒的思想道德价值，则是人物形象塑造的最高层次，也是创作者追求的目标。

所谓“人物—性格—道德”的纵向层次，是指塑造的人物要有鲜明的性格，性格中要有深刻的道德内涵。比如《风之谷》中的娜乌西卡，她不但有美丽、清纯的外表，还勇敢、刚毅，具备能够承担拯救人类重任的品格；她不但理智、聪慧地观察到腐海与森林、王虫共生共荣的内在关系，而且还具有与王虫沟通、耐心说服人们认清自然界奥秘的亲和力；她既性格鲜明、突出，又充满了内在的道德力量，确实是难能可贵的动画人物形象。

2. 故事

一部动画片叙述一个曲折离奇的故事，只是最低层次的叙述，如果能让故事情节的安排为塑造人物性格服务，就提升到结构布局的层次上了。叙事策略，情节主线、副线的组织都必须浸透创作者的思想意图，并体现出作品的社会、时代意义，使之成为作品的最高层次。

所谓"故事—结构—意义"的纵向层次，是指叙述故事不但要有严谨的整体结构，而且在结构中要浸透着深刻的意义。例如《千与千寻》，以千寻救赎父母为主线，以展现汤婆婆既残忍凶暴、贪婪孤寂又对自己的儿子充满无限慈爱为辅线，将千寻与汤婆婆、锅炉爷爷、"颜无"、小白龙和浴镇的神灵大人们以及浴女、搬煤工等错综复杂的关系一一作了交代；汤婆婆对浴镇的各色人等的歇斯底里以及与儿子的微妙关系，编织成了结构网，其中蕴含着深远的、有关人类对世界的反省和拯救的思考，可以说这个故事达到了高层次的意境。

3. 语言

语言是构成文学艺术作品的最基本要素，也可以说是作品的最基本的存在形式。动画片的内容是由美术造型、对话、声音（包括对话、音乐、音响）和电影镜头表述出来的。因此，动画片的语言是综合性的语言，需要创作者有较高的艺术功力来驾驭它。一部动画片的创作者在构思框架形成之后应该确定作品的基调，以使各类艺术语言都在服从整体基调的前提下统一起来。这样作品的艺术语言就可以到达一个较高的层次。在此基础上，如果创作者为民族、地域的独特风采赋予新的时代精神，并融入自己的个人风格，那么，便可以使作品的语言要素达到富有文化内涵的高层次。

所谓"语言—基调—文化"的纵向层次，是指一部动画片不但要运用流畅的艺术语言，而且要有统一的基调，同时还要努力体现民族文化特色。例如《大闹天宫》、《白雪公主》、《千与千寻》等著名作品，都达到了动画语言优美、精妙，基调统一、和谐，并富有鲜明突出的民族文化特色的艺术水准。

很显然，一部动画片的人物、故事、语言三要素分别达到哪一个层次，就决定了整部作品达到何等的思想艺术高度。

二、动画剧作要素的横向考察

在前面的纵向考察中，我们将三个基本要素分别提炼出三个层次。如果再将这三个层次分别进行横向分析，反映动画剧作整体水平的三个层面便展现了出来。

1. 表层：人物—故事—语言

一个影视剧本无论艺术水平高低，都必须具备人物、故事和语言三要素。其中，第一要素——人物，包括主要人物一两个，重要人物三四个，次要人物五六个，陪衬人物若干个。他们之间构成错综复杂的各种关系，在接连不断发生的事件中，每个人各自选择不同的行动，于是形成了故事。第二要素——故事，要有“开端—发展—高潮—结局”的变化过程。故事的主体是人物。人物的行动要在特定时间和空间中进行，这就决定了故事发生的环境。人物和故事是由语言描述的，作为剧本中第三要素的文字语言，分为描述性语言、对话、独白和旁白，其中，描述性语言必须具有造型的具象性和声画综合性的特点。其实这三个要素都是外在的、表层的。一个动画剧本做到表层的要求并不难，但要做到中层和深层则需创作者具备一定的思想和艺术功力。目前，中国的动画片之所以不受欢迎，原因就在于大多数仍停留在构成要素的表层上。

2. 中层：性格—结构—基调

“性格—结构—基调”实际上是表层三要素的深化。如果说，人物是指外在造型和动作，那么性格则揭示其个性化的心理过程以及形成的依据；如果说，故事是人物动作和人物关系发展变化构成的一连串的情节，那么结构则是对故事情节的布局和安排，其中渗透着创作者的某些思想和艺术的意图；如果说，动画语言是对人物和故事的表述方式，那么表述的基调则体现出动画语言的深层内涵。这种表述的基调是写实的，还是浪漫的？是荒诞的，是淡雅的，还是浓重的抑或艳丽的？作品倘若能达到这个水平尚算得上合格，即便文化价值和艺术魅力稍显不足，仍可赢得一定的票房。

3. 深层：道德—意义—文化

中层再深入一层便接触到人的本质——道德观、价值观。塑造人物性格，揭示其道德判断价值，使剧作达到形象教化的目的；将动作、事件、冲突、情节、细节等组合为一个艺术整体，蕴藏一定的社会意义，这便是艺术的功能所在。艺术基调通过优美的语言形式呈现出来，达到一种较高的文化品位，使语言获得厚重感。这是上乘的动画作品，需要创作者有深厚的修养，并通过精心制作才能完成。创制精品虽难，却是动画家一直追求的目标。

三、动画剧作要素的系统考察

对动画剧作诸元素和各层面做系统考察可表述为：

高层：道德—意义—文化

↑　↑　↑

中层：性格—结构—基调

↑　↑　↑

表层：人物—故事—语言

当然，各元素、各层面间的关系不是绝对的、机械的，在创作实践中往往表现为某一个元素很好、很突出，而其他元素相对差一些，剧作者或许可以从这种纵横考察中及时发现问题以便弥补不足。

笔者对剧作元素作以上分解，并非标新立异、哗众取宠，而是意在强调两点：第一，将剧作元素分层次探讨，意在要求剧作者深入开掘各元素的潜在含义；第二，明确各元素的层次要求，便于剧作者审视自己作品之不足，更利于努力提高层次。

以上所述，不但适用于一般故事片，更有利于动画片的剧作。目前，我国动画片的构成要素多停留在肤浅的层面上，缺乏应有的深度。

第二节　动画剧作构思的原则和规律

一、动画剧作构思的基本原则

1. 想象是进入动画构思的突破口

想象是艺术的灵魂。没有想象就没有艺术，没有想象更没有动画。心理学家说："想象是人在头脑中改造记忆里的表象而创造新的形象的过程，也就是对过去经验中已经形成的那些暂时的联系进行新的组合的过程。"[①]也就是说，动画剧作者对自己在过去生活中感知和积累的记忆表象进行加工改造，重新创造出世界尚不存在甚至不可能存在的、非现实的动画形象。

---

① 曹日昌主编：《普通心理学》上册，人民教育出版社 1980 年版，第 282 页。

实际上，动画形象就是把现实生活中各种分散的元素加以新奇的组合，变成一种美妙的创造。恰如刘勰所说："视布于麻，虽云未贵；抒轴献功，焕然乃珍。"[①]意思是说，麻虽是布的原料，却并不贵重，但经过抒轴的加工，纺织出的布匹则焕然一新，就显得弥足珍贵了。南斯拉夫动画片《口琴》中在表现睦邻友好的一场戏时有这样一个小情节：一块毛巾形成的云彩飘过屋顶，自动拧成毛巾状，挤出一条条雨线，隔壁瘦者听到胖邻居室内有漏雨声，连忙蹬梯上房，用剪子把胖邻居屋顶的雨线剪断，滴雨声即刻停止，胖瘦二人热烈握手；太阳出来了，毛巾像爬虫一样爬去。毛巾、云彩、毛巾、雨线、漏雨声、剪子……这些互不相干的意象在现实生活中是再平常不过的事物了，然而，经过动画家奇异的想象，将各自独立的、分散的元素按照主观构思重新组合在一起，构成了绝妙而令人兴味无穷的动画意境。

想象最突出的特点就是超越，一旦超越到非现实的境界便是幻想了。在动画想象的虚幻世界里，人性与兽性、神性、物性并存，各类"生命体"自由运动……这样，就进入动画构思的境界了。试想，如果没有想象出猫头鹰与穴熊结合而成的精灵怪物，《龙猫》的构思便无从谈起；如果不是将父子之情的想象在海底展现，那么《海底总动员》也不会存在；如果想象不是一个神秘的、光芒四射的、奇妙的梦，那怎么能构思出一部《美丽密语》呢？总之，只有获得了一个新鲜而独特的想象和幻想的意境，才可能展开动画艺术构思。

2. 情感是动画构思的内在动力

列夫·托尔斯泰在《论创作》一书中把艺术感染力的强与弱、深与浅的形成归结为三个基本条件：一是所传达的感情具有多大的独特性；二是传达这种感情的清晰程度如何；三是艺术家所能传达情感的真诚程度如何。在这三个基本条件中，他特别强调"艺术家的真诚程度对艺术的重要作用"。

"感染力的大小影响比什么都大。"因为情感是艺术的生命，没有情感的作品不是真正的艺术品。有人以为动画不过是无生命的活动漫画，有什么情感可言呢？这种认识实在是大错特错。我们强调动画艺术的本质在于创造新的生命，虽然这种生命体是超现实、非现实的，但他们确实是人性化的生命，也是有思想、有感情、有性格的生命。因此，动画创作者只有倾注自己真诚而强烈的情感，才能创造出让观众深受感动的活灵活现的动画形象。

在动画的艺术构思中，情感作为一种不可缺少的心理因素渗透到整个创作过程中，是动画创作的内驱动力。面对现代社会的人们过分强调物质、追求娱乐，青

① 刘勰，范文澜注：《文心雕龙·神思》，人民文学出版社 1981 年版。

少年沉迷于故作浪漫、实则庸俗的爱情和一时的感官刺激后变得心灵空虚、精神麻木的现状，宫崎骏十分惋惜和忧虑，由此激发起他对于青少年的人文情怀，于是他创作了渴求童真的《龙猫》、鼓励青少年振作精神的《侧耳倾听》等动画作品，表达各具特色的情感方式和爱憎分明的态度。他的《千与千寻》是为小朋友而创作的："我们的电影创作，就是为了刺激那麻木的知觉，唤醒那沉睡了的创作力。在现实生活中，我们总不能为了激发孩子的本能，而要他们独自面对种种困难。我们相信一部用心制作的电影将是孩子借鉴的好对象。就是这个信念，促使我创作了这部电影。"[①]很显然，宫崎骏是本着对孩子们无比真诚的爱心和强烈的社会责任感进行创作的。这种情感不但体现在创作动机和目的上，成为动画构思的原动力，而且也体现在对人物的情感态度上。在《千与千寻》中，宫崎骏是以极大的热情和殷切的期盼为千寻设置了种种磨难：让她在汤婆婆那里做苦工，学会忍耐；让她帮助河神洗去身上的污垢，学会尊重别人；让她在挽救无面人中懂得体谅和善待他人；让她在关爱小白龙的过程中，懂得做人应该诚实、执著……总之，宫崎骏盼望千寻能够成长为有礼貌、谦和、善良、真诚而又勇敢的好孩子，这是何等深沉的父爱啊！正是这种感情渗透在整个作品里，才产生如此强烈的艺术感染力，深深感动着无数的孩子和他们的父母。

毋庸讳言，动画艺术创造的是虚幻的影像世界，是神话性与游戏性相结合的产物，但它毕竟是艺术，是曲折反映人类社会生活的艺术。既然是艺术就必须表达人的思想和情感，就必须让人理解、让人感动，这正是动画创作的一大难题。动画创作者无论是写神话的、童话的还是现实题材，也不论是悲剧的、喜剧的还是正剧的形式，都必须恪守一条最基本的原则：以情感作为艺术构思的内在动力。

二、动画剧作构思的基本规律

1. 逻辑与非逻辑的统一

所谓逻辑，是指现实生活中合情合理的，人们普遍能够接受和遵循的行为方式和社会秩序。非逻辑是打乱一切正常的逻辑秩序，从而令人无法理解并难以接受的行为方式和社会秩序。动画世界里常常充满了非逻辑的现象：千寻的父母怎么会变成猪？千寻怎么会遇上汤婆婆、锅炉爷爷、小白龙、无面人之类不人不鬼的怪物？一条鱼怎么能动员海底里的一切力量去寻找自己的儿子？孙悟空怎么能飞到天上大闹，搞得玉皇大帝、太白金星等各路神仙不得安宁？这一切完全不符

① 转引自孙立军主编：《影视动画影片的分析》，中国宇航出版社2003年版，第19页。

合人世间的逻辑，而是虚幻的非现实的逻辑。然而，人们却能够理解它，乐于接受它，并且非常欣赏它。因为动画创作者把人类社会的生活逻辑移置虚拟的幻想世界里，建立起类似人间的新逻辑秩序，并使那里的人、动物、植物、物体以及神妖鬼怪都有了人性，有了类似人类的思想、性格、情感和行为。于是，那里的一切仿佛是人类生活的缩影。这正是动画艺术的特征所在，也是动画艺术的审美价值所在。

动画构思往往从现实生活逻辑出发，将客观的事物、现象和情景加以夸张、变形、引申、想象、幻想，直至形成一个主观的、非逻辑的虚幻世界。在这一过程中，逻辑与非逻辑的结合点恰恰是拟人化或称人性化，由此构成二者的融合统一。无论是非洲草原的狮兽王国，还是蚂蚁和蚱蜢生活的昆虫世界；无论是怪物史莱克与驴子、法尔奎德大人、费欧娜公主，以及三只小猪、七个小矮人等之间的离奇故事，还是沉香到天宫夺回母亲的《宝莲灯》，经历鬼城、荒漠、怪石、雪崩、地裂、沙暴等重重险阻，最后与二郎神决一死战，最终劈开华山、救出母亲、母子团圆的人与神和自然界之间的斗争传说，都是逻辑与非逻辑结合统一的产物。

2. 理性思考与形象思维的统一

动画构思离不开理性思考。很多作品蕴含着深刻的哲理，是理性思考的结晶。然而，动画毕竟是艺术，必须以具体生动的形象展现出来。这就需要运用形象思维将一切思想、观念和哲理融入动画形象构成的幻想情境中，通过人物、情节、环境、细节和语言吸引观众，感动观众，让观众在思索和回味中理解其中的深刻思想和哲理。人类与动物和睦相处、互不侵害才能促成地球生态平衡。然而，人类偏偏逞威，力图征服自然，大力捕猎动物，丧失了生物伦理，破坏了生态平衡，仍执迷不悟。怎样才能唤醒人们保护野生动物、保护生态环境的意识呢？动画剧作者思索着如何将这些科学的、理性的认识形象地表达出来，既生动感人，又能使人心灵震撼、猛然觉醒，这是动画构思必须解决的难题，也是理性思考与形象塑造的矛盾所在。

美国动画片《熊的故事》讲述了一个发生在远古时代的神话故事。主人公肯耐是一个年轻的猎人，他的哥哥在一次狩猎时被一只自卫的狗熊杀害，从此，肯耐立志要杀掉所有的狗熊为哥哥报仇。就当肯耐如愿以偿地杀掉夺走哥哥生命的那只狗熊时，神奇的事情发生了：大地精灵决定把肯耐的灵魂和刚死去的熊的精魂互相调换，迫使他开始了另一种完全不同的生活。肯耐千方百计地寻找解除这一咒语的办法。恰巧，肯耐遇到了小熊寇达，他们俩在交往过程中逐渐互相了解，彼此亲密起来，超越了亲兄弟的感情。尤其是已经变成了熊的肯耐在遭受人类不断的追杀时，他终于意识到了自己所犯下的错误……显然，肯耐这一动画形象是形象思维对客观对象进行艺术创造的成果，肯耐由人变为熊的经历使他设身处地地感受到人类对熊的残害，从而使他深受触动，继而醒悟。

“大地转灵”的出现是这个故事转折的关键，也是解决矛盾的关键。动画剧作者充分发挥了动画艺术的神话本性，根据想象和幻想的构思原则创造出这个将理性思考幻化成神灵的形象，也只有神灵才能体现创造者的主观意念，并发出咒语、进行人与熊的“精魂互换”，让肯耐切身体验到人类追杀熊的危害，使他震惊、觉悟，同时，启示广大观众树立保护野生动物的伦理观念。

动画创造者深刻的理性思考既可以通过幻想的神灵来表现，也可以通过创造富有灵性的人物形象来直接表达自己的思想。

宫崎骏在动画片《风之谷》中表现出对人类与自然、与环境的科学而理智的思索和探讨，渗透出强烈而深刻的环保意识。他设计出这样一个虚幻的艺术情境：在人类高度文明的发展下，世界受到了前所未有的污染。当人们经历过“火之七日”的毁灭性战役后，所有文明都仿佛消失了，取而代之的是一个充满大片“腐海”的世界。这时世上仅存北方几个残留的工业城市和南方属于原始土著的部落。大片的“腐海”成为因受污染而发生巨大变异的昆虫的栖息之地，到处充满着令人窒息的瘴气，大群令人作呕的昆虫居住在污秽不堪的地方。然而，看似死亡森林的“腐海”及居住在腐海中的虫群、王虫却是能使被污染的大地得到复原重生的生物。“风之谷”是女主角娜乌西卡从小生长的故乡，也是被污染的大地上仅存的象征着人与自然共生共荣的希望之所在。纯真少女娜乌西卡是拯救世界的天使，她是人类希望的化身。她发现了腐海的秘密：菌类森林并不是有毒物质的来源，相反是在净化土壤和空气中的有毒成分并使之结晶，化为无毒无机的尘粒。长久以来，王虫正是森林的守护者，它一边与森林共同生存，一边又阻止无知的人类破坏森林的净化程序，因而被人类视为誓不两立的天敌。无知的人类非要消灭它不可。娜乌西卡善于用心捕捉“心灵的歌声”，她具有与王虫沟通的能力，在人类与虫类之间架起“心灵的桥梁”，她告诉人们：虫类是森林的守护者，菌类是环境的净化者，王虫是人类的朋友，它们能帮助人类除害，挽救人类的命运……整个作品里，娜乌西卡等人物以及腐海、群虫、王虫等完全是根据理性思考想象出来的，虚幻的、具体的动画形象是创作者主观意识的实现。

3. 美术思维与电影思维的统一

由于动画艺术本体的存在形态是漫画性造型与电影性运动相结合的产物，因此，在动画构思中要将美术思维与电影思维完美地统一起来，具体表现为时空观念、音画结合和蒙太奇技巧三个方面：

第一，动画运动与时空超越。

动画剧作者写的是文学剧作，虽然不必写出分镜头的时空变换，但在构思过程中对情节、细节的叙述也应考虑到超越时空的表述方式。下面是宫崎骏的《天空之城》中的一个小段落：

巴斯和希达一起观看一个“画框”——巴斯父亲留下的一幅画，上面画着“飞行船”。

画中的“飞行船”随着闪电的声响变成闪回镜头：黑夜中巴斯的父亲迎着雷鸣闪电发现了云层中的一座城。

天色由黑夜过渡到白天。

“咔嚓”一声响。巴斯父亲从看到“天空之城”，转回到画框中心“天空之城”。

上述几个画面表现了由白天（巴斯和希达看“画框”）到黑夜（父亲发现夜空中的城）又转到白天，父亲看到“画框”中的“天空之城”。时间、空间在画面和运动镜头的变化中转换，并且在现实和幻觉的交替中为镜头运动的二维画面赋予了三维立体的神秘色彩。

第二，音画结合。

视听语言是动画影视作品的基本语言形式，因此，剧作者在构思人物、情节、环境、景物时不能单纯描绘画面和动作，还要将对话、独白、音乐、音响等元素与画面及其运动有机地结合在一起，构成不同形态的音画关系。《埃及王子》中“摩西开始思索自己的身世”一段是这样展开的：

画面	音乐(歌词)
摩西跑向殿堂	（歌声起）“月光下，灿烂而辉煌。”
摩西跑过人狮雕像	“冷峭的明亮，这是我所知的世界。”
摩西跑进殿堂内	“这是我所要的世界，茫茫之空，玉砌之壁，这是我所要的世界。”
摩西面对一扇庄严的门	“这是我的家，有父，有母，有兄，我分明置于家中。”
摩西在大厅内穿行	“分明置身富丽堂皇中，怎么会错了？怎么会大错特错了呢？”
摩西进入帐内	“我是堂堂的埃及王子，显赫的身世……”

之后，仍是画面与音乐、歌声紧密结合、叙述摩西作为奴隶的儿子被遗弃的经历。这种画面与音乐同步展开，随着人物的运动，王宫的环境不断变幻，歌声歌唱人物心中的疑惑，构成人物、景物、运动、音乐的有机融合，不但加大了信息量，而且更加强了视听冲击力，深深地震撼人心。

在动画构思中，声音是一个重要的剧作元素，我们应该给予足够的重视。

第三，蒙太奇技巧。

蒙太奇是电影特有的表现手段，也是动画构思中必须运用的叙述技巧，蒙太奇是一种组接方式，将许许多多分散的画面、镜头、动作、声音等有机地组接起来，形成整体构思的叙述逻辑和表情达意的联系，从而产生连贯、呼应、对比、悬念、暗示和联想等艺术作用。如动画片《钟楼驼侠》中法罗洛宣判烧死爱斯梅拉达的一场戏：

刑场，巴黎圣母院建筑群。

教堂顶部红光映照。

蔚蓝的天空若隐若现。

教堂广场。

爱斯梅拉达被绑在刑架上示众。

一群士兵高举火把等待行刑。

法罗洛宣布判决书："判处……爱斯梅拉达……死刑！"

巴黎市民愤怒了。

市民向前拥，喊声震天动地。

在圣母院楼顶，卡西莫多挣脱锁链，把一根绳子拴到教堂楼顶的石像上，然后他抓住绳索像猿猴一样飞檐走壁，在教堂的廊柱之间悠来荡去，突然从天而降，到行刑台上高高托举着爱斯梅拉达飞驰而去。

这场戏空间开阔，跨越教堂内外、广场、刑架、楼顶；人物众多，包括爱斯梅拉达、法罗洛、众士兵、卡西莫多等；情节紧张、悬念丛生……爱斯梅拉达命悬一线，谁能来救她？时间紧迫，刻不容缓，不同时空、不同人物、不同情境的一组组镜头巧妙地组接起来，既要塑造人物性格，又要层次分明地推进情节，既要渲染紧张气氛，又要超越时空的动画特点大胆想象，表现神奇而优美的运动——这就是蒙太奇技巧创造的艺术效果。

第三节　动画剧作构思的过程

动画剧作者在积累比较丰富的素材之后，就开始遵循、依据动画创作的特殊原则和规律，从思想内容和表现形式上进行思考、孕育，逐渐进入剧作的构思过程。

所谓构思，是指创作者在充分掌握素材之后，利用艺术符号表达出来，在形成完整的艺术作品之前，从思想内容和表现形式两方面来孕育作品的一系列定向的、创造性的思维过程。

一、动画构思的触发

古人云："凡作文之道，构思为先，亟将用心，不可偏执。"写文章如此，动画构思也是这样。"构思的产生，和闪电的产生一样，有时需要轻微的刺激。谁知道一次邂逅、一句记在心中的话、梦、远方传来的声音、一滴水珠里的阳光或者船头的一声汽笛不就是这种刺激。"前苏联文艺家康巴尔斯特夫斯基在《金蔷薇》一书中写下的这段话是指各类文艺家的创作构思被偶然触发的状态，当然，动画构思也不例外。

构思的触发似乎很神秘，其实是剧作者早已有了丰富的素材、表象、记忆和情感、思维的积累，偶然触发不过像闪电、像火花，一下子点燃、照亮了长期的艺术积累，使创作者激情昂奋起来、思维活跃起来，产生了强烈的创作欲望，正所谓"长期积累，偶然得之"。著名作家王蒙对此深有感触，他说："听一次《如歌的行板》，用了五分钟。而《如歌的行板》的人物、情节、感情我已经积累了四十年，这积累的代价有血、有泪，更有一万四千六百一十个日日夜夜。"①

长期积累是构思酝酿的内在因素，偶然触发是构思启动的外在因素。一般触发动画构思的外在因素大体有以下几种情形：

1. 由现实生活中的造型触发构思

这其中分为两类，一类是创作者在生活中看到某个人物或事物新鲜、奇异的造型引发联想或想象，将互不相干的表象组合在一起，从而创造出奇特的动画形象。例如，美国动画片《怪物史莱克》中的食人兽史莱克的形象似人似兽、非人非

① 《王蒙谈创作》，中国文联出版公司1983年版，第57页。

兽，是独一无二的动画造型。此外，如米老鼠、唐老鸭等形象也是世界上家喻户晓的动画造型。另一类是由现实生活中的人物、故事触发构思。日本动画艺术家宫崎骏观察并感受到当代青少年对幻想、理想的苦恼与彷徨，编织了一个梦幻般的故事，绘制出精美华丽的画面，创作出动画片《梦幻街少女》。

2. 受某一绘画、雕塑作品的触发构思

中国著名动画艺术家特伟曾谈到："将齐白石画中的青蛙、鱼虾、小鸡等小动物搬上动画银幕，让他们能动起来。"[①]果然，由方惠珍、盛路德根据同名童话改编，由特伟、钱家骏指导创制的动画片《小蝌蚪找妈妈》，赢得了国际动画界的赞誉。著名漫画家华君武说："齐白石老先生虽然死了，可是，他的画活了。"

3. 由小说、戏剧、故事等触发而改编

由小说、戏剧、童话、神话、民间故事、科幻故事等触发而改编创制动画片，这是动画构思的重要途径，由此产生了大量的优秀作品。如由吴承恩小说《西游记》改编而成的《大闹天宫》，由法国作家雨果小说《巴黎圣母院》改编而成的《钟楼驼侠》，由英国戏剧家莎士比亚的戏剧《哈姆雷特》改编而成的《狮子王》，由中国古代民间故事改编而成的《花木兰》，根据同名长篇漫画改编的科幻动画片《风之谷》等等，都是广受观众喜爱的动画片。

4. 由一种意象、情境、氛围触发构思

特伟导演利用老牛、牧童、田野、小溪、树林、晨曦、笛声、梦境等意象遐想构思创作出了《牧笛》这样充满诗情画意的动画作品，实现了自然美与艺术美的高度融合。

5. 由对人类、自然、宇宙、科学等重大问题进行哲学和伦理的思考触发构思

很多艺术家通过动画形象来表达一种对人类、自然、宇宙的思考，创作出科幻、童话类的动画片。如《星球大战》、《玩具总动员》、《铁臂阿童木》、《天空之城》、《幽灵公主》等。

二、动画构思的过程

动画的构思可以由多种多样的因素触发，但进入构思过程大多是在有了造型形象后才真正开始的。整个过程可分为孕育期、成型期、定型期三个阶段。

1. 孕育期

动画剧作者要善于把自己观察、感受到的事物保存在记忆里，正像黑格尔在

① 转引自张慧临：《20世纪中国动画艺术史》，陕西人民美术出版社2002年版，第85页。

《美学》中指出的那样:"属于这种创作活动的首先是掌握现实及其形象的资禀和敏感,这种资禀和敏感通过常在注意的听觉和视觉,把现实世界的丰富多彩的图形印入心灵里。"[①]正是"印入心灵里"的"丰富多彩的图形",经某种信息的触发、从中发现独特的意蕴后形成了构思的胚胎,开始孕育未来的艺术形象。构思进入孕育阶段后,创作者就要发挥记忆联想的心理功能,挖掘记忆宝库,通过联想使那些与"构思的胚胎"相关联的记忆表象显现出来,培育和催化动画形象的构思。黑格尔说:"这种创造活动还要靠牢固的记忆力,能把这种多样图形的花花世界记住……艺术家必须置身于这种材料里,跟它建立亲切的关系;他应该看得多,听得多,而且记得多。"[②]只有这样,大量的记忆表象围绕着构思胚胎汇聚起来,才能加速新动画形象的诞生。

在构思的孕育阶段,动画形象、情节结构乃至主题思想等都还朦朦胧胧、模模糊糊、若即若离、稍纵即逝、难以把握,一切都没有定型,有很大的不确定性。

2. 成型期

真正的动画构思必然是一种创造。创造的含义,就是从无到有,使本来不存在的、有价值的、独特的东西产生,变为真实的存在。因此,动画构思实质上是一种创造性的思维过程。从心理学角度讲,创造性的思维过程要求对观念中的各种符号元素,以异乎寻常的方式重新处理,在众多可能性中择优筛选,创造出令人意想不到的新形象,这就要借助想象力。黑格尔指出:"艺术作品既然是由心灵产生出来的,它就需要一种主体的创造活动,它就是这种创造活动的产品……这种创造活动就是艺术家的想象。"[③]

可以说,没有想象,就没有艺术创作,动画创作更是如此。剧作者以超越现实的大胆想象和幻想作为突破口,开始形成动画形象或境界的雏形,逐渐构筑起未来动画片的基本框架。艺术想象是一种知觉表象运动和审美意象活动,是对表象进行加工、发生、拓展,从而产生新形象的过程。这个过程的发生是因为表象和意象既具有鲜明性又具有易变性的特点。它既可以随意改变,与其他意象元素相结合,也可以将其打碎加以重建;还可以改变外部形态和内部结构,甚至完全改变其性质;或者对动画形象进行充分想象,从造型的变形、动作的变形、语言的变形、色彩的变形,到时间秩序、空间形态的改变,逐渐形成一系列的动画人物形象,搭建起他们之间的种种关系,并由各自的性格产生一连串形形色色的动作,构成情节

---

① 〔德〕黑格尔著,朱光潜译:《美学》,商务印书馆1981年版,第35页。

② 同上,第357页。

③ 同上,第356页。

结构，这样，动画片的构架就变得明朗起来。成型期是动画构思中思维最活跃、最亢奋的一个阶段。

3. 定型期

在动画构思基本成型之后，作者应该对其中的人物、动作、情节、结构、环境、背景等进行深入、理性的思考，开掘其中的思想和意义，这对动画构思的成熟定型是极其重要的。也就是说，在这一阶段，作者要以高度的社会责任感和道义感，从人物、故事和语言三个层次，分别进行横向与纵向分析，审视其蕴含的审美价值。这就要求作者对他所要表现的题材有深刻而丰富的内心体验，使未来作品的外部形态和内在精神都浸透着作者对人类生命和生存的思考和理解。在构思中，思想内涵的深化仿佛一盏明灯照亮了已经成型的各个要素，使审美价值得到升华，不足得到了改进，欠缺得到弥补，促进了动画构思的定型。当然，这个过程不是一蹴而就的，而是要经过反反复复、不断地深化，才能最后完成。

应该指出的是，这里肢解分析的理性思维和高层次的哲理思考必须有个限度：理性思维必须始终伴随着形象思维，决不能用逻辑思维损害原来构思中动画艺术形象的"原生美"。

"原生美"往往是动画家孕育了很久突然迸发灵感创造出来的形象。他们具有最鲜活、最独特、最新奇、最绝妙的动人之美。比如，龙猫、史莱克、加菲猫的造型刚刚出现时可能并不完美，他们就像刚刚降生的婴儿，眉眼和腰肢还没有舒展开，紫红的胎色还没有褪去，还缺乏成熟之美、完善之美，但他们要呼喊，要挥动拳脚，他们充满了生命力和创造未来的强烈欲望。如果此时用理性的审美标准要求他们，很可能会伤害甚至扼杀他们，这是艺术创作的大忌。我们应该给他们以洗涤、抚摸、呵护，在保护和尽可能提高他们原生的审美内涵的前提下，修饰他们、完善他们，使他们的艺术形象更加完美。

三、动画构思的创新

清代戏剧家李渔在《闲情偶记》中强调艺术创新时说道："新也者，天下事物之美称也。而文章一道，较之他物，尤加倍焉。"一般文章需要加倍创新，动画构思尤其要加倍再加倍地创新。托尔斯泰在《艺术论》中指出："只有传达出人们没有体验过的、新的感情的艺术作品才是真正的艺术作品。"可以说，创新是包括动画在内的一切艺术作品的生命所在。因此，动画构思是否具有创新性，决定着未来作品是否具有艺术生命力。

动画构思的创新不是主观任意的，而是由动画创作规律和观众欣赏心理两方面决定的。一方面，动画创新是客观世界经过创作者头脑的折光反射后的结果，而客观世界是不断运动发展、日新月异的。作者面对千变万化的大千世界，其感受、体验、认识、观念也在不断变化和更新，这就决定了动画构思必然是追求创新的。另一方面，从审美心理考察，人有一种本能的好奇心，总是希望事物永远处于一种不断运动和变化的状态之中。因此，新颖独特、迂回曲折、富于变化的动画构思正符合观众好奇的心理倾向。爱迪生在《论洛克的巧智的定义》中说："凡是新的不平常的东西都能在想象中引起一种乐趣，因为这种东西使心灵感到一种愉快的惊奇，满足它的好奇心，使它得到它原来不曾有过的一种观念。"①很显然，客观世界要求创新，创作者和欣赏者也都需要创新，动画构思不但没有任何理由违背这一艺术规律，反而更加需要创新。

动画构思的创新可分为两类，一类是原创性的，也就是从无到有。可见，原创性的动画构思，其人物、情节、结构、主题等都应该是新颖独特的。作品的立意、形象、表达形式等都是原创的、独特新颖的，没有模仿因袭前人或他人的痕迹，如《怪物史莱克》、《风之谷》等。另一类是再创性的，多数是各类题材作品的改编，在原有人物、故事的基础上进行再创作。请注意，改编不是原著照搬，而是取其内在精神实质和故事框架加以重新创造。优秀的再创性改编的审美价值不亚于优秀的原创。美国改编的一些动画大片堪称成功的再创造。

如果把一部动画片比作一个系统，那么它是由立意、形象和形式技巧组成的三维结构，无论哪一类动画构思的创新都应该在这三个维度上寻求突破。

1. 立意创新

明代谢榛在《四溟诗话》中说，"赋诗要有英雄气象：人不敢道，我则道之；人不肯为，我则为之。厉鬼不能夺其正，利剑不能折其刚。"主要是说，诗人只有对生活、事物具有独特而深刻的感受和体验时才能创作。动画创作更需要作者对宇宙、自然、人类、社会、人生、人伦等方面有自己的新发现、新认识、新见解，从事物中发掘新意。2002 年，克里斯·伟基导演的好莱坞巨片《冰河世纪》(*Ice Age*)讲述了三只冰河时期的史前动物护送一个人类弃婴重返家园的故事。故事中人类竟然抛弃自己的后代，丧尽人道；而史前动物尚且希望人类代代繁衍，生生不息，极尽人道、天道。这个极端奇绝的动画构思源于作者对当代资本主义世界人性泯灭的独到见解，实乃空前绝妙且入木三分的原创性构思。同时，这也说明再创性的构思能够做到立意创新。由包蕾编剧、阿达导演的《三个和尚》将"一个和尚挑

① 北京大学哲学系美学教研室编：《西方美学家论美和美感》，商务印书馆 1980 年版，第 97 页。

水吃，两个和尚抬水吃，三个和尚没水吃”和“人心齐，泰山移”两个意义完全相反的中国民间谚语组合成一个完整的故事，发掘出全新的哲理内涵：自私自利，害人害己；大难当头，团结抗争，才能共渡难关。

要做到立意的创新，我们既不能窃取他人之言为己有，也不要与别人雷同。做到这两点是十分艰难的，也是我们每一位动画创作者在实践中力求达到的目标。

2. 形象创新

形象创新，既包括人物形象的创新，又包括环境、背景、设计的创新，还有故事情节的创新。1928 年，迪斯尼拍摄的第一部有声动画片《蒸汽船威利》(*Willy the Steamboat*)中塑造了轰动世界的米老鼠形象。他抓住了老鼠神态逗趣和动作灵敏的特征，对其加以拟人化的改造，刻画了一个亦鼠亦人、惟妙惟肖的动画形象。米老鼠的造型和动作设计完全是原创性的、独一无二的，准确、生动地表现了它快乐天真、积极向上的性格，博得了世界各国观众的喜爱。原创性成功的动画形象还有很多，如唐老鸭、泰山、阿童木等。再创性成功的动画形象也有很多，其中《狮子王》尤为突出，它将哈姆雷特和老王(叔父)、母后等人物全部改造成性格各异的狮子;《大闹天宫》对孙悟空最后被如来佛镇压在五指山下的“悲剧式”结构进行了“脱胎换骨”的改造，“让孙悟空踢翻八卦炉，拿起金箍棒，打上灵霄宝殿，几乎使玉帝坐不成宝座”，创造出一个敢于反抗、敢于斗争的叛逆者的形象；此外，《钟楼驼侠》中的卡西莫多、《哪吒闹海》里的哪吒等再创性动画形象也都各放异彩。

在迪斯尼的经典动画片《白雪公主》中，创作者设计了林中小屋，屋中有七个可爱的小主人，森林里住着小鹿、小兔、小松鼠、小鸟、小乌龟以及花草树木，这一切都为白雪公主创造了友善、和谐的环境，故事充满了幽默、风趣和欢乐的气氛，与在皇宫里继母皇后满怀妒忌、阴谋陷害的险境形成了鲜明的对比。这既是环境、背景的创新，也是情节、动作的创新。特别是白雪公主和一群小动物一起打扫小屋的情景简直是妙趣横生、妙不可言。

3. 形式技巧创新

形式技巧的创新包括新结构、新方式，以及各种各样的新技法。例如，《花木兰》(*Mu Lan*)原本是中国古代民间故事，讲述花木兰女扮男装、替父从军、英勇杀敌的故事，而迪斯尼制作的同名动画片，则彻底改变了原有的情节、结构，将其演绎成一部集武打、言情为一体的爱情故事，令人耳目一新。

迪斯尼以设计大量的奇妙、生动有趣的动画动作而令人向往，日本的动画大师手冢治虫则凭借生动感人的故事情节和鲜明的人物性格而打动人心，他以为数不多的画面和动作表现深刻的思想内涵，达到令人震撼的艺术效果。

《小蝌蚪找妈妈》的意象传情，《牧笛》的水墨造型，《埃及王子》、《小倩》和《宝莲灯》等二维人物加上三维背景的制作方法等，都反映了动画的形式技巧的创新空间是非常广阔的，未来将有无尽的探索空间等待新技术、新手段的开发。

思考题：

1. 动画剧作要素的纵向考察指的是什么？分别有哪些规律？
2. 动画剧作要素的横向考察指的是什么？分别有哪些特点？
3. 如何理解“动画是思考与形象思维的统一体”？试举例说明。
4. 什么是动画的构思？一般触发动画构思的外在因素大体有哪几种情形？
5. 动画构思的过程可分为哪三个阶段？每个阶段的特点是什么？
6. 动画构思的创新指的是什么？应该在哪三个维度上寻求突破？

第三章 动画剧作题材的选择和处理

本章知识点

动画剧作题材的选择标准与处理方式

学习目标

掌握选择动画题材的三条标准和不同类型题材的处理方式

动画之“动”决定了选材的动作性；运动的瞬息变化、一闪而过，决定了选材的单纯性，然而，于单纯中见丰富才是上乘；动画的游戏性和喜剧性特征则要求选材富于趣味性。

不同类型题材虽有不同处理方式，但万变不离动画本体、本质之宗旨。

中、美、日三国选择和处理动画题材的不同特点，是不同国家、民族的文化背景和审美追求各不相同所致。

创作动画剧本首先面临的是题材的选择和处理，这是为艺术构思做准备的重要步骤。

第一节　动画剧作题材的选择

一、题材来源于素材

素材，在拉丁语中是"materialis"，意思是物质的，亦作材料、原料、资料等几种解释。用于艺术创作范畴，素材是指创作者通过直接或间接途径获取的生活材料和文字、图像资料，是进行创作的原始材料。素材具有两面性，一面是丰富的、生动的，另一面是庞杂的、零乱的。

俄国电影导演库里肖夫说："在每一种艺术里首先必须有素材，其次是组织这种素材的方法，而这种方法必须特别适合于这种艺术。"[①]音乐家以音响和节奏为素材，按照时间顺序把它们组合起来；画家以线条和色彩为素材，在画布或纸张上按照空间的序列勾画出来。那么，动画剧作以什么为素材呢？普多夫金说："编剧必须经常记住这一事实，即他所写的每一句话将来都要以某种视觉的、造型的形式出现在银幕上。""编剧必须知道如何寻找和运用造型的，即可以通过视觉形象表现出来的素材；就是说，他必须懂得如何从生活本身所提供的以及通过对生活的观察所得到的无限多的素材中，发现和选择那些能够通过形象而极清楚、极生动地表现他的全部思想意图的形式和动作。"[②]很显然，只有那些具有视觉造型性和动作性强的画面才是电影特别是动画影视片的素材。

题材是指动画片中所描写的具体事物，也就是创作者从现实生活和文献资料中经过选择、集中、提炼、加工和想象虚构的形象材料。题材与素材不同，素材是未经加工的原始材料，是客观的、自然形态的东西；题材则是经过动画创作者的感受、体验、思考，并进行想象虚构、加工创造的夸张、变异了的人物和事件，其中既包含客观因素，又包含创作者的主观因素。因此，题材是主客观的统一体，是观念形态的东西。

---

① 引自普多夫金：《论电影的编剧、导演和演员》，中国电影出版社 1980 年版，第 117 页。
② 同上，第 32 页。

二、动画题材的选择标准

题材来源于素材，素材经过加工成为适合动画的题材。

日本著名导演山田洋次说："我随时都在生活中探索、搜寻，只要表达愿望成熟了，找到合适的题材，就充分利用自己积累的生活素材，将自己熟悉的东西，真实地反映到银幕上去。"①这里讲的"找到合适的题材"有两点意思：第一，选取适合自己"表达愿望"的题材，实际上是对题材进行思想的选择、道德的选择以及信念的选择，也就是要选择能够表达作者思想观念的题材；第二，要选择适合动画艺术形式特点的题材。

1. 动作性

顾名思义，动画的画面造型应处在不停的运动之中。动画的本性就在于让那些静止的、无生命的画面运动起来。因此，只有那些富于动作性的人物及其人物关系所构成的事件才是最适合动画艺术的题材。

动作包含力度、强度、速度和长度四个元素，它们决定着运动的大小、轻重、快慢和长短。一般而言，动画片需要力度、强度和速度变化较大的动作过程，其长度则取决于动画片本身长短的要求，使其构成一个完整的动作过程。

性格决定需要，需要产生欲望，欲望引起行动，行动依靠意志，这就是动作的力度、强度、速度和长度的心理依据。动画形象在这种心理的驱动下，必然行动起来，他的行动必然与其他动画形象发生这样那样的关系，其中，矛盾关系是造成双方更强烈行动的动力，这便构成了情节，成为动画题材动作性的根本来源。比如，孙悟空的性格决定了他需要一件好兵器，于是跑到东海龙宫取了金箍棒，引起龙王向玉帝告状，玉帝的尊严决定了他必然要降伏孙悟空。孙悟空岂能任他驱使，于是产生了一系列大闹天宫、战斗、厮杀……可见，性格越鲜明，需求越强烈、持久，动作就越坚决、持久，意志愈加坚定、持久。

2. 单纯性

动画片的画面持续运动并且迅速转换，使观众在欣赏过程中难以仔细认知和反复思考其中的内容。特别是动画片的受众群体主要是少年儿童，他们更难以识别错综复杂、隐晦艰深的事物。因此，动画剧作一定要选择简洁、鲜明的题材，也就是说，要求事件高度单纯，动作高度集中，线索清晰，主题明确。

应该强调的是，单纯并不意味着简单。相反，单纯恰恰是为了表现丰富。因

① 转引自范景伍等编著：《电影剧作八讲》，中国展望出版社 1983 年版，第 39 页。

为艺术不是罗列和堆砌众多素材，而是经过反复的筛选、提炼和加工之后，使题材更精练、更单纯，达到以一当十的效果。实际上，艺术的单纯就是典型化的结果，即通过个别的、少量的人物和事件，反映丰富、复杂、深刻的社会内容。所以，于单纯中寓丰富，是动画片选材的真谛。

动画题材的单纯性具体表现在以下三个方面：

第一，人物与人物关系单纯。这是指动画片的人物要少，关系要简单。一般说来，主要人物有一两个。如《花木兰》以木兰为主、校尉李翔为次，其他均为辅助铺垫人物；《埃及王子》以摩西为主、雷明斯为次；《白雪公主》、《狮子王》、《宝莲灯》、《哪吒闹海》、《风之谷》、《千与千寻》等，无不如此。人物关系简单是指，人物之间的关系不像一般故事片、小说、戏剧之类众多、复杂，有血缘、社会、工作、情感等多重关系，而且几个人物关系互相交织在一起，错综复杂。动画片要求横向关系单一，极少交错、纠结。

第二，故事情节单纯。也就是贯穿全片的主线单一，副线一般只有一条，这是由主要人物和次要人物及其关系的少而精决定的。例如，《花木兰》中以花木兰与校尉的关系发展、变化为主线；《埃及王子》中以摩西与雷明斯由亲如兄弟变为水火不容的仇敌为主线。许多动画片也都大体如此。副线和次要人物都是为推进和丰富主线服务的，因此，主线虽单纯突出，却并不显得单薄、肤浅。

第三，主题单纯。动画片的主题不宜多元，最好是单纯主题、深入挖掘。例如，《冰河世纪》只是将人类与动物做了对比：人类抛弃了自己的婴儿，几个动物护送婴儿回归人类；人类不但不感谢这几个动物，反而开枪猎取它们的皮毛；人类只顾自己的眼前利益，不顾子孙后代，而动物却历经艰险保护人类的后代；人类自私自利，动物却勇于自我牺牲；人类与动物、自然对立甚至加害于动物，动物却与人类和谐相处；人类自相残杀，而动物却团结互助。由此人们不禁联想到战争、恐怖主义、森林的滥砍滥伐、野生动物被捕杀、大气污染、水污染……人类在毁坏大自然、毁坏世界，也在毁坏人类自身……人类亟待得到拯救。就是这样一个单纯的故事，几个动物的行为与人类行为的对比，表达了如此深刻而令人反思的主题。

3. 趣味性

有趣味的素材，就是指那些好看、好玩、有意思，惹人喜欢、逗人高兴的人物、事物、景象、动作、故事等等，动画片正是选择这些富有趣味性、喜剧性、游戏性的题材作为最适合自身的表现形式。原因有两点：

第一，动画片让静态的、无生命的图画动起来、活起来，而且动作和表情都是机械性的，这本身就很有趣味性。如果选用有趣味的题材，更为动画的特殊表现手段提供了广阔的延伸和拓展的空间，可以使趣味性发挥到极致。

第二，好奇之心，人皆有之。少年儿童更是对世界充满奇妙的幻想，动画片恰好满足了他们的这种心理需求，因为有趣的、诙谐的、逗人的事物都具有新鲜、奇异的特点。不但少年儿童喜欢，中青年甚至老年人也常常童心萌动，内心向往这种神奇的景象。

动画的趣味性往往是凭借神话化、童话化和喜剧化实现的。所谓神话化，即神力所至，无所不能，重大庄严的事情都能轻而易举地做到：孙悟空把个定海神针——三万六千斤的大黑柱子，说变细就变细，说变小就变小，转眼间变成金光闪闪的金箍棒，神奇、好看。所谓童话化，是把日常生活中的行为、现象夸张到常人想象不到的地步，令人神往：《魔女宅急便》中的小魔女居然能骑着扫把飞跃城市、山峦、大海，自由惬意，电影把小孩子喜欢骑着扫帚、木棍当马奔跑的景象延伸、拓展了。所谓喜剧化，就是把正剧、悲剧的内容举重若轻地转化为诙谐的、好笑的喜剧化形式表现出来。法西斯的集中营森严恐怖、惨无人道、令人发指，然而，《小鸡快跑》却将一群形态不同、憨态可掬的小鸡机敏勇敢地逃脱屠宰场的行动表现出来，寓意深刻，启人心智，引人兴味。因此，动画片选择趣味性强的题材，可以取得老少皆宜的艺术效果。

第二节　不同类型题材的处理方式

凡是优秀的动画作品无不有着让人铭刻终生的东西。从《幻想曲》中艺术情感的表达，到《梦幻街少女》中生活情感的表达，再到《埃及王子》中宗教情感的表达，还有《阿基拉》中哲学情感的表达，这些类型各异的动画片都在一定程度上经历了“画”“动”这一物理形式上的动感呈现，而实现心灵的震撼与情感的感动这一心理转化。

从动画剧作选取题材的角度来划分类型，大体有写实、神话、童话、魔幻、科幻五种类型。

一、写实类题材应注入非现实元素

写实类动画剧作基本遵循现实主义创作的三项原则：

第一，注重描写对象的现实性。动画题材一般取自现实生活，以再现社会生活的基本特征为追求目标，且具有时代气息。

第二，注重编导者态度的客观性。现实主义在艺术形象的表现中强调客观的真实，不同于浪漫主义追求理想的真实。因此，编导者要尊重生活的逻辑，不可以主观意愿代替生活的客观状态，另一方面，这种客观性也不是客观生活的机械照搬，而是对生活本质真实进行艺术的提炼和概括。

第三，注重描写手段的真实性。首先，动画片中的人物和事物要真实再现，通过展现社会关系中各个具体人物的生活、矛盾的斗争，真实地反映社会生活面貌；其次，人物活动的时代背景、具体时间和空间的变化要符合自然的物理规律；再次，要以人物为中心，注重人物个性的细致刻画；最后，要加强细节描写，凭借真实的细节展示生活存在的具体形态。

一般来说，现实题材既然可以选择成为动画题材，就必须在遵从上述原则的前提下，根据动画的漫画性造型特点加以具体表现。也就是说，既要再现人物、景物、环境的客观真实，又要发挥动画的特长，加以适度的夸张、变形和幻想，并注入一定的非现实元素，这是动画进行艺术处理的基本法则。

写实类动画片的艺术价值在于它贴近现实、贴近时代、贴近社会、贴近人生，缩短了动画形象与观众之间的审美心理距离，令人倍感亲近、可信，这种审美感受是其他类型动画片无法比拟和替代的。

写实类动画片的题材来源又分为以下两种情况。

1. 选取真人真事

《草原英雄小姐妹》是根据内蒙古乌兰察布盟达茂联合旗两位蒙古族小姑娘龙梅和玉荣冒着大风雪抢救公社羊群的真实事迹编写的。动画片艺术地再现了蒙古族小姐妹为了保护集体的羊群，奋不顾身地与严寒和暴风雪进行着顽强搏斗的感人情景，开创了我国动画片创作史上采用写实形式反映现实生活中真人真事题材的先河。这部作品在故事情节的安排、矛盾冲突的展开、人物性格的刻画、细节的描写以及环境气氛的渲染等方面，都取得了较好的艺术效果，虽然在人物造型、动作设计中也按照动画的特点进行了一定程度的夸张，但并不是完全模拟真人。整体上看，作品仍然囿于真人真事的局限，难以充分发挥动画艺术的优势，影片显得平淡，缺少动画特有的艺术魅力。

2. 虚构的人和事

常用的做法有三种：

(1)现实与非现实的情景交错呈现

由日本动画大师宫崎骏创作的动画片《萤火虫之墓》讲述的是，在第二次世界大战中的日本，阿泰兄妹的母亲被炸死，他们成了孤儿，四处躲避轰炸，寻吃觅食，最终仍然逃不过饥饿的折磨而相继死去。影片通过兄妹俩的不幸遭遇控诉了战争给善良的日本人民，特别是儿童造成的灾难，这部动画片不失为一部反战的好作品。片中的时代背景、人物、环境、气氛都是写实的，夸张的程度不大，虽然人物、故事是虚构的，却尽可能地贴近真实，特别是一些对生活细节准确、细腻的把握，内心真情实感的流露，令人深受感动。剧作者在真实刻画兄妹从努力生存到走向死亡的过程的同时，又展现着一个“鬼世界”。在“鬼世界”里色调是暖红色的，而现实世界的色调是黑暗的、悲凉的，二者的巨大反差形成了强烈的对比。这种幻化中的“鬼世界”反衬出战争现实的残酷无情，表达了深刻的人文关系。剧作者创造出的人鬼世界的交替恰恰发挥了动画艺术的特长。

(2)插入非现实的情节

有些动画作品虽然在情节安排和人物动作上进行了夸张和变形，但整体上基本是写实的，只是在其中插入了一些非现实的情节，使作品突然变得神奇起来。如《灌篮高手》，表现的是现实生活中青少年的篮球比赛，但打出去的球可以在场景中自由飞行，而且可以不断改变轨迹，这在实拍影像中是根本不可能的。更神奇的是，在《网球王子》里，龙马使出“龙卷机杀”绝技，画面竟然刮起龙卷风。在龙马与龙牙的决赛中，龙马化为多束腾空而起、旋转的火柱，而龙牙则幻化成惊涛骇浪，排山倒海地迎战火柱。两人冲上云霄、水火交融，变成一种超强的“世纪波”，仿佛五彩缤纷的礼花在天空美丽地绽放。很显然，在写实题材的构思中，我们必须想象出非现实的幻化元素，构成真实中有幻想，幻想又置于真实之中的景象。

(3)在大肆夸张变形中搞笑

日本写实类动画对生活细节的描写细致入微、惟妙惟肖，并从中获得动画特有的喜剧效果。《邻居山田君》讲述了有关日常家庭生活琐碎而平凡的故事，片中没有什么重大事件和非现实的情景，全部是一些生活片段：夫妻斗嘴、抢电视遥控器、全家人逛商场小女儿走丢了、奶奶看望生病的朋友、上班、吃饭……但通过人物的脸型、五官、表情、四肢动作的极端夸张变形，揭示出人物的内心活动和情感变化，使人物形象栩栩如生，生活情趣盎然。观众好像欣赏一幅幅活动的连环漫画，忍俊不禁、回味无穷。其实，动画里的吵架、抢东西、逛商场、丢小孩、看朋友、吃饭、上班等行为是现实生活中人们几乎每天都会发生的，他们的喜怒哀乐与现实中人们的情感是相通的，这些使人感到真实而亲切，但那里的人物相貌、神态、动作的幅度、强度及行为方式是现实生活中的人们无法做到的，是超现实、非现实的生存状态，他们使人感到陌生而新奇。正是动画艺术将现实的常态与创造出的非现实的变态形成一种反差，呈现出虚幻世界的轻喜剧。

二、神话类题材要渗透现代意识

神话专指原始人类创造的古代神话，有人提出“现代神话”的概念，这是性质完全不同的问题，我们把它归到魔幻类型里。严格地说，古代神话是反映古代人类对世界起源、自然现象和社会生活的原始理解的故事和传说。它并非现实生活的科学反映，而是由于古代生产力的水平非常低下，人们不能科学地解释客观世界的各种现象、矛盾和变化，于是便借助想象和幻想把自然力拟人化了，表达了原始人类的追求和理想。实际上，神话是以集体无意识的形式积淀了人们对自然和社会的基本认识。中国古代神话极为丰富，表现了我们祖先对宇宙产生、人类起源和自然奥秘的“真”的探索，对善良、正直、勤劳、勇敢品质的“善”的礼赞，对崇高、神奇、粗犷、悲壮精神的“美”的敬仰，体现了原始人类追求“真、善、美”的理想境界。因此，古代神话非常适合作为动画剧作的题材。但是，这类题材还应该适应现代人的思想意识和审美需要，进行再创造加工，而非简单再现。

中国古代神话大体分为四类：创世神话、自然神话、英雄神话和传奇神话。动画剧作者以不同类型的神话作为素材，充分理解、发掘各自蕴含的深刻内容和内在精神，从而进行符合现代要求的再创造，不同神话的要求各不相同。

1. 创世神话

虽然人类祖先对客观世界的认识朦朦胧胧、含混不清，但他们大胆地提出疑问：天地是怎样开辟的？万物是怎样生成的？人类是从哪里来的？宇宙是怎么产生的？在人们不可能对这一系列问题做出科学回答的时候，他们以丰富的想象进行了神妙的解释，于是创造出《盘古开天地》、《女娲造人》等神话。这种敢于质疑、勤于探索、勇于创造的伟大精神对现代人来说依然弥足珍贵，值得大力弘扬，这是创世神话进行动画再创造的关键要素。

2. 自然神话

人类祖先面对大自然中的风雨雷电、山川鸟兽等千变万化、威力无穷、神秘莫测的现象和事物感到迷惑，因而产生畏惧，由畏惧进而产生崇拜。在他们看来，自然界充满生机，仿佛一切都在活动，都在变化，像人一样，有意志、有感情，从而启发他们产生了“万物有灵”的观念，并以拟人的方式，运用想象和幻想把无形的自然现象化作有形事物加以表现，于是创造出“龙身人头”的“雷神”、“人面鸟身”的“海神”、“逐日”的“夸父”等神话人物，反映了原始人类对大自然的敬畏和崇拜，并在其中透露出征服自然、利用自然的强烈愿望。对自然的敬畏和崇拜之心正是现代人所缺少的。现代人类过分崇尚科学主义、商业主义，追求物质享受和娱乐，破坏自然生态平衡，损害人类和动植物的生存环境等，对大自然作出了很多不道德的行为。实际上这都是人类在损害自己。至今，大多数人仍然执迷不悟。动画创作能否用我们祖先对大自然的态度来启迪现代人的心智呢？这是自然神话再创作的重要课题。

3. 英雄神话

人类祖先对宇宙、自然等客观事物虽然还不能认识和把握，但他们幻想着“英雄”出现并与自然界和社会中的有害事物展开搏斗，取得胜利，为人类造福。于是，英雄神话出现了，它意味着人类自我意识的觉醒。《女娲补天》、《精卫填海》、《鲧禹治水》、《后羿射日》等皆属此类。在英雄神话中，我们祖先对于勇武的“力”和为民的“德”的品质充满了崇敬、赞美和向往之情。英雄神话表现出古朴的大智大勇的力度感和大仁大善的美德，对今天更具有强烈的现实意义。现代社会金钱至上、人情冷漠、精神萎靡，追求感官刺激上的一时满足，因此，迫切需要一种信仰、一种精神的激励和鼓舞。动画创作就是要汲取英雄神话的精神营养并将其转化为唤起青少年奋发向上的内在动力。

4. 传奇神话

中国古代神话中有不少关于异域奇国、怪人怪物的传奇神话，其中有“其民皆生毛羽”的“羽民之国”，有“人面、鸟喙、有翼，食海中鱼”的“獾头”，有“一臂三目”“能为飞车”的“奇肱民”等，这些奇妙怪异的神物反映了人类祖先盼望自己有三头六臂、上天入地、无所不能的理想。他们试图突破各种自然条件的限制，尽力改造自身的生活环境，表现了惊人的超现实、超自然的想象力。其形象生动、妙趣横生，极富戏剧色彩，也是创作动画作品的好素材。但这些题材也需要赋予新的思想内容。

列举上述神话类型，笔者意在强调以下三点：

第一，用古代神话作为动画剧作题材，不能只注重满足动画艺术需要的外在形式，更要发掘其内在的精神价值，作为现代人的精神营养。

第二，任何类型的神话只能作为动画创作的素材，是一个基本的情境框架，创作者必须以自己的现代意识和思想感情进行全新的再创造，绝不能拘泥于原始形态的复制。

第三，鲁迅的小说集《故事新编》可作为神话再创作的借鉴，但改编者应汲取其中重新再创造的精神，而不能模仿某些具体的方法。

三、童话类题材应富有童心、童趣

从儿童心理出发，认为世上万事万物都像“自己”（指人）一样会说、会笑、会活动，由此形成心理学中任何事物都有灵性的“泛灵论”观念，这是童话产生的心理和理论依据。童话与神话虽然在“万物有灵”这一点上有相通之处，但各自的形成基础在本质上完全不同。神话是原始人类群体无意识的产物，而童话是人类文明时代人为的有意识的艺术创造。

童话通常是借助宝物、仙人等奇异的形象展开故事，常用拟人化的手法将人世间的故事移植到动物或物体中去展现更自由、更富于想象的幻想，也更加生动有趣，能唤起青少年和成年人的童心。

丰富的想象性和大胆的夸张是童话类动画剧作的主要表现手法，任何离奇的幻想和超乎自然性质的形象都可以出现在童话世界里。

童话类动画形象和情境的表现形式可分为三种：第一，动物拟人化方式；第二，物体拟人化方式；第三，混合表现方式。

1. 动物拟人化方式

自古以来，人类与动物一直共生共存、和谐相处，喜爱动物是人类的天然本性，特别是孩子，他们喜欢去动物园观看各种动物千差万别的形象和神态，更喜欢观赏不同动物千姿百态的活动景象，这最符合动画的动作性要求。因此，动物一直是动画剧作题材的重要来源。在动画中对动物进行人性化、性格化设计和描写，如米老鼠、唐老鸭、小鹿斑比、黑猫警长、喜羊羊等，这些形象让人感到既熟悉又陌生，亲切可爱。尤其是动画将人间的故事转移到动物中从而获得极大的想象空间，创造出许多奇妙而优美的情景：小鹿斑比在莽莽丛林、秀丽山川之间，在母亲和鹿王的呵护和鼓励中成长起来；黑猫警长率领警士们以智谋和勇敢战胜了老鼠、食猴鹰、大象、河马、野猪等偷窃粮食的敌人，故事曲折、惊险、幽默；《海底总动员》更是将“父子离散—寻找—团聚”的艰辛历程在茫茫大海深处通过鱼类及其它海底动物展现出来，给人一种别样的惊喜和感动；《虫虫特工队》中蚂蚁王国展开了一场粮食争夺战，惊心动魄又让人耳目一新。

2. 物体拟人化方式

有人认为动物的动作性适合动画的拟人化表现，而现实生活中各种各样的事物林林总总、数不胜数，大多数都是不能自行运动的，即使活动起来也必须借助外力才能实现。因此，一般的物体很难成为动画的表现题材并演化出生动有趣的故事。动画创作者应该细心观察，善于发现客观世界中哪些物体能够运动，哪些物体在什么情况下有可能运动，从而创造条件发掘题材。聪明的美国动画家选择以现代的机械玩具为对象创作了《玩具总动员》，赋予各种玩具以生命。他们之间有竞争也有友情，有自信也有失落，不同玩具有不同的性格、心理和情感，仿佛现实生活中不同个性的人之间时而矛盾，时而沟通，时而理解和宽容。玩具的拟人化不但合情合理，而且更适合儿童心理，因为孩子们最喜欢玩具，把玩具作为自己的好朋友。在动画世界里，这些“朋友”都活动起来，并且表现出各自不同的烦恼与欢喜、失望与追求、挫折与向往。就如同自己内心活动的再现，孩子们在玩具的身上看到了自己，获得了启迪。

汽车、竞赛、激情、速度、风驰电掣、惊险刺激，是青少年非常渴望和向往的。虽然汽车需要有人驾驶才能奔跑，但动画家把汽车拟人化了，例如《汽车总动员》里的汽车就仿佛自己在飞驰，而且更出人意料的是，车窗变成了眼睛，像车灯一样照亮前方的路，车身造型的不同形状和色彩表现着不同的性格……赛场上扬起的雾状烟尘、车体的动感和不同角度的反光以及车胎在路面上的摩擦等等，都似乎透露和传递着某些内心动态和情感信息，把拟人化的手法发挥到了极致。

以物体拟人化为题材时，创作者应设身处地，将自己置身于被选择的物体之中，去感受、想象、体验它的运动状态与人的心理、情感如何有机融合，从而创造出动画世界里全新的运动逻辑秩序。

3. 混合型表现方式

混合型表现方式是指动画作品中的人物、动物、植物和物体等都参与故事情节之中，成为构成作品的重要角色。如中国动画片《鹿铃》来源于庐山白鹿书院中的一个传说，讲述老药农和小孙女救护一只被老鹰击伤的小鹿，从此小孙女就与小鹿结下了深厚的友谊。美国动画片《美人鱼》讲述的是大海上风暴骤起，王子落难，海王的小女儿美人鱼搭救了王子，并且爱上了他。动画片《料理鼠王》讲述老鼠与人在一起如何烹制美味佳肴，并由美食家品尝、鉴赏、评论的故事。法国动画片《国王与小鸟》中，国王毫无贤德爱民之心，他打死了小鸟的妻子，又要拿小鸟的孩子做枪靶，最终小鸟救走了自己的孩子；国王迷恋墙上画框里的“牧羊女”，“牧羊女”却爱上了扫烟囱的小伙子；小鸟帮助“牧羊女”和小伙子逃跑……在这里，人物、小鸟、画像构成了一个离奇有趣的故事，小鸟人性化了，画像人物复活了，它们与人建立起彼此理解、互相交流的虚拟关系，一切显得自然而然。日本动画片《悬崖上的金鱼姬》讲述一个心地善良的小男孩救起一条奄奄一息的小金鱼后，两颗纯真的心互相吸引的故事，以理想的童话隐喻现实中人与人之间的冷漠和隔膜。

不难看出，对于童话类动画题材，任何一种表现方式都具有浓厚的滑稽、幽默的喜剧色彩，都充满着质朴和纯洁，都在呼唤着人们将失去了的童年记忆和童心回归。

四、魔幻类题材在诡秘中传达人情

动画艺术的神话本性和超现实性为创造神鬼妖怪提供了无限自由而广阔的天地，但是称这类题材为现代神话并不准确：虽然妖魔鬼怪也有一些神性，却不可与古代神话中的“神”相提并论。古代神话中的神多是半兽半人，这是原始人类对动物图腾崇拜的产物，充满神圣、敬畏和理想，而妖魔鬼怪是现代人根据某种想象设计出来的动画形象；古代神话中，神的威力惊天动地、叱咤宇宙、拯救地球、拯救人类，其气势之雄壮、胸怀之博大、精神之宏伟，实在无与伦比，而现代动画的神鬼不过是表现一些人间的善恶斗争和儿女情长。因此，将描写鬼怪的作品称为魔幻类题材更恰当些。

魔幻类文学作品自古已有之，其经典之作首推《西游记》。《西游记》取其中几章改编创制的动画片《大闹天宫》不愧是此类题材的翘楚，可谓空前绝后。《哪吒闹海》、《宝莲灯》等作品也不乏惊天地、泣鬼神的气派。

近些年来，美国和日本制作出不少现实魔幻类动画片。魔幻类题材为动画创作开辟了一个更广阔、更自由、更利于表达主观意志的新天地，创作者能够想象并创造出客观世界根本不存在、人们也找不到其对应物的妖魔鬼怪形象，它们出现在神秘而诡谲的情境之中，引起人们极大的好奇心；虽然观众感到恐惧，却又急于探寻其中秘密。这类动画的吸引力正在于此。

魔幻类题材可分为两种方式：

1. 人鬼同台型

在魔幻类动画里，剧作者可以创造出一切奇形怪状的、客观现实中根本不存在也不可能存在的，甚至普通人完全想象不到的形象。他们完全是另一个世界的怪物，本来与人类无关，也不可能与人类有任何瓜葛，然而在动画的虚幻世界里，人与鬼怪很容易同台上演各种各样稀奇古怪的故事。《千与千寻》描写的是，在现实生活中一个普通的小女孩千寻和父母一起开车前往新家，不料中途迷路了，进入一个小镇。父母在吃东西时突然双双变成了猪，千寻到处寻找他们却误入了一个鬼魅世界，她被莫名其妙地吞掉了名字中的“寻”字，只剩下一个“千”字。千寻开始与小白龙、无面人、汤婆婆、锅炉爷爷等鬼怪之间发生许多离奇的故事。《幽灵公主》、《魔女宅急便》、《龙猫》、《天空战记》等作品都是人与鬼怪相遇相交、相离合的故事。更奇特的是美国动画片《僵尸新娘》，一位青年钢琴家维克多在婚礼前夜演习婚礼仪式时竟然把结婚戒指套在了一根枯树枝上，而后一个披着婚纱的“人”从地上破土而出，自称维克多的新娘被杀，成了僵尸新娘，即他的合法妻子。维克多忧愁万分，想逃跑，但僵尸新娘为他提供了一切生活中的物质享受，于是他只能生活在人鬼两界之间……这类题材的共同点都是以现实生活中普通人的日常行为开始，让人感到很熟悉、很亲切，然而观众被一步步地引入魔窟鬼界，让人胆战心惊，既害怕又新奇，明明内心充满恐惧，却又十分着迷，急于看个究竟。

2. 鬼怪共处型

这类题材主要是写鬼怪的故事，虽偶有人类出现却无关大局，鬼怪的活动又与人间有着这样那样的密切联系。美国动画片《圣诞夜惊魂》描写的是万圣节城（实际是鬼城）的领导者骷髅杰克厌烦了年复一年地去复制万圣节的恐怖。一个偶然的机会，他来到了人间的圣诞节城，发现人们分发圣诞礼物，他很感兴趣，于是杰克动员万圣节城的全体骷髅开始积极生产“圣诞礼物”。当圣诞之夜到来时，杰克送去他精心制作的“礼物”，却引起人们极大的恐慌，而他送礼的车子在天空飞行时也遭到居民们的高射炮轰击，他逐渐明白自己对人类犯下了错误。这种人类幻想式的狂欢会实际上是一种黑色幽默。日本魔幻动画片《百变狸猫》讲的是东京地下开始了社区新建工程，狸猫们被赶出了住处，于是它们施展各种变身法术，变身为千奇百怪的长龙、猫精、鬼娃、裂口女、人面犬等，夜行抗议来吓唬人类，迫使工程停止。这类题材看似远离人类社会，其实依然是现实生活的折射。

魔幻题材虽是荒诞不经、自由幻想的产物，却也不是毫无缘由的。现代社会科学技术高度发达，但宇宙之宏大、自然之奥妙，仍然有许多人类尚未认识和掌握的玄机。由此，人类仿佛在冥冥之中感到，有一种神秘力量主宰着大自然和人类社会，也感到似乎在人间之外还有天堂和地狱，人死之后或上天堂或下地狱也未可知。这就是人们想象和幻想出神鬼妖怪的深层的思想根源，也是魔幻动画产生的根源。但这里需要强调的是，现代人对于妖魔鬼怪的幻想与古代神话不同：现代人的幻想是个体有意识的创造，而古代神话是集体无意识的幻想和创造。二者内在性质根本不同。

选择和处理魔幻题材必须特别注意两点：

第一，创作的激情必须基于对现实的感受和启发而焕发出来。为了搜怪猎奇、故弄玄虚，甚至自我标榜而创新，这是绝对要不得的。创作者之所以将人类社会的矛盾、纠结幻化到妖魔世界去展现，既是为了获得更自由的想象空间，便于充分发挥主观创造精神，更重要的还是构成人鬼两界的反差，在对比、反衬中加深作品的思想内涵。

第二，创作者必须设身处地地体会、想一想魔幻世界里的人、鬼、妖、怪等形象的思想情感，为它们赋予真情实意，让人们感到鬼怪的心理与情感是与人类相通的，其实它们就是人的变身，这样才对观众具有亲和力。

五、科幻类题材要符合科学规律

科学幻想动画片是根据已被证实或尚未证实的科学原理、科学成果作为剧作的基础，创作出一个虚幻的科学世界，令人向往。

科学幻想是一种创造性想象的特殊形式，它指向未来，与人的愿望相联系。积极的幻想是创造力实现的必要条件，是科学预见的一部分，它对人类生活和社会发展具有重要意义。郭沫若指出："不要把幻想让诗人独占了。嫦娥奔月、龙宫探宝，《封神演义》上的许多幻想，通过科学，今天大都变成了现实。""科学也需要创造，需要幻想。有幻想，才能打破传统的束缚，才能发展科学"。[①]

积极的幻想是科学发现和技术发明的前提，没有幻想就没有创造；积极的幻想是人类发展的原动力，具有无限的生命力。科学幻想是激励人们创造的主要精神力量。人类有美好的幻想，它激励人们努力奋斗。随着科学技术的发展，许多过去的幻想现在都逐渐变为现实。从这个意义上说，人类劳动所创造的各种产品，也可以看成是物化的幻想或称幻想的现实化。

科学幻想是在人类社会生活中产生的，它又推动着人们为更美好的未来而奋斗。当旧的幻想实现后，人们又产生新的幻想，并为实现这些新的幻想而奋力攀登。可以说，人类正是在幻想—实现—幻想—实现—幻想……不断往复上升的历程中发展着、进步着……科幻动画片正是将这种"幻想—实现—幻想"进程中的某一片段截取下来作为题材加以表现的。

科幻动画片更发展了神话和童话中的虚幻成分，使幻想能够展开翅膀自由翱翔，将科学与联想、现实与幻境融合起来，构成了异想天开的超现实世界。美日合拍的动画片《最终幻想》描写的是2065年，从外太空坠落的陨石释放出的外星生物占领了地球，窃取维持万物生长的能量，使地球上的部分生命消灭。面对外星球的入侵，科学家为了保卫地球、拯救人类，与外星力量展开了殊死的搏斗，最后双方同归于尽，但科学家们在其中发现并证明了生命的奥秘，实现了终极目的。

日本导演宫崎骏创作的《天空之城》充满了神奇的科学幻想：幻化之神雷帕特创建了一个高科技之国"天空之城"，城的上方是茂密的丛林，中部由数万根树藤

---

① 1978年在全国科学大会上的讲话。

缠绕着，仿佛一座巨大的城堡；其底部是个半球体，里面藏有一块巨大的“飞行石”，故而，城堡能够浮游于天空之中、云际之间。城堡中藏有无可抵御的高科技武器。军方和海盗早已对“天空之城”垂涎三尺、虎视眈眈，欲将其攫为己有以独霸世界。“天空之城”的公主希达和侠义少年巴斯深知“天空之城”和“飞行石”的秘密：高科技武器一旦被恶人夺得，世界将永无天日，人类便惨遭戕害。于是，希达和巴斯与军方、海盗三方之间展开了生死搏斗，最终希达公主念了咒语使城堡分解坠落，而“飞行石”则负载着花园升入茫茫的宇宙。这场争夺高科技成果的斗争体现了宫崎骏深沉的人文思考：科学技术的发达绝不能危害人类的生存和发展。这是当今世界值得忧虑的历史性话题，全人类都应该引以为戒。

大友克洋的《世界末日》更是科幻题材的大制作，表现的是一个自称地球“保卫者”的“发掘研究联队”发现了神秘的诺亚方舟，在山顶上放射出超强的磁力，致使太空轨道上运行的美国军事卫星瞬间失踪。究竟方舟里蕴藏着什么神秘力量？地球未来的命运如何？人类是否步入了灭亡的道路？这种对于地球和人类命运的深刻思考是科幻题材的沉重课题。

选择和处理科幻类题材必然要涉及一些相关的科学知识和理论及未来发展的前景，因此，对创作者有两条特殊的要求：

第一，创作者必须了解并掌握选题中相关的科学知识，不能出现科学上的谬误，必要时可请教一些专家。

第二，科幻题材不但需要惊险、悬疑、亦真亦幻，也同样要求生动有趣，这就要求将高科技的产物运用人性化的方式，贴近普通人的心理、情感，将细节表达出来，便于人们理解和接受，并从中深受感动。

第三节　中、美、日三国动画剧作题材的不同特点

根据中、美、日三国动画剧作题材选择的不同特点进行分析概括，将有助于我们取长补短、开阔视野、大胆创新。

一、中国：传统性

中国动画剧作题材的传统性表现在以下几个方面：

1. 取材于古代文化宝库

中国是具有五千年历史的文明古国，其神话、传说、寓言、历史故事、民间故

事、壁画故事、古典小说和戏剧等等，琳琅满目、绚丽多彩、数不胜数、美不胜收，是文学艺术创作取之不尽、用之不竭的题材资源。因此，大量动画片选取古代传统题材的做法是很自然的事情。

中国动画片取材于古代文化宝库有其一定的传统。早在1941年，万籁鸣兄弟就曾根据古典神魔小说《西游记》中"孙悟空三借芭蕉扇"中的有关章节，改编制作了中国第一部动画长片《铁扇公主》；1964年后又先后改编摄制了彩色动画大片《大闹天宫》、《人参果》、《金猴降妖》；20世纪80年代，根据古典小说《封神演义》的部分章节改编制作了《哪吒闹海》；1999年，根据在我国流传已久的"沉香劈山救母"的神话故事，创制了大型动画片《宝莲灯》，摄制完成了共52集、每集22分钟的电视系列动画片《西游记》；2003年中央电视台制作了52集大型动画片《哪吒闹海》，等等。

1995～1996年，以中国古代少年英杰为题材拍摄了百集动画系列片《自古英雄出少年》；2000年摄制了《中华传统美德的故事》。中国古代神话《女娲补天》、《后羿射日》、《夸父追日》等，敦煌壁画故事《九色鹿》、《夹子救鹿》，少数民族民间故事《蝴蝶泉》、《善良的夏吾冬》等，都成为动画片的极好题材。可以说，中国将近一半的动画片取材于中国古代传统文化宝库。

2. 有感于中国绘画

例如，特伟主持拍摄的动画片《小蝌蚪找妈妈》是受我国近现代著名国画大师齐白石的名画《蛙声十里出山泉》、《虾》、《荷花蜻蜓图》的触发创作的。齐白石笔下的蝌蚪、青蛙、螃蟹、蜻蜓活灵活现，天真可爱，兴趣盎然，令人喜不自禁。动画片吸取了其中的许多意象，加以改造升华，创制出独具中华民族特色的水墨动画片，开创了"中国学派"的动画艺术。而后，特伟又编导摄制了第二部水墨动画片《牧笛》。片中的牧童、老牛的形象和意境，取自著名国画家李可染的《春牧图》、《雪牧图》和"长安画派"的重要画家方洛众的名作《大河上下》。那牧童和老牛的神态、动作，惟妙惟肖，质朴而诙谐，充满了生活情趣，那背景和环境空灵恬淡，自然和谐，极富田园生活气息。《牧笛》的成功使水墨动画片的题材更拓展到人们的日常生活领域，为动画片的"中国学派"奠定了基础。在此基础上，后来又成功地摄制了《三个和尚》、《山水情》等。

《小蝌蚪找妈妈》曾先后在瑞士、法国、南斯拉夫等不同国家举办的国际电影节上获得大奖，《牧笛》、《三个和尚》、《山水情》也分别多次获得国际大奖，为中国的动画片赢得了国际荣誉。

应该说，"中国学派"的动画艺术是继承中国绘画传统的产物。

3. 生活童话化

自古至今，结合孩子们的思想行为、道德品质，将各种动物、植物、物品等运用拟人化的手法编出童话故事，对少年儿童进行教育，是中国人传统的施教方法。自“卡通”传入中国以来，中国人一直以为这是哄小孩子的玩意儿，因此，动画界遵循这种传统方式，编出小童话并拍摄成动画短片这种做法也是顺理成章的事情。中国大量的动画短片多是这类题材。其中比较成功的作品有《小鲤鱼跳龙门》、《萝卜回来了》、《我们的朋友小海豚》、《雁阵》、《猫咪小贝》等等。

对这类作品的创作意图和方法我们本无可厚非，但遗憾的是，这些作品的构思过于简单，施教过于直白，缺乏吸引儿童的艺术魅力，缺少大片力作。

4. 生活写实

中国动画像中国文学艺术一样，素有追随时代步伐的特点和及时反映社会生活状态的传统。早在抗日战争时期，艺术家们就摄制了《同胞速醒》、《精诚团结》、《血钱》、《狗侦探》和《农家乐》等黑白动画片，唤起中国人民奋起抗击日本军国主义侵略的斗志。摄制于1965年的《草原英雄小姐妹》是以内蒙古发生的真人真事为题材改编的较为优秀的一部作品。

用漫画手法表现现实生活题材的《没头脑和不高兴》讲述的是，两个有坏习惯的孩子通过一次神奇的经历得到教训，改正了自己的缺点。至于《新装的门铃》、《超级肥皂》和《选美记》等作品则截取我国经济体制变革中的某些社会现象进行了喜剧性的嘲讽。

二、美国：广泛性

美国动画片的题材极为广泛，可谓古今中外、天上地下，广收博采，为我所用。具体表现为以下三大特点。

1. 拿来主义

20世纪，轰动世界、取得巨大票房价值的美国动画大片大部分都是根据世界各国的名著改编的。如《白雪公主》根据《格林童话》改编；《风中奇缘》根据英国同名小说改编；《钟楼驼侠》根据法国雨果的著名小说《巴黎圣母院》改编；《美女与野兽》取材自法国神话故事；《泰山》根据美国著名小说家艾格莱斯布洛的原著重新改编而成；《花木兰》由中国古代民间故事改编；《埃及王子》是以《旧约圣经》中《出埃及记》的故事为创作蓝图；《狮子王》的创作灵感来自莎士比亚的著名悲剧《哈姆雷特》；《国王与我》是作家玛格丽特·兰登根据英国19世纪传奇女性安娜·李欧文赴暹罗王国（今泰国）担任皇家教师的真实故事写出的脍炙人口的小说《安娜与暹罗国王》[①]改编的，等等。可以说，美国动画片取材不分国界、民族、地域，不论古今，无所忌讳，无所顾忌，只要有利，通通拿来。然而，难能可贵的是，他们绝非照搬各种题材，而是对之进行美国价值观念的现代化包装，像类型电影一样更加突出爱情、友情、背叛、探险、战争、回归等全人类的母题。这种选材方式不强调尊重原著，或进行创造性的艺术语言的转换，或是全新的创造，使其动画化、美国化，原本熟悉的人物、故事也因此有了陌生化的美感。

2. 现实生活童话化

美国动画片的原创故事多是超越现实的幻想或将现实生活童话化。如《小鸡快跑》写一群小鸡千方百计想从养鸡场逃走；《玩具总动员》写玩具牛仔胡迪和玩具太空人巴斯光年团结合作、逃离魔手，重返主人身边的故事；《海底总动员》表现鱼爸爸马林历尽千辛万苦、克服重重困难，终于与失散的儿子尼莫团聚并安全地回到了自己的家乡；《冰河世纪》讲述了三个史前动物不但要充当一个人类弃婴的保护者，还要历经冰河和冰山的各种惊险和恐惧将其护送回家的故事。这些都是动物、事物、怪物之间“莫须有”的故事，是一种远离现实的梦幻，是一种游戏，似乎与人类生活毫不相干，完全是两个世界。但是他们之间的关系、行为和情感却令人感觉无比真实、亲切，动画因为无比新奇而大放异彩。

3. 面向广大观众

美国自1907年推出第一部动画片以来，至今已生产了将近3000部动画片。经过近百年的产业化运作，美国已经建立了一整套非常成熟的动画文化产业链系统，其动画片的市场定位十分清晰。沃尔特·迪斯尼曾表示：“我不是主要为孩子们制作电影，而是为了我们所有人的童真制作电影，不管他是6岁还是60岁，这就叫童真。最糟糕的不是我们没有天真，而是它们可能被深深掩埋了。在我的工作中，我努力去实现和表现这种天真，让它显示出生活的趣味和快乐，显示出笑声和健康，显示出人性，尽管有时荒谬可笑，但仍要竭力追求这种境界。”

显然，美国动画片追求的童真可以满足各个年龄段、不同性别、不同国家和地区乃至全人类的心理和情感的需要。当然，美国也有专门为3～6岁儿童制作的动画片，如《芝麻街》等，在全世界40多个国家播出，效果甚佳。

三、日本：现实性

日本动画片的题材多是取自动画产业链的上游产品，即漫画。日本漫画界十

---

① 百老汇将此小说改编成歌舞剧《国王与我》，多年久演不衰，获得十余项“东尼奖”。1956年，好莱坞将此剧拍成同名电影，并获五项奥斯卡大奖。多年后，华纳公司又以全新的面貌推出动画版的《国王与我》。

分注重现实性和原创性。这就决定了动画片多是现实性的原创故事，其具体特征有以下四点：

1. 贴近生活

许多日本动画片取材于现实生活。如《下级生》写少男少女早恋的社会现实和情感状态；《灌篮高手》中，樱木花道在晴子的支持和鼓励下，经过不懈努力成为篮球名将；《地狱先生》讲述阿鸣老师告诫乡子怎样掌握自己的命运；《足球风云》描述青少年为理想而奋斗的故事；此外，手冢治虫的《火鸟》、大友克洋的《阿基拉》、庵野秀明的《他和她的故事》、高畑勋的《萤火虫之墓》等，都同样可以在现实生活中找到对应的原型。宫崎骏的《萤火虫之墓》写“二战”末期，14 岁的哥哥青太和 4 岁的妹妹节子在空袭中失去了母亲，两兄妹无家可归，只能以洞穴栖身。他们靠捉鱼、偷菜维持生活，夜晚在草地上观看漫天飞舞的萤火虫，倒也别有一番乐趣。然而，节子的身体因缺少营养而日渐虚弱，在战争结束那天离开了人世。三个月后，青太也因饥饿而死。他在临死前，仍然想念着妈妈和妹妹……与很多少女题材的动画片不同，《梦幻街少女》没有描写主人公为爱情或沉湎终日、不能自拔，或呼天抢地、生死相随，而是描写了月岛霞和天泽圣司互相勉励、互相学习，各自为自己的理想而努力奋斗的故事。尤其是近些年风靡世界的动画片《樱桃小丸子》，表现了一个生于普通家庭的普通女孩子——小丸子，9 岁，上小学三年级，和其他女孩子一样，活泼乐观，无忧无虑，爱幻想，并且贪玩嘴馋，爱吃零食，争强好胜，斗不过就哭，不好好学习，稀里糊涂，回答老师问题时信口胡诌等。这些都是低龄儿童日常生活中的行为、心理的真实写照。

2. 关注人类和自然

在工业社会和后工业社会中，科技迅猛发展，生态平衡遭到破坏，环境污染，能源危机，大自然面临威胁，人类生存面临挑战……日本人对此格外敏感和忧虑。因此，关注人类与自然、探讨未来战争的可能性，就成为有魄力和胆识的动画家的重要创作题材。

手冢治虫曾以环保为主题制作出动画片《森林的传说》。宫崎骏更是以高度的人文精神，反思科技发展可能对人类和自然造成的危害，关怀人类的前途命运。他编导的电视动画片《未来少年柯南》描写的是少年柯南为拯救人类与拥有超磁力兵器的恶魔进行殊死搏斗的故事。在他的第一部影院动画片《风之谷》中，生存在“风之谷”的少女娜乌西卡发现森林的守护者“王虫”与由于科学知识贫乏而“破坏森林”的人类产生误会、相互争斗不已，使菌类森林遭到了严重毁坏，面对此景，勇敢的娜乌西卡动之以情、晓之以理，用真诚说服了“王虫”，阻止了人与虫之间的相互残杀,保护了森林,同时也拯救了人类。《天空之城》讲述了高科技王国的公主希达和少男巴斯为拯救人类的命运而与海盗结盟,阻止军方的恶行。最后,他们终于战胜了罪恶的军方,人类免遭灭顶之灾。

关注人类、关注自然是当今人类面临的最现实、最迫切的问题,以此为题材创作动画片具有重大的现实意义和批判意义。可以毫不夸张地说,宫崎骏是目前世界上最富有人文关怀的动画艺术家,其作品的内涵和思想力度、深度,远远超过了其他创作者。

3. 神秘的梦

有些日本动画片在一些现实题材的身上蒙了一层浓浓的神秘的梦幻色彩。如押井守制作的《福星小子》讲述了一个仿佛"庄周梦蝶"的神秘故事;大友克洋的《迷宫物语》创造了一个亦梦亦幻的故事。尤为突出的是宫崎骏,他的《龙猫》写了天真无邪的两姐妹与考古学家的爸爸、养病的妈妈到乡村去生活,一切都是那么清新自然,那么真实。后来,两姐妹结识了乡村大自然的精灵"豆豆龙",即"龙猫",它帮助两姐妹在温馨的田园风光中获得了无限的乐趣。由此,现实的生活情景被赋予了一种神秘的色彩。宫崎骏编导的《魔女宅急便》(意为"魔女的特快专递")中,当小魔女琪琪长到13岁时,必须带着一只黑猫和扫帚出外修炼一年。她穿着黑色的魔女服,戴着红色的蝴蝶结,迎着阳光微笑着,轻松自然地来到了一个海边小镇,寄宿在好心的面包店主家里,依靠"魔女的特快专递"(即骑着扫帚飞行,替别人送包裹物品)谋生。琪琪开始独立生活,她要学会适应新的生活环境,学会处理好新的人际关系……这完全是一个小女孩在成长过程中的生存状态,但其中却设置了各种各样的虫子和蝙蝠,还有一只幽灵似的黑猫软绵绵地趴在一堆盛着绿色溶液的试管旁边,目光里透着一股邪气……至于宫崎骏的扛鼎之作《千与千寻》,更是带观众进入了一个充满幽魂神怪、魔法缭绕的恐怖世界,10岁的小女孩千寻不顾危难、千方百计地为父母的贪婪赎罪,并拯救他们逃离魔窟——这完全是对现实生活的一种折射。不难看出,许多日本动画片的题材都是将人类社会的种种生存状态,其美好与丑恶,以及人类在现代文明中的迷失和异化等,移植到仙境和神界中,因此,不管怎样怪异,其源头仍然深深扎根于现实的土壤之中。

4. 分众化

如果说美国动画片题材以泛众化为主,那么,日本动画片则主要是分众化,这也是一种非常现实的市场文化策略。如今在电影、电视等文化产品的专业化制作浪潮风起云涌的新时代,每位观众都切实感受到了不同媒介近年来从全向性的共享型传播方式向定向性的分享型传播方式的转化。对受众进行的划分不能像通常理解的那样，只停留在一种单纯的简单分类上，如果仍以假想“所有”受众为传播目标却忽略已经细化、分化的受众的特殊需要，其结果很可能是失去了“所有”的受众。因此，分众化是更加科学合理，也更具有针对性的市场策略。

日本动画文化产业将受众分为幼儿、少年、成年等不同层次，针对各年龄段受众的需求选取不同的动画题材，创作各取所需的作品，因而，各类题材的作品与不同层次的受众群体总能各得其所。

附：

动画剧作亲情题材比较研究

在动画剧作中同一题材经过不同国家的艺术处理，制作出来的动画片给人的感觉有很大不同，下面我们对中国的《宝莲灯》、日本的《萤火虫之墓》和韩国的《五岁庵》这三部动画片进行比较，它们题材相同，寻找妈妈或者救妈妈；它们主题雷同，都是描述着人世间的亲情以及由此带给人们的思考。通过比较我们找到差异，并更加深入地了解亚洲动画剧作的走势。

一、故事均来源于文学作品的改编

动画片为了降低投资风险，多改编自人们耳熟能详的故事。比如以下我们看到的不同国家的这几部动画片：

日本的《萤火虫之墓》改编自畅销书小说《萤火虫之墓》，故事是在一个特定的时代背景下发生的，在二战末期，战火蔓延到日本，给日本人民带来巨大的灾难，在这个背景下发生了一对兄妹艰难生存的故事。

韩国动画《五岁庵》改编自《五岁庵的传说》。“五岁庵”的来历是，相传在新罗善德女王时代，梅月大师带五岁儿子来此庵出家修道。她因庵内断粮去襄阳化缘，同儿子约定三日内返回，但由于大雪阻隔，到第二年春天才回来，这时，她看到儿子已坐化在佛像前。从此，此庵改名为“五岁庵”。动画片《五岁庵》就改编自这个民间传说。

而我们中国动画《宝莲灯》改编自古代神话传说“劈山救母”，讲述的是沉香解救被压在山下的妈妈的故事。

虽然三部动画片都是改编自现成的故事，但是各有自己不同的侧重点。《萤火虫之墓》和《五岁庵》的风格是写实的，在原故事的基础上没有做太大的修改，不管是人物设定还是美术风格都是写实的，这样的处理能让人们更加体会生活带给角色的不幸遭遇。而中国动画《宝莲灯》在原故事“劈山救母”的基础上做了很多的艺术化处理，因为这个传说本来就具有人间与仙界两种环境，在场景和动作的设计上有夸张和虚幻的成分，尤其是在描写沉香长大救母亲的过程中，还介入了沉香和嘎妹的朦胧的爱情故事，使沉香这个人物更加生活化与饱满。

二、主题表达上的异同

有了故事来源，我们要看改编后的动画片所要表达的主题思想。三部影片都是以找妈妈为故事的出发点，作为推动故事和人物发展的原动力。不管是日本动画《萤火虫之墓》中的想妈妈，还是韩国动画《五岁庵》中的见妈妈，抑或是中国动画《宝莲灯》中的救妈妈，三个国家的意识形态或者社会结构存在差异，不同国家所生产的影片的叙事结构也不尽相同。但是从以上我们对主题的简单分析可以看出，亲情是三部影片想要表达的共同主题。在这一主题的指引下，影片往下延伸出不同的叙事、人物以及故事情节。

《萤火虫之墓》在表述主题的同时，也揭示了战争带给人们的灾难，以及由此引发的思考。所有这一切悲剧的发生，都是由于战争、战乱。在“二战”中，日本是侵略中国的战犯，但是同样也遭受了战争带来的灾难。在观看《萤火虫之墓》时，观众对战争的思考已经远远超越了国界，上升到人性主义的层面。他们为两兄妹感动流泪，也是出于对全天下无辜的受害者的同情。

纵观《五岁庵》的整个剧作，单一的线性结构，没有大的时代背景，没有众多的人物组织故事，只有寻找妈妈的姐弟。通篇围绕想见妈妈的主题展开，塑造了一个内心单纯活泼的小男孩形象，我们一起跟随这个小男孩的视角进入整个故事。在影片结尾，男孩进入天堂，我们有一种失去美好事物的心痛与惋惜。最后菩萨的出现，给人以慰藉，把影片的主题上升到佛学的高度，菩萨的那一番话，净化了人的心灵。但是，影片故事的主题应该在故事情节的展开中一步步推进，而不是由剧作中的一个人物说出来，这样不免让人产生说教的嫌疑。

中国动画《宝莲灯》也是在救妈妈的过程中展示了沉香的成长。在沉香从小到大救妈妈的过程中，也向我们传递了这样一个信息：人生在世，免不了面对困难，而人的伟大在于不断超越困难的处境，在逆境中继续攀升。“精诚所至，金石为开”，是沉香成长过程中的座右铭，也是片中传达的主题。有这样的信念，沉香努力成长，拜师学艺，劈山救母。这些都展示出了一个孩童的大智慧、大勇气。但是，《宝莲灯》在揭示主题方面有点刻意为之的嫌疑。剧情处处提到“精诚所至，金石为开”，显然，影片用这样的方式一再提醒观众：主人公要“精诚所至，金石为开”……这样，给人的感觉是影片的情节生硬牵强地与主题牵扯在一起，以此来掩饰内容的空洞。影片的主题不是水到渠成，而是有点教条化和程式化，为主题而主题，很不自然，妨碍了这种伟大的情感升华，无法让观众与之共鸣。

三、角色塑造

悉德·菲尔德认为：“人物是你电影剧本的基础，他是你故事的心脏、灵魂和神经系统，在你动笔之前，必须了解你的人物。”可见人物在整个剧作中的重要性。

《萤火虫之墓》由哥哥死后的灵魂来回忆和妹妹的生活，由此我们一开始就已知道影片的结局。但是，这样的开场、这样介绍人物出场的方式，更激发了人们的好奇心，想看看影片是怎么发展的。影片给我们印象最深的人物应该是这对相依为命的兄妹。自从爸爸去参军，妈妈在战火中丧生，照顾妹妹就成了哥哥唯一的生活动力。这就是这一人物的戏剧目的。在实现这个戏剧目的的过程中，发生了很多事：为了生存，寄人篱下；为了不让妹妹受气，搬出姨妈家，住在山洞；为了让妹妹有东西吃，不惜冒着被人打死的危险，去偷人家的东西……在这样一系列的事情之后，我们可以看出一个坚强的哥哥。相比之下，妹妹带给人的感动有“润物细无声”的感觉。只有五岁的妹妹，对生活充满了热爱，对哥哥充满了感恩。妹妹早就知道了妈妈去世的消息，但是却没有在哥哥面前表现出来，对妈妈的爱和怀念体现在了保护妈妈的遗物上，当姨妈要拿妈妈的衣服去换食物时，妹妹哭喊着，挣扎着留住妈妈的遗物；在没有食物更没有美食的情况下，妹妹喝了冲了糖果盒的水之后，高兴地大喊“很美味”；在面对哥哥因为自己饿肚子被迫偷东西而被毒打时，妹妹心疼地说“那人应该打我……”；在生命的最后，妹妹还把泥土做的美味的蛋糕留给哥哥吃，心里一直想着哥哥。在离开世界的最后，妹妹留下的话是谢谢哥哥……生命对这个女孩如此残酷，但她却对世界充满了感恩，用自己的方式和哥哥相依为命。在战火纷飞的环境下，妹妹的言行让人产生欣慰而又心酸的复杂情感，面对受战火和饥饿折磨的兄妹，我们无能为力，只能眼睁睁地看着悲剧发生。在这一连串的故事情节中，我们看到的是一个个生活中的真实人物。

《五岁庵》中的人物和《萤火虫之墓》中的人物异曲同工，前面说了兄妹，现在是苦命的姐弟。一样坎坷的命运，一样有着失去母亲的痛苦，也一样地相亲相爱。不同于《萤火虫之墓》，《五岁庵》不是由时代背景或者是事件出场，而是在影片一开始就先出现人物——失明的姐姐和活泼的弟弟，加上影片前半部分清新活泼的美术风格，我们不会想到这是一部悲情的片子。弟弟是主要人物。弟弟是单纯活泼的，比起《萤火虫之墓》，弟弟并不像那里的妹妹那样懂事。在《五岁庵》里，弟弟吉松只知道想见妈妈，想保护姐姐，但同时又不缺乏小男孩的淘气。比如在和姐姐一块儿过河时，弟弟吉松看到了可爱的小狗，居然把失明的姐姐留在了河里，自己跑了。吉松的性格通过各种故事情节展现出来：吉松淘气、活泼，破坏了庙里的很多规矩，但是也给沉闷的庙宇带来了生机；吉松单纯，一心找妈妈，为此他一直怀着美好的心愿，希望梦到妈妈，而为了见到妈妈，他跟随和尚一起来到远处的庙里，学习心法；吉松坚强，为了保护吉美，同比自己大的坏孩子打架，又默默地在一边流泪。姐姐吉美这个人物的塑造是通过她对弟弟隐瞒妈妈去世的实情和内心想念妈妈的细节体现出来的。在整部影片中，吉美好像是影片基调的反映，她虽然看不见，但是每次提到妈妈时，吉美眼中的泪水和颤抖的双手已经告诉我们见不到妈妈的原因。

《宝莲灯》中塑造了形形色色的人物，形象鲜明、栩栩如生。主要人物沉香圆头圆脸，大眼睛小嘴，很像哪吒和葫芦娃的形象，彰显了东方儿童的神采。沉香是一个活泼可爱的孩子，和妈妈嬉闹，追求和妈妈在一起的幸福。从一开始，他就不相信二郎神说的妈妈离开人世的谎言，他开动脑筋，冲破重围，夺回宝莲灯。为了找到孙悟空，学到本领，他跋山涉水，风餐露宿，历经坎坷，经受考验，最终成长为一个勇敢的少年。他在孙悟空、土地爷和嘎妹的帮助下，在自己坚强信念的指引下，最终救出母亲。沉香这个人物性格饱满，从儿童到少年的成长也步步推进，但是与韩国和日本动画中的儿童形象相比，中国的儿童有早熟的倾向。比如儿童时的沉香，虽然也有儿童的可爱和活泼，但是给人的感觉却也比较成人化，懂的事情比较多。如沉香小时候问妈妈什么是幸福，妈妈说和沉香在一起就是幸福，然后沉香回味着："我要和妈妈在一起，一直幸福。"还有土地爷给沉香的指引"精诚所至，金石为开"，小沉香不懂这几个字的涵义，而从儿童的嘴里直接读出这几个字就很生硬。

剧作中除了主要人物还有次要人物、正面人物和反面人物等，这些人物在不同程度上对主要人物和故事的发展起到推进或阻碍的作用。《萤火虫之墓》中的姨妈是我们可以直观看到的反面人物，但是整个剧作中的阻碍因素并非只有姨妈这个反面角色，问题的根源来自社会环境、战乱和民不聊生的混乱带给兄妹的痛苦。《五岁庵》的动画剧作中似乎没有反面人物，几个主要人物都是正面力量，都有一颗善良的心，但是悲剧还是发生了，原因是吉松内心想见妈妈的急切愿望和大雪纷飞的自然环境。由以上我们可以看出，在日本和韩国这两部写实的动画影片中，他们更加侧重反面力量的虚写，没有明确的反面人物，只有反面因素，来阻碍主人公戏剧目的的实现。在这一点上，中国动画《宝莲灯》的人物设定就很"实在"，每一个主要人物、正面人物和反面人物都有自己鲜明的特征和明确的戏剧目的。尽管这样做简单明了，但是缺少一点点思考的空间。

剧作中还有常常被人忽略的"小人物"。韩国动画和中国动画都有向迪斯尼学习的倾向，具体体现在主人公都有一个属于自己的玩伴。在《五岁庵》中，玩伴是一只可爱的小狗，在细节上极大地丰富了较为简单的主线剧情。在《宝莲灯》中，玩伴是一只活泼的小猴。分析来看，其实动物的加入对影片的整体结构和故事进展并没有起到关键性的作用，宠物的加入像是道具，用时拿来，不用放在一边也可以增加影片整体上活泼的基调。而比较之下，《萤火虫之墓》中萤火虫的使用就更严谨，在影片中，萤火虫不是道具，而是兄妹俩灵魂的化身，是人们情感的寄托，给影片在悲凉的感情基调中加入了一点点暖色。

通过简单的分析我们可以看出，日本动画人物塑造更加饱满、更加贴近生活真实，当然这也是由影片的写实风格决定的。剧作中主要人物的塑造有其推动和阻碍因素，既有社会环境下人物的动作，也有对亲人或者生活中的细节动作，由此体现出人物性格。也是在这种性格趋势下人物所做出的不同动作，推动了整个事件向前发展。

而韩国动画人物性格有点单一，比如《五岁庵》就是写小孩的纯真，这里的纯真有对妈妈的想念，对姐姐的爱护，对寺庙规矩的破坏等。

中国动画试图强加给人物不同的侧面，比如《宝莲灯》写沉香的成长过程。在这个成长的过程中，经历了友情、爱情、内心的亲情，几乎涵盖了人世间最美好的情感。在这些情感表达的情节中，有点强加给沉香某些性格的嫌疑，情节表达略显生硬。

四、剧作结构

从叙事学的观点来看，故事一般有两种含义：其一，泛指一切被文本讲述的全部事件，即使该内容恰巧戏剧性不强或者包含的事件不多；其二，专指虚构作品中具有完整的动作、情节，矛盾冲突激烈复杂的事件。考虑到影视动画的受众群体主要是儿童这一元素，一般而言，除了一些前卫的动画人和一些实验性质的艺术动画片，影视动画基本上遵循的是情节单一、线性事件和闭合式结局的经典叙事。

《萤火虫之墓》的剧作大体分为这几个段落。电影一开场就预告了主角的死亡。然后借主角灵魂的回忆，带领观众共同走完他们兄妹最后的时光。从母亲的去世、少年的无忧无虑、寄居亲戚篱下、在防空洞的日子，直到生活越来越艰难、开始彷徨焦虑，最后相继死去。虽然一开始没有明言妹妹的死亡，但每一个有着三部以上的悲剧观影经验的观众，都猜得到这个结局。影片一开始虽然以哥哥的回忆展开故事，但总体来说是线性结构，在开篇就交代了母亲的去世——引发剧情发展的直接原因，哥哥为此隐瞒妹妹，直至影片的最后。萤火虫死了，我们才知道原来妹妹早就知道妈妈过世的事情，只有在心里想念妈妈。这个时候我们才恍然大悟，妹妹之前极力阻止姨妈卖掉妈妈的衣服是一种怎样的心情。简单的段落和细节分析我们可以看出，剧情是一步步推进的，对于两兄妹的生存来说，一步比一步艰难，最后导致双双死亡的悲惨结局。日本的动画向来在画面逼真上不能和美国动画电影比肩，但日本人在营造真实氛围上有自己的独到手法，《萤火虫之墓》把这种手法发挥到了极致。这样大量完美的细节层层铺垫下来，观众被带入了兄妹的世界，眼睁睁地看着他们死亡，那种无力感比起“突如其来的死亡”式结局更加让人感到悲怆。

而《五岁庵》的剧作架构与《萤火虫之墓》略显不同，前者在影片开始时几乎没有揭示任何有关母亲的信息，我们只有通过失明的吉美的表情来猜测。而我们对弟弟吉松一直想见妈妈却不能见也心存不解。直到剧作中间有一段吉美对往事的回忆，我们才知道母亲去世和吉美失明的原因。不同于《萤火虫之墓》的直接叙事，《五岁庵》在这一点上给人留有一定的悬念，让我们在姐弟俩不同的动作和情感细节中推断想念妈妈的原因。《五岁庵》的剧作段落简单明了，片子的前半段充满了生趣，将其重点放在弟弟的年少无知和他在寺庙内的种种轶事；在后面的一段，吉松的死亡等都表现得极为平淡，尽量不给人以悲伤的感觉，但是从吉美无法看世界的眼中，我们还是能看到其中隐含的那一股辛酸和哀伤，蕴含在其中的姐弟之间的那份手足之情也不时地给人回味的空间。

影片《宝莲灯》按照“失母—寻母—救母”的线索，采用传统的封闭式叙事结构，逐步铺叙展开。影片开始以画外音解说词的方式向我们交代了事情发生的根本原因——三圣母爱上人间书生，触犯了“天规”。然后沉香结识小猴和嘎妹，并在孙悟空和土地爷的帮助下，共同反对二郎神，使故事情节得以发展。沉香大战二郎神，将影片推向高潮。最后，沉香打败二郎神，母子团聚，以闭合式结尾结束影片。这样一来，故事流畅，中间也不时插入沉香和妈妈在一起时的镜头，使紧张的气氛变得舒缓自然。但是纵观整个剧作结构，对宝莲灯的处理有些盲目，被抢时莫名其妙，宝莲灯使用时又很唐突，没有在情节上作必要的铺垫。还有剧作中道士的出现和“俺把你来蒙”的台词与整个剧情也没有因果联系，剧作显得不连贯和拖沓，需要进一步推敲。

三部影片在阻止戏剧目的实现的过程中有各不相同的阻碍因素。《萤火虫之墓》的阻碍因素是姨妈的刻薄、战争带来的社会混乱，包括社会因素和人为因素的双重阻碍。《五岁庵》中的阻碍因素是影片后半部分的漫天大雪，因为大雪，和尚不能按时回去，导致了吉松的死亡，这是自然因素；影片中，没有涉及人物方面的反面力量，只有自己内心的挣扎和自然环境的阻碍。但相同的一点是在剧作人物追寻自己戏剧目的的过程中，总会有来自外界或者来自自身的阻碍因素，人物克服这些阻碍因素，推进故事向前发展，在一步步发展过程中，又有新的阻碍因素，故事就是在追求自己目标的过程中克服阻碍因素来向前推进的。这一点在《宝莲灯》中也有很好的体现。这几乎是剧作整体结构一个恒定不变的模式。

中国、日本和韩国由于具有不同的传统文化、不同的意识形态等原因，动画剧作手法也有所差别。从宏观上看，日本动画在讲述故事的同时，更加看重这个故事背后带给人们的深层次思考，是有关社会和人类的大的主题，主题思想提炼得比较成熟和有深度。韩国动画的剧作相对而言剧情和结构比较简单，突出剧作内部人物的关系处理，以及由此带来的戏剧目的和结局；故事围绕着人物展开。而中国动画更加强调故事本身，为了让这个故事更加适合剧作的结构，我们可以加入人物。与韩国动画不同，中国动画是人物围绕故事前进，重故事、轻人物，感觉人物的动作和剧情的推进是生硬地围绕主题而展开的。从微观、剧作理论等方面看，日本动画在细节描写上做得最成功，人物的一个眼神、一个动作都会传达一定的信息，人物很真实，既有亲切感，又有说服力。中国动画有点侧重于人物的语言，如果人物的性格和想法不能用行动很好地体现，只有借助于语言，这是一个有效的方法，但是语言要言之有物，不能为说而说。

思考题：

1. 什么是素材？什么是题材？两者有什么关系？
2. 什么是适合动画的题材？
3. 动画题材的单纯性具体表现在哪三个方面？
4. 动画剧作不同类型题材的处理方式有哪些？
5. 中、美、日三国动画剧作题材各有什么不同特点？
6. 动画剧作题材的分众化选择有什么样的现实基础和针对性？
7. 写实类动画剧作基本遵循现实主义创作的三项原则是什么？
8. 中国古代神话大体分为哪些类别？动画剧作者以不同类型的神话作为创作素材时需要注意什么？
9. 按照童话类动画形象和情境的表现形式可分为哪三种？各自的特征是什么？
10. 选择和处理科幻类题材时需要注意什么？

第四章 动画剧作主题的确立与深化

本章知识点

确立动画剧作主题的基本要求和开掘主题的方法

学习目标

学会开掘和深化动画剧作主题的方式、方法

动画剧作主题要求在集中和高妙中蕴含着深刻的伦理内容，即对以人为中心之外的一切有生命的和无生命的物体、事物的善待和关爱，这正是超越时空为全人类普遍接受的共同的人之本性。

动画剧作主题的开掘与深化应由具体题材中人物、情节及其关系、发展变化所可能蕴含的思想来决定，必须自然、必然、合情合理，决不可将所谓思想高度强加给动画形象。

中国动画以道德教化为主，美国宣扬人类本性，日本表现人类生存状态，各有不同。

第一节 确立动画剧作主题的基本要求

文章或文艺作品以思想为主导，为主题；主题就像统帅一样，调遣、使用并安排各种各样的材料。一大堆材料如果没有主题的统帅，就像士兵没有主帅指挥一样，是一群乌合之众。

动画创作者在长期观察、感受、思考中对某种事物和现象形成一种认识、一种观念，以此寻找到适合的形象和艺术表达方式，这种构思方式是先有主题后有形象。其实，这种方式非常适合动画创作，这是由动画的超现实性、主观性和高超的想象力决定的。动画造型和动作的随意性和超越性极强，创作者完全可以根据思想意图自由想象和创造，不必像一般故事影片那样时时处处受到现实真实性的束缚。动画创作主要通过形象塑造来挖掘、提炼并体现主题。

关于立意，也就是确定主题，以下几点对于动画来说尤为重要：

一、集中

影视作品的主题要高度集中、单纯，自始至终，统摄全篇。这一点对动画片创作尤为重要。

宏观世界的人物、事件林林总总，人们的思想千头万绪，但是一部动画片的容量是有限的，能容纳的题材、主题必须少而精。动画作为一次性的视听艺术，动作频繁、节奏明快、色彩艳丽，需要观众高度集中注意力。因此，动画家要传达的思想必须鲜明而突出，易于理解。上述特点要求动画片的主题必须高度集中。美国电影理论家波尔克指出："任何一部电影首先需要考虑的是主题，如果观众抓不住影片讲的是什么，那就很难指望他们去评论、分析和研究它。任何影片制作者不知道他要说的是什么，他就不可能制作出一部能起到交流作用的艺术作品。"他还说："艺术上有成就的影片都有一个共同的特点，那就是无论在思想上或哲学上都有引人注目的鲜明的主题。"[①]

这里强调主题必须明确，明确必须单纯，单纯必须集中，集中就必须具体——越是具体的主题越完整有力。其中包含两层意思：第一，只有具体才能集中。抽象的、空泛的、概念化的主题都是多义的、宽广的甚至歧义的。比如环保主题，内

① 转引自范景伍等著：《电影剧作八讲》，中国展望出版社1983年版，第45页。

容很多、很广，而且会让人产生许多不同的理解。如果在动画片创作中笼统地确立这样的主题必然是分散而含混的，因而必须具体化，也就是必须具体到某人某事，在什么环境下采取什么行动，表现什么主题思想。例如，《风之谷》中，娜乌西卡对于人类工业化、后工业化造成环境污染而产生的腐海采取亲和的态度和行为，拯救了人类。这种具体化表现所反映的主题思想是明确而集中的，不至于产生多重含义。第二，具体还表现在对某一事物的明确而深刻的认识上。也就是对一些事物、现象、生物等相互间相生相克的联系、机理和规律有准确的把握。娜乌西卡正是由于有了对腐海、王虫、森林、人类之间内在的、共生共荣的科学机理的认识和把握才做出了这样果断的行为，表现出她超人的理性和智慧。所以，对具体问题要做出具体的认识和理解，这样才能使主题思想深入、集中一点，使表达更为鲜明突出。

二、高妙

所谓高妙，即指作者对自己要表达的主题视点高、看得远、想得深，开掘透彻，表现得巧妙、高明。如何达到高妙呢？有些人以为动画是"小儿科"之类的东西，不必谈什么高深——这种想法实乃大谬。动画主题恰恰要求高妙深远，但又要以浅显、晓畅的形式表现出来，这正是动画创作做到深入浅出的难点所在。

三、伦理性

20世纪以来，随着科学技术的飞速发展，人与自身生命、人与人、人与社会、人与自然、人与宇宙等方面的伦理问题越来越突出地摆在人类面前，并且相应地出现了生命伦理学、规范伦理学、社会伦理学、地球伦理学、宇宙伦理学等学科来探讨和解决人类、社会、自然、地球、宇宙中的平衡与和谐问题。如今，任何问题无不与伦理相关。而动画片对于表现各类伦理主题具有其他艺术形式无可比拟的优势，因为它可以把日月星辰、风云雷电、山岳江海、花草树木、鸟兽虫鱼等拟人化，这样就能正面、直接地表现各种事物之间复杂矛盾构成的戏剧冲突，并揭示其中的伦理主题。

四、超越性

动画片的主题不必拘泥于现实生活的真实性，它追求的是虚幻中的真实，这样它的主题思想的表现就可以跨越时间、空间的界限，超越生活的逻辑，超越常规思维的逻辑，使主题的表达更丰富、更多样、更自由。

五、普遍性

动画艺术在跨越年代、民族、地域的局限方面具有极大的优势，可以获得最普遍的观众欣赏，因此，动画片应着重表现那些被全人类所关注的、具有普遍意义的主题思想，从而博得最广大观众的喜爱。

美国梦工厂的《小鸡快跑》(*Chicken Run*)可称为主题立意集中而高妙的范例。导演尼克·帕克偶然发现小鸡在栅栏下用爪子刨土，有时爪子还伸到栅栏外面，于是他以电影导演的敏感联想到在“二战”期间德国法西斯的集中营里，无数无辜的犹太人被关在铁栅栏中，遭受非人的虐待与杀戮。由此，小鸡的鸡舍变成了“集中营”，“法西斯”独裁者变成了“鸡场主”，小鸡们成了被扣押的犯人。小鸡们为了争取自由，团结一心、千方百计要逃离集中营；鸡场主施加种种卑劣手段逼迫母鸡多下蛋，并设置重重障碍阻止小鸡们逃跑，一场自由与专制的斗争生动而有趣地展开。这里，想象神奇、构思新颖、情感激昂、主题高妙，体现了创作者深谙动画艺术的特征和规律并充分发挥了其独特的动画原创力。总之，为自由而斗争的主题富有政治伦理深度，超越时代和国界，是全人类普遍而永恒的理想追求。

第二节　动画剧作主题的开掘

动画剧作者在构思成型、题材选定之后，未来动画片中的人物、情节和环境的基本框架就呈现出来。主题确立后，需要进一步深入开掘主题所蕴含的思想，力求使其深刻、丰富。一般而言，这种开掘主要从以下几个方面着手。

一、从人物内心挖掘思想内涵

《人猿泰山》(*Tarzan*)写一个母猩猩卡拉收养一个人类的孤儿泰山。剧作者将人类与动物构成母子关系，以母爱为着力点深入挖掘卡拉毫无保留地把自己伟大的母爱奉献给泰山：当泰山面临花豹残害时，她奋不顾身地与花豹殊死搏斗；当自己的丈夫和其他猩猩要赶走小泰山时，她毅然决然地坚持收养、保护小泰山。到这里，人与动物相亲相爱、和睦共处的主题思想已经明晰而深入了。但作者并未止于此，仍继续深化：泰山在卡拉的精心呵护下长大成人，但他开始对自己的身世产生了疑惑。卡拉心里明白，泰山一旦知道自己是人类的话，就可能会离开她，尽管如此，卡拉仍然胸怀坦荡地倾诉真情，并深明大义、忍痛割爱，鼓励泰山回归人类社会。作者将这种博大而无私的母爱表现得淋漓尽致，入木三分，十分令人感动。

二、从人物关系中深化思想意义

日本动画片《老人Z》本来是围绕一个关注老人、让老人安度晚年的主题，但创作者却从三层人物关系中逐层揭示出其中隐含的深刻主题思想。

第一层，老人与晴子的关系。失去妻子的老人高泽独居一所旧房子，只有一只老猫陪伴。年轻漂亮、热情体贴的医学院女实习生晴子日常做义工负责照顾老人，老人和晴子关系非常融洽，生活很安宁。突然有一天……

第二层，老人与寺田先生的关系。寺田是厚生省的代表，实际上也是政府的化身，他来到高泽老人的小屋善意地要求老人参加新福利事业活动，即进行“Z计划”的测试。“Z计划”原来是一个“万能看护床”的机器人，用来照顾老人的日常饮食起居。从表面上看，寺田使用机器人是来实施对老人的福利性服务，但机器人只能冷冰冰地做着各种机械运动，而老人真正需要的是关爱，是真情的交流。老人与寺田发生矛盾，要求摆脱“Z计划”实验。

第三层，老人与长谷川的关系。长谷川是军方代表，是推动“Z计划”的实际操纵者。他在实验背后隐藏着的真实目的是为军方研制一种超级的特殊兵器。因此，在老人强烈反抗继续参与实验时，他仍毫无人性地强迫老人将机器人的测试进行下去……老人无可奈何，只能成为罪恶的牺牲品。

当然，最后的结局是，在晴子、老人、寺田及许多正义人士的努力下，“Z计划”宣告失败。从老人与晴子、寺田和长谷川的三层关系中逐层深入地表现了青年人和老人之间的真情关爱、政府对老人不得不尽的职责以及军国主义分子对老人的冷酷无情。这个主题使一个关注老人生活的单纯而集中的主题包含着如此丰富的思想内容，深刻地揭露了资本主义社会的内在矛盾。

三、从情节发展中升华主题思想

主题相类似的动画作品在各不相同的情节发展中可以开掘出完全不同的思想内容。中国的《宝莲灯》和韩国的《五岁庵》的主题同是寻找母亲，却表现出迥然有别的哲学高度。《宝莲灯》中沉香经历了“失母—寻母—救母”的过程，其中主要情节有：二郎神抓走小沉香，要挟三圣母交出宝莲灯，并把她压在华山底下；小沉香在嘎妹的帮助下夺回了母亲的宝莲灯，开始了寻找母亲的历程；在孙悟空等人的支持下，沉香与二郎神决一死战，最终劈山救母、母子团圆，表现了儒家的大仁大勇精神和忠孝两全的伦理思想。

而《五岁庵》里，五岁男孩为了寻找妈妈来到蔚山寺院，在与净觉和尚滑雪游戏时暴风雪即将到来，净觉决定下山采药，并向吉松保证一定会尽快回来。吉松到一间废弃的禅室里躲避，看到墙上的观音菩萨面容温婉，微笑中透着无限慈爱，让吉松仿佛感受到了妈妈的爱。于是，吉松就在菩萨身边等待，一天一天过去了，意外地，净觉在回归的路上跌进峡谷之中……第二年春天，积雪消融，净觉等人再到山上寻找吉松时，却发现吉松好像在妈妈的怀抱中微笑着死去。这些情节将主题思想上升到了佛学的高度，达到了净化人心灵的境界。

第三节　中、美、日动画剧作主题表现的差异

如果对中、美、日三国动画片各自所表现的浅层思想内容进行比较，可能会发现有某些相近、相似，甚至雷同；然而，进一步挖掘这三个国家动画片深层的文化内涵，就会发现其中存在着很明显的差别。

一、中国：道德观念

自古以来，中华民族就是一个非常注重道德修养的伟大民族，传统道德的内容非常丰富、具体，包括忠贞爱国、忧乐天下、公正无私、自强不息、勤劳勇敢、见义勇为、崇俭反奢、修身自律、崇礼重义、谦恭慎行、厚德载物、尊老爱幼、勤学苦读、尊师重道等。历朝历代都会涌现出许多可歌可泣的人物和故事，他们堪称道德的典范和楷模，为动画片提供了丰富的创作素材和主题思想。不仅如此，其他题材的动画片也都从不同角度表现了道德的力量。如《大闹天宫》赞扬了孙悟空不畏强暴、敢于反抗的斗争精神；《哪吒传奇》歌颂了哪吒以勇敢和智慧战胜了形形色色的恶魔、为民除害而舍身忘我的义举；《宝莲灯》彰显了沉香经历重重磨难、劈山救母的孝敬情怀；《草原英雄小姐妹》再现了蒙古族两姐妹为保护集体财产而奋不顾身，与暴风雪搏斗的动人情景。大量的现实类、童话类短片也大多表现了道德的主题。可以说，道德观念已经成为贯注中国动画片的主流思想，但只是起到知识传播和品德教育的功用。

动画剧作的主题是贯穿全剧的思想主线，整个作品丰富的思想内容可以在人物、动作、事件、细节、环境、背景等方面体现出来。

二、美国：人性展现

美国大量的喜剧动画片表现了健康向上、积极乐观、充满梦想和童趣等人类享受娱乐的本性；还有很多作品表现人类的爱：父子之爱、兄弟姐妹之爱、朋友之爱、人与自然之爱；也有一些作品在与假、恶、丑的对比和斗争中宣扬人类真、善、美的光辉。即使略感沉重的题材也同样展示人性的某些方面的特点，如《风中奇缘》写印第安少女与英国青年的恋爱故事，在自然崇拜与现代文明的冲突中，审视人性的价值；《泰山》揭示兽的人性与人的兽性之间的矛盾斗争，呼唤人性的回归，以鲜明的形象向人类提出了深刻的哲学诘问；《钟楼驼侠》将原著《巴黎圣母院》宣扬真善美的主题深化为人性的挣扎与反抗……总之，美国动画片尽管选取各种不同的题材，运用不同的形式和技巧，展现出多姿多彩的风貌，但都闪现着人类共同的真情、人性的光芒，这正是他们超越地域、民族、国家的界限而得到全人类的认同和接受的原因所在。在美国动画片中，饶有趣味的故事成为对直白说教的彻底颠覆，他们的角色绝不是道德说教的工具，而是故事的主体，在轻松诙谐中巧妙结合了美国人开朗、幽默的个性，个人英雄主义的冒险精神和积极乐观的励志情绪，例如《勇闯夺命岛》等影片。在美国电影制作工业“造梦”机制的合理支配下，让观众在人工化制造的神奇梦幻中体味温情、感受抚慰、激发斗志、成就梦想，这似乎与好莱坞的电影创作有异曲同工之妙。

三、日本：生存意识

日本动画片无论是现实类、历史类、体育类，还是科幻类、侦探类、恐怖类的作品，在表现主题方面，无论是爱情、亲情、友情，还是正义、理想、战斗、胜利等等，无不渗透着一种强烈的生存意识：人怎样才能生存？怎样才能生存得更好？日本民族特有的观念和情感及其表达方式都显得格外地迫切和执著。这种民族情感的形成有其深刻的历史渊源。在世界各国中，日本无疑是种族构成纯粹性和文化同质性最高的民族之一。它独特的历史和地理环境凝塑了日本人那种心理敏感、细腻的内倾型性格。环海的地缘、狭窄的国土、曲折的海岸线，不仅形成了日本湿润的气候，更形成了日本国民浓厚的危机意识，因此有学者称日本文化为“湿气文化”。它与内倾型性格相结合，使日本人更倾慕清静、素雅，从而崇尚“清明心”、“心情道德”的执著和坚韧，这种民族情感在一系列影片中浓郁绵长。《浪客剑心》中，卸月伸宏体会到现实是残酷的，只有强者才能生存的道理；《地狱先生》中，稻叶乡子在经历了种种变故之后，终于发现自己的未来掌握在自己手中，只有自己才能决定自己的未来;《灌篮高手》中,樱本花道心里非常清楚,只有奋勇拼搏成为"灌篮高手"才能获得尊严、爱情和幸福。

动画大师宫崎骏更是以强烈的忧患意识反映了人类生存的种种危机,唤起人们的觉醒,告诫人们提高警惕。《萤火虫之墓》揭露了战争对生命的摧残;《幽灵公主》描写了人类与自然界之间的搏斗,表现了人类追求生存与幸福的本能;《千与千寻》警示着人类自觉或不自觉地冒犯了大自然的神灵,人类只有反省、悔过才能免遭大自然的惩罚,回归本真的生存状态。

关注人类生存、追求人类幸福,是文学艺术的永恒主题,这也是日本动画片赢得世界各国人民青睐的重要原因。因而,人们通过欣赏日本动画片所获得的情感体验更加多样化,对世界的认识也更为成熟和复杂。日本动画既不像中国动画一样主旨鲜明、晓畅通达,也不像美国动画那样完全是人为加工、剔除深刻之后的惩恶扬善。

第四节　中、日、韩对神话题材的处理和使用

神话一直是动画创作者十分青睐的题材之一。大量优秀的动画片往往是与神话素材有着千丝万缕的联系。在具有相似东方文化背景的中、日、韩的动画发展史上,神话扮演着很重要的角色。1941 年,中国最早的长篇动画《铁扇公主》根据神话小说《西游记》改编;1958 年,日本最早的彩色长篇动画《白蛇传》也是根据中国的神话传说改编的;韩国早期的一些动画片,如《很久很久以前》、《新西游记》等也都含有大量的神话元素。

中、日、韩三个国家的早期动画都不约而同地选择了神话题材,这既可以说是一种巧合,又是一种必然。三个国家都拥有悠久的神话历史和大量的神话传说,这就为动画片提供了大量的素材;同时,神话自身的想象力丰富、超现实等特点也都使其十分适合改编成动画。直到今日,神话并未随着动画的发展而消逝,相反,神话题材动画在三个国家的动画片中都长盛不衰,占有相当大的比重,动画片对神话从最初的简单改编,到对神话素材有意识地改造加工,甚至还创造出了新的神话。

下面对三个国家有代表性的含有神话元素的三部作品,即中国的《宝莲灯》、韩国的《千年狐》、日本的《新世纪福音战士》进行分析。三部动画既分别代表了对动画题材三种不同的选择、利用方式,同时又基本能代表其所属国家动画对神话

素材选择、利用的一般状况。

《宝莲灯》,1999 年出品,根据中国民间神话传说沉香劈山救母的故事改编,故事的基本内容没有太大的改编,只是在人物形象、次要情节设定等细节上做出一些改动。

中国是神话素材最为丰富的国家之一,从远古时代开始,初民们就创造了大量的神话,《女娲补天》、《夸父追日》、《后羿射日》、《大禹治水》、《精卫填海》等故事,人们至今也是耳熟能详。同时,历朝历代大量记载神话的典籍也是汗牛充栋,早期以《山海经》、《庄子》为代表的先秦作品,再到两汉博物类作品、两晋南北朝的志怪类作品、唐朝的传奇、宋元的话本、明清小说直到近代作品,都包含有不计其数的神话素材,民间的口头神话传说也是大为可观。

在面对这些丰富的神话素材宝库时,以《宝莲灯》为代表,中国动画选择、利用的方式一般是比较尊重原始文本,只在一些微小的细节上做无伤整体的改造,总体上趋于保守。在中国动画史上,许多根据神话改编的经典动画都是如此,如《大闹天宫》、《哪吒闹海》、《金猴降妖》、《天书奇谭》等。神话入史,使得一些神话观念与历史观念进一步融合,让很多神话具有像历史一样不可改动的印象,这使中国人在习惯与观念上不会轻易改动已经定型的神话。神话长期以来被作为政治、道德、宗教等社会力量的附庸,实用工具色彩浓厚,造成许多神话死板、僵硬,阻碍了其自身艺术价值的发展。中国动画界长期存在动画要具有教育意义、要向青少年宣扬中国传统文化的观念,就造成许多神话题材的动画不用也不必要大量改动其神话原貌,也可以达到这种宣教的结果。同时,各种社会力量出于自身利益考虑,对动画创作的过多干预也是造成神话题材类动画发展缓慢的原因之一,例如,2006 年国家广电总局对动画片《大唐风云》审查后批复:“同意立项,但灵魂不死、转世投胎等迷信内容需修改”,结果造成这种具有神话色彩元素的情节被大量删削。

在历史、社会与观念等多重因素的共同影响下,中国动画对神话题材的选择与利用多是谨慎与保守的。近年来出现了一些对神话题材有较大幅度改编的动画,如《天上掉下个猪八戒》、《美猴王》等,但是承受了多种社会力量的批评与压力。

《千年狐》是 2007 年韩国出品的一部动画,主要讲述了小狐狸精优比与人类交往的一系列悲欢离合的故事。这个故事没有现成的神话原文本,而是将各种神话元素杂糅起来讲述的一个新故事。这之中包含的神话元素有千年狐、捉妖道士、影子人、投胎转世等,除此之外,片中还糅合了大量如外星人、会说话的盆、作为灵魂安息地的湖等元素，神话、科幻、童话、现实等各种元素的大融合，使得片子像一个大杂烩，十分热闹。韩国其他一些动画片如《五岁庵》、《美丽密语》等也存在类似的现象。

韩国动画这种杂糅进多种元素创作新故事的特点，一方面是因为韩国从古至今就受到多种文化（如中国、日本、美国文化）的影响；另一方面，韩国人具有十分强烈的民族主义情绪。出于这种情绪，他们会将很多非本国文化的元素进行本土化的改造，赋予其强烈的民族主义特征和国家、民族情绪内涵。

日本的《新世纪福音战士》于1995年出品，生命力持续至今。这部作品的故事相当复杂，基本脉络是：2015年，一种不明的巨型生物“使徒”在日本登陆，向日本一个叫做NERV总部发动进攻，NERV派出一种叫做EVA的巨型机器人消灭“使徒”，其驾驶者都是14岁的少男少女，他们在为人类的生死存亡而战。之后随着故事的发展，各种各样的秘密逐渐揭开，如NERV组织及其幕后的主使Seele的真实目的、EVA的来历、“使徒”的真实身份、地球两次大冲击的秘密……总之，一场人类与神的“Z计划”即将开始……

《新世纪福音战士》在神话元素的选择与利用方式上与前两部片子完全不同，具体表现在：第一，本片所选择的素材更加多元与自由，这里面包含有大量基督教、古犹太教神话以及尼采哲学、存在主义哲学、荣格心理学、机器人的元素，这与中国的动画选择题材较为单一保守、韩国的动画过于强调本土化形成了鲜明对比；第二，在利用方式上，本片以古犹太教和基督教神话为基本内核，融合哲学、心理学、机器人等多种元素，创造出一种全新的神话式的故事。在这个故事之中，完全看不到它所利用的神话含有原有的具体形象与故事，而是创造出基于原本精神内核的一种新的形象与故事。

日本人从古至今所具有的拿来主义精神使其对各种文化都有很强的包容性，这种包容性使得日本动画很容易接受外来文化，所以出现以基督教、犹太教神话为基本素材的动画也就不足为奇。日本的一些经典动画，如《白蛇传》、《三千里寻母记》、《佐罗传奇》、《三个火枪手》等，都是根据外国神话传说或名著改编的。

更为重要的是，日本人并未将这些素材按原样呈现出来，而是进行了一种新的创造，将其内核精神以一种全新的方式展现出来。这种现象在日本文化中很常见。例如，作家京极夏彦的“京极堂系列丛书”就是将日本传统神怪传说与现代侦探故事结合的典范，在动画中这样的现象也是屡见不鲜，比较有代表性的作品有《虫师》、《巷说百物语》、《钢之炼金术师》等。

动画对神话的选择和利用随着神话本身的价值逐渐显现，未来我们对神话的选择利用方式就不能仅仅被"尊重原著"、"符合社会道德需要"这种历史学、伦理学的观点所禁锢，而是应该通过研究神话自身，发现其价值，不断改变以适应时代的发展，然后结合动画片的特点，创造一种具有新时代意义的动画作品。而神话必须不断改变以符合其所在时代人们的需要，才能长久地传承发展下去。例如，《西游记》、《封神演义》等神怪作品就将佛、道、儒三家的神话融合起来，形成一种新的神话体系，并且受到当时民众的欢迎；西方的《圣经》在初创时也是将古犹太教、古希腊罗马的神话进行了大量改造，创造出自己的神话体系；到了近代，大量的文学作品，如乔伊斯的《尤利西斯》、艾略特的《荒原》等，也是利用神话创造出的符合现实社会与时代精神的经典作品。

如果我们需要选择与利用神话，就必须让这些古老的神话与现代人的精神融合起来，才能让它焕发出新的生机。因此，我们决不能将神话仅仅当做古董摆放在博物馆中，而是应该将其古老的精神内核发扬光大，不断创新。在这一点上，《新世纪福音战士》可谓典范，它在故事中所表现的日本当前青少年迷茫的心理状态、对自身命运的担忧，将其与神话中末日审判等桥段巧妙结合，创造了一个贴近现实而又充满古代神话精神的经典作品。

思考题：

1. 动画片对于主题的开掘有哪些特殊要求？
2. 动画剧作可以从哪几个方面开掘主题？
3. 中、美、日动画剧作主题表现的差异是什么？
4. 动画对神话的选择和利用方式有哪些特点？

第五章 动画形象的塑造

本章知识点

如何设置动画形象之间的关系

造型描写、性格塑造的手段和技巧

动画影片的人物类型的分类

学习目标

学会设置动画形象之间的关系

掌握造型描写和性格塑造的方式、方法及其技巧

动画形象是动画作品的核心，其主要角色决定着整个动画产业的命运。

动画形象之间的关系设置直接影响着人物性格的塑造和故事情节的发展趋向。

塑造性格鲜明的动画主人公形象是动画剧作的中心任务，一切关系设置、表达方法、手段技巧都是为这一中心服务的。

不同类型的动画形象具有不同的社会意义和审美价值，在其性格塑造中需要运用不同的方式、方法和技巧。

首先应该明确动画作品里的人、动物、植物、物体以及妖魔鬼怪等都是拟人化、人性化的形象，它们都有人性，是人的化身。但是为了与其他艺术作品中的人物区别出来，我们将动画中的各种形象统称为动画形象。

在动画剧作中塑造的猫、鹿、羊，文具、汽车，或者鬼怪神灵都应该像人物一样，有血有肉、有思想、有感情、有灵魂，虽然它们的躯壳是非人的，但它们的内心必须像人一样与观众沟通，引起共鸣，才能富有艺术感染力。

第一节　塑造动画形象是动画剧作的核心

一、动画形象是动画作品的核心

其实从某种意义上说，创作动画作品就是为了塑造幽默、逗趣的动画形象，这一点可以从创作者、动画形象的地位以及观众三个方面来阐述：

第一，动画形象表达了创作者的感受、思想、愿望、情感、理想以及审美追求。

在宫崎骏的儿童记忆中有一种神奇的小精灵好像是“不可思议的存在”，让人“产生紧张、心跳，或者一刹那之间的愉悦”。这种感觉久久萦绕在宫崎骏的心头，于是他设计、创造了“龙猫”这一动画形象，它象征着生命与希望的灵物，表达了宫崎骏对大自然与人情感交融的渴望和赞美，并希望奇异而可爱的龙猫形象能够唤起人们童年的纯洁与真挚。

万籁鸣兄弟小时候就对孙悟空神武而幽默、机智而滑稽的形象深深地羡慕和喜爱，特别是对他不怕天地、不怕鬼神的勇敢斗争精神无比敬佩和崇拜，因此，对原著《西游记》中“孙悟空被压五行山”的情节一直“感到愤愤不平”。于是在改编时将这情节改成：孙悟空虽然遭太上老君暗算被擒，但他不但没有被炼丹炉烧死，反而大大增强了神力，所向无敌，打得天宫落花流水，打得玉帝狼狈窜逃，彻底表现了将与一切恶势力反抗到底的伟大精神。动画形象是剧作者的思想情感的载体，也是剧作者与观众进行思想感情沟通和交流的媒介，因而剧作者为了创造动画形象而写作。

第二，动画形象处于整个作品的核心地位。

动画作品里的一切造型设计、动作、情节、景物、环境、细节和道具等主要是为动画形象安排的，是为塑造动画形象服务的。《大闹天宫》中，孙悟空从东海龙宫借宝，斗巨灵神、斗哪吒、斗四大天王、斗二郎神，打翻蟠桃宴，吃了太上老君的金丹等一系列动作、情节、人物关系和环境等，都是为了塑造孙悟空鲜明的性格并凸显他的战斗精神。同时，各个动画形象也浸透着剧作者的主要观点和思想倾向。

第三，动画形象是观众心中永远不忘的记忆。

对于观众特别是青少年观众而言，看动画时主要是欣赏动画形象奇异的造型和超常的行为，尤其是动画形象那些天马行空、上天入地、呼风唤雨的超人本领和智慧，深受青少年的羡慕和向往。这些动画形象甚至成为观众的偶像或亲密的朋友，直到长大了、年老了，也不能忘怀。人们往往忘记了动画片的片名，却忘不掉动画形象和名字。米老鼠、唐老鸭、高飞狗、变形金刚、白雪公主、怪物史莱克、玩具巴斯光年、阿童木、一休哥、樱桃小丸子、灌篮高手、樱木花道、孙悟空、哪吒、沉香、黑猫警长等等，几乎都是有口皆碑的动画形象，他们的故事让人津津乐道，长久地牵动着人们的心。

剧作者为创造动画形象而写剧本，观众为欣赏动画形象而来到影视屏幕之前，动画形象是动画作品存在艺术价值的具体体现。

二、动画形象是动漫产业链的核心

动画形象既是动画影视片的形象代言人，更是闪光耀眼的旗帜，它有极强的号召力，能够带动高票房、高收视率、高经济效益，因此动画形象是动漫产业链中的核心价值，是动画片实现产业化发展和延伸并且能保持长久效益的法宝。在现今商品社会中，动画形象比实拍影视片的真人明星更具商品号召力。

沃尔特·迪士尼总共创造了 3100 多个动画形象，包括米老鼠、唐老鸭、灰姑娘、白雪公主、七个小矮人等等，衍生出玩具、文具、服饰、工艺品等数不尽的企业、产品、商标以及连锁项目。迪斯尼乐园在许多国家先后建立，产生了全球性的巨大影响。迪斯尼已经成为美国动漫经济一面不倒的旗帜，可以毫不夸张地说，倘若没有米老鼠的诞生，恐怕现在这一切很可能化为乌有！这就是动画形象的经济价值之所在。

三、动画形象是中国动漫产业走向世界的突破口

中国的动漫产业经过多年的努力，至今仍未能摆脱世界动漫“加工厂”的窘境，其根本原因在于中国一直没有出现吸引世界眼球的原创性动画形象。

一直以来，有人认为中国动画业资金不足，这已被日本、韩国的动漫产业运营方式证实，其实并非如此。有人认为，中国的动画制作水平不高，然而世界知名动画片《花木兰》是由中国动画师制作的完成品，但动画片上没有他们的名字，他们

只赚了一点微薄的代工工资。还有人说我们缺少原创故事、背景音乐等，或者说，我们的动画片场面呆板，缺少幽默、搞笑之类，这些都不过是边缘化的表面现象，并没有触及问题的本质。美国、日本、韩国的动漫产业发展的实践证明，动画形象是动画片的灵魂，也是动漫产业发展的根本。创造不出新颖独特的深受观众喜爱的动画形象，一切都是空谈。我们应该细心解读、深入研究、认真思索：为什么美国和日本动画片中的动画形象让人喜爱？这些动画形象究竟有哪些特点？它们的造型、动作、行为设计有什么生理、心理、力学、运动学、社会学、伦理学等方面的依据？它们的思想、感情是怎样与观众沟通、交流并引起共鸣的？这些动画形象的内心世界有哪些民族的、文化的、历史的深层内涵？

只要我们的动画创作者能够力戒浮躁，克服表面华美、急功近利的情绪，沉下心来、耐住寂寞，加强思想道德和文化艺术修养，吸收各方面的营养，不断丰富、不断成熟，就能找到中国动漫产业的突破口。

第二节　动画形象及其关系的设置

一、动画形象及其关系的设置是剧作构思的关键环节

一部动画作品虽是创造虚幻的影像世界，却也是现实社会折射的缩影。因此，动画形象及其关系的设置恰似现实中社会关系的投影——这既是动画形象设置的客观基础，又是剧作者主观创造的虚幻的人文环境。剧作者首先要设置好动画形象及其关系，才能艺术地掌握虚幻的动画世界。这就是动画形象的客观与主观的辩证关系。

动画形象进行活动时，必然与其他动画形象发生这样或那样的关系，于是产生了故事情节。将各情节适当地组织起来，便会形成一个完整的艺术形象系列和结构，进而表现作品的主题思想、剧作者思想，或者情感意识、理想等。观众也由于动画形象及其关系的发展变化而牵挂着他们的命运，在与他们共悲欢、共苦难的情感共鸣中享受审美愉悦。

动画形象及其关系如果设置得不妥当，上述艺术功能就无法实现，剧作构思也会宣告失败。

二、动画形象设置的要求及分类

对于动画片中的形象设置没有一定之规，可以非常灵活，大体应遵循以下两点要求：一是“少而精”，一部动画电影的长度只有100分钟左右，这是电影美学的法则，一集电视片30分钟左右，这是电视片的规律，因此不允许设置太多的形象；二是“有用”，每个形象的设置必须根据塑造主要形象的性格需要、剧情发展的需要和营造艺术气氛的需要来决定，可有可无的形象一律除掉。

从每个形象在剧中的地位和作用而言，可分主要形象、次要形象和小角色三类。美国电影家罗伯特·麦基说：“从本质上而言，是主人公创造了其他人物。其他所有人物之所以能在故事中出现，首先是因为他们与主人公的关系以及他们每一个人在帮助刻画主人公复杂性格方面所起的作用。”[①]显然，次要人物、相关人物都是为了主要人物而存在的。这话虽然有些绝对，却道出了各类人物关系的本质。他又打了个比方：“把影片的全体人物想象为太阳系，主人公就是太阳，配角就是环绕太阳的行星，小角色就是环绕行星的卫星——所有这一切都由位于中心的明星固定在其各自的轨道上，他们每一个人都对其他人的性格潮汐起着推波助澜的作用。”[②]根据“太阳—行星—卫星”的主次关系配置次要人物和相关人物，既能突出主要人物，又使其他人物各得其所。

1. 主要形象或称主人公

在一部作品中一般只有一至两个主要形象，是创作者着力塑造的形象，也可以说，在一定程度上，整个剧本就是为这一两个主要形象进行创作的。主要形象应具有四个基本要素：

第一，主要形象必然处于剧本中各种矛盾冲突的焦点，对剧中主要矛盾运动的方向、速度、力度起着决定性作用。突出范例是孙悟空一直处于与各路神仙矛盾斗争的焦点，他的行动一次次地加强了斗争关键性，强化了斗争的激烈性。孙悟空决定着斗争的趋向和结局。

第二，主要形象必然置于剧中各类形象的中心，与每个形象在戏剧情境中产生直接或间接的特定关系，从而影响着很多形象的思想、行为、情感变化。千寻无意中陷入神灵的小镇里，从此她成了这里形形色色神灵鬼怪的中心。她拔了河神身上的倒刺，河神给了她“河神丸”；她用“河神丸”救了无面人，使无面人节制贪婪

---

① 罗伯特·麦基著，周铁东译：《故事——材质、结构、风格和银幕剧作原理》，中国电影出版社2001年版，第455页。

② 同上，第456页。

寻回自我；她帮助小白龙恢复了记忆，焕发了生命活力；她带着宝宝做一次又一次的旅行，让宝宝了解外面的世界……千寻改变和影响着周围人的心理和情感。

第三，主要形象直接体现剧本主题思想的深度和广度，决定着作品的社会价值和哲理意义，也是创作者思想倾向和情感态度的形象体现。在《红猪》中，宫崎骏设置了一个第一次世界大战之后对战争和人类身份非常厌倦的飞行员波鲁克，他下了符咒，把自己变成了猪脸，表达了他对战争的憎恨和自己参与战争的罪恶感，这一动画形象也传达了宫崎骏对战争的荒谬性的深刻批判以及对战后人性的剖析。

第四，主要形象应具有鲜明的性格，是创作者独特的形象发现和艺术创造，展现出独具个性的审美价值。怪物史莱克外表粗俗凶悍，大头、大眼、大嘴、大鼻子，耳朵像两只朝天的小喇叭，性格孤僻自私、离群寡居，但他却有一颗善良的心，也渴望他人的理解和女人的喜爱，却常常陷入自卑和彷徨的心境，这恰恰是现代人的内心矛盾，反映出这一动画形象既具有现实的典型性又有自身独特的个性。他复杂的心理变化是动画形象中罕见的，因而具有难能可贵的现实意义和审美价值。

2. 重要形象或称配角

在动画片中重要形象也参与到戏剧矛盾冲突之中，或作为对比、陪衬突出主要形象，或辅助主要形象推进剧情发展，或作为某种意义的象征，或展示某种事物的意义。总之，次要形象对开掘、深化作品的思想内涵和整个作品的艺术构思都具有不可缺少的作用。同时，次要形象也以各自不同的个性色彩丰富了动画形象的艺术画廊。例如，《人猿泰山》中猩猩卡拉从情节结构上讲，她并未参与泰山寻找并确认自己是猿还是人的族类身份的主线，但她呵护泰山，并支持、鼓励他回归人类，起着重要的情感作用，是不可缺少的配角。她的伟大母爱是不可替代的。

3. 次要形象或称次角

次要形象或与主人公发生直接关系，或与重要形象相关，对塑造主人公起着丰富性格色彩的作用。例如，《冰河世纪 2：消融》(*Ice Age2：The Meltdown*)中主角曼尼在途中遇到了长毛象爱莉，她是世界上最后一只雌长毛象，是自己的同族类。曼尼于是爱上了她，但爱莉从小被负鼠族类收养，养成一身负鼠的生活习惯，根本无法接受曼尼的长毛象的生活方式，为此曼尼陷入了情感两难的窘境中。爱莉作为次角从一个侧面丰富了主角的内心变化和情感世界，并且为影片带来了乐趣。

4. 小角色

小角色多是为主人公安排的，负责为主人公通风报信、开心解闷，起着插科打诨、衬托、渲染气氛的作用，制造喜剧效果。《花木兰》中的木须龙自称是花木兰的“守护神”，在军营中对花木兰的“谆谆教导”惹出了很多麻烦，爆出了许多笑料，令人捧腹大笑。《狮子王》中逗趣的丁满、蓬蓬，《钟楼怪侠》中的三个石怪都属于这类小角色，它们看似可有可无，但妙趣横生，影片一旦舍去他们，故事则索然寡味。制造小角色是美国动画片的拿手好戏。

三、动画形象关系的设计

其实，动画形象配置就是一种关系的反映，即形象之间的主次关系，而这里讲的关系设计比形象设置更重要，是剧本创作的关键所在。

动画形象之间的关系有三种：现实关系、幻想关系和戏剧关系。现实关系是指在现实生活中，由于自然、历史、社会等因素所形成的种种关系，可分为自然关系和社会关系。自然关系指血缘、亲属、婚姻联结的关系；社会关系包括同学、同事、同乡、朋友等。幻想关系是指在现实生活中根本不存在的，由创作者想象出来的人与神鬼，人与动物、植物、物品之间发生的种种奇妙的关系，这些往往成为刻画性格、推动剧情发展不可或缺的、特定的关系。现实关系和幻想关系是把各个不同的动画形象联系在一起，安排到一部动画片里的前提条件，它们共同为不同性格的表现提供了特定的人文环境，但真正刻画鲜明突出的动画形象还必须设计他们之间的戏剧关系。

戏剧关系是指在一部动画片里众多动画形象之间的性格冲突、性格对比、性格差异以及剧情联系、环境需要等各种关系。这些关系才是一部动画剧作的基础，因此，需要剧作者精心而缜密地设计。

一般而言，动画形象之间的戏剧关系有以下四种类型：

1. 冲突关系

冲突关系是动画形象之间因立场、观点、理想、目的、意义等相互对立、相互矛盾斗争而形成的冲突关系。例如，《狮子王》中刀疤想篡夺王位，木法沙和儿子辛巴保卫王位是双方矛盾的根源。于是老狮王木法沙和小王子辛巴与其弟、其叔构成势不两立、尖锐的冲突关系：刀疤为了篡夺王位，设下圈套陷害辛巴，幸亏父王木法沙及时赶到救了王子，冲突开始激化；刀疤又设下阴谋杀害了哥哥木法沙，却又造成辛巴误以为是自己害死了父王；辛巴在自责之中又被叔王欺骗，逃到遥远的异地，冲突更加激化，但辛巴潜伏下来；刀疤篡夺了王位，而在他统治下的狮子王国万物凋零、民不聊生、哀鸿遍野……辛巴在众兽们的帮助下长大成人，了解了父王被杀害的真相和叔叔篡夺王位的卑鄙行径，他决心返回自己的狮子王国，为父王报仇。为拯救被刀疤统治压迫的民众，他必须杀掉阴险狠毒的叔叔刀疤，这时冲突开始发生转机。辛巴在一场你死我活的斗争中胜利了，狮子王国新生了，冲突达到高峰并得以解决。不难看出，设置冲突关系最富戏剧性，但不能一味地让冲突斗争单线发展，应从冲突双方的性格出发，有曲折、有迂回地构成波澜起伏的情节，步步深入矛盾冲突，显现双方性格特征，方能引人入胜。

2. 对比关系

对比关系是指动画形象之间因对待事物的态度不同、方法不同、处理方式不同、表达情感不同而形成鲜明的对比。例如，《埃及王子》中希伯来人的孩子摩西本是弃婴，被埃及王后救到宫中，与法老的长子雷明斯从小朝夕相处，一起长大。两人仿佛同为埃及王子，亲如兄弟，情笃意深。哥哥雷明斯勇敢强悍、刚愎自用；弟弟摩西沉静斯文，却不失刚毅倔强。虽然二人性格迥异，但不影响他们之间的深情厚谊。这是表层的对比：身份“相同”、情义相同而性格不同。然而，当摩西得知自己的真实身份是希伯来奴隶的后代，心情一落千丈，他不得不接受这残酷的事实。于是他本能地杀死了埃及士兵，逃离了王宫。后来他接受了上帝赋予他的一项任务——带领希伯来人摆脱埃及法老的统治。摩西意识到自己肩负着重大的责任和神圣的使命，于是他带着上帝赐予的神杖，来到王宫要求释放被奴役的希伯来人。此时已继承王位的埃及新法老雷明斯当然要维护埃及王国的利益和他自己作为法老的神圣尊严，他断然拒绝了摩西的请求。这里二人之间因为地位不同和身份不同了，要求目的自然也不同了，形成了深层的思想、意志、愿望的强烈对比，双方的思想和性格更加鲜明。但事情并未到此为止。二人毕竟兄弟一场，情义是真诚的、深厚的。哥哥请弟弟重回王宫，享受王宫生活，弟弟再三要求哥哥放走他的希伯来同胞，各自立场坚定、态度分明。摩西以神杖相威胁，雷明斯表面同意放人，但仍然暗中派兵想彻底消灭希伯来人。雷明斯的伪善和凶恶的统治者的真实面目暴露无遗，又与摩西的善良、正义和自我牺牲精神形成了鲜明的对比。设置对比关系的戏剧冲突的关键在于抓住一个中心事件（如对希伯来人的态度），围绕它分别表现不同思想、看法、情感，可增加对比的力度和强度。

3. 并进关系

并进关系指两个动画形象的性格在剧情发展中互相补充、互相增进，达到双方性格更丰富、更生动的状态。比如在《冰河世纪》中，写了长毛象曼尼、树懒希德和剑齿虎迭戈组成一个小团体，护送人类的孩子回归人类族群的经历。长毛象的父母被人类夺去了生命，他仇恨人类，外表冷漠。但当他看到树懒抱着孩子在峭壁上艰难爬行非常危险，长毛象骨子里善良的心被触动了，于是他决定出手帮助他们。剑齿虎混入护送的小团体是为了伺机活捉孩子，既给自己的同伴报仇，又可将孩子献给同族老大作为美味早餐。然而，当孩子刚刚学习行走、跌跌撞撞地扑过来投入他的怀抱时，他意外地感受到从未享受过的亲情的温馨，他的孤独、冷僻的心被融化了。就这样，长毛象和剑齿虎在呵护孩子、哄逗孩子中得到了许多欢乐。孩子可爱的笑脸、幼稚纯真的表情、妙趣横生的动作，化解了他们心中的仇恨，使他们摆脱了与人类为敌的凶恶本性。树懒的单纯和善良以及决心把孩子送回人类的顽强意志也感动了长毛象和剑齿虎，反过来，长毛象和剑齿虎的转变也更加强了树懒的决心和意志。三者就在围绕着对孩子的态度、心理和情感的相互影响、相互促进中逐渐变化和提升，组合成一个其乐融融的大家庭。他们对孩子的态度经历着“仇恨⇒消解⇒融洽⇒欢乐⇒奉献”的过程，呈现出渐进式和互动式的发展形态。最终，他们完全背叛了自己的族类，并且为了人类的孩子，克服了重重险阻，甚至险些牺牲生命，最终把孩子平安地送到他父亲的怀抱里。动画形象之间虽然没有根本性的矛盾冲突，但他们之间的性格差异、心理动机、情感变化以及怀疑、误会等因素可以构成生动有趣的情节和细节，从而保证影片富有戏剧性。如树懒的多嘴多舌、喋喋不休，既让人厌烦又滑稽可笑，这些缺点与其真挚、纯朴而善良的性格形成反差，更具喜剧效果。

4. 映衬关系

映衬关系是指几个动画形象（可能是主人公，也可能是配角、次角，甚至是小角色），他们之间的性格、行动、心理和情绪等造成互相衬托、彼此照应、相得益彰的戏剧关系。例如，《邻居山田君》写一个极普通的日本家庭，一家五口人：山田君是个公司小职员，表面上看是一副威严的家长面孔，但却常常为小事烦恼忧愁、斤斤计较；山田太太有浓重的关西口音，唠唠叨叨、啰哩啰唆，既烦人又好笑；他们的儿子阿德是个中学生，学习成绩一般却青春萌动、追求帅酷；女儿野子是个幼稚园的小朋友，天真活泼，忽而哭、忽而笑，既可爱又让人操心；孩子们有个年老的奶奶，老而酷、精明而干练，看人老辣且一针见血。一家老少三辈五个人，性格迥异，心理不同。但是在日常生活的柴米油盐之中，在吵吵闹闹、嬉笑怒骂之中，彼此烘托、彼此映衬，表现相互关心、互相爱护的亲情。尤其是在全家逛商场时丢掉了小女孩野子这一桥段，大家焦急万分、四处寻找。在表现他们同样的焦急心情时，各自的心理和情感变化在对比映照中更加鲜明生动。设置映衬关系，没有激烈的矛盾冲突，只是在琐碎的小事中突现性格的差异。山田的威严与太太的唠叨形成反差，威严越显无济于事，太太的唠叨则愈加喋喋不休；山田太太的啰嗦和婆婆的干练互不相容，啰嗦者不自知，干练者亦无可奈何……就这样，形形色色的性格在平凡中突显出来。

在动画形象关系的设计中，安排现实关系和幻想关系是为了从中挖掘出戏剧关系，形成戏剧性构思，以便完成整体艺术创作。应该强调，戏剧关系是核心，现实关系和幻想关系只是戏剧关系的媒介，它们是为戏剧关系服务的。

第三节　动画形象的造型描写

歌德说："人对人是最有兴趣的，并且应该只是对人感兴趣。"读者和观众对小说、戏剧、影视作品中的人物感兴趣，实际是对作品中描写的人以及人的生活状态、人的命运、人的心灵、人的思想、人的情感等产生了共鸣，从而观照了自我。人们观赏动画片的同时也同样关注人物，特别是孩子们对形形色色的拟人化形象非常感兴趣，因为在他们心目中，一切事物都和自己一样是有生命的。因此，塑造丰富多彩的动画人物是动画剧作的中心任务。

动画片中的人物与一般影视片中的人物有根本的不同。一般影视片中的人物是由演员扮演的，是有血有肉的人物，是生活中的人物在银幕或荧屏上的再现；而动画片中的人物是画家画出来的虚幻性形象，是人为设计出来的。动画形象的造型是对自然界和社会生活中各种形象根据不同动画角色的需要进行选择、概括、综合、提炼出来的，包括人物以及动物、植物、物体、现象和神灵精怪等拟人化的形象，这些动画形象给人的第一印象是外在的造型形象。动画剧本用文学语言描绘出新奇独特而又栩栩如生的外在造型，对塑造整体形象及其全部作品具有特殊的重要意义。

一、动画形象的特征

1. 形象的虚幻性

动画形象都是由美术师设计并绘制出来的形象，是静止的、没有生命的图画，是经过逐格制作工艺和逐格拍摄技术使他们活动起来的，仿佛被赋予了"生命"一样。这些形象完全是假设的产物，现实生活中没有与之对应的人物或事物。

2. 创造的主观性

动画形象本身是没有生命的，它们的"生命"完全是由编导者主观给予的。因而，他们的性格、行动、心理、情感等也完全是由编导者的主观意图决定的。

3. 造型的单纯性

动画形象是没有真实生命的活动体，尽管制作技术不断追求逼真，但仍然难免动作简单、机械甚至生硬。尤其是动画形象的表情、眼神更是单调的重复，无法深入、细腻地刻画其内心活动。因此，动画造型应力求简化，以简洁的线条、色彩勾画出生动的视觉形象，这是动画造型的基本要求。更高层次的创作则要求单纯化，即在简化的外形中蕴藏丰富的内涵，这就要求剧作者准确把握动画形象的性格特征，并形象地表现出来。

4. 创造的无限性

上述三点特征既是动画形象的局限，也为动画形象的自由创造提供了巨大优势。形象的虚幻性可以使创作者超越现实，充分发挥想象的潜能，假想出许多见所未见、闻所未闻的神奇的形象，使动画形象的创造空间无限宽广。动画形象的生命是由创作者主观灌注的，因此，它们的思想价值和社会意义完全取决于创作者的思想深度。也就是说，创作者可以自由地把自己的思想、意志、情感、态度注入动画形象中去。动画形象的机械性动作和表情，虽然不能表达微妙的心理、情感变化，却可以对动作和神态进行大肆夸张，把细小的动态放大开来，造成漫画式的艺术效果。

动画形象的造型是整个动画形象的外在形态，主要描写形象的身材、相貌、服装、打扮以及表情、神态等，它们是塑造动画形象的重要组成部分，也是吸引观众视觉注意力的重要标识，不能等闲视之。

二、动画形象造型描写的重要性

戏剧和实拍影视片的文学剧本中对人物的造型形象都有或细致或扼要的描绘，作为对演员、导演和化妆师进行二度创作的提示、指导和控制。动画剧本的造型描写不但具有同样的作用，而且更有特殊意义。

1. 构成和谐统一的角色造型

动画造型所具有的虚幻性和主观性等特点，决定了动画造型的不确定性，因此要求剧作者将作品中的每个造型都能用清晰、具体的文学语言确定下来。这样做不仅有利于主角与配角、次角、小角色之间形成造型对比、反差、映衬、烘托等，形成协调、统一的形象组合，而且有利于剧作者在写作过程中整体把握和驾驭每个角色的性格发展和变化。如果很多角色只是模糊的影子，就很难准确地处理角色关系和选择生动的细节描写。

2. 为美术设计开拓广阔空间

动画形象造型的具象化最终是由美术师设计完成的,是二次创作的成果,而剧作者的文学语言描写实际上是为美术师开拓联想、想象和幻想的空间。比如,描写青蛙像皮球一样蹦跳,很有弹性,为联想和形态夸张提供了依据;描写锅炉爷爷像大蜘蛛一样有六只长长的手臂,上下、左右、远近,可以同时做几件事,为夸张、变形、想象提供了数量、长度和幅度;描写无面人贪得无厌、厚颜无耻、不要脸面,为这个非人非鬼的造型提供了想象的空间,美术师可以用简练的线条勾勒出几乎失去五官的无面人造型,既独特又具有深刻内涵。剧作者对动画造型的文字描绘一定要突出特征,简而明、少而精,留有余地,能够唤起美术师展开想象和幻想的强烈欲望与冲动。

3. 动画造型永远留在人们心中

现代心理学研究表明,眼睛是人接受外界信息最快、最多,而且传递到大脑保存时间最长久的器官。动画造型最具冲击力,感觉最强烈,印象最深刻,人们往往忘记了动画片的故事情节、音乐和对话,却忘不了那些生动独特的造型形象。米老鼠圆头圆脸圆耳朵,两只手各有四个圆圆的指头,两只圆圆的大脚,滑稽可笑,诙谐可爱;孙悟空猴脸人身,手指抓痒的动作、机敏的眼神、耍弄金箍棒的神勇等造型形象永久铭记于几代人心中,让人每每想起都忍俊不禁、愉悦不止。由此可见,创造出一个深入人心的动画造型形象是剧作者的首要任务。

4. 动画造型形象是商业号召力的标志

动画造型形象对动画片的票房和收视率具有强大号召力,由此产生的一系列衍生商品、项目、活动、企业甚至建筑物都以动画造型为商标、标识;它贯穿着、带动着整个产业链,产生经久不息的社会影响。人们追逐某些动画角色造型形象常常会不由自主地产生购买的欲望和冲动,这是由于商标的力量作用于消费心理,形成了消费惯性。这是动画产业获得巨大经济效益的根本所在,也是动画造型形象的商业号召力之所在。

综上所述,剧作者用文字语言勾画出未来的动画造型形象的蓝图,是整个动画产业链条中的第一环。

三、动画形象造型设计

动画形象造型虽是由美术师设计并描绘出来的,但剧作者应该对每一个形象,特别是对主要形象进行肖像式的文学描写,为美术师美术造型的再创造提供文字依据,以使动画形象符合剧作艺术整体构思的要求。从中外各类动画片中考察，动画形象造型可分为四类：

1. 相似性造型形象

即动画形象与现实世界中的人物、动物、物体基本相像，很容易辨认出来。像米老鼠、唐老鸭、黑猫警长之类的动画形象极力加以美化、幽默化，其相貌和动作虽然与现实中的老鼠、鸭子和猫都非常相像，但却有很大程度的夸张和变形，令人感觉既熟悉又陌生。

相似性的人物造型，其基本形象是人，只是运用夸张和变形的漫画式手法加以表现。例如，《人猿泰山》中的泰山五官棱角分明，眼睛清澈单纯，身体强壮，两臂又粗又长、臂力过人，动作灵敏矫健，站立是人、爬行似猿，这一造型正符合他在猩猩族群里长大的背景。动物的动画造型差别很大，有的近似"动物原型"，有的只留下一点动物原型的影子。例如《料理鼠王》中的老鼠没有改变基本原型，只是站起来，有了人性。主角雷米两只眼睛机灵有趣；它的父亲蒂亚戈脸色呆板，目光严厉中透着慈爱；它的弟弟尼欧胖墩墩的身材，红褐色的皮毛，一副憨态；而米老鼠，几乎失掉了老鼠的原型，只有那长嘴巴还保留一点"鼠影"。不过他早已成为尽人皆知的动画明星，没有人追究他的鼠类根源。《冰河世纪》中的长毛象、剑齿虎和树懒的造型都是为了突出各自的个性特征，根据动物原型加以改造的。动物的动画造型像不像原型并不重要，重要的是人性化、个性化的设计是否合情合理和新颖有趣。

对物体的动画造型描写差别较大，有的自由度很大。比如玩具完全可以根据想象来发挥。《玩具总动员》的主角胡迪是个布偶玩具，身穿一套标准的牛仔警服，款式时尚，褐色头发，戴牛仔帽，脚蹬牛皮靴，又帅又酷，神采奕奕。另一主角巴斯光年是个塑料玩具，长相一脸正义，穿着一件白色的太空服，上面安装着各种武器，好像一个现代机器人。配角杰西是个女牛仔，大眼睛，红褐色的头发透露出她内心的善良、正直和热情奔放的性格。配角彼得是个矿工玩具，相貌显得憨厚和笨拙，两撇白胡须上翘着，俨然一个风范犹存的长者。而汽车的动画造型则局限较大：《汽车总动员》(*Cars*)中的拖线是清障车，车头露出两颗大板牙，驾驶舱有两只大眼睛，整个车身破损不堪，完全是"助人为乐"造成的创伤；莎莉是时尚卡通车，车身圆润优雅，很有"女人的性感"；其他角色都以不同车型区别开来，用造型突出性格的难度较大。

总之，相似性性格塑造要尽力做到：合情合理，令人信服；造型独特，性格鲜明；有情有义，亲切感人。

2. 变异性造型形象

即对现实世界中的各类形象加以改变、异形，只保留原型中的某些外部特征，而凸显其主要个性。孙悟空的形象是在人的骨架中加以猴化，是人的变异，也可以说是猴的人化，相貌动作基本是猴的特征，但武艺、智慧与幽默的性格又鲜明、突出地表现了"这一个"猴精或称"人猴"的个性。史莱克基本是人形，但异化成大头、大脸、大眼、大嘴巴、大肚子，加上两条又细又短的小腿，特别是两只耳朵变成两个信息接收器，结果成了一个不人不兽的怪物。这个外部造型与他的内心形成巨大的反差，突出了他性格思想的内涵。《悬崖上的金鱼姬》中的小金鱼波妞是人头鱼身的组合体，在人的脸型中两只鱼眼分离两侧，大嘴巴像金鱼嘴，鱼身、鱼鳍、鱼尾，有时会站立起来像人一样走路，这一人鱼相融、变异的造型显得纯真可爱。龙猫的外形是猫头鹰和穴熊的结合体，实际上头像猫头鹰，身体像穴熊，胖胖的，非常丰满，是一个完全变异的动画形象，是大自然孕育的精灵，寄托着宫崎骏对自然生命的美的希望。变异性造型形象往往融入比较强烈的主观意图，剧作者可以把自己的兴趣、愿望、观念和情感在造型的描绘中充分体现出来。

3. 完全虚幻性造型形象

即现实世界中根本没有任何对应物的神灵鬼怪之类的形象，完全是创作者想象出来的产物。神灵鬼怪之类的动画形象是丝毫没有现实依据的，在塑造过程中也应注意两点：第一，尽可能性格化。比如玉皇大帝的白胖、臃肿的外表表现出他表面严肃、祥和而实则内心空虚、昏庸的本质；第二，主观意图的形象化。如宫崎骏在《千与千寻》中设计了形形色色的神灵鬼怪：腐烂大人、大白大人、大鸟大人、生鬼大人等，还有锅炉爷爷、假面、罗神、三个老头脑袋之类，仿佛千寻为救父母置身于神鬼的世界中经受着磨难，暗喻着人类的贪婪破坏了自然界的平衡与和谐，这些神鬼是受天意的差遣来惩罚她的。所以，神鬼形象的设计完全出自于动画家主观想象的需要。

再比如，《圣诞夜惊魂》(*The Nightmare Before Christmas*)中的万圣节城的领导者骷髅杰克的造型：骨骼头骨被细小的身架支撑着，两只手臂和两条腿好像细细长长的棍子。他完全置身于鬼怪的世界，魑魅魍魉，成群的妖怪们形形色色，千奇百怪，见所未见，闻所未闻，无法形容。他们完全是创作者主观臆想的，为了表达某种意图想象出来的动画造型。一般而言，大量配角和小角色都是为表现主角的思想和情感服务。

4. 抽象化的造型形象

一个线条、一个图形、一个板块运动起来，活现起来，仿佛也有了意识，有了生命，这类形象多出现在一些实验性动画片里。前南斯拉夫萨格勒布动画学派的代表人物杜桑·兀科提克（Dušan Vukotć）用色彩和线条组合的符号来表达充满哲理和荒诞的故事，如《代用品》（*Surogat*）、《游戏》（*The Game*）等短片；加拿大的诺曼·麦克莱伦（Norman McLaren）用色彩与音乐的配合来表达某种心理或情绪，如《同步曲》、《线与色的即兴诗》等；德国雷蒙德摄制的《绳舞》以变幻多端的构图来表达某种哲学的理性思考；法国动画短片《平衡》表现五个光头身穿大衣，几乎一模一样的男人木偶式的造型形象。他们同时站在悬空的高台上相安无事地垂钓“八音盒”，谁也没有钓到时，五人保持平衡的心态。当有人钓到了“八音盒”，则平衡被打破了，开始了争夺。五个木偶造型不过是五个符号，高度抽象地概括表达欲望、占有、争夺的平衡与不平衡的生活哲理，深刻犀利。

不管哪一类动画形象的设计和描绘都必须符合以下三条基本原则：

第一，突出性格特征。动画形象的外部造型应突出其个性化的特征，有利于揭示其内在的心理和情感。

第二，符合审美标准。动画形象的静态与动态美丑，都应符合比例之美、和谐之美、运动之美、节奏之美的要求。

第三，具有亲和力。动画形象中的正面形象要可亲可爱，让孩子们喜欢；反面形象的丑恶是作为对比物反衬正面形象的可亲可爱。因此，动画形象最易唤起观众鲜明而强烈的爱憎情感。

第四节　动画形象的性格塑造

黑格尔说：“每个人都是一个整体，本身就是一个世界，每个人都是一个完满的有生气的人，而不是某种孤立的性格特征的寓言式的抽象品。”[①]动画形象虽然是虚幻性的形象，但它同样应该具有“一个完满的有生气的”整体的性格。

在动画片里塑造具有鲜明生动性格的动画形象是剧作者的中心任务，因为作品的思想意义和审美价值主要是通过主人公的性格体现出来的。

动画形象的性格塑造应从以下三方面进行探讨。

---

① 黑格尔：《美学》（第一卷），人民文学出版社 1962 年版，第 295 页。

一、动画形象的性格构成

动画形象深层的本质特征在于性格。动画形象的性格从其自身而言由内隐和外显两方面的因素构成。内隐的因素是世界观、价值观、理想、志趣、情感等有倾向性的稳定性的因素，这是性格的基本特征；外显的因素是由某种目的、意志、行动而产生的运动性因素。内隐因素决定外显因素，外显因素反映内隐因素，两者构成富有活力的完整的性格。这是动画形象的性格自身的存在形态。

动画形象的性格从它与剧作者的关系而言，又由客观与主观两方面构成。客观方面是动画形象自身的性格，是在特定的社会、时代、民族、地域以及人际关系的影响下产生的，具有现实的、历史的客观性。而剧作者注入动画形象中的思想观点、道德评价、情感态度、想象、幻想等主观因素，往往决定着动画形象的性格的社会意义和审美价值。这种主观因素对动画形象的性格塑造尤为重要。

孙悟空敢于反抗、敢于斗争的性格形成是客观与主观两方面要素完美统一的范例。客观方面：明代末年朝政腐败，宦官专权结成“阉党”，政治黑暗达到极点，社会矛盾急剧恶化，广大人民生活苦难不堪，以李自成为首的农民起义风起云涌，这就为孙悟空的反抗斗争性格提供了特定时代的历史背景。同时，明代推行文化专制政策，大兴文字狱，凡因文学犯忌而被杀者不计其数，这又为小说作者吴承恩借唐代“唐僧取经”的故事，大胆想象、幻想，影射明代黑暗统治提供了思想、文化和社会基础。主观方面：在上述客观因素的基础上，作者发挥主观艺术创造力，用天宫代表现实中皇权统治的朝廷，玉帝代表明朝皇帝（实际上代表历朝历代的最高统治者），如来佛代表西天，各路妖魔鬼怪代表上上下下的官吏以及现实社会的各种恶势力，孙悟空则集中代表充满反抗意志和斗争精神的广大人民群众。人民的力量是强大无敌的，人民的智慧是无穷无尽的，于是，想象出他有火眼金睛能戳穿一切鬼怪；他能七十二变，灵活机动地打击敌人；他有一万八千斤的金箍棒，不畏各种强暴；他会翻筋斗云，能上天入地追击敌人……在他身上集中了古代人民敢于斗争、善于斗争的一切优秀品质，同时也寄托了人民要求彻底铲除一切邪恶势力的强烈愿望和追求自由、理想的决心。孙悟空的形象是人和猴的结合体，同时又注入了神的威力。猴的形态和人的思想感情是客观的，两者结合在一起，有机地融入神力，都是在客观现实的基础上进行主观想象、幻想和夸张的成果。显而易见，天宫、神界，孙悟空大战各路鬼神，是现实社会矛盾斗争的曲折反映。

但剧作者的主观意愿并不是可以随意注入的，必须遵从两条原则：

第一，必须以动画形象自身性格的客观形态为基础，融入剧作者的主观意识，使两者有机结合在一起，构成完整的艺术形象。

第二，剧作者的想象、幻想等主观因素必须符合动画形象自身性格稳定性因素的内在逻辑，使其成为性格发展之必然。

二、在矛盾冲突中塑造动画形象的性格

动画形象的性格主要是通过矛盾冲突展示出来，由于矛盾双方对象不同，因而出现三种不同方式。

1. 性格与性格的冲突

性格与性格的冲突必须是双方性格中的稳定性因素相对立或者有差异，而且与运动性因素又相抵触、相矛盾。如果只是稳定性因素基本相同，而运动性因素有差异，也不能构成性格与性格的冲突，只能是性格间的对比。性格与性格的冲突，可以是两个对立性格之间的冲突，也可以是基本品质相同而水平高低差别造成的性格冲突；可以是两个人物之间的冲突，也可以是一个人物与几个人物之间的性格冲突。在性格冲突中刻画性格是塑造动画形象的重要手段。

第一，两个对立性格的冲突。

《钟楼驼侠》中，以卖艺为生的吉卜赛女郎爱斯梅拉达美丽、热情、爽朗、善良、纯真，是外貌与内心统一的真善美的化身；身为奴仆的敲钟人卡西莫多外表丑陋不堪，心地却真诚、善良，是表里反差极大的内在美的象征；巴黎圣母院的执事长弗罗洛丑恶、凶狠、淫秽、奸诈，是个内外结合的假丑恶的典型代表。三个人性格鲜明，对比强烈，冲突尖锐。卡西莫多不甘忍受教堂的禁锢，向往自由，向往外面的世界，出去参加愚人节的盛大活动，却遭殴打、侮辱、围困；爱斯梅拉达救助了卡西莫多，惹怒了弗罗洛，于是弗罗洛开始追捕她；弗罗洛捉到爱斯梅拉达后，被她的美色打动，要占有她，遭到拒绝，便加害于她，欲置她于死地；卡西莫多帮助爱斯梅拉达、掩护她；弗罗洛认为这个养子和奴仆无视他的权威，要惩治他；最后，主仆二人在圣母院钟楼上搏斗，弗罗洛摔下去，粉身碎骨。三个人性格中不同的稳定性因素决定了他们必须采取各自不同的行动，因而构成了尖锐的冲突、矛盾斗争，这是性格与性格对立的必然。

第二，一个人物与几个人物之间的性格冲突。

《天书奇谭》中，蛋生与老狐狸、美女狐和瘸腿狐之间展开激烈的矛盾斗争。蛋生代表正义力量，老狐狸是邪恶势力的代表，美女狐和瘸腿狐是帮凶，双方围绕着天书展开了斗智、斗法、斗勇的激烈斗争。三只狐狸假扮仙姑和蝗虫精骗取百姓钱财，蛋生运用天书上的法术治蝗灭灾、降福于民，击败了三个狐狸精的阴谋；

狐狸精勾结官府搜刮百姓的钱财、粮食和酒肉，尤其是当老婆婆的家中财物被洗劫一空，无法存活只能上吊求死时，蛋生救下老婆婆，并施法术变出聚宝盆把百姓被抢走的东西全部归还；最终蛋生及时识破狐狸精的阴谋并在表公的帮助下保住了天书，施法将三只狐狸精压死在云梦山下。经过多次斗法，正义力量终于战胜了邪恶。在这种一个人物与多个人物展开的尖锐冲突中，显示出蛋生的勇敢顽强、不惧艰险和坚持斗争的精神。蛋生的性格特征正是在与多个对手的斗争中磨炼出来的。

第三，性格之间的差异与对比。

《冰河世纪 2：消融》讲述了动物曼尼、迭戈和悉德三兄弟在面临地球气候变暖、冰山大坝即将开裂之际，为了拯救大小动物族群免遭这场灭顶之灾，三兄弟及时通知各类动物并带领他们迅速逃离，在途中与两只凶猛的史前巨兽搏斗，共同抵御熔岩危机，最后向他们的"诺亚方舟"进发。曼尼、迭戈和悉德拯救动物们的责任心和战胜各种艰难险阻的勇气和意志，以及为了朋友、为了群体的心胸和情怀都是基本相同的，也就是说，他们三兄弟性格中的稳定性因素是相同的，但他们的运动性因素却又各不相同，因而构成了性格之间的鲜明对比。长毛象曼尼健壮沉稳，朴实、认真、坚毅、镇静，对全局具有严肃的使命感和强烈的责任意识，但面对感情时则优柔寡断；剑齿虎迭戈天生卓尔不群，孤傲自恃，疯狂中透着霸气，大胆中不乏沉稳，办事干练果断，他与曼尼搭档，互补短长、相得益彰；树懒悉德没头脑又好出风头，往往成事不足，制造许多麻烦，但他在三兄弟中间是无可替代的角色，曼尼和迭戈都有强烈的自尊，因而难免发生分歧，悉德便巧妙地从中调和，化解矛盾，团结和睦，共赴危难。更难得的是，他在三兄弟中间常常插科打诨，制造笑料，在危机苦难中给大家带来欢乐和信心。其实，性格的运动性差异就是不同性格对同一事物或处境的基本观点、态度相同但表现方式不同。

2. 性格自身的内心冲突

动画创作者不但要赋予动画形象基本性格，还要赋予它性格的复杂性和丰富性，也就是要揭示它性格内部的矛盾冲突。动画形象在行动过程中必然会遇到各种各样的人和事物，对它的行动可能是阻力，也可能是支持，可能是推动，也可能出现这样或那样意想不到的情况，或者需要一定的条件……总之，动画形象面对这一切时思想、心理、情感会产生矛盾、变化，因而当性格内部出现自我无法控制的冲突时，往往反映出内心的隐秘，这对于塑造丰满动人的动画形象具有极其重要的作用。

《狮子王》中的辛巴面对叔父杀父篡位的严酷现实，是复仇，还是逃避？面对叔父欺凌百兽，整个草原、森林陷入黑暗统治之中，辛巴是奋起抗争、承担起自己的责任，还是置若罔闻、自寻逍遥？面对自己的一生是创造生命应有的价值，还是无所事事、虚度此生？这一切都使辛巴的内心充满了矛盾斗争，这种情境迫使他做出抉择。这种内心冲突既是性格所致，也是由现实中的人和事物引发出来的。本来莎士比亚原著中哈姆雷特的内心冲突描写是世界戏剧史上的典型范例，给人以极强烈的心灵震撼，但是在动画片中，不可能充分展现。因为影片长度有限，不能过多地表现没有外在动作的内心冲突。同时，狮子虽是拟人化形象，但表现太多的心理活动过程也不尽合理，这一点在动画剧作中是要注意控制的。即使不是拟人化形象而是人物，也不能轻易展开内心冲突。《浪客剑心·追忆篇》中的剑心生于乱世，父母双亡，一个姐姐临终前对他说："代我活下去！"他感到生存的责任；他亲手杀死自己心爱的女人，他感到罪孽；他学习武艺，本来想除恶扬善，却成了杀人凶手，而且他的血液里已经融入了救他而牺牲的三个姐姐的生命，他常常责问自己"生命的意义是什么？"他的心在罪与悔、孽与愧、生与死的痛苦中挣扎，这中间有相当多的内心冲突值得深入展现，然而影片的容量不允许。同样，《风云决》中聂风、步惊云、傲决三人之间的爱恨情仇、错综复杂的矛盾冲突，也不能全部展开、一一进行揭示，而只能压缩了。

列举以上两例，无非是想强调在动画作品中不宜多用内心冲突的表现方式。动画之"动"，重在外显之"动"，内隐之"动"点到为止。美国动画家深谙此道，《钟楼驼侠》中的卡西莫多面对主人、养父弗罗洛对自己的训斥，与自己对于自由的渴望，产生了非常强烈的内心冲突。但剧作者并没有直接描写，而是通过他一系列救助爱斯梅拉达的动作表现出来，应该说揭示人物在特定情境中的内心冲突是塑造鲜明性格的重要手段，但在塑造动画形象时应该慎用。

3. 性格与环境的冲突

动画形象所面临的环境是极其丰富的：自然环境、社会环境、拟社会化环境和虚幻的环境交织融合在一起。可以说，天上地下、天堂神界、江河湖海、山野丛林，宇宙之大、分子之微，无所不有，无奇不有，因此，动画形象在行动中可能与其所处环境中的任何对象发生矛盾。实际上这些困难、障碍和对抗力量，正是动画性格与环境的冲突的表现。

但应该明确：自然环境不能构成性格冲突的主要方面，性格与环境的冲突主要是指动画形象与人文环境（即拟人化的社会环境）、虚拟环境（如天堂、地狱之类，实际上也是虚拟的人文环境）之间展开的冲突。自然环境只能为强化人文环境服务。《草原英雄小姐妹》之所以受到局限，就在于两姐妹的冲突对象只是大自然中的暴风雪，这就使性格塑造显得有些单薄。人的性格是丰富多彩的，只有在错综复杂的人际关系中才能展示出性格的多侧面。在动画作品中，性格与环境的冲突有几种情况：

第一，人的性格与社会环境的冲突。

法国动画片《我在伊朗长大》是直接揭露社会现实矛盾的一部作品。女孩玛赞的童年是在伊斯兰革命中度过的，现实是非常残酷的。政府保守、封建、专制，歧视女性，限制言论自由，母亲被侮辱，亲人遭屠杀，她对民主、自由产生怀疑。随着年龄的增长，她对现实的困惑和苦闷日益加深，只好在西方摇滚乐中释放。但伊朗的社会环境让她感到格格不入，她的精神仿佛陷入了流离失所的境地，空虚、彷徨、痛苦。玛赞作为一个追求幸福和自由的女青年，面对无法忍受的社会环境，只好选择出国，来到了奥地利。然而，种族的歧视又使她与西方社会发生了冲突。西方人教训她没有教养、愚昧、无知，甚至怀疑她是小偷。在她孤独无助时，革命者阿鲁什爱上了她，给她带来生的希望。然而阿鲁什不久就牺牲了，使玛赞受到极沉重的打击，于是，她又回到了家乡伊朗。伊朗虽然政局稳定了，但宗教的约束、体制和专制更是变本加厉，这使受过西方教育的玛赞又与祖国的社会环境的冲突愈加尖锐……可以说，这部动画片在表现性格与社会环境的冲突上达到如此深刻的程度，的确难能可贵。它通过一个女孩的经历，深刻揭示了封建制度与现代社会、伊斯兰教文化与基督教文化的矛盾冲突在人心灵中投下的阴影。

第二，性格与拟人化社会环境的冲突。

《小鸡快跑》是母鸡金捷带领一群小鸡逃离养鸡场的故事。养鸡场实际是影射“二战”时期的法西斯集中营，鸡场主人实际就是独裁者。他们逼迫母鸡多多生蛋，否则就用绞肉机将它们绞成肉馅做鸡肉馅饼。被扣押在鸡场铁笼里的小鸡们饱受迫害。面临危机，它们与鸡场构成了尖锐对立，必须逃出囚牢才有出路。于是它们为了生存，为了自由，在母鸡金捷的带领下逃出“集中营”去寻求自由、幸福的生活。养鸡场虽是具体的小环境，但它却是法西斯独裁统治的社会大环境的拟人化缩影。因此，鸡群与鸡场的矛盾冲突恰恰是性格与社会环境冲突的曲折反映。设计性格与拟人化社会环境的冲突时，我们必须找到与现实社会的契合点，做到自然合理。鸡笼与囚牢、被囚的鸡群与关押的囚犯二者相似，内在含义也类似，因此让人产生非常自然的联想，从而欣然接受了这种虚幻性的动画情境。

第三，性格与虚幻环境的冲突。

《大闹天宫》中的孙悟空与玉皇大帝、托塔李天王等众神的矛盾冲突，与其说是性格间的矛盾，莫不如说是孙悟空与环境的冲突。以玉皇大帝为至尊的天宫、龙宫上上下下构成了一个大一统的神权专制的黑暗世界，任何人都必须臣服在这个等级森严的制度之下。正是这种“莫非王土、莫非王臣”的大环境与孙悟空自由不羁、不畏强暴、敢于反抗的性格产生了势不两立的矛盾冲突。因此，孙悟空战众神、斗玉帝、闹天宫……正是要摧毁这个没有平等、没有自由的虚幻性的社会环境，以此来影射封建制度的统治。这类矛盾冲突中的环境、人物、行动方式等都是虚幻的，因而具有无限自由、无限宽广的夸张、想象和幻想的空间。《风之谷》实质上是娜乌西卡与面临污染和破坏人类生存的环境的冲突，展现这类冲突对于现代社会具有更广泛的现实意义。

应该强调的是，在性格与环境的冲突中塑造动画形象时，我们要时刻把握性格中最突出的本质特征，并不断强化，同时兼顾性格的多侧面和丰富性，并处理好性格与环境、性格与性格以及性格自身的内在冲突之间的关系，因为在一部作品中往往三者交织在一起，才能使动画形象更丰满、更生动。

三、塑造动画形象性格的基本模式

动画形象的性格展示的基本模式有三种。

1. 定性展示模式

在这种模式中，动画形象的性格是定性的，从出场到结局自始至终性格的本质特征不变，只是在不同的环境中与不同的人和事物产生这样或那样的联系，在矛盾冲突中一次又一次地展现动画形象的性格。这种模式使性格特征在不断的重复、积累中逐渐鲜明丰满起来，但只是量的增加，并无质的变化。孙悟空机智、幽默、勇敢、斗争的性格从一出场就定性了，但并没有充分展现出来。经过与巨灵神、二郎神、哪吒、托塔李天王等一个个神灵大战之后，他的性格愈加鲜明、丰富、光彩照人。一般而言，这种模式多以一个事件为中心，渐次揭示并强化人物的性格特征。比如，《大闹天宫》就以孙悟空大战众神闹天宫为中心。

运用定性展示模式塑造性格时要注意，虽然性格本质不变，但也不是简单地重复，而应该从多侧面丰富其某一性格特征。《花木兰》以花木兰替父从军、英勇杀敌为中心，一开始就展现出她生性善良、活泼机敏、勇敢好胜、具有独立意识的性格，以及她女扮男装、刻苦练习杀敌本领，并以少女之心悄悄地暗恋将军李翔的少女形象，但大敌当前时，她果断决定在雪崖边放火炮造成雪崩，机智地和同伴乔装潜入皇宫营救皇帝，以及狭路相逢大战单于等一系列行动，展现出一个勇敢善战、亦柔亦刚的女英雄形象。而黑猫警长机智灵巧、主持正义的性格，也是通过歼灭老鼠、擒获猫头鹰等一次次的斗争逐渐鲜明地显现出来的。与花木兰不同的是，黑猫警长的形象塑造确有简单重复同类事件之嫌。

2. 定向发展模式

在这种模式中，动画形象刚一出场时其性格并没有定性，而是经过一个定向发展成长的过程逐渐成形的。在这个过程中，动画形象的性格中的原有特征经过量的积累，达到质的强化和提升，人物性格由弱变强、由幼稚变成熟，性格的本质更加凸显出来。《小鹿斑比》(*Bambi*)讲述斑比从踉跄学步开始，与森林伙伴们一起在神奇的大自然中学习、成长，经历了妈妈被猎人掳去、亲人遭到屠杀、家园被摧毁……是爱的力量抚慰了它的心灵，后来斑比为了获得一只母鹿的爱而与另一只公鹿决斗并获胜。一年秋天，由于人类引起了森林大火，斑比被困在烈火之中，它勇敢地跳入瀑布之中从而得救。斑比终于成长为一头雄壮的公鹿了。它勇敢坚强的性格是通过一次次挫折和磨炼才愈加成熟的。

定向发展模式常用于表现青少年成长的题材，故事的事件多、时间跨度大、发展过程较长，但有时也用于表现成年人的性格变化。《海底总动员》(*Finding Nemo*)中的马林原本是唯唯诺诺、谨小慎微、远近闻名的胆小鬼，连儿子都瞧不起他。当他丢失儿子尼莫之后，尽管也曾一度犹豫不决，却还是为了寻找儿子而不顾一切。他跟着澳洲洋流开始了漫长的寻子之路。好心的多丽伴随马林，经历了无数艰难险阻，儿子的爱给了他勇气和力量，使他为找回儿子而冒险，甚至愿意付出一切代价。马林和多丽先后逃避大白鲨、锤头鲨和安康鱼等的追杀，遭遇了无数次海鸥、下水道和人类的威胁，终于马林克服了千难万阻，找回了自己的儿子，同时自己也变成了一条坚强勇敢的鱼，成为儿子眼中真正的英雄。这种转变是性格本质上的变化，表现时要层次分明地，逐层推进。

3. 反向转变模式

这种模式下的人物性格是朝着相反的方向转化的：或者由好变坏，或者由坏变好。发生性格反向转变的形象既可以是主人公，也可以是次要角色，甚至是小角色。《埃及王子》(*The Prince of Egypt*)中，法老的亲生儿子雷明斯和王后收养的弃婴摩西一起在王宫里长大，像亲兄弟一样，彼此肝胆相照，充满着仁慈和友爱。但雷明斯继位当上了新法老后，却对希伯来人倍加奴役、迫害。摩西为解救希伯来人，遭到雷明斯的追杀……雷明斯已经变成了一个凶神恶煞般的魔鬼，这是由好变坏的典范。

用反面转变模式塑造动画形象性格的关键在于把握好性格逆转的关节，并提供充足的依据。原来雷明斯和摩西同是埃及法老之子，二人养尊处优，彼此互相照顾、互相支持、互相信任，有时还互相袒护，情深意笃。然而，长大成人后，身份变了，地位变了，追求和欲望、利益和意志也大不相同了。雷明斯登上了埃及最高统治者的王位，当上了法老，而摩西成了叛离的希伯来奴隶的领袖，两者尖锐对立、不共戴天的矛盾不可调和，因此，雷明斯以国家利益至上、统治者尊严不容侵犯而不顾兄弟之情，追杀逃走的希伯来人之举就理所当然了。

《冰河世纪》中剑齿虎迭戈诡计多端，吞吃人类是他的凶残本性。他潜伏到护送人类弃婴的小分队中就是为了将其诱入预谋设下的陷阱，伺机活捉婴儿献给族类的老大，为他提供丰盛的大餐。他冷酷的内心孤独而寂寞，没有亲情、没有欢乐。然而，他在护送小分队里共同经历雪崩、饥荒之后感受到了友爱的温暖，使他那颗邪恶的心被伙伴们的善良感动了。特别是当孩子蹒跚学步时扑到他怀里让他感受到从未有过的亲子之情，这个大家庭的欢乐气氛改变了他凶恶的本性，促使他放弃了原来的阴谋，真正地成为一个孩子的保护者。这是由坏变好的典型范例。我们不难发现，反向转变模式不但要找准转变的关节，而且要在关节之后，做好铺垫、烘托，做到合情合理、令人信服。

第五节　塑造动画形象的手段和技巧

塑造动画形象的性格不仅要掌握一些原则和不同类型的不同要求，还要掌握和运用一些具体的艺术手段、方法和技巧。否则往往可能事倍功半，甚至适得其反。

一、构建具有自觉欲望和潜在欲望的动画形象

一般来说，主人公的欲望分为自觉欲望和潜在欲望。自觉欲望就是主人公意识到的、最为迫切的欲望，即当某一激励事件打破主人公的生活平衡后，激起了主人公恢复生活平衡的欲望，推动主人公确定目标并采取行动。而潜在欲望就是主人公尚未意识到的最深层、最长远的欲望。自觉欲望随着情节的演进可以变化，但潜在欲望作为支持主人公采取行动的深层欲望将贯穿于故事始终。

为更清晰地说明问题，试以《宝莲灯》、《千与千寻》和《千年狐》三部动画片为代表作比较分析，并分别设计示意图以实现更加直观、鲜明的展现。

如图 5—1、图 5—2、图 5—3 所示，图中左右的粗横线表示自觉欲望和潜在欲望，细横线从左到右表示主人公主要动作的程序；黑圆点表示主人公的价值点，这里借用了经济学中的效用概念。“效用”本来是用以衡量消费者从一组商品和服务之中获得的幸福感或者满足感的尺度，示意图中用以表示主人公的价值点，这个概念与经济学中

的效用概念相似，是用来衡量主人公从一个事件中获得的幸福感或者满足感的尺度。

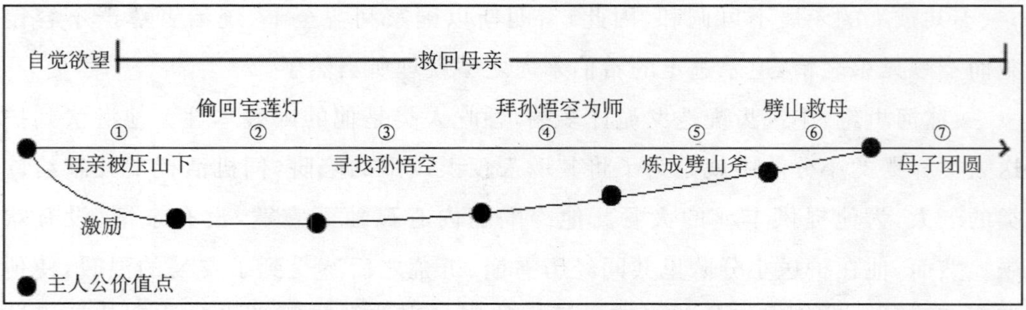

图 5－1 《宝莲灯》主人公欲望和价值点示意图

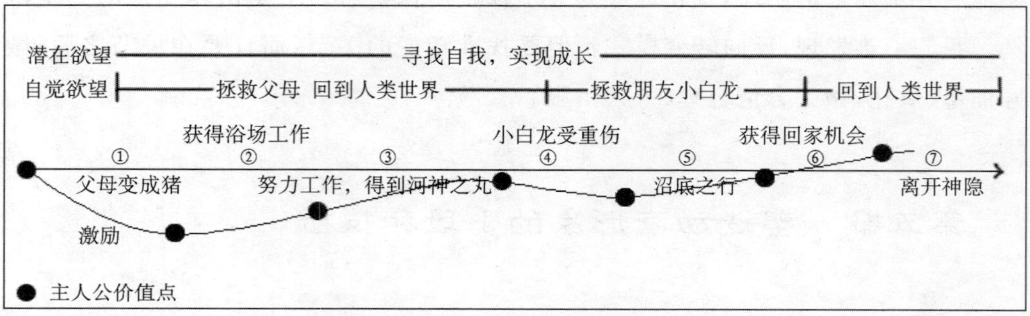

图 5－2 《千与千寻》主人公欲望和价值点示意图

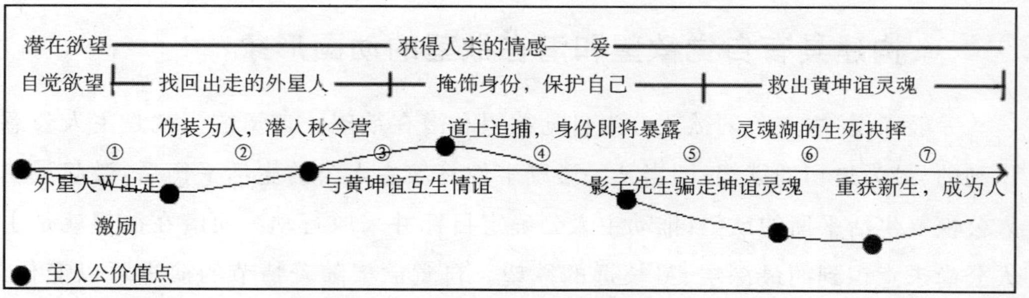

图 5－3 《千年狐》主人公欲望和价值点示意图

黑点的连线组成了主人公的价值实现曲线。每一个价值点都在情节点之后，表明发生了一个事件之后，主人公的价值实现是上升还是下降。主人公的价值实现曲线体现了人物所承受的变化，从而反映人物的成长。

1. 主人公自觉欲望和潜在欲望比较

从图 5－1 中我们可以看出，中国动画影片《宝莲灯》里沉香的自觉欲望随着情节的发展并没有发生改变，“救出母亲”的目标贯穿始终。随着情节的发展，沉香一步一步靠近目标并最终救出母亲，母子团圆。在这个过程中创作者并未给沉香安排任何的潜在欲望，使得沉香一心救母并自学成才的“好少年”形象过于单一化，大大削弱了人物性格的立体性和感染力。

图 5－2 日本动画影片《千与千寻》的主人公欲望和价值点示意图表明，千寻在神隐世界冒险时，自觉欲望发生了两次变化，但她的潜在欲望则始终是寻找自我、实现成长。激励事件①“父母变成猪” 发生后，千寻还是一个被动接受者，她想要和父母一起回到普通世界，在小白龙等人的帮助下选择行动；当剧情发展到事件④“小白龙受重伤”时，千寻的自觉欲望变成了拯救小白龙，她主动选择把可以用来救父母的河神之丸送给小白龙，并且找钱婆婆救小白龙；事件⑥“获得回家机会”中，小白龙为千寻争取到回去的机会，千寻的自觉欲望再次变为回到人类世界。在千寻变化的自觉欲望背后，她未意识到的潜在欲望一直支撑着故事的发展。千寻对自我的坚持、追寻以及她要求自我成长的愿景，使她在整个故事里变被动为主动并最终获得了真正的成长。为角色设置一个潜在欲望，激励角色在自觉欲望的变化下不断行动，可以使角色性格具有层次感，更为真实可信。

同样的，韩国动画电影《千年狐》也为主人公优比设置了潜在欲望和自觉欲望。如图 5－3 所示，优比内心渴望获得人类的爱，在外在事件及内在欲望的推动下，她伪装成人类潜入秋令营，外在冲突使她的自觉欲望发生了变化，但她的潜在欲望促使她最终做出了牺牲自己的选择。

中国动画片在剧作上对主人公的处理较为简单，往往没有设置潜在欲望且主人公的自觉欲望缺乏变化，所以大多数中国动画片中的青少年主人公形象扁平、单薄，难以打动人心。日、韩动画片则会为主人公同时设置深层欲望与自觉欲望，从而体现角色的多层次心理，使角色形象饱满，令人印象深刻。

本书在第二章第一节的“动画剧作要素的纵向考察”中提出了动画形象的三个层次：人物—性格—道德，可以认为，剧作者设计自觉欲望意在展示人物性格，设计潜在欲望意在揭示人物内心深处的道德本质。孔子以“仁者爱人”要求人与人之间彼此同情、谅解和互相尊重，强调个人对社会、对他人应该履行道德责任，这才是人的道德理想或理想人格。亚里士多德认为：“善或基本道德原则不能脱离日常生活而存在。而是存在于日常生活之中。”他强调道德即善行。那么，人的潜在道德欲望是从何而来的呢？道德产生于人自身。亚里士多德则认为道德的善恶都是出于自愿：“善是愿望的对象”，“道德行为的产生，是选择，是一种着眼于某种目的的理性与欲望所进行的选择”。由此可见，千寻拯救父母不仅是尽善道，更是一种善行，特别是她拯救小白龙和无面人是她潜在的道德意识的表现，她与汤婆婆、锅炉爷爷以及各类妖怪的关系都体现了她努力成长、不断完善自我的道德意识。所以，为人物设置潜在欲望即是从多个侧面刻画人物和其深层的道德人格。相比之下，《千年狐》的创作者虽为优比设计了“希望得到人类之爱”的潜在欲望，但其他行动挤占了实现潜在欲望的主线，因而人物性格缺少层次，显得杂乱，未能达到深层的道德人格。而沉香的行动根本没有潜在欲望，只是一味尽孝、救母，虽披肝沥胆，天地可鉴，却难免褊狭局限。

2. 主人公的价值实现曲线比较

对比图片，我们可以发现，中国动画片对主人公的价值实现的处理更加简单，波动变化不大；日韩动画片中，主人公的价值实现曲线既有波峰也有波谷，升降变化较大，但日本动画片的价值实现曲线整体变化较为平稳，而韩国动画片中主人公的价值实现曲线变化则较为突兀。

中国动画片《宝莲灯》的简单化处理更体现了编剧的意图而非人物自身的成长。沉香的母亲被罚后，激励事件打破了沉香性格的平衡，使他处于负面价值的状态，其价值点为整部影片中的最低点，随着沉香救母行动的一步步推进，他的价值点逐步上升，直至母子团聚后恢复至初始价值状态。沉香除了获得一身本领、得到宝物、救出母亲外，我们很难看到他在心理上的成长变化，从始至终他只是大无畏、一心救母的英雄少年，思想内涵单一、情感一味执著、性格缺少多侧面展示，因而太缺乏感染力和心灵的震撼力。

韩国动画片《千年狐》中突兀的价值曲线变化使人物的成长变得刻意，虽然有许多看点，但情节的复杂化削弱了对人物性格的呈现。在《千年狐》中，优比与男孩黄坤谊的感情情节大概只占整部影片的五分之一，找回外星人、躲避道士追捕、影子先生的阴谋等情节占了影片的五分之三，优比的大部分价值实现是由次要戏剧冲突的情节来决定的，真正表现优比的爱的成长的价值实现点很少，因此优比的价值实现曲线变化很突兀。所以优比潜在欲望的实现表现得很单薄，她的成长显得不够真实，人物形象自然难以打动人心。

日本动画片《千与千寻》里主人公的价值实现曲线在波澜变化下总体上保持平稳，更有利于细腻地表现人物的成长过程。在故事里，千寻的价值点在父母变成猪后跌到最低，然后千寻通过努力工作得到了可以救出父母的河神之丸，价值点上升，但小白龙受伤了，千寻的价值点再次降低，最后千寻与父母获得回归的机会，千寻在帮助他人的同时获得了他人的肯定并实现了自我成长，她最终的价值点超越了初始状态，千寻获得了真正的成长。怯懦、爱撒娇、不懂礼貌的千寻通过在神隐世界的冒险逐渐变得有礼貌、勇敢并且乐于助人，细腻而深刻的变化使千寻的形象深入人心。

二、设计、安排动作，刻画动画性格

黑格尔说："能把个人的性格、思想和目的最清楚地表现出来的是动作，人的最深刻方面只有通过动作才见诸现实。"[①]这里说的"动作"，不是人物肢体的动作，而是做一件事情的较大的行动或行为。

动画就其本质而言是动作的艺术，因此，通过动作刻画性格是动画创作的重要艺术手段。

一般而言，动作的表现主要有两种形式。

1. 爆发式动作

在矛盾冲突中处于尖锐激烈、剑拔弩张的关键时刻，动画形象果断地做出爆发式的动作，将对事物的发展、剧情的推进产生重大的影响。在《钟楼驼侠》最后一场戏中，卡西莫多被弗罗洛用数条铁链绞索在钟楼上。他痛苦、懊悔万分，但当他俯瞰下方，那里，爱斯梅拉达被捆绑在广场上，弗罗洛下令点火烧死她。就在这千钧一发之际，卡西莫多雄狮般暴跳起来，仿佛爆发出一种神力般地挣断了铁索，攀援上一条绳子从钟楼上飞驰下来，抱起已陷入昏迷的爱斯梅拉达，又飞上了钟楼。这一动作恰恰是在刻不容缓的紧要关头爆发出来的，挽救了爱斯梅拉达的生命。

爆发式动作是在积累一次次渐进式动作的基础上形成的一种千钧一发的情势的要素，并且是出于人物性格逻辑必然爆发的行动，倘若没有客观和主观两方面的必然性而产生的爆发式动作就会显得突兀和不合情理。因此，剧作者为人物性格和特定情境做足蓄势，是非常重要的。爆发式动作多出现在全局的高潮处，是性格的闪光点，也是性格塑造最后的完成之处，剧作者需苦心经营，方可获得预期的艺术效果。

2. 渐进式动作

在动画形象之间存在着相互联结、吸引、爱慕、亲近，或相互疏远、反感、排斥、对立等错综复杂的关系。这些关系不断积累，达到一定程度就可能产生突变性动作。《国王与我》(*The King and I*)中的女教师安娜个性坚毅，而国王则高傲至上，双方处在不断的对立冲突中，终于，国王为女教师独立自主的风范所倾倒，他们通

① 〔德〕黑格尔著，朱光潜译：《美学》(第一卷)，人民文学出版社1979年版，第270页。

过互相模仿——坐下、躺下、趴下以及跳舞等一连串的动作，逐渐亲近起来。

创作者在每部动画作品中都需要通过安排一些动作来塑造主人公或其他重要人物的性格，有的人物可以没有爆发式动作，不能没有渐进式动作，但渐进式动作并不是许多动作的罗列，而是渐次递进的。因此，就有一个对动作的选择和安排的问题。只有根据动作的内容和形式加以选择，然后或由浅入深或从多侧面展示并强化性格特征，才能使不同动作既有联系又有区别，层次分明。为进一步说明这一问题，仍以《宝莲灯》中的沉香、《千与千寻》中的千寻和《千年狐》中的优比为例加以分析。

《宝莲灯》中沉香的行动选择是三部影片的动画形象中最为主动和果断干脆的。母亲被压山下后，沉香拒绝舅舅二郎神的好意一心找妈妈；遇上土地公公后，他主动问出了事情的真相及救妈妈的办法；接下来就是一步步实现救妈妈的目标：偷回宝莲灯、找到孙悟空、自学武术、拜孙悟空为师、炼出劈山斧、与二郎神决斗、劈山救母。每一个行动都紧紧围绕"救出母亲"这一欲望，没有一丝迟疑和犹豫。影片中仅有的内心挣扎段落是在沉香第一次拜师失败后，来到圣母庙遗址，请求妈妈的帮助，三圣母以"智慧和爱"点拨沉香。紧接着沉香就明白了"学几手打架的本领是不行的"。孙悟空答应收沉香为徒，他仅有的内心成长显得突兀、无力、毫无缓冲。沉香从一开始就是一个坚定目标、刻苦努力的乖宝宝，摒弃了纯真儿童应有的童真情趣，而成为脸谱化的高、大、全式形象，很难打动人心。沉香的动作选择虽然层次分明，但多是量的积累，很少有质的变化，更缺乏多侧面的展示，因而性格仿佛"一根筋"，不饱满、不丰富，也没有达到道德人格的深度。

日本动画片《千与千寻》里的主人公的行为选择则是经过了细腻的变化，从被引导时的犹豫和挣扎变化为自主决定时的坚定。千寻发现父母变成猪后，并没有立马做出"救回父母"的行动，而是跑到街道上呼喊父母，拒绝相信父母变成猪的事实，并且告诉自己发生的一切都是梦。千寻选择的行动是一种逃避行为，她就是一个普通平凡的小女生，胆小且懦弱，被动地接受生活改变并且消极对待。在小白龙、锅炉爷爷、小玲等人的帮助和指引下，千寻逐渐接受和适应了神隐世界，她努力克服胆小、不懂礼貌等各种缺点，而争取到在浴场的工作，得到工作后她认真尽职。发现小白龙受伤后，她主动并果断地选择了帮助小白龙，不仅用河神之丸给小白龙疗伤，还决定去求得钱婆婆原谅以救活小白龙。这时千寻的选择是主动积极的，她勇敢地独自面对未知的沼底之旅，不再是被动接受生活而是主动改变生活。在那列驶向沼底的单程列车上，坐着一个沉静、勇敢、善良的千寻，她再也不是那个因为害怕和委屈而只知道大哭的小千了。千寻的一系列行动选择，画出了一道清晰的成长轨迹，同时也让这个女孩深深地印刻在观众的心里。千寻的行动安排既有质的变化，又能从多侧面刻画出丰富的性格，还能揭示理想人格的道德深度。千寻既有优点也有缺点，并在成长中逐渐实现自我完善，因而平易近人、真实、亲切，可信可爱、令人深受感动。

《千年狐》里的优比一直是在外界因素的刺激下作出选择的，直到最后才在自我挣扎中主动作出选择。外星人小悠悠出走后，优比在秋令营抓小悠悠失败，并阴差阳错地遇见了男孩黄坤谊。于是优比选择了变成人的样子进入秋令营，以劝小悠悠回去。捉妖道士的追捕以及优比法力有限，使得优比一直都在逃跑或者避免身份被揭穿中。在影子先生的骗局和捉妖道士追捕的双重推动下，黄坤谊的灵魂落入了灵魂湖，优比跳入湖中、打败影子先生并找回了黄坤谊的灵魂。最后优比选择了用自己的灵魂交换黄坤谊的灵魂。优比总是不断地被外部因素逼到困境、绝境然后做出反应，她一直是生活变化的被动承受者而非主动行动者。虽然最后优比因为爱而主动选择并牺牲自己，但是由于之前的情节线索繁复，优比与黄坤谊之间的感情表现得并不充分，她在爱的能力上的变化及成长显得有些突兀，难以令人信服。

显然，剧作者力图多侧面和有深度地刻画人物性格，然而，因为对各个动作的内容和性质以及互相之间的内在联系没有梳理清楚，使故事显得复杂无序，甚至偏离了行动主线，才造成如此事倍功半的结果。

从这三部动画片剧作的不同之处即可看出这三部影片剧作手法的高低、优劣之分。虽然以三部动画片来代表三个国家的剧作水平有失偏颇，但它们基本上说明了近年来中、日、韩三国动画片之间的差距。中国动画片若要做出精品，务必在人物塑造上多下工夫，创作出既具有普遍性又具有典型性的、性格丰满的动画形象。在通过动作塑造动画形象的性格时，爆发式动作和渐进式动作是相辅相成、相互促进的，二者都是缺一不可的艺术技巧。

三、通过心理活动描写动画形象

1. 通过动作描写心态

通过动作描写心态，是指通过动画形象的动作、表情、眼神等，揭示其内心的活动，既使相对静止的画面内部极具动感，又能显现出动画形象的内心隐秘，令观众会意体味。动画形象的动作、表情和眼神是人工制作的，因此活动比较单调、僵硬、机械，不像实拍影视片中真人演员的表演那样真实而自如、灵活而亲切。因此，动画剧作要求剧作者将动画形象的内心活动加以外化并通过肢体动作表现出来。在《钟楼驼侠》中，当卡西莫多见到爱斯梅拉达爱上卫队长波士，并和他亲热时，他自惭形秽、羞愧难当，从怀里掏出一张红桃 A（代表深爱爱斯梅拉达的红心）的扑克牌，双手把它撕成两半抛在地上，然后转身瘫坐在地。这一连串动作把卡西莫多自卑、绝望的心理活动具体而鲜明地揭示出来。有时主人公也会故意做出一些动作来透露自己的心理活动，例如《国王与我》中，女教师和儿子在船上，突然海里飞出一只黑龙，他们非常恐惧，于是女教师用吹口哨和唱歌的动作来掩饰和消除恐惧。

2. 通过幻觉外化展现心理

通过幻觉外化展现心理，是指通过联想、梦境、回忆、幻觉等意识流或潜意识来表现其心理状态。这种手法在动画片中更自由，更灵活，它使内在心理动态直接外化为画面造型，从而产生较强的视觉冲击，因而更富感染力。《花木兰》中木兰替父从军之后，其父在祖先灵牌前祈祷祖先保佑木兰平安时，祖先们的遗像都幻化为一个个幻影活跃起来，它们想方设法保护木兰，保护花家的荣耀。这些幻觉是其父心理的外化，具有极强的视觉冲击力。《玩具总动员》中的女牛仔杰西的内心伤感和痛苦是通过回忆展示出来的，主人年幼时候非常喜爱杰西，几乎时刻不离，特别是在那金黄色的秋天，主人带着杰西一起荡秋千，一起躺在金黄色落叶丛中玩耍……后来，主人长大了，不再需要杰西了，把她扔到大树一旁，这段回忆透露出一个玩具的内心悲哀。从被宠爱到被抛弃：一个玩具的价值实现过程，也是她心理变化的过程。

3. 借助景物展现内心世界

动画片中的景物丰富多彩、无奇不有，可以根据需要任意设置，但剧作者切忌为景物设景物，而应该创造特定情境，借助自然景物或社会景象，展现动画形象的内心情怀，使其内心世界丰富起来。影片《白雪公主》（*Snow White and the Seven Dwarfs*）的创作者充分利用动画特有的优势，将环境中的动物都人性化了。虽然没有构成拟人化的形象，但那些小兔、松鼠、小鹿、小鸟还有小乌龟仿佛都通了人性，懂得白雪公主的心理，为她的快乐而快乐，为她的痛苦而痛苦。它们本来是客观环境中的景物，却起着外化主人公心理的作用。在实拍影视中，客观环境中的动物、植物只能以原有的形态烘托人物的心情，而这种新颖而巧妙的创意只有在动画作品中才能表现出来。

4. 描写心理矛盾

剧作者应善于设计和捕捉人物的心理矛盾并加以揭示，这是描写动画形象的主体感和刻画性格复杂性极有效的艺术手段。《翡翠森林狼与羊》（*Stormy*

Night)中的狼噶布和小羊咩分别背叛了自己的族类本性,使对立的双方成为亲密的朋友。在一次约会中,狼噶布丢了自己的食物,肚子饿得实在难受,而眼前的小羊咩正可以成为一顿美餐,但狼噶布不断与自己内心的吃肉本性开战,极力控制,压抑着想要吃掉小羊的欲望,最终它战胜了自我。这种矛盾心理的展现,表现出狼噶布背叛自己的本性的坚强意志和对友情的无限真诚。

此外,内心独白和画外音也是揭示动画形象心理动态的重要手段,但属于语言问题,将在第八章中讲述。

上述表现动画形象心理活动的几种技法,并不是在具体情境中单独运用的,综合运用的艺术效果会更好。

四、善用细节刻画动画形象

细节指细枝末节的、可有可无的描写,虽无足轻重,但对刻画性格常常起着画龙点睛的作用,给人留下深刻的印象。

1. 运用小动作刻画性格

《钟楼驼侠》中的弗罗洛和波士卫队长在教堂里边走边谈论着惩治、抓捕吉卜赛人的事,这时,弗罗洛发现从石板下爬出了三只蚂蚁,他便伸出三个手指狠狠地摁死了它们。这本来是对情节发展毫无影响的、无关紧要的、好似信手拈来的小动作,却将弗罗洛凶狠残忍的性格刻画得入木三分。《冰河世纪》中的小孩子刚刚学走步时,跌跌撞撞地扑倒在剑齿虎迭戈的怀里,让这个凶险冷漠的食肉动物感受到从未得到过的亲情的温暖,孩子的可爱和大家的欢乐促使他放弃了自身的兽性,融入保护孩子的集体中。孩子的小动作原本是无意的,却是剧作者精心设计的,它震动了迭戈的灵魂,成为其性格发展的转折点。很显然,动作虽小,但它的艺术功能及其效果却不可小觑。

2. 运用小道具描写动画形象

《浪客剑心·追忆篇》中的雪代巴的短刀随身携带,从不离身,它已经成为雪代巴对自己生命安危的一种寄托和保护。然而,有一天,她突然没有带短刀,原因何在? 因为她与剑心相爱了,剑心不但让她享受了爱情的幸福,更让她获得了安全感。雪代巴惯用的香水散发着独特的白梅香味,在剑心想对已经昏厥的雪代巴杀人灭口时,他突然闻到了很久都没有闻到的白梅香水的味道,唤起了对美好爱情的记忆,于是,他不但不忍心杀死曾经爱过的雪代巴,反而救了她。在这里,小道具以直观的视觉意象既刻画了两个人物的性格,又反映了两个人物关系的发展变化;同时,还表现了两人虽立场不同,但爱情犹在,也为以后消除误会埋下了伏笔。可谓一箭三雕。

细节设计应符合人物特定身份、性格和处境，令人感到自然、真实、可信。

第六节　动画影片的人物类型

动画影片中的人物形象有很多种类型。仅就正面形象而言，主要有三种基本类型，即英雄型、智慧型和幽默型。其他各种类型多是在这三种基本类型的基础上衍化、结合、演变而成的，其中都或多或少、或直接或间接、或原生态或改变形态地融合着这三种类型的某些元素。

一、英雄型动画形象

什么叫做“英雄”?《牛津字典》上有四点解释：“一、具有超人的本领，为神灵所默佑者；二、生命煊赫的战士，曾为国征战者；三、其成就极高贵，性格为人所景仰者；四、诗和戏剧中的主角。”这四个意义显然是互相联系的。凡是英雄必定非常人，得天独厚，能人之所难能，在艰危时代能拯救国家、拯救社会、拯救地球、拯救人类。在和平时代，他的事业贡献和品学能成为全世界的楷模。一个民族有无伟大的成就，要看它有无伟大的英雄，也要看多数民众对于伟大的英雄是否仰慕并真诚而积极地学习和仿效。真正的英雄往往超越本国和本民族的敬仰，成为全人类理想的集中体现，是人生理想的结晶，是人们追求并实现人生理想的具体范例。

人们崇拜英雄就是崇拜他所特有的道德价值：勇敢、坚强、智慧、力量、贤能、无私、献身、追求崇高……这种道德情操和精神境界正是人类心灵中最宝贵的“光焰”，个人上进、社会进步、文化进展全靠这种光焰的烛照。英雄人物会在我们心中点燃起这种光焰，常常提醒我们人性尊严的意识，提升我们的思想道德境界。

崇拜英雄也是一种审美，他的品格和行为令我们不禁产生了“崇高雄伟之感”，于是我们在不知不觉中吸收并融会了英雄的伟大气魄和高尚道德，从而振奋起来、行动起来。

学习就是模仿，人是最善于学习，亦最善于模仿的动物。模仿必须有好的模型，英雄正是学做人的最直接、最生动的好“模型”。特别是在对青少年进行教育时，形象的力量和榜样的力量大于抽象的概念和说教。教育应该注重人格的感化,而英雄人物正是最有感化力的具体的人格。①

这里阐述对于英雄的认识和理解无非是想说明塑造动画英雄形象的意义和价值。孩子们喜爱英雄,向往英雄,在他们的心中不能没有英雄。动画艺术家们应该以满足孩子们的这种审美心理需求为自己的艺术职责。

英雄是超人的,动画艺术的表现力也是超常的。能以全能性的艺术手段,把英雄的超人智能和本领淋漓尽致地表现出来,这正是动画艺术得天独厚的优势。

动画英雄们在孩子们心中留下了永不消逝的印象,甚至令他们终生不忘。日本的"铁臂阿童木"和美国的"超人"都是孩子们津津乐道的英雄形象;富有中国民族特色的《大闹天宫》中的孙悟空更让中国孩子们振奋并倍感亲切。

动画英雄形象塑造的来源大体有三种:

第一种,原始神话英雄。

这是原始人类的"万物有灵论"观念和集体无意识的伟大创造。其形象是神,神性大于人性,将原始神话英雄塑造成动画英雄时应着力突出其伟大的胸怀、毅力和无私的献身精神,同时尽可能赋予其更多的人性,使现代人感到英雄更亲切,更易于从中汲取精神营养。

第二种,古代动画英雄。

这是由古代民众口头创作并流传或由古代作家创作的神话英雄形象,如孙悟空、哪吒等。他们是创作者自觉地、有意识地进行艺术创造的艺术形象。这类形象有的神性大于人性,如孙悟空;有的人性大于神性,如哪吒。老龙王联合四海龙王一起兴风作浪,造成了大水漫天,淹没了陈塘关,使百姓陷于灾难之中,哪吒为拯救全城百姓,悲愤自刎。仙鹤飞来衔走了哪吒的真魂——灵珠子,太乙真人借莲花与莲藕为身躯,使哪吒重生。哪吒怀着为民除害的决心,手持风火枪,脚踏风火轮,捣毁水晶宫,杀死四条恶龙,最终为民除了大害。

哪吒年纪虽小,但正义感、仁爱心非常强烈,在危难时敢于挺身而出,与恶势力斗争,救助弱者;在招来更强的恶势力,面临无法抗拒的灾难时,他敢作敢当,自刎献身以拯救众生:这是真正的英雄壮举。获得再生后,哪吒也拒绝苟且偷生,仍以彻底除恶为己任,直到最后胜利。

哪吒作为古代神话中的英雄深得孩子们的崇拜和向往。这类英雄形象多来自古代文学作品。因此,应多注入些现代意识和现代人心理复杂、细腻的特点,更易于满足现代人的心理需求。

① 以上参考朱光潜:《谈英雄崇拜》,见《文豪人生》,湖北人民出版社 1994 年版,第 74—84 页。

第三种,现代动画英雄。

这完全是动画创作者原创的动画或神话英雄,这类英雄多是人性大于神性。他们平时就生活在普通人中间,一旦危险降临,便挺身而出,大显神威。《超人特工队》(*The Incredibles*)中的鲍勃在一家保险公司做理赔员,与妻子和三个孩子过着普通人的生活,但邪恶势力开始了恐怖行动,众多百姓面临灾难,于是鲍勃重操"打击邪恶,拯救世人"的"旧业",带领全家承担起拯救世界的责任,其中鲍勃在与邪恶势力斗争中发挥了超人的神力和智谋。而《救难小英雄》(*The Rescuers Down Under*)则讲述了一个可怜的小女孩潘妮被恶夫人玛杜莎及其同伙绑架了,碧安小姐和工友伯纳特听到消息便前往救助,几经斗智斗勇,终于救出了潘妮。碧安和工友伯纳特平时就是普通的人,但在危难时刻显出英雄本色。可见,现代动画英雄是凡人与超人的结合体。

塑造现代动画英雄形象时应注意以下两点:

1. 现代动画英雄来自现实生活,有客观存在的基础。在平平淡淡的日常生活中仿佛人人都是普通凡人,没有什么大作为,然而,一旦出现意外的灾难时就会有人挺身而出,敢于舍身冒险、救助他人,显现出不怕艰难、不怕牺牲的伟大英雄气概。在地震、海啸、洪水、火灾等降临时,这类英雄层出不穷,感天动地,如果把他们的英雄行为进行理想化加工,进行合情合理的夸张、想象和幻想,完全可以使其成为塑造动画形象的好题材。

2. 贴近生活,加强人性、人情的描写。现代社会生活中,人与人之间情感淡漠,人们很难接受形象高大完美的英雄,因为这种英雄距离现实生活太遥远,可望而不可即,与自己无关,而那些甚至有些小毛病的、像自己一样的普通人,更令人深感亲切。这样,在特定条件下,他一旦做出英雄举动,也能让人感动,并引起共鸣。当然,每个英雄行为都必须是必然中的偶然,偶然来自于必然,这才会令人信服。

二、智慧型动画形象的塑造

如果说,英雄是以勇敢和超人的武艺行侠仗义、战胜危难、拯救他人和社会的话,那么,智人则是以聪明和超人的智慧通过神机妙算来化解困难,造福别人和世界。智人,即智慧型动画形象。智人与英雄一样都有高尚的品德、美好的理想、顽强的意志,他们都有非凡的本领和行为动机,目的和结果上也基本相同,他们之间的区别就在于:前者靠智慧的力量,后者靠武功的力量。当然,这也不是绝对的,智人也有武艺,英雄也有智谋。只是他们的主要表现方式是不同的,智人以智慧为主，英雄以武功为主。

人的智慧几乎是取之不尽的。伟大的科学家弗兰克林说："人是智慧的动物。"智慧产生于智力。智力就是开发并利用大脑潜能的能力，也就是善于开动脑筋、发现问题、分析问题和解决问题的能力。这种智力是靠掌握丰富的知识和不断参加生产劳动、科学实验及具体工作得来的。而在实践中锻炼自己的应用能力并积累实践能力则是外显的智慧。美国科学家维真说："运用知识才是力量。"

智慧，就是聪明。人们都羡慕、敬仰聪明人和富有智慧的人。孩子们更崇拜和向往以智慧巧妙地化解一切问题、克服一切困难的聪明人，并且也希望自己能够变得聪明起来。创造智慧型的动画形象正满足了青少年，甚至中老年观众的心理需求和情感期待。日本的《聪明的一休》和中国的《神脑聪仔》中的主人公，他们非常聪明、无所不能、让人钦佩、令人喜爱。动画片塑造智慧型动画形象的审美价值有三点：

第一，为孩子们树立一个以聪明才智帮助别人、解救危难的榜样，令他们学习效仿。

第二，智慧型动画形象能启示人们要肯动脑筋、善动脑筋，使自己变得聪明起来。

第三，智慧型动画形象的所作所为多是生活中平常的事情，不像英雄人物那样多有豪情壮举，因而令人感到亲切和自然。同时，智人是以机智的谋略、巧妙的方法和轻松的态度克服困难和化解矛盾的，富有喜剧气氛，给人一种审美上的愉悦。塑造智慧型动画形象要求剧作者有广博而丰富的科学文化知识，并且能够通过生动有趣的故事讲述出来。其中既包含许多知识，又富有机巧的睿智，让观众在饶有兴趣的愉悦中，开启心智，陶冶性情。

三、幽默型动画形象的塑造

幽默的动画形象即是令人人发笑、人人喜爱的形象。但是，什么是幽默？幽默的本质特征及其作用和意义是什么？幽默型动画形象的表现形式及其审美价值又是什么？加拿大著名幽默作家里柯克说："幽默的定义或许可以说是对生活中不协调事物的善意思索和艺术表现。上乘的幽默，其实质在于，第一，无损于人；第二，不怀恶意。"[①]

美国当代美学家苏珊·朗格认为："笑是感情活动的顶点。……正如思想进

① 蓝仁哲编选：《里柯克幽默随笔选》，重庆出版社 1984 年版，第 254、262 页。

发出语言，波浪升华为形式一样，生命力达到一定高度，就会产生幽默。……幽默是戏剧的光辉，是生命节奏的突然加强。"[①]幽默的特征有两点：第一点，幽默的笑是充满人类智慧的、轻松而又含蓄的笑，是友好温和的笑，不同于滑稽的开怀大笑，也不同于讽刺所产生的嘲讽、刺激性的笑；第二点，幽默感是崇高理想和高尚情感的产物，它比讽刺隽永、委婉，更富有意味，比诙谐雅正，更富有光彩，它是用机智的创造性形式来揭示丑陋事物的不合理性和荒诞性。幽默的本质是人的生命力的体现，是人格的精神价值的展示。

幽默让人发笑，笑对人体健康非常有益。美国心理治疗专家彼得指出："人如果不会笑，健康情况将比较差：人虽然不自觉，但幽默对人体的健康却有显著的贡献……幽默感的两种结果有助于恢复健康：第一种是嘲笑自己的能力；第二种是'笑'的本身。幽默是一种神奇而没有副作用的良药。"幽默和笑可以通过四种主要的方式来控制痛苦：(1)分散注意力；(2)降低紧张程度；(3)改变期望；(4)增加体力，降低痛觉的自然分泌物成分。[②] 幽默的作用和意义在于：第一，幽默带来欢乐和健康，使人从痛苦中解脱出来，幽默的力量能帮助你以新的眼光看待人生中的忧虑之事，使你的生活更具光彩。第二，幽默可以润滑人际关系，增进对自己、对他人的了解，给自己和他人带来愉悦，是一种深化对自己的了解和真诚地评价他人的艺术。第三，幽默能够提高生活品质，它使你的生命更富有活力，使你的智慧更充满创造力，使你从卑微、繁琐中解脱出来，激励自己，欣赏别人，把给予和获得统一起来，与大家共享欢笑。

幽默型动画形象是集造型、色彩、动作、语言等多种元素于一体，塑造出来的综合性的艺术形象，比文学、戏剧、电影、漫画中的幽默形象要自由得多、超越得多，因而其幽默感丰富得多，其欢笑也浓郁得多。这里不妨以卓别林为例做些比较，有助于我们对动画幽默的优势加深了解。卓别林那隐隐含笑的眼睛充满睿智；一绺小胡子翘在上唇上，俏皮风趣；头顶高筒帽、一双八字脚，走起路来双脚几乎横着移动，步子碎、频率快，仿佛机器玩偶；再配合上那一举一动、一颦一笑，实在令人忍俊不禁。更难能可贵的是，他的幽默中蕴含着丰富的人生智慧和深刻的生活哲理，给世界人民带来了许多欢笑和启迪，真不愧是幽默大师。然而，他毕竟是活生生的演员，在现实生活中扮演活生生的、具体的角色，因而，他的造型和动作所表现的幽默感必然受到自身条件和实际生活的制约，有一定的局限性。

---

① 〔美〕苏珊·朗格著，刘大基等译：《情感与形式》，中国社会科学出版社 1986 年版，第 383、399 页。

② 〔美〕彼得著，张延群等译：《幽默定律》，文献出版社 1988 年版，第 5、6、11、24 页。

幽默动画源于幽默漫画。漫画是漫画家们根据自己对生活和事物的观察、思考和要表达的思想意图、审美感受，对人物、事物进行自由的夸张和变形。一切都在画笔之中，大幅度地超越了现实，创造出现实生活中根本不可能有的幽默，令人愉悦不尽。幽默型动画形象的典型代表首推米老鼠，它是美国迪斯尼公司自1928年开始，历经几十年拍出的几十部系列动画短片的主人公。米老鼠的形象经不断修改日臻完美，成为全世界人民喜爱的幽默动画形象的典范。米老鼠的造型已经完全脱离了老鼠的原型，人性化了。非人非鼠、亦人亦鼠，米老鼠全身各个部位都可以随意变化，或伸长、或缩短、或扭曲，这种造型及其变化本身就具有极大的幽默感。米老鼠的动作更是千变万化，跑、跳、旋转、飞腾……随心所欲，极尽幽默、风趣、机敏之能事，“某些动作之优雅是人类都难以做到的。”(迪斯尼语)由此可见，自由和超越的幽默感是动画艺术所独有的。

幽默型的动画形象又分为两种：一种是嘲笑型的幽默形象，另一种是赞美型的幽默形象。前者如米老鼠和唐老鸭。迪斯尼说：“米奇根本就不是一只老鼠，或像老鼠一样的东西，同样唐老鸭也不再是一只鸭子”，“他们复制了人类的特点和弱点，而不像动物王国中它们自己那样”。米老鼠是“一个总想做得尽善尽美的小家伙”，但事与愿违，没有什么是完美无缺的，于是出现了接连不断的可笑之事；唐老鸭“有一大堆坏毛病，却比米老鼠更接近真实的人性，更能引起观众的共鸣，受到广大影迷的爱戴”。米老鼠自嘲式的幽默和唐老鸭嘲讽式的幽默都给观众带来了无穷的智慧和欢乐。后者如《白雪公主》中的七个小矮人，他们善良、友爱、体贴、机智、俏皮；他们以幽默乐观的方式呵护、宽慰白雪公主，充满着伟大的人类之爱。虽然他们的身体是矮小的，但他们的爱心是崇高的。

显而易见，米老鼠和唐老鸭之所以获得了世界各国观众的喜爱，是因为它们的幽默给人带来了欢笑。

幽默型动画形象的审美价值在于：让人们享受快乐，在快乐中开启心智、陶冶性情，唤回童真——不管是6岁还是60岁的观众都在欢乐中被唤回了深深掩埋的童心。童心，即真心，是最纯洁、最真实的。这种幽默可以洗涤心灵、净化灵魂。

从动画剧作的实际状况来看，纯粹属于某种基本类型的动画形象很少，但是，这三种基本类型几乎包含了正面动画形象所具有的各种元素，因此，许多形象多是选取其中某些元素经过组合、发展形成新的动画形象。最卓越的范例便是孙悟空，他集英雄、智慧和幽默于一身，是世界动画史上独一无二的经典形象；而《风之谷》中的娜乌西卡则是英雄与智慧完美结合的动画形象；《小蚁雄兵》(*Antz*)中的Z－4195，虽是一只平凡的小工蚁，却很幽默，很风趣，率领小蚂蚁们粉碎了曼将军企图独裁统治蚁国的阴谋，成为蚁国最伟大的英雄；《聪明的一休》中的一休哥则是智慧与理想的结合体。

动画剧作者认识并掌握动画形象的基本类型、各种特征、功能和审美价值，对塑造正面动画形象是大有裨益的。

第七节 动画形象设计的民族风格比较

美、日、中三国动画形象设计的民族风格差异主要表现为陌生化、生活化、性格化。

一、美国——陌生化

美国动画形象的设计力求远离生活、远离现实，给人一种陌生的、新奇的感觉。又脏又令人厌恶的老鼠竟然变成了天真活泼、幽默可爱的米老鼠；性格温顺的鸭子却成了脾气很坏、令人烦心的唐老鸭；敲钟人卡西莫多头大、眼大、嘴小，面部比例严重失衡，反衬出他内心的善良、和谐与美好；泰山亦人亦猩猩的形象模糊了人与动物的界限；狮子王更是完全带有哈姆雷特的影子……这些与现实几乎完全隔离的陌生形象把人们带入了一个神奇的梦幻世界，虽然表面上与生活真实毫不相干，却反映了事物深层的、本质的真实。另外，美国动画形象的外部造型尽管非常鲜明突出，能给观众留下深刻印象，但在内在性格的塑造上却往往流于类型化，很难达到较高的境界，挖掘出深度的人性特征。

二、日本——生活化

日本动画形象的设计与美国恰恰相反，尽量靠近现实生活，让人感到真实亲切，仿佛这些人物就生活在我们的身边。《萤火虫之墓》中的哥哥和妹妹，《侧耳倾听》中的天泽圣司和霞，《龙猫》中的父母和姐妹，《灌篮高手》中的樱木花道，《千与千寻》中的少女千寻，《风之谷》中的娜乌西卡等，都是现实中的俊男靓女。特别是宫崎骏总喜欢用少女做自己作品的主角，因为他觉得少女形象非常纯洁善良，像天使一样美好。然而，他们虽然接近真实，却仿佛是由一个模型铸造出来的，虽然美丽，却毫无个性可言。

三、中国——性格化

中国动画形象的设计与美国、日本不同，十分注重人物的性格塑造，此外，更注重通过一系列的行动、心理和细节刻画人物性格。《大闹天宫》中的孙悟空头戴软帽，腰围虎皮，长腿蜂腰，细胳膊大手，具有猴的机灵、神的法术和人的情感，成为“猴”“神”“人”三位一体的形象。同时，创作者还设计了踢翻八卦炉，拿起金箍棒，打上灵霄宝殿，几乎让玉皇大帝坐不成宝座等行动，使孙悟空的反抗性格更加鲜明和丰满。《哪吒闹海》中的哪吒赤身露体，浅色肉身配以红绫和金圈，闪着两只乌黑机灵的大眼睛，显出稚气与智慧；两道硬挺的剑眉，显得十分威武，一派不平凡的少年英雄形象。创作者安排了哪吒戏耍老龙王却上了当等情节，塑造出他天真好动、单纯无邪的性格和心理。

中国动画形象的设计不但注重主要人物的塑造，同样也注重次要人物的群像设计和刻画。如《大闹天宫》中的玉皇大帝白胖、臃肿的外部特征，突出了他外表严肃、祥和而内在空虚、昏庸的本质；太白金星则长着白色长须和一双三角眼，使温和长者的外表与谄媚、奸猾的狐狸品质相统一。电视动画长片《哪吒传奇》的创作者在该片中精心设计、塑造了主人公哪吒可爱、侠义，历经磨难、除害济世的小英雄形象，在此基础上又设计、刻画了哪吒周围的人物群像的性格：有忙忙叨叨、很有法力的长胡子老头太乙师傅；有长着一双大翅膀，经过重重历练终成大器的雷震子；有古灵精怪的小龙女；有慈爱理智的母亲；有第三只眼睛能够看透人心的“二郎神”杨戬；有浑身是小毛病却非常忠诚的小猪熊；有天生快乐的搞笑专家龙须虎；还有哪吒的“死对头”石矶——阴谋害人、诡计多端、助纣为虐、狡诈凶狠；以及为达目的不择手段的暴君纣王、九尾狐狸精妲己、可笑又可恨的申公豹等等，所有这一切共同构成了危机四伏、变幻丛生的神灵世界，那里每个角色神形各异，个个多姿多彩，纷纷登场，热闹非凡，不但展现了各自的性格和心理，而且也从不同侧面陪衬、反衬、烘托、对比和凸现了主人公哪吒的性格特征，使哪吒的性格更丰满、更动人。

中国动画形象追求性格化是追求艺术高品位的关键所在，为中国动画创作明确了努力的方向。遗憾的是，目前中国成功的动画大片极少，原创而又成功的动画大片就更少了。无疑，中国动画文化产业的振兴，呼唤着一大批色彩鲜明、个性突出的动画形象早日问世。

第八节　韩、日、中动画剧作中人物关系的设置及比较

中国、日本、韩国三国都处于东方文化圈内，有某些文化传统上的共识，但是由于经济、地理、历史等方面的差异，三个国家的创作者在动画作品中的表现又有着各自的特点。爱情一直是艺术作品中不朽的主题之一，我们在文学、绘画、电影、动画中都不难找到爱情的影子。各国都有关于爱情的美好传说，三个国家也都制作过关于爱情主题的动画片，《小倩》、《哈尔的移动城堡》和《千年狐》分别是中、日、韩三国的爱情动画片的代表作。在剧作方面，这三部作品除了文化背景的差异外，还明显带有不同导演的个人风格，影片所呈现出来的面貌也完全不同。

一、导演背景简介

韩国动画导演李成疆是韩国动画第一人，他在韩国的地位相当于宫崎骏在日本的地位。由他执导的《美丽密语》荣获 2002 年第 26 届安纳西国际动画节最佳长片奖。而 2007 年的作品《千年狐》更加受到国内外观众的喜爱，并成为韩国年度票房冠军。李成疆导演的动画影片有一个比较明显的特点：故事比较单纯，追求清新淡雅的视觉效果，在画风上偏向于日本风格，同时又带有明显的韩国味道的唯美和抒情。

宫崎骏是日本动画的承前启后的支柱性人物，是他将日本动画推向世界，使其逐步具有能和迪斯尼、梦工厂比肩的国际影响力。早期的宫崎骏主要从事漫画创作，加入东映映画株式会社后从初级原画做起，并仍然坚持画连载漫画，为以后的动画创作积蓄着热情和经验。后来创作的《风之谷》几乎是宫崎骏的个人表演，随后的《天空之城》也是如此。接下来，宫崎骏的创作持续不断，几乎每部作品都能深入人心。2002 年的《千与千寻》更是大获成功，获得包括奥斯卡最佳动画长片奖在内的众多国际大奖。从宫崎骏的影片中我们能够看出他对人类和自然的思考，正是因为这些深刻的主题寓意使得他在国际动画界独树一帜。

香港导演徐克被誉为“香港的斯皮尔伯格”，是真正的电影科班出身的导演。徐克一直比较钟情于武侠片，《新蜀山剑侠传》确立了新的香港科幻类武侠片类型。由他制片的《英雄本色》则创造出了“小马哥”这样一个香港电影史上的经典人物。同时，徐克对人、鬼、妖题材都非常感兴趣，拍摄了《青蛇》并翻拍了《倩女幽魂》等经典作品。基于对这个故事的特别喜爱，徐克花了四年时间制作了香港第

一部 2D 结合 3D 的动画长片《小倩》，票房和口碑都不错。

二、剧作比较

在电影开场时总会有一两个两难状况或者意外发生，扰乱了人物的正常生活，给人物带来困扰。这类事件一般被称为“干扰事件”。“在一般情况下，干扰事件出现时，人物就会出现。”①

在韩国，千年狐是爱情的化身，她们美丽善良，可以为了爱情牺牲自己的千年灵魂，而《千年狐》这部影片就取材于这个传说。李成疆导演的《千年狐》讲述的就是一个居住在深山中、与六个外星人相伴的千年狐偶然中遇到人类，并在后来的一系列事件中，为了解救她喜欢的那个男孩而献出自己灵魂的故事。电影一开始，一群孩子到山里游玩，一个叫坤谊的男孩丢失的印第安护身符被千年狐优比捡到：这是导致影片开始的干扰事件。主角优比面临的问题是，她可能喜欢上了这个被她称为“又笨又傻”的人类男孩。这个问题也是影片的核心问题，人物的动作都围绕着这个问题进行。

《哈尔的移动城堡》是宫崎骏作品中比较少见的爱情题材的动画片。影片讲述的是一个被诅咒的少女和一个会魔法的少年之间的爱情故事。而这部影片的“干扰事件”就是少女苏菲被荒地魔女施魔法变成了老太婆。这个变故完全改变了苏菲的正常生活，她面临的问题就是要找到解咒的办法。离家出走是她最先能够采取的行动。

《小倩》是徐克将民间故事再次演绎的、带有强烈香港娱乐风格的动画影片。虽然其中加入了一些武侠元素和港式幽默，但总体来说还是一个无厘头式的爱情喜剧。在片名出现以前，故事的干扰事件便出现了：宁采臣深爱的小兰另嫁他人。“爱情在哪里”，是宁采臣内心的渴望，直到他遇到与小兰长得极像的小倩，人物的动作就有了合适的动机。

三、人物设置比较

《哈尔的移动城堡》中的人物比较多，共有 11 个各具不同性格特点的主要人物。其中，有 3 个人物承担叙事功能，2 个构成主要冲突，3 个参与事件推动剧情发展。人物之间的关系比较复杂，有契约关系、朋友关系、师徒关系、母女关系、姐妹关系、宠物关系、敌人关系等。随着剧情的深入发展，人物间的关系也在发生着变

① 〔英〕温迪·简·汉森著，郝哲、柳青译：《编剧：步步为营》，江苏教育出版社 2006 年版，第 36 页。

化。例如:荒地魔女与苏菲起初是诅咒与被诅咒的关系,后来在荒地魔女丧失魔法后,苏菲开始照顾荒地魔女,她们又变成了朋友关系。

《哈尔的移动城堡》的主要人物不多,但是彼此关系密切,每个人物都有其独立存在的价值和意义。马鲁克和卡西法作为哈尔城堡里的成员,与苏菲也有着紧密的联系;就连哈尔的莎莉曼和苏菲也有一段对手戏;稻草人虽然没有推动剧情发展,但是丰富了影片的主题。每个人物都有自己的性格特点和鲜明的立场,无法用“好人”或“坏人”简单分类。在每个冲突或矛盾过后,人物的立场或内心想法会有所改变,也就是人物会随着剧情而有所“成长”。这些个性丰满的人物是剧作成功的一个重要因素。

《千年狐》中共有12个主要人物。其中只有男、女主角承担叙事功能,有4个人构成主要冲突,4个人推动剧情发展。人物间的关系非常简单,共有朋友、同学、敌人三种关系,并且人物间的关系从影片开始到结束都没有变化。

《千年狐》中虽然人物众多,但是每个人物角色都比较单一,大多数都作为单纯的“好人”或“坏人”而存在。猎手和影子侦探作为绝对的反面角色,仅与优比发生冲突,与其他角色并无直接联系,并且,他们的出现并没有让人物有所成长或改变,仅仅是将剧情推向最后的结尾。作为优比和坤谊的同学,小女孩珠熙及那个喜欢黄色的蓝衣女孩形象都比较薄弱、扁平,从全片来看,这些人物的设置仅仅能够表现主角优比性格中的单纯和善良以及在影片最后确认优比的“千年狐”身份,并不能单纯作为角色而独立于影片之外。相对来说,那几个外星人的形象设置得较为饱满,不仅推动剧情向前发展,而且有比较独特的性格表现。

《小倩》中共有13个人物出场,其中有4个人承担叙事功能,5个人构成戏剧冲突(其中两个人兼而有之),4个人参与事件,推动剧情发展。人物间的关系不算太复杂,主要是朋友和敌人的关系,其中穿插着姐妹关系和情侣关系等。在三部作品中,其人物设置与关系复杂程度居中。

《小倩》作为香港片,每个人物的设置都带有香港喜剧的特点。宁采臣的女朋友小兰在片头和片尾出现,使剧情有一个圆满的闭合弧线。树精和黑山鬼作为纯粹的反面角色,其存在有必要性,且增加了不少娱乐效果。燕赤霞作为捉鬼的道士,承载着徐克的人文思想,他从一开始捉鬼到后来保护小倩,与十方和白云大师的坚定执著截然不同。他们的存在给这个爱情故事增加了很多武侠味道。而金坚这个宠物的设置,与《哈尔的移动城堡》中的小狗因因参与剧情进展不同,纯属增加娱乐效果。

四、人物性格塑造比较

以上三部片子比较明显地带有导演的个人色彩以及不同国家的文化背景。李成疆导演的《千年狐》与之前的《美丽密语》类似，人物、故事及主旨都比较单薄，以画风清新取胜。《哈尔的移动城堡》则沿袭了宫崎骏一贯的对少年成长和人类生存的思考，在人物性格塑造上也比较有厚度，将人物的性格“显露”与剧情发展相结合。而《小倩》里的人物都比较明显地带有一种港式幽默，宁采臣和小倩性格的地域化特征非常明显，比较张扬，也比较亲切。

下面分别从人物的总体印象及其与周围人的关系这两个方面对三部影片的主角进行对比分析。

1. 人物的总体印象

《千年狐》的主角优比是一个仅100岁的少年狐狸。她单纯、善良、可爱、聪明、顽皮、勇敢，认为人类“又傻又笨”，充满狐狸的天性，很活泼。她几乎就是韩国人民心中最美丽的女孩的化身。而在实际生活中，这样完美的人是不存在的，所以优比的形象虽然讨人喜欢，但是似乎不食人间烟火，有种距离感，同时也有点儿落入俗套和略显空泛，并不能够引起观众的情感共鸣。对于其对手坤谊的性格刻画也存在这样的问题，坤谊的形象更为薄弱和扁平，仅给人这是一个比较活泼却孤独的男孩的感觉。

《哈尔的移动城堡》中，苏菲是个普通而平凡的女孩，长相不如妹妹出众，而哈尔是个英俊的、会魔法的、很传奇的少年。苏菲外表柔弱、文静，内心却很坚强，她在被诅咒变成老太婆后还会安慰自己“人老了就是很多事情都不怕了”。她会动作粗暴，会发脾气，会讽刺给她下诅咒的荒地魔女，但是在荒地魔女失去魔法变成一个老太婆时她还会照顾她；她会义正词严地面对哈尔的老师莎莉曼，也会表现出她内心的恐惧等。这是一个很饱满的、极具亲切感的小女孩，观众很难不喜欢上她。哈尔是一个非常英俊的少年，他会说出“不美了，活着还有什么意思”的话，他的房间很乱，他害怕见老师，把苏菲先推出去替他挡着；他先是躲避着他不喜欢或者害怕做的事情，后来也会为了保护他心爱的女孩而勇敢地战斗，像一个有着孩子气的男人。有这么优秀的人物，故事自然成功了一半。

在《小倩》这部影片中，宁采臣被设定成一个柔弱、胆小、傻气却真诚的书生形象，他运气比较差，总会出一些意外状况。小倩则是一个传统的女鬼形象，内心善良，对爱痴情，也很勇敢。这两个人物都带有一些香港人的特点。

通过比较我们可以明显地看出，日本的动画片在人物设定方面更为饱满圆润，也更能打动观众的心；香港的动画片娱乐性较强，人物都带有一定的港式幽默；韩国动画片的人物偏向唯美，同时个性上也显得比较扁平。

2. 人物与周围人的关系

《千年狐》中，外星人小悠悠出走并且第一次营救失败后，优比面临选择，如果去救悠悠，她就要变成人类进入那个学校，并且与那些在她看来“又傻又笨”的人类相处。如果不这样做就没有更好的办法了。优比选择变成她不喜欢的人类，这个决定并不出人意料。这个情节点上有一个动作还是比较成功的，就是优比变成她妈妈进入学校后看到悠悠，故意使劲儿捏捏悠悠的脸，作为对它的小小惩罚。这个细节对于人物性格的塑造很成功，也比较能打动人心。为了体现优比的善良，创作者安排让珠熙半夜出走，就整个故事来说，有点突然和刻意。影子侦探从开始伪装善意到最后显露真面目，对于反衬优比的内心世界还是比较成功的。那个喜欢坤谊的蓝衣女孩跟优比谈判失败后很生气地打了优比一下，却被优比误会为喜欢他——这是一个比较好的细节。在优比和这些朋友的相处中，优比一直是友好、善意的，不免使整个人物的性格显得扁平，不够饱满。

《哈尔的移动城堡》中的主要人物比《千年狐》少，但是人物间的彼此联系很多，几乎每个配角都和主角有对手戏，表现出的态度也各不相同，这样观众就可以更全面地认识这个主角。苏菲变成老太婆是因为受到了荒地魔女的诅咒，而且不能把这件事告诉别人。所以后来当哈尔问到她时，她由于无法说出口而气愤地掀翻了桌子，这是一个人真性情的表现。而后，在皇宫门前的楼梯上，她一直在跟荒地魔女较劲，一定要比她先上去，并不断地用语言刺激她。但当荒地魔女失去魔法变回本来面目时，苏菲又开始照顾她。最后荒地魔女抢走卡西法时，苏菲情急之下拿水泼向荒地魔女，这些都非常真实和人性化。苏菲与哈尔的相处也是一样，态度并不是一成不变的。一开始进入哈尔的城堡时，苏菲显然有点担心哈尔赶她出去；慢慢地熟悉之后，她对哈尔的态度改变了，她开始关心哈尔；当哈尔认为她不漂亮时，苏菲会生气甚至离家出走并痛哭；当马鲁克找到苏菲，告诉她哈尔快死的时候，她又赶紧回去照顾哈尔；哈尔胆怯时，苏菲会勇敢地替哈尔去见莎莉曼老师；马鲁克是哈尔的徒弟，是个才六七岁的小孩，苏菲则完全把他当自己的弟弟来对待。

《小倩》中的人物港味很浓：宁采臣对小兰不死心，即使小兰出嫁了他还去拦花轿，但是遇到小倩后就完全把小兰忘了；在遇到污气鬼时因为害怕而晕倒；在鬼城的饭店里吃饭时为了不被认出，把自己的脸化装成七窍流血状，连鬼们见了都觉得恶心；因为小倩曾在饭店救过自己，所以他拼死也要从燕赤霞手中救出小倩；

为了让小倩能够回去交差，他宁可让小倩吸走自己的元神。我们从这些不同的表现都能够看出人物性格的多面性。

综上所述，动画剧本的创作成功与否在很大程度上取决于故事中是否有一个吸引人的人物；而在塑造人物时，每位导演又各自具有不同的风格特点，并且导演本人的文化背景也在一定程度上影响了人物的风格。李成疆的动画片一贯追求韩国绘画中唯美的视觉效果，在故事剧本方面稍显欠缺；而宫崎骏的片子又带有日本人对事物及问题严谨的深度思考；徐克的片子很容易看出香港很浓的娱乐氛围。

思考题：

1. 动画形象的设计与哪些学科有关？
2. 动画影片中主要形象应具有的四个基本要素是什么？
3. 动画形象之间的戏剧关系有哪四种类型？分别有什么特点？
4. 动画形象具有什么样的特征？
5. 动画形象造型可分为哪四类？分别有什么样的特征？
6. 动画形象的性格构成分哪几个方面？
7. 塑造动画形象性格的几种基本模式是什么？
8. 如何通过心理活动刻画动画形象？
9. 动画影片中人物类型有哪几种？
10. 试举例说明美、日、中三国动画形象设计的民族风格差异。

第六章 动画剧作的故事情节

本章知识点

故事、情节、动画情节的构成
动画情节的基本模式
动画短片的情节模式

学习目标

掌握动画长片及实验短片的情节模式
学会编织和安排动画剧本的故事情节

好的动画剧本要有一个神奇曲折、生动有趣的故事情节。情节表现性格，性格决定情节，两者互生互进，相得益彰，但其根本的内在动力仍是人物性格的发展逻辑。

各种动画剧作的情节模式都是从许多优秀剧本中总结、提炼、概括出来的，并不是固定不变的，更不能生搬硬套，而应该根据题材、主题的需要，从塑造动画形象的性格出发，编织出新奇、巧妙的故事情节，努力创造出新的情节模式。

第一节　动画影片需要故事

一、故事与情节

1. 什么是故事

“有好故事就可能有一部好影片，如果故事不能成立，那么影片必将是灾难。”[①]动画影片更是如此。究竟什么是故事呢？在动画影片里，可以概括为：一个人、几个人或一个群体为实现某一理想、达到某一目的，或摆脱某种处境，或战胜某一困难而进行的一系列行动，其过程中必然与自然、与社会中的某些人或某种力量发生这样或那样的联系或矛盾冲突。或同情、或反感，这就使这一行动过程必须经历复杂、曲折而富于变化的发展，才能最终得以完成。简单地说，故事是某些动画形象围绕某一事件展开矛盾冲突的、完整的行动过程，还可以简称为完整的行动的发展过程。

动画片故事应具备以下三点要素：

第一，主题单纯，思想内涵丰富、深刻。

第二，人物少而精，人物关系简而明，每个人物的行为动机、目的、欲望、方式必须明确、单纯、集中、强烈。

第三，最重要的，也是最能体现动画艺术特征的是：漫画化、神话化、童话化。

漫画的本质特征在于夸张、变形，漫画化使现实形象变成超现实的、富有幽默感的陌生形象。神话化从本质上讲，是借助想象和幻想把自然力拟人化。自然力是无穷的，人是有情的。自然力的拟人化，即是自然界的某种物体有了人情，人获得了自然力也就有了无穷的力量。这是想象和幻想的产物，恰恰符合动画的要求。童话的本质在于幻想和幽默，因而由超现实人物故事构成的完全陌生而有趣的情节，绝对是动画不可或缺的核心要素。

2. 什么是情节

长期以来，我们对情节的认识一直以高尔基的观点为依据：“情节，即人物之间的联系、矛盾、同情、反感和一般的相互关系——某种性格、典型的成长和构成

① 〔美〕罗伯特·麦基著，周铁东译：《故事——材质、结构、风格和银幕剧作的原理》，中国电影出版社 2001 年版，第 23 页。

历史。”[1]这段话人们常常简化为：“情节是性格的历史。”应该说，“人物之间的联系、矛盾、同情、反感和一般的相互关系”是情节，是“性格的历史”的片段，而不是全部“性格的历史”，也可以说，情节是故事的组成部分，是故事的局部，是某一行动的阶段性过程，若干个大情节、小情节组合在一起才构成一个故事。从这个角度看，不妨说，故事是几个性格的历史。

3. 故事与情节的关系

故事是指已经发生过的事件，情节是指情感的段落；故事只是向我们交代了所发生的事件，情节则使我们认识了它；故事让我们了解事件发展的历程，而情节让我们认识了故事中的人物思想、情感、性格的具体表现形态。可见，故事和情节的差别在于前者叙述事件，后者刻画性格，同时，二者又是整体和局部的关系。

关于这一点，桂青山先生的看法有一定的道理：“故事，应是情节的大框架、总轮廓，情节则是故事的具体体现、细致的发展变化过程，也就是说：凡故事必有情节，凡情节必定体现某种故事。”[2]“凡故事必有情节”这句话是对的，但“凡情节必定体现某种故事”却不尽然。很多小说、戏剧、电影，特别是现代派作品中只有情节，没有故事。因此，动画影片既要有故事的整体发展过程，又要有情节塑造性格、表现思想感情，这才构成完整的故事情节。

二、动画影片需要故事

法国电影学者麦茨说：“没有戏剧性，没有虚构，没有故事，也就没有影片。”故事片需要故事，同样，动画片也需要故事（抽象性动画片当属例外，因为它是运用某和图案运动的形式，表现哲学内涵和诗化境界，只有简单的图形运动过程，并无故事可言）。

原因有如下三点：

1. 动画片的造型设计，总要有一定的形象化依据，将人物、动物、植物或物体拟人化，从而塑造鲜明生动的形象。构成故事的主体元素正是人或拟人化的物，这恰恰符合动画片的需要；故事中不同人或物之间产生种种特定的关系，形成多元的形象组合，使造型设计的形象个性分明，风采各异。

2. 动画片要表现的是无生命的图画在运动中活起来，因此这一运动只有具备一定长度，有曲折且完整的过程，才具有观赏性、愉悦性。故事中的人或物，按照

① 高尔基：《论文学》，人民文学出版社 1978 年版，第 335 页。
② 桂青山：《影视编剧教程》，北京师范大学出版社 1997 年版，第 230 页。

特定趋向开展一系列活动构成情节发展过程，并且有起伏、有变化，使本无生命的图画充满了活力。

3. 动画片的图画形象需要在一定的环境和背景中运动，使影片镜头和画面富有纵深感、层次感，故事中的人物活动必然在特定的空间和时间中进行，才能使动画片的环境设计、背景绘制更加丰富多彩。

人物、情节和环境是构成故事的三个基本元素，正好符合动画片造型设计、运动过程和场景设计的要求，使图画在运动中获得了生命。世界上第一部荣获奥斯卡奖的长篇动画经典《白雪公主》讲述了白雪公主被继母陷害、最后被心上人挽救的故事。影片是一个闪烁着梦幻的童话，充满了冒险经历和紧张悬疑的故事，这些都为这部动画片勾画出优美的艺术蓝图，为影片奠定了良好的剧作基础。可以断言，如果没有这个故事，也就不可能产生这部“经典中的至尊”。

三、叙事决定动画造型

叙事学认为，叙事即指在叙事类作品（如小说、戏剧和影视文本）中对人物、情节、环境及主题的描述。本书中的叙事主要指故事情节。

1. 叙事决定动画造型的形态和走向

叙事和造型是构成动画片艺术整体的两大支柱性要素。从叙事与造型在动画片创作中的地位、作用来看，叙事内容为影片做出了总体性、原则性的规定。其主要作用在于：第一，提供并落实造型设计的表现范畴；第二，规定造型设计的意图和美学要求；第三，启迪和激发美术家独创性的想象力和表现力。其中第一点是第二、三点的前提条件。这三个作用在动画片创作中决定着造型设计的具体范畴、形态和运动走向。在《白雪公主》中，“皇后企图杀害白雪公主”构成整个故事戏剧性的核心动力，推动着情节的发展，决定着造型设计必须以特定的叙事内容为依据，而非脱离它自行其是。

或许有人会提出，在动画片创作实践中，有时美术家预先设计好人物形象造型作为创作构思的起点，从而演化为一个故事，由此得出“造型决定叙事”的结论。其实，这是一种误解。不可否认，在某些动画片的具体创作过程中，由造型师设计出某一形象作为艺术构思的出发点是完全可能的。但动画片的整体造型设计仍然由动画剧本来决定。因为，造型师最初设计的造型形象只不过是想在影片中展现的愿望而已，它是单一的、静止的，没有延续性，没有一定长度，不能形成完整的运动造型序列，所以，这一造型形象要真正成为未来动画片的造型元素还必须依附于一个叙事体系。在这一叙事体系形成的过程中，随着新的造型形象的出现，原来最初的形象设计必然会产生这样或那样的变化和发展，这一切都取决于特定的故事内容。

2. 叙事体现思想内涵

动画片的故事通过具有某种身份、性格特征的叙事对象，他（她）的际遇、命运，连同他（她）与其他人物及环境的关系，构成了特定的故事情节，展现出人类的某种生存状态，传达出一定的社会意识和思想内容，使作品具有社会意义和审美价值。一般说来，动画故事的思想意义分三个层次。第一，事态层次。这一层次反映生活的自然状态和事物的表面现象，但缺乏对题材的深入挖掘和提炼，因而内容较单薄、肤浅。第二，题旨层次。在这一层次上，人物刻画、矛盾冲突设置、情节展开、细节安排等都围绕着表现某一主题，因此作品具有一定的思想深度。第三，哲理层次。在这一层次上，影片对人生、人类、自然、社会等重大议题进行深入开掘和哲学思辨，并通过人物和故事形象地揭示出具有普遍意义的思想内涵。比如，美国动画大片《泰山》（*Tarzan*）描写了一个被遗忘在深林里的婴儿泰山，从小被仁慈的母猩猩卡拉收养，他内心追求的目标就是成为一只好猩猩，但整个猩猩族群却把他视为异类，不能包容他。有一天，人类探险队来到森林，泰山突然发觉自己的长相与人类相像，并对一个女孩产生了好感，于是他想随探险队回归人类的生活。当他发现人类要伤害猩猩，并把自己视做奇异的动物供人观赏时，他愤怒、他质疑，质疑自己、质疑人类。人类学认为，人类源于自然，超脱于自然却又依存于自然，但是现代社会中的人类却在破坏自然。这部动画故事正是以鲜明的人物形象向人类提出了深刻的哲学诘问。

四、动画造型表现叙事

尽管我们强调叙事在动画片创作中具有决定性的作用，但并不意味着有了好故事、好剧本就一定能拍出好影片。剧本只是为动画片提供了艺术蓝图，这一蓝图能否在影片中完美地实现，还取决于造型表现手段的具象化是否成功。

1. 动画造型赋予叙事个性化

在动画剧本中，文字语言下的不同人物、环境、景物虽然也有各自不同的特征，但个性的差异不可能活灵活现，造型师还要根据自己对剧中人物、环境的理解，充分发挥想象力，运用绘画艺术手段，设计新颖独特的造型形象，使人物鲜活起来，使故事获得新的艺术生命。美国动画大片《怪物史莱克》中的“史莱克”造型可以说是独一无二的：硕大的脑袋光秃秃的，两只又圆又大的眼睛呆愣愣的，还透着一丝凶气，又长又宽的下巴毫发不生，更奇妙的是，两只耳朵像两只小喇叭朝天竖起，仿佛在搜索宇宙的信息。这样一个既憨厚善良又凶恶狡黠，既果敢睿智又呆头笨脑，既奇异古怪又可爱可笑的怪物形象活生生地展现在观众面前。当史莱克铲除暴君，救出了美丽的公主菲奥娜之后，他不但学会了爱别人，而且懂得了接受别人的爱。正是这个怪物形象在让人感到可敬可亲之余，不禁让人赞叹造型师创造之独特。

2. 动画造型赋予叙事风格化

同样一部动画片剧本在不同的造型师笔下会呈现出不同的造型风格。造型师以独特的造型手段形成自己的风格是其艺术成熟的标志，也是造型表现力鲜明突出的体现，是动画艺术的魅力之所在。美国动画大片《埃及王子》中的人物造型具有非常强烈的埃及风格。其人物造型、环境和景物设计完全是图案化的，构图和色彩具有浓厚的埃及绘画风格。剪影的夸张视觉效果，是通过运用二维空间和场面调度实现的，就连壁画上的故事以及法老的宫殿、城堡等都是具有装饰性的，甚至人物的动作也要求表演得具有装饰性。摩西领着犹太人走入大海，只见海水奇迹般地分开，出现了一条路，犹太人顺利地通过了红海。海水耸起，好像两堵垂直的水墙，一群人从中间匆匆走过，透过水墙还可以看到鱼群在游动。人物和海水组合在一起，仿佛是一组优美而富有动态的装饰画，大大增强了动画片的艺术感染力。

3. 动画造型丰富了叙事

动画片剧本在优秀的造型师笔下往往会大放异彩，不但获得了鲜明的个性和独特的造型风格，而且使文字提示令人意想不到地丰富起来，活跃起来。《埃及王子》里的摇篮在尼罗河漂流，水里的一群小鱼和天上的一群小鸟追逐着摇篮，烘托着小摩西传奇的命运。《白雪公主》里，一群小鸟、小兔、小鹿、小松鼠帮助白雪公主打扫房间的场面更是妙趣横生：小松鼠用尾巴擦盘子，小乌龟用肚皮做搓板洗衣服，两只小鸟叼着衣服拧水……这些生动有趣的细节不可能在剧本中一一描述，所幸造型师异想天开，创造出丰富多彩的动画世界，令人拍案叫绝，给观众带来无限的审美愉悦。

动画片的构成同时需要叙事和造型双重元素，因此，在创作过程中，造型师必然要求有与其相对应的双重性艺术构思，即叙事性构思和造型性构思。两者是紧密合一、相互依存的。而叙事与造型的完美统一，是通过蒙太奇结构技巧来实现的。这三者的有机结合才是动画片成功的艺术保证。

叙事性、造型性和电影性构成动画片的三大要素，三者相互依存，相得益彰，缺一不可。在动画片创作中，剧本是基础，是艺术蓝图，是整体艺术构思的母体，这早已是不争的事实。需要一个好剧本，就是指动画片创作必须要有一个完整的、生动有趣的、引人入胜的故事情节，或称叙事结构。因此在动画片创作中，处理好美术造型与叙事结构的完美统一，是作品取得成功的关键。

第二节 动画情节的构成

一、动画的陌生性情节

刘隆民先生在谈到电视剧的陌生性情节时说："所谓的陌生性情节，指观众在一般生活中不易看到的故事，或者是超过一般生活中的这类故事的常规发展，使观众感到陌生，从而产生极强的悬念的艺术情节。"①动画片中的情节不只是"一般生活中不易看到的"，而是根本没有的；不只是超过"常规发展的"，而是根本意想不到的。可以说，动画片的故事情节是现实生活中根本不存在的和离奇怪异的，因而对观众来说是完全陌生的。惟其陌生而令人倍感惊奇，也就倍加关注，令人震撼、神往。

动画片的这种陌生性情节的根据在于：虚幻性。虚幻性的形象在虚幻性的环境中产生一系列虚幻性的行动，因而构成的一连串情节也自然是虚幻性的。由大大小小的虚幻性情节组成的完整故事，自然也是虚幻性的。在动画的虚幻世界里的一切，自然都是非常陌生的，是见所未见、闻所未闻的。

动画的陌生性故事情节并不是胡编滥造、为所欲为的，必须遵循其特有的艺术规律。

1. 必须符合事物发展的规律

动画影片里的虚幻性世界是拟人化的世界，因此，其中的种种事物、关系、行为都必须符合自然和社会的客观发展规律，做到合情合理，合乎因果、承接、转折等逻辑关系，偶然性事件也必须使人感到其寓于必然性之中。

2. 必须符合形象思维的规律

动画虽然是虚幻性的东西，但它仍然是对现实生活中人的思想感情的一种折射。因此，在动画创作的形象思维过程中，必须处理好理性与情感的关系，使主观的理性意识融入动画形象之中，让动画形象又饱含人的强烈情感，惟其如此，动画

① 刘隆民：《电视美学》，文化艺术出版社1990年版，第37页。

的陌生性情节才能被观众所理解，让其感动。

3. 必须满足观众的心理需求

动画创作者所设计的虚幻性形象及其故事情节必须让观众既感到陌生，又易于理解并乐于接受，甚至为之兴奋不已。这就要求创作者对自己作品的受众进行准确定位，充分研究幼儿、少年、青年、中年、老年各个年龄段收视群体的不同心理特点及其对动画艺术的不同需求，从而创作出满足不同受众心理需求的作品。

二、动画情节的构成

1. 行动是构成情节的基础

高尔基说过，“情节，即人物之间的联系、矛盾、同情、反感和一般的相互关系”，这自然是在此人物与彼人物的行动过程中才能发生的联系。彼此处于相对静止状态的人之间不可能发生任何联系，只有当一个人物行动起来，与另一行动着的人物发生关系，才能产生情节。可以说，没有动画形象的行动就没有情节，行动越多，情节也就越多，行动是生发和构成动画情节的基础。

在一般情况下，动画形象的每一个重大行动都有激励事件刺激和激励事件彻底打破主人公的性格和力量的平衡这两个方面。《狮子王》中，在辛巴的两次重大行动之前，出现了两次激励事件。第一次是刀疤在峡谷谋杀了木法沙，辛巴误以为是因为自己的过失而害死了父亲，于是陷入深深的内疚和悲痛之中，刀疤却怂恿他逃跑，永远不要回来。辛巴必须在面对现实和出逃之间做出抉择，他选择了出逃。这一重大行动决定了他流落他乡，放弃了王位，是他命运的重要转折。第二次激励事件：辛巴在异国他乡快乐地成长为一头英俊的雄狮，无忧无虑地生活着，而娜娜的突然出现勾起了辛巴悔恨的往事，打破了他生活的平静，唤醒他的自我和承担责任的意识，娜娜鼓励他勇敢地面对过去，面对自己的过失，面对死去的父亲对自己的期盼。但辛巴仍犹豫不决，这时长老告诉他，狮子王国已经陷入危难之中，希望王子回去救国，于是辛巴不得不面对在刀疤统治下的狮子王国臣民陷入水深火热之中的现实，作为王子，辛巴必须承担救国救民的责任。他又一次面临重大抉择，是继续优哉游哉地过着游子的生活还是立即回国报仇兴邦？辛巴果敢决绝地采取了回国继承父业的重大行动。从此，辛巴由逃避变为选择夺回王位，完成了他命运的又一次重大转折。辛巴这两次重大转折构成了全剧的两个重大情节，是决定任务命运和故事发展趋向的关键性、转折性的情节。没有辛巴的行动，就不可能有《狮子王》的情节，行动对情节的基础意义就在于此。

2. 性格是构成情节的内在根据

同时，情节是“某种性格、典型的成长和构成的历史”。这就是说，行动构成情节，情节又表现性格。反过来讲，情节是由行动决定的，行动又是由性格决定的。性格决定行动和行动方式，即做什么和怎样做，也决定行动的动机、方向和目的，决定着情节发展变化的形态。因此，可以认为，性格决定情节。这便是行动、情节和性格三者之间的辩证关系。由此可见，构成情节的内在依据是性格：什么样的性格决定做什么和怎样做。由此，性格决定情节的形态及其发展走向。只有深入挖掘性格的社会意义，才能使动画情节具有思想文化价值。人们不禁要问：辛巴为什么在父亲被谋杀之后，选择逃避呢？而在见到娜娜和长老之后，他又选择回国复仇呢？这正是由辛巴的性格所决定的。辛巴选择逃跑是因为他还年轻、幼稚、易轻信，他根本没有料到他的亲叔叔刀疤会设下陷阱，杀害他的父亲，篡夺王位，更不能识破刀疤制造的假象，只知道是自己的过失而使父王死于非命。因此，他陷入深深的悲痛和自责之中不能自拔，没有脸面面对狮子王国里父王的臣民们，无法在他们面前讲清自己的罪过，更不知道他们会不会饶恕自己……他沉溺在情感的追悔中，感性战胜了理智，完全是性格思想尚未成熟的孩子的心理状态；他更不可能理解刀疤鼓动他逃跑是为了清除自己篡夺王位的阻碍，反倒觉得叔父刀疤在关心他、保护他，因此，辛巴当时选择逃离和躲避正是他彼时彼地思想性格的必然。而后来，他长大了，成熟了，娜娜唤醒了他的记忆和自我意识，长老告诉他国家的危机和民众的苦难，提示他作为王子的责任，于是，经过理性思考后，他放弃了眼前的悠闲生活，强烈的责任感和使命感催促他必须立即采取行动回国报仇，因此夺回王位的情节展开了。性格不但决定主人公采取什么行动，还决定着行动的方式和结果，自然也就成为情节发展变化的内在依据了。

3. 冲突是推动情节发展的动力

不同的性格导致不同的行动，对立的性格在行动中必然发生矛盾冲突，双方的冲突越尖锐，各自的行动越激烈，情节也就越紧张。因此，真正推动情节发展的内在动力是动画形象性格间的矛盾冲突，它决定着行动的强度、力度和速度，实际上也决定着情节发展的趋向、形态和节奏。

很显然，构成动画情节的基本因素是行动、性格及冲突。三者之中，性格是关键，只有深入挖掘性格内在的复杂性、矛盾性，把握其本质特征及其表现方式，才能准确地安排个性化的行动，设计出不同性格之间复杂、激烈的冲突和斗争，从而展现出曲折丰富的情节。

辛巴的性格中的复杂性、矛盾性是通过他与叔父之间的外在矛盾冲突和他自身的内心矛盾冲突表现出来的。辛巴是个要继承王位、为民造福的正直、仁慈、善良的王子；而刀疤则是阴险、毒辣，谋杀兄长、驱逐侄儿，篡夺王位，作威作福，残害百姓的魔鬼。因此，辛巴与刀疤的矛盾冲突是你死我活、不共戴天的，这种双方对立的思想性格驱动着刀疤谋害木法沙和辛巴父子，造成了父王被杀、王子流亡他乡的结局，情节开始了重大转折，双方冲突暂时隐匿。若干年后，刀疤与狮子王国的臣民们矛盾冲突日益尖锐、激烈，激起了辛巴复仇兴国的豪情，于是辛巴与刀疤的冲突如箭在弦、一触即发，推动着高潮的到来：二人决一死战！这是二者的外在冲突推动情节的体现。同时，辛巴的内心冲突也推动着情节的发展。辛巴面临的逃离和回归这两次重大抉择都是经过激烈的内心思想斗争才做出的，这种内在冲突的外化正是情节发展变化的表现形式。

行动、情节和性格三者之间既有联系，又有区别。性格决定行动，行动表现性格。人物在特定情境中的行动与其他人物的行动发生这样或那样的联系，便构成情节。在情节中，人物之间发生或对立、或对比、或映衬的关系，显现出各不相同的性格特征。显而易见，在行动、情节和性格三者中，性格居于核心地位，因此，剧作者应紧紧抓住性格这个核心要素来设计行动，安排情节。

三、情节线与情节点

在一部动画作品里，动画形象围绕着某一事件展开行动，行动是连续的、不间断的，构成动画形象的行动线。此动画形象与彼动画形象发生这样或那样的联系——实际上就是双方各自的行动线发生这样或那样的联系，这种联系不断发展变化的过程就构成了情节线。

在情节线的进展过程中，也就是动画形象的行动及其关系发展变化中的转折处，称为情节点。“情节点，它是一个事件，它‘钩住’动作，并且把它转向另一个方向”，“它将故事推向前进。”[①]情节点是情节线发展变化的关键之处，是全剧情节曲折跌宕、引人入胜之所在，因此，创作者紧紧抓住每个情节点，精心安排，使之达到预期的艺术效果。

一般来说，一部动画片的故事要经历七波八折才能到达结局，也就是由七八个情节点的转折来推进故事不断发展的。《大闹天宫》中的孙悟空喜得金箍棒，龙王告状，一折；孙悟空辞掉弼马温一职，重返花果山，二折；孙悟空战败托塔李天王和哪吒，玉帝命造齐天大圣府，三折；孙悟空吃尽仙桃，喝尽仙酒，偷走仙丹，又回

---

① 〔美〕悉德·菲尔德著，鲍玉珩、钟大丰译：《电影剧本写作基础》，中国电影出版社2002年版，第114页。

花果山，四折；玉帝命巨灵神和二郎神捉拿孙悟空，被悟空打败，五折；太上老君捉住悟空，置于炼丹炉里，烧炼四十九天，悟空却毫发未损，六折；孙悟空踢翻炼丹炉，打上凌霄殿，大闹天宫，七折；胜利告终。这七个转折、七个情节点使整个故事波澜起伏，层层推进，人物性格也逐渐鲜明丰满起来。

为处理好情节点，应注意以下几点：

第一，抓准全剧的几个情节点，也就抓住了整个情节发展过程中的几个支撑点，使全剧情节充实、有力。

第二，把握好情节点，决定以后情节发展的方向，使情节既富于曲折变化，又不能偏离主线，偏离全剧的整体艺术构思。

第三，每个情节点都是塑造动画形象性格的关键性时机，应充分加以利用，使性格特征得到生动展现。

这里试以《宝莲灯》和《狮子王》为例，分析比较其情节线和情节点设置及利用的得失。

从剧作角度看，《宝莲灯》和《狮子王》有很多相似之处，甚至可以说《宝莲灯》有意模仿了《狮子王》的成功模式。

以下是《宝莲灯》与《狮子王》的相似之处：

1. 故事情节相似

《宝莲灯》的主人公沉香因舅舅二郎神的迫害失去了母亲，自已也被迫流离失所。沉香了解到事情真相后，为了救母亲他苦练武艺，经历重重磨难，并在孙悟空的点拨和几个朋友的帮助下，最终打败了二郎神，救出了母亲。

《狮子王》的主人公辛巴因叔父谋杀了父亲，自已被骗，不得不流落他乡。而当他得知狮子王国陷入危难后，他被责任意识唤醒，决定结束流亡生活，打败刀疤，重登王位。

2. 激励事件相似

《宝莲灯》有两次打破生活平衡状态的激励事件。第一次，沉香母亲被二郎神压在华山之下；第二次，沉香听到妈妈的呼唤，打破平衡，奋力寻找妈妈。

《狮子王》的两次激励事件是：刀疤谋杀了父王；娜娜和长老唤醒辛巴的责任意识。

3. 次要人物相似

《宝莲灯》的次要人物有四个：猴子，一直伴随沉香，乐观有趣，机智幽默；土地，为沉香指点迷津，关键时刻挺身相救；嘎妹，为沉香尽心尽力，排忧解难，类似于恋人；孙悟空，点拨教导沉香，实为世外高人。

《狮子王》的次要人物有四个：丁满和彭彭是辛巴的好伙伴，鼓励辛巴乐观地对待生活；娜娜是辛巴的伴侣，也是辛巴面对现实的精神支柱；拉飞奇是辛巴的精神导师，世外高人。

两部作品在故事情节上如此惊人的相似，显然《狮子王》原创的艺术效果实现得更好，而《宝莲灯》并没有达到预期的效果。原因当然有很多，但其中情节线和情节点的设置和利用则是重要因素之一。

《宝莲灯》的情节线比较平直、单一，缺少变化：沉香从土地口中得知自己的身世以及救母的方法（小转折）；沉香为救母偷取宝莲灯，跳下凡界（小转折）；遇上骗人的道士掳去小猴（小转折）；遭遇哮天犬，被土地救下（小转折）；跋山涉水，落入瀑布（小转折）；在深林中磨砺意志苦练武艺，伺机救母（无转折）；拜孙悟空为师，开始救母行动（无转折）；遇见嘎妹，得到石斧（无转折）；利用石斧打败二郎神，救出母亲（团圆结局）。

整个情节直线推进，沉香在每一小波折中一而再、再而三地呼叫："我一定要找到妈妈，我一定要救出妈妈……"在得知孙悟空是世外高人、能帮助他后，沉香又反反复复地叫着："我一定要找到孙悟空……"沉香唯一的自觉欲望就是救妈妈（一门心思，坚定不移），只是情节太单一、肤浅，每个小挫折都是意外的偶然，无非是为了表现和考验沉香找妈妈的决心和意志，并且沉香每次都轻而易举地克服了，在人物性格和心理上根本不能对观众构成强烈的刺激和影响，因而，也不可能构成情节点。可以说，全剧的前五分之四几乎没有真正意义上的情节点。沉香遇到道士和哮天犬时有可能形成情节点，作为表现沉香性格、丰富复杂心理的契机，但剧作者只是一味简单地认定"救妈妈"这条情节线，误以为不可"节外生枝"，殊不知"节外生枝"的情节点有可能使人物面临重大抉择和命运的转折。剧作者却设置了大量荒漠、雪崩、地裂、沙暴等自然界的恐怖，缺乏对人与人之间的矛盾冲突的展示，因而造成情节平淡、沉闷，人物呆板，内心苍白。由此可见，情节点的设置是造成情节线跌宕起伏的关键性因素，也是塑造人物性格、揭示人物心理的极好时机。

相比之下，《狮子王》的剧作者深谙设置情节线和情节点的艺术技巧，他紧紧抓住父王走后和娜娜到来这两个激励事件所造成的重大转折，设置了两个重要情节点，并在每个大情节前后造成小转折，设置许多小情节点：比如刀疤陷害木法沙，一计不成就用第二计，不但害死木法沙还嫁祸于辛巴，使他陷入去留两难的内心冲突中，结果不得不选择逃亡；第二次选择情节点是在彭彭遭到一只母狮子袭击时，辛巴前去营救，在与母狮子搏斗中辛巴才突然发现她竟是儿时的好朋友娜娜，这是一个较大转折构成的情节点，为以后的大转折做铺垫；长老的出现将剧情推向了重大转折，辛巴面临回与不回的选择，几经波折，将剧情推向了高潮。

由此可见，情节线的发展和变化是由几个大情节点构成的，而大情节点的出现则要由几个小情节逐步蓄势，使大情节的到来既自然合理，又表现得淋漓尽致，从而使全剧的情节线波澜起伏、曲折生动。

第三节　动画情节的基本模式

由动画是“非现实的漫画影像”这一艺术特征所决定的动画情节模式使动画影片远比实拍影视作品显得更多姿多彩，而且不断花样翻新，富于独创性。

这里只介绍四种基本模式。

一、单线串珠的情节模式

“单线”指情节主线单一，一线到底；“串珠”即指在情节主线的发展过程中，出现许多生动有趣的事件，仿佛像珍珠一样被主线串联起来，使主线跌宕起伏，使简单的故事变得丰富、饱满，不但刻画了人物性格，还表达了人与人之间细腻微妙的情感。这种模式的典型范例当属《玩具总动员》（*Toy Story*）。木偶玩具牛仔胡迪是小主人安蒂最喜爱的玩具，他们形影不离，亲密无间。然而有一天，安蒂一家准备搬走了，可能要丢掉一些旧玩具。玩具们都担心自己被丢掉（激励事件一）。这时又逢安蒂过生日，要开生日晚会，很多人会送给小主人一些新的玩具礼物，胡迪非常担心新玩具会代替他被宠爱的位置（激励事件加剧二）。于是，胡迪千方百计想保持他与安蒂的亲密关系，永远作为小主人最喜爱的朋友（自觉欲望建立）。但他小心眼，妒忌巴斯，便使花招（性格使然）……结果弄巧成拙，小主人不但没有亲近他反倒远离了他。性格决定命运，胡迪怎样返回小主人身边便构成了全剧的情节主线。这一主线是单一的、平常的，而主人公的情感却是真挚的、强烈的。对此，剧作者并没有直线地将剧情引向终点，而是设置了一系列生动曲折的情节点，显得妙趣横生：胡迪为了不让巴斯跟小主人去“比萨行星”，把他藏在桌子底下，不巧巴斯从窗口掉了下去（小转折）；安蒂找不到巴斯，只好带胡迪去“比萨行星”（胡迪如愿）；胡迪坐上汽车等待安蒂时，巴斯突然跳到汽车里与胡迪厮打起来，二人一起滚到车下，互相指责（小波折）；幸好遇到一辆货车也去“比萨行星”，二人偷偷跳到车里，心中不禁窃喜；不料，到了“比萨行星”，他们俩被坏孩子希法双双抓住，并被他带回了家(大转折,命运难卜,二人开始共患难);巴斯原以为自己是真正的宇航员,这时他无意中听到电视广告才明白自己就是个玩具,他想飞,却摔断了胳膊,心灰意冷,觉得胡迪对自己的判断是对的,不能自欺欺人,从此,他的思想得到提升,对胡迪产生了好感(二人的敌视关系开始转变);胡迪得知巴斯摔断胳膊,被丢到了堆满废弃玩具的房间里,决心要把巴斯救出来(为朋友不惜代价,善良、热心、义气的性格呈现出来);胡迪看到希德把一枚火箭绑在巴斯的背上,将他们一起发射到天上去(大转折,巴斯危在旦夕);巴斯责备自己无用,灰心丧气,胡迪安慰鼓励他:"安蒂和我都喜欢你",巴斯感受到朋友的真诚和温暖,并恢复了自信;胡迪动员玩具们包围了希德发射巴斯火箭的现场,终于救出了巴斯(情节到达了高潮);胡迪和巴斯搭上一辆电池玩具车踏上了回家的路,电池没电了(又出小转折);情急之下,胡迪机敏地点着了巴斯背上的火箭,于是他飞起来,飞得很快、很高;二人抱在一起享受着友谊的快乐,胡迪和巴斯回到了小主人安蒂身边,三人亲切地拥抱在一起(情节主线,大团圆结局)。结尾余味无穷。圣诞节到了,玩具们又担心小主人会接受新的玩具礼物(小波折),结果出人意料,新礼物却是一只真正的小狗:皆大欢喜!

一只玩具不想离开主人,但因意外而离开,他又想尽办法重新回到主人的怀抱,这样一个简简单单的故事,剧作者竟然演绎出如此丰富、复杂、妙趣横生的大大小小的情节,实在令人赞叹!其原因在于:剧作者全身心地投入,将自己置身于玩具世界之中,深入体会玩具与主人、与同伴之间的人性关系,并以饱满的激情,充分发挥想象力,精心设置一个个情节点,利用这些情节点刻画人物性格,表现人物的微妙心理活动和情感关系的变化。而且情节发展一环扣一环,互为因果,逻辑清晰,自然舒畅。这种情节模式是美国动画片经常采用的,如《虫虫特工队》、《怪物公司》等,收效甚佳。

二、双线并进的情节模式

"双线"指全剧由主线和副线两条情节线贯穿始终,但两条线的进展方式不同,主要有双线交叉、双线相向、明暗双线平行等,笔者将分别举例阐释。

1. 双线交叉的情节模式

这种模式是两条情节线相互作用,交叉推进,直至高潮。《花木兰》的两条情节发展线索非常清晰:一条是保家卫国的战争线,另一条是花木兰的成长和爱情线。这两条线是这样会合交叉起来的:边疆告急,李翔父亲率领大军与匈奴争战,同时朝廷招兵;父亲年老体弱,木兰女扮男装,替父从军;木兰来到军营,柔弱无知，新兵教练校尉李翔却严厉、强硬，木兰虽惹了不少麻烦却对李翔的英俊刚健和文武双全十分敬佩，暗生好感；训练过程中，木兰的顽强毅力和刻苦精神得到李翔的赞许和敬重，而李翔的卓越超群的军事才能也使木兰从敬佩变为以心默许；李翔带领军队投入战争，匈奴骑兵在雪地上气势汹汹地进攻，危急时刻，花木兰策马登上山头，机智地用小火炮造成雪崩，使敌人全军覆没，木兰和李翔在雪崩中互相救助，心心相印（两条线会合在一起）；匈奴单于谋杀皇帝，木兰机敏地乔装进入皇宫，救出皇帝；李翔赶到，杀死单于（战争线索结束）；木兰恢复女儿身，衣锦还乡，而后李翔也来到花家（爱情线索结束全局，大团圆）。很明显，这种模式中的两条情节线时分时合，交叉推进，战争情节线仿佛成了爱情线的大背景，使一个传奇的爱情故事在战争的残酷中变得更精彩、更神奇；保卫祖国与纯真爱情结合在一起，人物的思想境界和性格特征更鲜明、更高昂。全剧的主题内容因此显得更真实、更深刻。

剧作者采用这种情节模式时应该注意两点：

第一，必须充分展示两条线索之间的必然联系，做到内在意义契合，外在表现合理。

第二，情节线会合交叉必须从塑造人物性格和揭示情感变化出发，不可单纯地只为情节进展服务。

2. 双线相向的情节模式

双线相向指的是两条情节线从相反的方向相向而行，各自向终点进展，最终达到双线合拢。这种模式多是经历着“团圆—分离—聚拢—再团圆”的历程。双线，即分离之后的两条线；聚拢，即两条线相向进展，向团圆的终点相聚，最终达到团圆。实际上，这也就是一种从平衡到不平衡再到新平衡的发展路径。《海底总动员》的双线发展状况是：小丑鱼马林与儿子尼莫相依为命，生活在海底大堡礁，生活也算平平静静。尼莫顽皮贪玩，渴望外面的世界，但父亲马林性格软弱、胆小怕事、婆婆妈妈，埋怨儿子冒险。父子二人性格大不相同，儿子甚至瞧不起父亲唯唯诺诺的样子，二人的性格矛盾造成了父子的分离。有一天，尼莫冒险游出了珊瑚礁，不料被渔船捕走，转卖到澳洲悉尼湾的一家牙医诊所，被人养在鱼缸里。从此开始了尼莫如何逃回家和马林如何找到儿子的征程，两条线平行交替发展。

以下是尼莫回家找爸爸的情节线：

(1)尼莫在鱼缸里结识了新朋友；

(3)尼莫了解到新朋友们的逃跑计划（勇于改变命运）；

(5)尼莫和朋友们第一次逃跑计划失败（转折、考验）；

(7)尼莫在鱼缸里感到囚禁的痛苦，这时听到父亲急切寻找自己的消息，他决定独自逃跑(不屈不挠，不被困难吓倒)；

(9)尼莫开始故意弄脏鱼缸，医生打算清理鱼缸，他的逃脱计划迈出了第一步；

(11)尼莫和朋友们发现他们的逃跑计划失败，因为医生引进新设备，使鱼缸变得更干净(大波折，开始冷静思考)；

(13)尼莫在鱼缸里团结并带领大家逃脱了渔网，但是“害鱼凶手”小女孩来了，尼莫机警地装死(面临生死考验)；

(15)鱼缸里的鱼儿们为了救尼莫与人类展开斗争，尼莫终于逃入了下水道，但因不见父亲而失望(转折)；

(17)尼莫游到海洋里遇到多丽，她帮助尼莫寻找父亲(转折)。

以下是马林寻找儿子的情节线：

(2)胆小的马林不惜生命代价决心找到儿子尼莫，于是跟随澳洲暖流，开始了寻找儿子的征途，路上遇到了好心热情的多丽，她伴随着马林一起寻找尼莫(开始改变胆小的性格)；

(4)马林沿着暖流的方向，冲出可怕的大峡谷(接受危险的考验)；

(6)马林在暖流中结识了海龟，向他讲述了自己的遭遇，海底的鱼类们相互传达着马林的故事，并表示同情，愿意给予帮助；

(8)马林和伙伴们游出了暖流之后，马林被鲸鱼吞到了肚子里(挫折，又一次惊险)；

(10)马林在鲸鱼肚子里挣扎，几乎感到绝望，想不到鲸鱼突然张开口把他喷了出来，接着，他意外地看到了悉尼湾(大转折)；

(12)马林和伙伴寻找船只时，不料被大鸟吃掉，并卡在鸟的喉咙上，原来是这个好心的小鸟带他飞到尼莫所在的地方(波折后的转折)；

(14)恰在这时，父亲马林急匆匆赶到，见儿子尼莫已经死去，悲痛欲绝，万念俱灰(大波折)；

(16)马林回到海洋，非常绝望，要与多丽告别，多丽向他表示爱意(留下大悬念)；

(18)尼莫与马林终于父子团聚(两条情节线会合)；

(19)多丽被渔网罩住了，尼莫去救他，自己却躺在海底，马林以为儿子又死了，正伤心时，尼莫醒来；

(20)父子团圆,二人的矛盾消除,恢复了安宁的生活;

(21)鱼缸里的鱼儿们也纷纷逃离鱼缸,到大海里自由自在地畅游。

两条情节线同时相向平行进展,几乎所有的波折都从考验、磨炼父子二人的意志和性格出发,最终尼莫从顽皮鲁莽的小孩子成长为机智、勇敢、善于策划、团结和带领大家共同战胜困难的小英雄;在远离父亲之后,尼莫深感孤独,他理解了父亲的苦心,怀念父爱的温暖。马林在寻找尼莫的过程中经历重重艰险,爱子之情成为他经受各种考验的精神力量,使他从一个畏畏缩缩的鱼变得勇敢坚强起来。可见,无论情节以何种模式展示,仍然要遵循性格、情感和逻辑的规律并表现性格的成长和感情的变化。

需要注意的是,这种情节模式应从题材需要出发,不可刻意套用。

3. 明暗双线平行的情节模式

明暗双线指两条情节线,一条线正面展开人物的行动、关系、纠葛,另一条潜伏在正面情节的背后,不时向正面情节透露一些信息,似有似无地贯穿始终。两条线在表面上没有直接联系,但内在互动、互补,使整部动画作品的内涵更丰富,更耐人寻味。

动画片《龙猫》的明线是小月和小米两姐妹与龙猫的交往情节,是主线,实际上是人与精灵、神灵沟通的幻想故事;而暗线是母亲生病,住院,大家渴望一家人团聚,这是情节副线,也是现实生活中家人的真切怀念。全剧主要情节如下:母亲生病住院,爸爸带两个女儿小月和小米搬到乡下的新家,等待妈妈出院后好好养病;姐妹俩到了新家,非常好奇,欢天喜地,充满生命活力。(现实日常生活中)小米自娱自乐地在草地上玩耍,享受着自然界的乐趣,无意中在神秘的老橡树树洞里发现了大自然的精灵——龙猫,姐妹俩与龙猫结为朋友(梦幻的人与精灵的交往);三只龙猫帮助完成种子生长的仪式,他们在种子边上一边舞蹈,一边祈祷,小苗芽神奇地迅速生长起来;姐姐小月写信告诉母亲见到龙猫的乐趣(暗线第一次透露,现实生活细节,但并未正面表现);突然来电话,母亲身体不适,姐妹焦急;小米非常任性地独自去找妈妈,姐姐阻止,妹妹执拗,姐姐一气之下打了她,小米哭着去找妈妈,结果在树林里迷了路(现实情节);姐姐小月率领众人四处寻找妹妹,不见踪影,去找老橡树,拜托龙猫,并坐上龙猫公共汽车飞奔,最终找到了妹妹(现实与梦幻情节交汇在一起,情节进入高潮);姐妹俩坐在树梢上从窗口看到了生病的妈妈,二人露出甜美的微笑。

影片以孩子们童真的梦幻境遇作为主线正面展开,无比神奇美妙。而现实中孩子们与母亲的骨肉亲情作为副线却隐藏在主线背后若隐若现,增强了主线的真实感和亲切感。同时,这种亦真亦幻、扑朔迷离的情境又唤起了人们的神秘感和好奇心。两条情节线主副分明,明暗交替,相辅相成,书写出一部美丽的现代童话。

这种动画情节模式完全是宫崎骏卓越的艺术创造。它启示我们:任何成功的情节模式都需要剧作者大胆创造,刻意模仿是没有出路的,也不会获得成功。

三、主副分明、多线展开的情节模式

这种模式实际上是一条主线、三四条副线的错综交织发展,能够充分发挥动画艺术的无限自由、无限幻想的优势,适于表现穿越时空且复杂多变的情节和广阔的思想内容。《泰山》以人猿泰山发现自我、寻找自我、证明自我的成长过程为主线,以母猩猩卡拉对泰山的母爱、猩猩部族首领对泰山的父爱和人类女友珍妮对泰山的爱情为三条副线,与主线交织、串联,构成曲折生动的传奇故事。泰山的父母被花豹咬死,成了孤儿,母猩猩卡拉的孩子也被花豹残害,于是,卡拉出于母爱收养了泰山;卡拉的丈夫哥查认为泰山是异族,泰山为此苦恼困惑,但卡拉对泰山呵护、关爱并教育他(主线与第一条副线开始出现);泰山为了得到猩猩们的认同,经受了多次考验,努力学会猩猩们的各种本领(第一个情节点,唤起泰山自觉意识);在卡拉的鼓励和帮助下,泰山成长为森林中的游侠,武艺高强,获得猩猩们和其他动物的尊重和友情,并使用长矛将花豹刺死,获得哥查的赞赏(主线与第一条副线进一步融合,与第二条副线开始融合);人类探险队进入森林,泰山突然发现自己与人类相像,他开始与猎手克里顿和博士的女儿珍妮经常接触并与她相爱了(第二个情节点大转折,主线与第三条副线开始融合);猩猩妈妈卡拉告诉泰山真实身世,他陷入了留在森林还是回归人类社会的两难之中,卡拉告诉他:“无论你作出怎样的决定,我只希望你快乐!”(第三个情节点,自觉意识出现矛盾,与第一条副线完全融合);贪婪的克里顿妄图捕获整个猩猩族群,他先射杀了猩猩族群首领哥查,在猩猩族群面临生死存亡之际,泰山挺身而出,哥查临死前叮嘱他:拯救族群并担起首领的重任。泰山带领全族群的猩猩们战胜了猎手克里顿,真正成为族群的新首领(第四个情节点,全剧高潮,主线与第二条副线完全融合);珍妮和她的父亲也喜欢上幽静的森林,他们与泰山一起开始享受大自然中自由与快乐的新生活(结局,主线与第三条副线完全融合,自觉意识全面实现)。

全剧随着泰山不断成长的主线推进,三条副线分阶段融入主线,使主线内容逐渐丰富,也使主人公的性格渐趋成熟。

这种一条主线、多条副线的情节模式在不同题材的故事中有各不相同的叙述方式。《玩具总动员 2》(*Toy Story2*)中的主线是胡迪为了回家与玩具商展开斗争,第一条副线是巴斯带领救援小分队投入战争,实际上主线和第一条副线结为一体,共同表现胡迪与玩具商进行斗争。另外,胡迪与杰西的矛盾和胡迪与矿工彼得的矛盾两条副线并未投入主线的斗争,只是起着丰富主人公性格和情感的辅助作用。

《冰河世纪 2》(*Ice Age2*)的主线情节是由曼尼、迭戈和希德三人组成的小分队在洪水来临前逃离灾难的历程,其间交织着小分队与史前巨兽的争斗,迭戈克服了天生不识水性的心理障碍为朋友冲破水路,希德摆脱自认为一贯软弱的思想束缚勇敢抵御了熔岩危机,曼尼与爱莉摒弃族类习性的差异得到了爱情,小松鼠对小分队的影响,这五条副线穿插在主线发展过程中,不仅使主线内容丰富、形式多样、波澜起伏,而且分别刻画出几个鲜明生动的人物性格,表达了他们各自的心理变化和隐秘情感。

总之,无论选用哪种叙述方式都必须做到以下几点:

第一,主副分明,必须以主线为中心。不能以副夺主、失去或偏离中心,应该做到主线带动副线,副线对主线起着丰富内容、推动发展的作用。

第二,副线与副线之间应有一定的内在联系和相互作用,不能互相干扰而造成情节紊乱。

四、"一人多事"的情节模式

"一人多事"是指由主人公行动构成的情节主线在发展过程中串联起了几个相对独立的小故事,它们既是主线情节的组成部分,刻画了主人公的性格,丰富了主人公的思想情感,同时又有自身独立存在的价值、扩大了反映社会的广度,加强了表现思想内容的深度。《千与千寻》正是这种情节模式的杰出范例,全片以千寻误入鬼魅世界,在与各种妖魔鬼怪交往的冒险经历中,饱受磨炼并逐渐成长起来,最后救出父母为情节主线,在此期间她和她所遇到的每一个妖怪都有一段小故事:

1. 河神的故事

油屋里处处充满着腐烂气息,千寻进入油屋之后第一个遇到的是河神——"腐烂神",他全身腐烂长满倒刺,这种腐烂倒刺正是现代社会人类对环境的破坏造成的。千寻将这些所谓"文明产物"的倒刺拔掉。之后,河神给她"河神丸"和"金砂"(对后面救助小白龙和无面人起着重要作用),对此,千寻第一次感到自己做了一件有意义的事情。

2. 无面人的故事

无面人是个贪婪、欲壑难填的家伙，称他“无面人”也有隐喻其厚颜无耻之意。他本想在千寻身上攫取点什么，却没料到千寻如此真诚和善良，根本不计较财物，无私地、主动地把半颗珍贵的“河神丸”给了他，挽救了他贪欲膨胀的灵魂。这个故事表现了千寻内心的人性之美，鞭挞了某些现代人物质至上的丑陋。

3. 阿宝的故事

阿宝在汤婆婆的娇生惯养中，一不如意就哭，非要千寻陪他玩，并且说：“你不跟我玩的话，我就哭，妈妈一来，你就死定了！”他被长久地禁锢在极其奢华的摇篮里，根本接触不到广阔大自然的丰富多彩，汤婆婆哄骗他说外面的世界到处都充满了可怕的病菌，使他排斥一切、恐惧一切。然而，一个偶然的机会，阿宝被钱婆婆施以魔法，变成了一只老鼠，跟着千寻进行了一次新奇有趣的旅行。这次旅行完全改变了他的看法：外面的世界很精彩，别人身上不但没有病菌，反而让他感到非常愉快。通过阿宝，剧作者提出了一个严肃的社会问题：如何教育和培养当代的青少年？

4. 小白龙的故事

在小白龙被纸鸟追杀的危险之际，千寻抱住了他，将半颗“河神丸”放入他的嘴里，因此，小白龙得救了。之后，千寻发现了小白龙生命垂危的隐情：原来小白龙叫慧，是个年轻有为、勇敢能干的女孩，也是因为误入油屋、迫不得已而成为魔女钱婆婆的手下，她的身体被施以强力的魔法，魔法渐渐地吞噬着她的生命。千寻踩死了小白龙吐出的黑虫子，拿到钱婆婆的契约金印，帮助小白龙恢复了记忆，彻底地挽救了小白龙，表现出千寻机智、勇敢、成熟、忘我救人的宝贵品质。小白龙的遭遇也隐约控诉着资本主义的契约制度对人和生命的控制和迫害。

5. 汤婆婆和钱婆婆的故事

她们是魔女姐妹。姐姐钱婆婆类似于压榨苦工的女老板，因契约用魔法控制压榨迫害小白龙，千寻以机智和勇敢将契约金印还给她，彻底解救了小白龙。妹妹汤婆婆和姐姐一丘之貉，千寻到她那里找工作，她也要千寻签契约，并且说：“你要是敢喊苦叫累或者说你想回家的话，我立马就把你变成小猪。”但这个魔女却把儿子养在“蜜罐”里百般呵护，给他超乎寻常的母爱，而儿子阿宝只是一味地哭啼，原来她也有许多烦恼和无奈。这姐妹俩的故事反衬出千寻在她们的刁难下勇敢承担并取得成功的成长、成熟的历程，也折射出现代社会在劳资关系和子女教育等方面的种种弊端。

这五个小故事由千寻的成长主线串联起来，它们既相对独立又相互联系，有机地交织在主线上，使千寻的成长历程坚实、丰满，令人敬佩、赞许，同时，各个小故事又从不同的侧面揭露了现代社会存在的某些痼疾，加强了全剧主题的广度和深度。

从剧作角度来说，动画情节模式有大体框架，却无一定之规。以上列举四种基本模式并结合范例加以阐释，无非是供习作者参考借鉴。

第四节　动画短片的情节表达模式

从美学角度来讲，剧作者即审美主体对客观世界的反映方式，也就是剧作者对创作对象的表达方式，有再现性、表现性和再现性与表现性相结合三种模式。再现性，即作者以客观的态度再现创作对象的基本形态，其中尽管也有选择、提炼和加工改造，但创作内容基本上与现实状况相仿，如写实类题材作品《草原英雄小姐妹》。然而，动画片的主观性是很强的，创作者可以自由地想象、幻想，可以把现实存在的事物大肆夸张和变形，还可以“无中生有”地创造出现实中根本不存在的人物、事物和景象。因此，可以说，再现性的表达模式不太符合动画艺术的特点和规律，在动画剧作中很少被采用。而另外两种，即表现性和再现性与表现性相结合的表达模式，在动画短片中又分别体现为抒情性、写意性和抽象性三种类型。

一、抒情性的表达模式

在动画短片中，剧作者以抒发和表露自己的主观感情为主，即是抒情性的表达模式。在这种模式下，影片主要不是为了叙述、描写某人、某事或某景、某物，而是通过这些人、事、景、物间接地抒发剧作者的情怀。也就是创作者将情感倾注于人、事、景、物之中，融情于人，寓情于事，寄情于景，托情于物。如水墨动画短片《牧笛》，作者的创作目的不在于给观众讲述一个牧童放牛的故事，也不在于叙述“失牛、找牛、得牛”的过程，而是通过这个算不上故事的小情节和牧童与牛的关系的双重变化，表达作者对人、动物、自然、艺术之间完美融合的深厚情谊。片中没有一句对白和解说，只见：初夏，长堤边，垂柳轻点河面，远近声声蝉鸣，悠扬的笛声由远而近，牧童吹着短笛，骑在牛背上……牛驮着牧童过河，牛在水中游乐，吹起朵朵水花，引来几条小鱼嬉戏……牧童在树桠上休息，黄莺啾啭歌唱，牧童吹起短笛，模仿黄莺歌唱，黄莺喜遇知音，越唱越兴奋，笛声越吹越起劲，笛声与莺歌一唱一和，交融在一起，其乐陶陶……而后是牧童在梦中失牛、找牛……两片树叶变成两只蝴蝶，翩翩起舞，山峦高峰，白茫茫的云雾，凌空突然荡漾起一阵奇妙的乐声，声音像古琴，又像流水，吸引着牛向乐声处走去，原来是瀑布倾泻而下，飞流千尺，从云雾中发出的乐声……牛静静地伏在石桥上观望着流泻的瀑布，一动不动；牧童找到牛，牛不肯跟牧童走……牧童削竹做笛，吹起嘹亮的笛声，雄鹰在倾听，几只白鹤在倾听，几只八哥在倾听，几只斑鸠在倾听……一群小鸟、两只野鸡、两三只燕子、一群鹭鸶都在倾听笛声，笛声打动了牛，牛寻声走，与牧童相聚相亲……淡雅的水墨画勾勒出自然质朴的田园风光，牧童和老牛神态微妙、机巧风趣；笛声、牛声、鸟声、水声——声乐和绘画水乳交融。王国维说："一切景语皆情语也。"果真如此，《牧笛》中处处是情，情满田园。这绵绵情意都是剧作者抒发出的心底深情。

二、写意性的表达模式

写意，是中国绘画所崇尚的简括精练的画法，该画法注重传达物象的本质和精神，而不重细节的描画，与工整细致的工笔画法相对称，属放纵类的画法，画出物象的形神，表达作者的意境。动画短片中人物的写意性画法也是重在传神，景物多为象征性的意象、环境、背景、时空，这些多是"虚"的、任凭想象的，人物、动作也是象征性的，情节的进展比较疏朗，很少作细节描写，往往点到为止。阿达导演的动画作品《三个和尚》便运用了写意性手法。整部影片长 18 分钟，没有一句对白，就是小庙、和尚挑水、和尚念经、太阳升落、老鼠出现，如此反复。"该片在人物、动作和背景的处理上，借鉴了戏曲舞台表演的'虚拟化'手法，如挑水的动作，并不把和尚放在一个具体环境中，而是在一个几乎空白的背景上向左走几步，转身，又向右走几步，转身，再向左……于是就到了。"[①]就运用这些极其简洁洗练的动作，揭示了"一个和尚挑水吃，两个和尚抬水吃，三个和尚没水吃"和"人心齐、泰山移"这两个中国古代民间谚语的深刻内涵。

阿达执导的动画短片《超级肥皂》也是以写意的手法描写一个超级肥皂公司出售的一种"一洗即白"的超级肥皂，人们趋之若鹜，纷纷抢购，于是五颜六色的衣服都被洗白了，大街上出现了一个雪白的世界。突然，一个身穿艳丽服装的小姑娘出现在这雪白的世界里，人们惊羡不已……这时，人们忽然又发现了超级颜料公司，于是人们又争先恐后地排队买颜料，染衣服……事件就在这泛化的时间、空间、环境、背景之中进行，不交代前因，也不表现后果，只是勾画买肥皂、买颜料这

---

① 阿达：《谈谈"三个和尚"》，载《美术电影创作研究》，中国电影出版社 1981 年版。

两个现象，表达剧作者嘲讽一窝蜂、赶潮流的盲目行为，呼唤有主见、有个性的社会意识。

三、抽象性的表达模式

动画短片的抽象性的表达模式是借鉴抽象绘画艺术流派的创作方法，在作品中不再现客观世界中任何人、事、物、景等具体形态，而是用点、线、图形、色块的运动，以及“光和力的运动感”来表现创作者的某种主观感受或内在冲动的哲学思考。20世纪抽象艺术的创始人之一康定斯基主张把表现创作主体的内在需要、精神和感情作为绘画的目的，并指出：艺术作品的形式本身就是内容，艺术作品的任何表现力都起源于形式……艺术家可以通过线条和色彩、空间和运动，无须参照可见自然的任何东西，来表明一种精神上反应和判断。[①] 动画艺术家将点、线、面、色提升到自主的、富有表现力的元素的高度，并将它们组合成一个个符合某种逻辑的运动过程，从而阐述一定的人生哲理，有时，也对某种音乐进行视觉形象化的诠释。这类动画短片特别注重形式的美感。

欧洲一些实验性的探索片均属此类。南斯拉夫的法第尔·哈德兹创作了短片《大会议》，通过表现青蛙和蚊子之间的纠葛关系，探索以动画艺术表达政治讽刺含义的象征方法；法国导演克里斯夫·劳恩斯坦创作的《平衡》，探索以简约的视觉符号创造广阔的思维空间，以求蕴含深刻哲理的动画艺术手段；瑞典动画家瑞克特创制了《韵律21》、《韵律23》、《韵律25》等一系列实验短片，力图探索动画艺术中形状、线条变化与节奏、色彩的关系。这种抽象性的表达模式多是用以表现深刻的哲学思考或追求形式的美感。

第五节　美、日、中动画剧作结构比较

本节对美、日、中三国动画剧作结构作一些粗略的概括和比较，仅供参考，或许能对剧作者有所启示。

美、日、中三国动画片在叙事结构上的主要类型分别是戏剧型、小说型、复合型。

---

① 参见顾森主编：《现代艺术鉴赏辞典》，学苑出版社1994年版，第58～59页。

一、美国——戏剧式剧作结构

戏剧式剧作结构的特点在于剧中矛盾冲突尖锐、激烈，剧情往往悬念丛生、危机四伏、曲折跌宕，由开端、发展、高潮、结局几部分构成故事性很强的整体。

美国动画片剧作结构的戏剧模式具体表现为三种方式：

1. 一对主要冲突贯穿始终

这种典型的戏剧模式要求冲突对立的双方，其矛盾具有一贯性、顺时性和完整性的特点，也就是一条主线贯穿到底。如《白雪公主》中的矛盾冲突自始至终围绕着白雪公主与其继母展开。继母是嫉妒心极强的皇后，她发现白雪公主比自己更美丽，便妒火中烧，非要置她于死地，于是一次次迫害、追杀。白雪公主先后在武士、森林鸟兽和七个小矮人的帮助下，逃过了重重劫难，最后继母自食其果，死于山崖下。《埃及王子》中，摩西和王子兰姆西斯本来是好伙伴、好兄弟，但兰姆西斯继位成了埃及新法老之后，残酷地奴役希伯来人，特别是在建宫殿、建金字塔的过程中，兰姆西斯更为变本加厉地迫害希伯来人，摩西再三劝阻、斗争均毫无效果，最后，上帝耶和华赐予摩西一种伟大的力量，让他带领希伯来人冲破兰姆西斯的重重拦截，从埃及王国的奴役下解放出来。

2. 外在冲突与内心冲突紧密结合

传统戏剧结构中还有一种模式是主人公在与对立方展开冲突斗争的过程中，其自身的心理也时时充满着矛盾冲突，从而内外冲突交互推进情节的发展。《狮子王》里的辛巴在与他的叔叔进行王位争夺战的过程中，他自身也充满了矛盾和斗争：逃避与复仇、责任与权利、犹豫与果断、怯懦与勇敢……内心的种种折磨令辛巴陷入极端痛苦之中。然而，面对残酷的夺权斗争时，是自我、是生命、是责任、是爱唤醒了他，使他变成一个勇猛而果敢的狮子王。辛巴与叔叔的冲突和辛巴内心的冲突交相呼应，相得益彰，加深了主题的文化意蕴。

《海底总动员》也属于这种类型。鱼爸爸马林是个谨小慎微，做事缩手缩脚、唯唯诺诺的胆小鬼，连他的儿子尼莫都瞧不起他。但是，当自己心爱的儿子突然失踪、生死未卜时，马林不顾一切地踏上了寻找儿子的征程。在被大鲨鱼布鲁斯一次又一次的惊险追逐中，马林胆怯过、恐惧过，萌生过退却的念头，幸好在胸怀宽广、热心助人的蓝唐王鱼多丽的帮助下，马林渐渐懂得了如何用勇气和爱战胜自己内心的恐惧，也懂得了生命的价值就在于为某些意义重大的事情去冒险、去奋斗、去拼搏，于是他终于勇敢地克服了种种艰难和危险，救出了儿子，返回了家乡。显然，内心冲突的胜利，是战胜外部对手的关键，正所谓“欲战胜敌人首先要战胜自己”。这种戏剧结构模式正体现了这一哲理。

3. 冲突双方时有变换

在这种方式中，一对矛盾冲突没有贯穿始终，整个作品充满了不同形态的对立和斗争。《玩具总动员》中，牛仔玩具胡迪和太空人玩具巴斯本来是相互敌对、各不相让的，他们之间的矛盾冲突接连不断，但后来他们两人意外地落入玩具虐待狂的家里，于是他们在险境中化敌为友，团结互助，共同对付虐待狂，摆脱重重险阻，重返主人身边。《冰河世纪》中，善良的长毛象曼尼、嗜食的松鼠希德、狡猾的剑齿虎迭戈三只动物之间相互争斗，矛盾双方不断变化，而当面对饥饿、陷阱、雪崩等无数险境时，他们共同抗争并战胜了严酷的环境考验，把一个弃婴护送回家，将温暖的关怀给予了人类。这种结构方式貌似分散，实则线索一致，仍然险象环生、曲折生动、引人入胜。

在美国动画片中，不论哪种类型，都是运用制造矛盾、展开冲突、设置悬念、形成危机、推波助澜、高潮迭起，然后意外突转、层层化解、结局圆满等戏剧化的手法，造成强烈的戏剧效果——这是美国电影的基本结构模式。

二、日本——小说式剧作结构

以小说式剧作结构为主要特征的动画片表现在，它不像戏剧那样激化矛盾、强化冲突和危机以形成高潮，而是采取一种缓和的、自然渐进的方法将故事娓娓道来。这种剧作结构将叙事与人物心理、情感紧密融合，不注重情节的起伏波澜，而重视细节的精妙和生动，从而进入人物的内心世界，逐层展现人物情感的复杂与微妙。情节编织互为因果、经纬交错、细针密线，这正是日本人细致入微的思维方式在动画电影结构中的体现。由此，让人不由得联想到中国清代戏剧家李渔所说的：“编戏有如缝衣，其初则以完全者剪碎，其后又以剪碎者凑成。剪碎易，凑成难，凑成之工，全在针线紧密。一节偶疏，全篇之破绽出矣。”[①]可见，中国戏剧结构的美学原则与日本剧作者在动画影片中结构技巧的运用有异曲同工之妙，这也是纯粹的东方式的审美意识。

采用小说式结构的日本动画片又可分为三种方式：

1. 矛盾的淡化和转移

《千与千寻》中，十岁的少女千寻和父母三人误入了一个充满神怪幽灵的小镇，父母又因贪吃而中了咒语，变成了两只大肥猪。千寻要想救出父母就必须进

① 清·李渔：《李笠翁曲话》。

入这个神鬼出没的地方——"浴镇"。这种情境本来潜藏着重重矛盾、种种危机，极具戏剧性，然而宫崎骏却偏偏不用戏剧式的结构策略，而采用淡化矛盾、转移冲突的手法，描述了小白龙对千寻处境的担忧并帮助她脱离危险；又描述了锅炉爷爷尽管其奇特怪异的外形令千寻胆怯和恐惧，但他同时又幽默善良，乐于帮助千寻；在千寻向汤婆婆要求工作时，双方的矛盾本应又可以激化起来，构成尖锐的冲突，但作者却没有选择构成矛盾的戏剧式手法，而是展示了汤婆婆的粗暴凶残（对千寻）和温柔体贴（对儿子）的两面性格，使冲突淡化了许多，观众原有的期待矛盾爆发的心理再一次被延宕，一方面令剧情百转千回、悬念丛生，另一方面又使人物的心理和情感刻画得更真实、更丰富。如果把追求真情的执著精神置于当今商品社会的大背景下，不难发现作者努力寻找和赞扬的正是一种超越物质利益诱惑的、潜藏在人们内心深处的真诚情感。

2. 矛盾的泛化和隐匿

《萤火虫之墓》讲述了这样一个故事：战乱期间，身为海军的父亲在战争中阵亡，母亲在空袭中被炸死，14 岁的诚田带着幼小的妹妹节子寄居在婶婶家。诚田不愿寄人篱下，于是搬到湖边的山洞居住，靠捉鱼、偷菜维持生存，夜晚，兄妹俩通过在草地上观看满天飞舞的萤火虫来找寻一丝属于孩童的乐趣与轻松。但由于长时间的营养不足，妹妹身体日渐虚弱，诚田却毫无办法。最后，在又一个萤火虫漫天飞舞的夜里，妹妹离开了人间。三个月后，诚田自己在临死之前还仍然怀念着那些逝去的人们……这个悲剧没有体现一个具体的、直接的、杀害诚田一家人的凶手，但矛盾的对立面却很清晰：战争。这是一个泛化的敌人，是人间悲剧的罪魁祸首，这就把一个普通人家的个案故事上升到具有普遍社会意义的高度，更加深刻地唤起人们的共鸣。

《魔女宅急便》讲述了一个 14 岁的小魔女从成人仪式之后就离开父母，到异乡独立生活，在这个过程中，她与自然、与社会、与他人，还与自身发生了许许多多意想不到的摩擦和变故。这些摩擦和变故都没有构成贯穿始终的矛盾冲突，而是仿佛在共同讲述一个少女成长经历中的点点滴滴。倘若追问：造成小魔女历经种种磨难和险阻的对立面是谁呢？答案可能是复杂而多变的人生，可能是险象丛生的环境，抑或是每一个人内心的追求和渴望与现实世界的矛盾，这些是隐匿于社会生活中时时干扰破坏人们前进的障碍。这种处理矛盾的方法使主题思想具有更广泛的社会意义。

3. 以人物心理和情感发展变化为主线

在以这种方式构成的动画片中，不同时空的描述和情节的进展完全遵循主人公的心理逻辑和行为规律，是一种细腻而哀婉的情感表达。《梦幻街少女》的故事娓娓道来、波澜不惊：月岛霞是爽朗的、爱读书的女孩子，她在自己所借的每一本书的书卡上都发现有一个叫天泽圣司的名字，虽然她不认识这个名字的主人，但这个名字却深深地铭刻在她的心里。临近中学毕业，正当霞对自己的前途感到困惑和担忧之时，她遇到一个少年，他就是天泽圣司。天泽圣司决定中学毕业后到意大利去进修小提琴工艺。霞被他的理想明确、决心坚定的态度所感染。后来，随着两人的感情由相知、相爱渐渐走向相依、相许，他们并没有沉溺于爱情的缠绵之中，而是互相鼓励、互相帮助，并肩前行，决心为各自的理想而努力。天泽圣司临去意大利的一个早上，用自行车带霞来到一个可以看到旭日东升的山丘，在曙光的映照之下，圣司鼓起勇气向霞求婚："当我成为一流的技师时，请你嫁给我。"两人分别后，两颗年轻而奋进的心仍然遥相呼应，彼此激励。这里没有尖锐激烈的冲突，只有一对少男少女在理想和爱情之中心理与情感的发展历程，记录着成长过程中所有的细腻温馨的情怀。看似平淡如水，实则动人心魄。这不是戏剧，而是绮丽浪漫的爱情小说。

《龙猫》中，小月和小米两姐妹为了方便母亲治病，跟随爸爸一起搬到乡下居住。在家旁边的一棵大树下有一种古怪生物，叫龙猫。它很久以前就悠然地住在森林深处，从未在人前露过面。近些年，大自然遭到很大破坏，龙猫才来到村子里，但一般人见不到它，只有好孩子才能看见它。于是，姐妹俩与龙猫之间发生了许多神奇的故事。姐妹俩纯真的情谊，精灵龙猫的奇幻，田园风光的温馨……仿佛是梦，却又不是梦，是自然、纯朴的人生境界。片中人物心理情感与奇异故事呼应，幻想与现实交融，亦真亦幻，奇谲浪漫的同时又令人倍感亲切。

三、中国——复合式剧作结构

中国动画片的剧作结构常常表现为戏剧式、小说式、散文式和诗意性的叙事方式，或单独使用，或两三种交替组合，呈现出多种多样的结构形态，因而又称为复合式剧作结构。主要有三种：

1. 散文式的叙事结构

"一本素雅的国画册被轻轻翻开，呈现一幅幽静的荷塘小景，镜头渐渐向画面推去，古琴和琵琶乐曲悠扬而起，把观众带进一个优美抒情的水墨画世界。池塘里的小蝌蚪慢慢蠕动起来，它们不知道自己的妈妈是什么样子，于是开始寻找妈妈……它们经过误认金鱼、螃蟹、小乌龟、鲶鱼为妈妈的一个又一个波折，终于找到了自己的妈妈。"[①]这就是"中国学派"动画片的代表作《小蝌蚪找妈妈》。它通过由卵到蝌蚪到长尾巴的小青蛙再到成熟的青蛙的成长过程，介绍了青蛙四种体态演变的自然常识，并告诫孩子们认识事物要全面，做事只要坚持到底就一定能成功的深刻道理。这部作品与其说是影片，不如说是用画面叙写的抒情散文。另一部水墨动画片《牧童》简直是一幅幅活动的水墨丹青：和煦的春风，柳丝依依的堤岸，涟漪荡漾的溪水，还有老牛、牧童、短笛……老牛在水中嬉戏，黄莺与笛声赛歌……梦境——失牛、找牛、得牛……景、人、情自然和谐、朴素真挚、美不胜收，是画，更是诗。

2. 链式多元组合

中国古代长篇小说多半是章回体叙事结构的，即以主要人物或主要事件贯穿始终，其中既有描写情景、环境的散文式情节，也有叙述交代人物、事件及其关系的小说情节，还有剑拔弩张、激烈交战的戏剧性情节，因而形成多元组合。一回接着一回，每一回自有中心，回与回之间紧密连接、承上启下、环环相扣，仿佛链条一样一环连接一环地延展和呈现剧情。

根据中国古代小说改编的动画长片继承了这种传统的叙事模式。如《大闹天宫》取材自《西游记》前七回：岩石爆开、猴子出世、花果山称王，龙宫取金箍棒、被邀上天宫，放天马洗澡、怒打马天君，回花果山自称"齐天大圣"，打败巨灵神、大战小哪吒、大闹蟠桃园，击退托塔李天王、力斗二郎神，踢翻八卦炉、冲上灵霄宝殿……在孙悟空一连串的行动中，有叙述、有描写、有景物、有抒情、有场面、有冲突……张弛有序，快慢交织，丰富多彩，引人入胜。

根据全部《西游记》改编的动画连续剧《西游记》更是承袭了这种多元组合的叙事结构，但在串联手法以及艺术技巧的处理上却显得过于拘泥，缺乏在保留原作精神的前提下的大胆创新。

3. 主题式多元组合

主题式多元组合是指由一个总主题贯穿许多小故事，构成电视系列片。每个小故事有不同的人物、事件、情节，各自独立，彼此没有直接的关联，但所表达的主题思想却是基本统一的。最典型的例子就是上海美术电影制片厂摄制的《自古英雄出少年》(每集五分钟，共101集)和中央电视台摄制的《中华传统美德故事》(每集八分钟，共39集)，它们不同于由一两个主要人物或一个主要事件贯穿始终的系列片。

① 《上海电影志》，上海社会科学院出版社1993年版。

这种主题式的多元组合系列片好像将许多零散的珍珠用一根金线串联成一条璀璨夺目的项链，美不胜收。要达到这种审美效果，必须处理好两个问题：一是必须反复推敲，精心提炼出一个寓意深刻且鲜明的总主题（即先做一条金线）；二是每个小故事必须是晶莹剔透的珍珠，既与总主题相吻合，又必须自身闪闪发光。二者紧密结合，缺一不可。

思考题：

1. 动画片故事应具备哪三点基本要求？
2. 动画造型和叙事之间的辩证关系是怎样的？
3. 动画情节的构成要素有哪些？
4. 动画的陌生性故事情节设置必须遵循的特殊规律是什么？
5. 阐述情节线与情节点各自的含义以及在作品中的应用（举例说明）。
6. 动画情节有哪几种基本模式？各自具有什么特征？
7. 简述动画短片的情节表达模式有哪些类型，各自具有什么特征。
8. 美国、日本和中国的动画片在叙事结构上的主要特征分别是什么？

第七章 动画剧作的艺术结构

本章知识点

什么是动画剧作的结构
它有哪些基本原则、哪些基本要素
有哪几种表现形态
有哪些表现技巧

学习目标

理解动画剧作结构的基本理论
掌握剧作结构的原则
熟悉各种结构形态
学会运用和安排动画片结构的艺术技巧

无论动画剧作结构有哪些基本原则和要素，也不论组织安排剧本结构有几种模式、方法与技巧，最重要的是以下三点：

1. 一切事件、情节的布局、安排都必须围绕着全剧的主题思想。
2. 所有的情节、细节都应该为塑造动画形象服务。
3. 动画剧本的结构应该在单纯的线索中表现丰富复杂的内容，同时，在复杂丰富的内容中，又能清晰地找到单纯的线索。

第一节　动画剧作结构的基本原则

一、什么是剧作结构

“结构是文艺作品的组织形式和内部构造的人为安排。作家、艺术家根据他对生活的认识，按照形象和主题的要求，对生活材料、人物、事件进行新的组合和安排，使作品形成和谐统一的整体。”①

亚里士多德认为悲剧必须具备情节、性格、思想、言语、唱段和戏景形象与歌曲六种成分，而“六种成分里，最重要的是情节，即事件的安排”，他还说“情节是悲剧的基础，有似悲剧的灵魂”。② 实际上，结构就是对全剧大大小小的情节按照剧作者的整体构思进行安排布局，正如清代戏剧家李渔在《闲情偶寄》中把戏剧结构比做“造物之赋形”、“工程师之建筑”。可见，在选取剧作材料之后，更重要的是如何整体布局，将各种材料安排得各得其所、相得益彰，因此艺术作品的内部组织和构造，也就是作品中各个组成部分按照一定的逻辑顺序和因果关系进行的排列组合。

不同的排列组合会产生完全不同的效果和意义。电影大师爱森斯坦的经典例证最能说明这一点。

1 组　三个特写镜头的一种排列：

一个人在笑；

一把手枪直指着；

同一个人脸上露出惊惧的样子。

2 组　相同的三个特写镜头的另一种排列：

一个人的脸上露出惊惧的样子；

一把手枪直指着；

同一个人在笑。

两组的三个镜头的影像完全相同，只是排列顺序不同就造成了完全不同的内容和意义：1 组表现的是胆小鬼，2 组表现的则是勇士。结构对于影片中微观的镜

---

① 王向峰：《文艺美学辞典》，辽宁大学出版社 1988 年版，第 263 页。

② 亚里士多德著，罗念生译：《诗学》，第六章，人民文学出版社 1962 年版，第 21、23 页。

头序列的影响竟然如此之大，可见其对创造完整统一的艺术整体的作用更是不言而喻。

一个故事可以有不同的结构，尤其是不同的动画剧作者由于各自的想象、幻想的空间、时间、幅度、形式以及主观倾向和审美趣味不同，对一个故事可以形成完全不同的艺术结构，产生完全不同的审美价值。由此表明，结构对动画制作来说具有特殊的、重要的意义。

本书第二章“动画剧作的构成要素”在对故事进行综合考察时提出了“故事（浅层）—结构（中层）—意义（深层）”的观点，目的在于阐明故事的思想内容是通过结果体现出来的，而怎样安排结构才能表达更深层的思想内涵，这才是对动画剧作安排作品整体结构的最高要求。

如果说在动画片中故事是完整的行动过程，情节则是阶段性行动过程。通常所说的故事梗概，则是指若干大情节的发展脉络；故事简介则包括小情节的变化过程。而结构，不但要组织安排故事的大框架，也要安排大情节、小情节的序列，还要安排场面、过渡、衔接、氛围，乃至镜头、画面等，凡是剧作需要的大大小小的组成部分都必须运用结构及其技巧严谨周密地安排妥当，不得有一丝疏漏。

故事和情节是按照动画形象的行动过程以时间为顺序发展变化的，而结构则不然，它是以创作者的艺术构思来安排的，可以是倒叙、插叙、分叙或补叙。为了达到某些思想和艺术意图，动画家可以充分发挥创造自由，完全改变故事和情节的时空关系。

二、动画剧作结构的基本原则

在动画剧作中有各种各样组织安排艺术结构的方法和技巧，但有几条基本原则是必须遵从的。

1. 符合自然现象与生活事理发展的逻辑

宇宙间、自然界的种种现象和人们生活中的各种事物有其自身发生、发展和变化的过程，人们对它的认识与了解也有一个由浅入深的认知过程，因此，在作品中表现出来的自然现象和生活事物都应该符合其各自的内在逻辑。

即使是动画片中想象、幻想的事物、景象和情节等也必须进行人性化的改编，必须符合人的心理思维和情感的逻辑，只有这样，想象、幻想的成分才能被观众接受。比如，大自然的规律决定着狼天生就是食肉动物，而羊注定就是被捕食的对象，二者是根本对立的关系。然而，在主张无拘无束地虚构一切的后现代主义动画片《翡翠森林狼与羊》中，小狼噶布和小羊咩却成了生死之交的好朋友，这种违背客观逻辑的“天方夜谭”怎么变得合情合理了呢？剧作者首先设计噶布和咩在“暴雨的夜晚”邂逅，在黑暗中彼此并不了解对方的身份，但双方都害怕打雷，都非常想自己的妈妈。因此，同在山中的小黑屋里避雨时，噶布和咩吐露了各自的心事，无话不谈，越谈越投机，不知不觉中结下了友谊，并相约第二天一起野餐，见面暗号为“暴风雨之夜”，这便是促成双方建立新的逻辑关系的契机，而后剧作者安排了一系列情节形成层层递进的结构：会餐时双方发现彼此的真实身份，但双方非常珍惜难得的友谊，共同决定超越各自的种族，抛弃敌对的立场。后来噶布忍着饥饿，压抑本性，不肯吃掉咩，咩为了挽救嘎布宁可让它吃掉自己，噶布依然没有背叛朋友；再后来，双方恪守友谊，各自背叛本族的利益，为了友谊长存，双方幻想寻找和平相处的乐园——翡翠森林；在一场暴风雪中，噶布被雪崩掩埋而失去了记忆，咩用“暴风雨之夜”的暗号换回了噶布的记忆，它们坐在幻想中的翡翠森林彼此许诺：永远相守在一起。这部动画片颠覆了常规的逻辑规律，用超常的想象迎合了人们“化敌为友”的美好愿望。噶布和咩改变各自的本性的心理变化和感情关系的变化是合乎人的心理活动和感情发展的规律的，因而，能够被人们理解和接受。但它所表达的“永久和平”和“人类博爱”的愿望，只是后现代主义的乌托邦而已。对于这一点，人们有清醒而理智的认识。

2. 保证艺术整体的统一性

组织结构的根本目的是要实现作品的完整和统一，而达到此目的的最好办法就是紧紧围绕作品主旨安排每个局部材料，使每一个局部材料对表达主题都能够发挥直接或间接的作用。因此，在安排结构过程中一切材料和技巧都应该以是否合乎主题需要为标准来决定取舍，使作品达到艺术上的完整性和统一性。动画剧作者应该深入理解和体会动画艺术的特征，善于将天上地下、神界人间的种种各不相干的人、物、事、景联系起来，组织起来，使其构成一个完整统一的艺术结构。

《大闹天宫》是根据《西游记》前七回的情节改编的，原著中“石猴出世”、成为美猴王、渡海寻师学艺、龙宫夺宝、大闹幽冥界以及傲来国掠兵器、被招安等情节都被删掉了，因为他们偏离了表现孙悟空“敢于斗争，敢于胜利”的反抗精神这一主题思想，干扰了孙悟空与玉皇大帝等统治阶级的矛盾冲突主线，不利于集中塑造孙悟空机智、勇敢、不畏艰险的斗争性格。删掉了这些枝蔓，作品的矛盾冲突和故事情节集中统一到主题和性格上来，并使其得到完整的体现。这一切只有从作品的整体出发，精心布局、妥善安排，才能实现完整统一的艺术结构。

3. 满足塑造动画形象的需要

结构的最终目的是为了突出主题，而主题的意义是通过形象的塑造来体现的，因此，塑造鲜明生动的动画形象就成为安排结构的中心课题了。以动画角色的形象为中心，塑造性格是动画结构的出发点，剧作者往往根据性格来安排情节；塑造性格又是终点，因为安排好情节结构是为了更好地突出动画形象的性格。也就是说，在戏剧冲突中，剧作者应紧紧围绕动画形象的性格安排各个情节及其相互间的关系，使其构成有机联系的整体结构。

《千与千寻》的艺术结构是以描写千寻的成长过程和刻画她不同侧面的性格特征为中心来安排几个小故事的，每个小故事中的人物都与千寻发生这样那样的联系，表现她在不同的成长阶段的心理和情感的发展变化。全剧的整体结构紧紧围绕着千寻的形象来安排，几个小故事中的人物也都因为与千寻发生了联系而获得了各自的艺术生命，千寻性格的完美塑造也体现在全剧的整体结构中。

4. 创作引人入胜的故事情节

在情节引人入胜的动画作品中，一方面，其内在力量来源于动画形象的典型性和故事内涵的深刻性；另一方面，剧作者运用各种结构技巧如悬念、意外、突转、发现等将情节安排得巧妙、生动，也会达到引人入胜的艺术效果。需要注意的是，使用结构技巧时绝不能卖弄技巧、故弄玄虚，仍必须从塑造动画形象、深化主题思想的需要出发，才能使技巧达到应有的艺术目的。

动画形象的典型性是指社会生活的本质通过具有个性化的人物反映出来。在世界动画长廊里真正具有典型性的动画形象并不多，其中佼佼者当属千寻了。千寻本是一个极普通的女孩，相貌平常、慵懒散漫、毫无朝气、心灵空虚、感情冷漠，甚至令人生厌。这正是现代社会物质至上，世态炎凉，道德失范，教育不力（包括社会教育、学校教育和家庭教育）等导致的青少年普遍具有的精神状态，正是现代社会的本质问题。宫崎骏深切地担忧青少年的成长和人类的未来，面临着这种精神危机，他以深沉的社会责任感和历史使命感，饱含着博大的爱，果决地把千寻抛到凶险重重、诡谲丛生的魔幻环境里，让她经受惊惧、艰难、鬼蜮的磨炼和考验，唤醒其自我意识，激发本性，促使她逐渐由被动转变为主动，自觉地把自己锻炼得勇敢、坚强、不怕困难、敢于担当、鄙弃财物、无私救助他人、拯救父母。在她成长、成熟的过程中闪耀着人性的光芒和博爱，体现了人类所向往和追求的精神境界。而这一切社会的、人类的本质特征都是通过千寻这“一个”小女孩的个性表现出来的。你看，她的一切行为都是平平常常，自然质朴，毫无矫饰的：挽救无面人和小白龙的生命本是英雄行为，但她却不动声色、理所应当地完成了；关心宝宝，承担并忍耐又脏又累的苦工等等，她都任劳任怨。这些质朴、勤劳、宽容、坚毅的个性特点体现了社会人的本质属性，从而成就她的典型形象。在全剧思想内容的深度和广度方面，剧中几个小故事触及物质、金钱对人性的异化，契约关系对生命的控制和戕害，娇生惯养对青少年的压抑以及环境保护危及人类的生存等社会重大弊端，深刻体现了故事内涵，无不尖锐深刻，入木三分。

《千与千寻》之所以能够塑造出千寻这样典型的动画形象，并深刻地揭示出现代社会中许多具有本质意义的重大问题，应当归功于宫崎骏精选并安排的这些小故事，正是这些小故事将他对社会、人类、自然的哲学思考渗透到全剧的艺术结构之中。

5. 遵从电影的蒙太奇结构方式

普多夫金说过："蒙太奇是电影艺术家所掌握的最重要的造成效果的方法之一，因而也是编剧所掌握的最重要的造成效果的方法之一。"动画剧作者必须掌握蒙太奇的思维方式，必须遵从电影独特的思维方式来安排动画剧作的结构。电影思维方式主要包括两个方面：一是时空蒙太奇思维；一是声画蒙太奇思维。时空蒙太奇思维是将真实时空（现实时空的真实再现）与假定时空（对现实时空的延伸和压缩）统一成为银幕（或屏幕）时空的思维方式。《千年女优》讲述电影明星藤原千代子一生拍摄的许多影片，涉及的故事跨越了日本近千年的历史。动画片以藤原千代子接受电视制片人立花源也和摄影师前去采访唤起的回忆为线索讲述她的演艺生涯。这本来是传统的倒叙手法，但剧作者将现在时态的立花源也作为一个角色参与到藤原千代子过去时态拍摄的一系列影片之中，让他先后扮演了古代将军、侠客、卡车司机、宇航员、科学家和大家庭的管家等，成为主角藤原千代子的配角和陪衬，剧作者这种想象和结构安排完全打破了时空的物理界限。

现在时空——藤原千代子接受立花源也采访

过去时空——藤原千代子是电影明星，立花源也是电影配角也是千代子的影迷

电影时空——千代子做主角和立花源也做配角，在不同时空拍摄不同的影片

三种不同的时空、人物、事件交错安排，递进发展，构成复杂而不紊乱，现实与梦幻交融，心理与情感呼应的结构方式，使影片达到形式完美、内涵深厚的艺术效果。

声画蒙太奇思维是对空间中的画面和时间中的声音进行组织结构，使其达到内在联系统一、艺术效果融合的思维方式。比如《花木兰》中木兰决定替父从军一段：

内容	音响	音乐
木兰下定决心	雨声	低沉转为高昂
木兰浑身雨水走进祠堂		激昂音乐
木兰向祖先进香		激昂音乐
木兰进入父母房间	雷声	激昂音乐
木兰取走征兵令		激昂音乐
木兰拔出宝剑	拔剑声	激昂音乐
木兰用剑割掉自己的长发		激昂音乐
木兰穿戴铠甲		激昂音乐
木兰来到马厩	雨声	激昂音乐
木兰牵马到了院子	马嘶声	激昂音乐
木兰留恋地回头看看自己的家	马蹄声 交织	
木兰骑马远去	雷声	音乐达到了高潮

以上段落只引用了几个主要镜头，过渡镜头都省略了。花木兰这一连串的动作虽然都没有语言，但音响、音乐一直伴随着人物内心活动和外在动作的进展而变化着，声音和画面密切配合，在时间延续和空间变化中将花木兰的心理、情感、行为表现得合情合理、真切细腻、生动感人。

蒙太奇的结构方式是动画影视片中必不可少的、用以整体布局安排的特殊艺术手段，在具体运用中千变万化。出奇制胜，是剧作者必须掌握的结构技巧。

一般说来，在一部动画作品中时空蒙太奇与声画蒙太奇往往有机结合，完美统一，共同构成完整的蒙太奇结构。

第二节　动画剧作结构的基本要素

动画影视剧作的结构与一般影视片的传统结构相同，都由开端、发展、高潮和结局这四个基本要素构成，也就是戏剧冲突发生、发展、激化和解决的全过程。

元人乔梦符说过：“做乐府亦有法，曰凤头、猪肚、豹尾六字是也。大概起要美丽，中要浩荡，结要响亮，尤‘贵’在首尾贯穿，意思清新。苟能如是，斯可以言乐府矣。”[①]意思是说，开头要像凤头一样俏丽、奇伟，先声夺人；发展和高潮要像猪肚一样饱满、浩荡、丰富，引人入胜；结尾要像豹尾一样短促、有力、奇绝，令人回味。

下面将以美国动画片《亚特兰蒂斯：失落的帝国》(*Atlantis*：*The Lost Empire*)为例分别解释开端、发展、高潮和结尾四要素。

一、开端

开端是剧作中主要事件的起始和交代之处，是即将发生的事件展开的契机，是事物从平衡走向不平衡的开始。

法国戏剧家狄德罗说：“戏剧的第一幕，也许是戏剧中最难写的一个部分。”[②]

开端难，难就难在要在很短的时间内做到清楚、自然、迅速、有趣。为此，要做到以下几点：

(1)形象地介绍时间、地点、自然或社会的背景；

(2)人物一出场就要在行动中介绍出各自的身份和相互关系；

(3)通过几个画面和动作预示即将发生的矛盾冲突的性质和发展趋势；

(4)开端要精心安排，让观众自然而然地进入剧情，并恰到好处；

(5)开端要与后面的高潮遥相呼应，即开端是因，高潮是果，在安排开端时，就要想到高潮。

《亚特兰蒂斯：失落的帝国》的开端用字幕将古希腊哲学家柏拉图对亚特兰蒂斯帝国的描述展示在银幕上，并配上亚特兰蒂斯发生的一系列战争场面，交代了影片的历史背景和故事渊源。紧接着，主人公迈罗出现在黑板面前，讲述着亚特兰蒂斯的历史变迁。他是个身体瘦弱、戴着大框眼镜、动作笨拙的小人物，却滔滔不绝地讲述着一个失落王国的神秘故事。他是学者？是教授？不，其实他只是一个小绘图师兼烧锅炉的工人，考察和研究亚特兰蒂斯的语言文字和历史及其古老文明是他的爱好和理想，探寻亚特兰蒂斯的奥秘是他爷爷的遗愿。但没有人支持他的胡思乱想，他自己也没有能力和机会实现这个理想。突然有一天，一位亿万富翁普雷斯顿·维特莫尔主动找到迈罗，毫无条件地给他提供设备精良的航队、先进的探测技术和充足的资金，请他探寻亚特兰蒂斯王国的踪迹，去实现他的理想。至此，全剧开端部分结束，达到了以下几个目的：(1)交代了主要事件：亚特兰蒂斯的历史、文化及其奥秘；(2)介绍了主人公迈罗的身份、性格和理想；(3)为探

① 转引自元·陶宗仪：《辍耕录》。

② 转引自范景伍等编：《电影剧作八讲》，中国展望出版社1983年版，第112页。

寻亚特兰蒂斯储备了内在动力;(4)亿万富翁作为外在力量推动着事件加速发展,同时留下大量悬念:他是什么人?为什么如此慷慨?航队都是些什么人?迈罗如何与他们相处?航队能不能找到亚特兰蒂斯?……全剧情节自然而悬疑地进入发展部分。

二、发展

这是剧作结构的最主要部分,一般占全剧篇幅的三分之二。这是矛盾冲突不断推进、不断加剧的过程,也是角色性格不断形成、不断展示的过程,为此,要做到:

(1)行动要不间断,而且每一个动作都要推进剧情发展,不能停滞不前。

(2)要将情节安排得层次清楚、相互推动、疏密适度、曲折有致、变化无穷。对此一位戏剧家曾做过一个比喻:你被引进一条曲曲折折计划好的曲径,是一件非常愉快的事,在那里只看见前面的一段路,看不见你的目的地,直到达到以后才发现。要实现这种效果就需要运用停顿、意外、抑制等结构技巧。

(3)要安排好矛盾主线与副线的关系,使两者互相穿插、互为因果、互相推进、相得益彰。但必须主次分明,副为主而设,不可以喧宾夺主。

迈罗满怀兴奋和激情加入到航队中,本以为就可以去探险,去实现自己梦寐以求的理想了。然而,船队的成员们却瞧不起他。因为船员们个个都身强力壮,有着丰富的航海经验;机师、医生、爆破师、厨师等都掌握着一门专业技术;船长更是高大威武,具有上流社会的绅士风度。而迈罗,作为一介文弱书生,却要冒险探寻失落的帝国,真是自不量力。在外表形象对比下,众人对他颇为歧视,不屑一顾,甚至认为他是船队的累赘。剧作者在此运用了先抑后扬的手法,为以后高扬迈罗蓄势。航队在行进过程中,不幸遇到机器怪兽的袭击,在迈罗的协助下,航队成功躲避了机器怪兽的追杀;之后在陆地宿营的晚上,大家围在篝火旁谈心,人们不再对迈罗存有歧视,而是产生了好感。而后,在迈罗的引导下,船队终于发现了亚特兰蒂斯帝国。到此为止可以称为全剧情节发展部分的第一段落:海上航行,经历重重险阻,迈罗开始发挥作用并与大家改善了关系,但船长潜藏的动机仍未显露。

这个段落实际上描述的是到达古老帝国的历程,为下一段落拯救古老帝国埋下了伏笔。

在第二段中,迈罗凭借自己熟悉亚特兰蒂斯的语言和历史文化,很快能够与古老帝国的公主吉塔交流沟通,并得到了她的信任,航队顺利地进入帝国的领域。

迈罗见到老国王后，满怀尊敬和爱戴，而船长罗基却是一副占领者的姿态，傲慢无礼，以强欺弱，绑架了公主吉塔，逼迫老国王交出水晶球。老国王深知水晶球是决定着亚特兰蒂斯王国存亡命运的宝物，拒不交出。罗基为了实施他的阴谋计划杀害了老国王，其凶险嘴脸逐渐暴露出来。老国王临终嘱托迈罗挽救亚特兰蒂斯，迈罗决心拯救这个古老帝国。

在这个段落中，罗基与迈罗来到亚特兰蒂斯的目的完全显露无遗，双方尖锐对立，矛盾冲突渐趋激烈，一场毁灭与挽救的殊死斗争即将爆发。

全剧情节的发展部分实际上是矛盾冲突不断积累、不断激化的过程，也是主要人物思想性格鲜明显现的过程。这个发展部分要充分展现，矛盾双方内在的心理依据和外在的动作表现都要达到相当的强度和力度，只有这样才能自然合理地将剧情推向高潮。

三、高潮

高潮是全剧最重要的部分，是矛盾冲突发展的顶点和必然结果，是主要形象性格塑造最后完成的关键时刻，也是剧中主要矛盾、主要悬念得以解决的时刻。因此，美国戏剧家霍华德·劳逊说："高潮这个术语也是用来指动作最后的、最强烈的阶段。"[①]"高潮是全剧的社会意义的核心"，"高潮是事件体系的关键"，他引用韦尔特的话说："高潮是指给观众造成最大的印象，也是得到观众最富于感情反应的时刻。这是感情最强烈的时刻。"

处理高潮部分时，我们要做到：

(1)突然性和必然性的统一。高潮往往是突然出现的，但必须是矛盾冲突发展的必然结局，是情节推进的必然趋向，也是性格矛盾冲突的必然结果。二者必须有机统一，不可突兀、牵强，甚而流于虚假。

(2)高潮是心理、情感、精神最紧张、最激荡、最剧烈的时刻，并不一定表现为外在动作最强烈、最热闹，也不一定表现为语言的慷慨激昂，甚至大喊大叫，内在力量的深沉、厚重反而更能震撼人心。

(3)高潮的意义在于富有深刻而丰富的思想内涵，也在于在性格冲突的最后一次撞击、最后的决战中，闪耀出思想火花，照亮观众的心灵。

罗基把水晶球附体的公主吉塔装进箱子里准备远走，亚特兰蒂斯即将万劫不

---

① 〔美〕约翰·霍华德·劳逊著，邵牧君、齐宙译：《戏剧与电影的剧作理论与技巧》，中国电影出版社1979年版，第343、475页。

复了。千钧一发之际，正是考验迈罗的意志、勇气和智慧的时刻，全剧达到了高潮。迈罗保护和拯救古老帝国的美好意愿、崇高品德和正义感唤起了航队成员的良知，同时他们也看清了船长罪恶的真面目，于是纷纷加入迈罗的战斗行动。迈罗的真诚更感动了亚特兰蒂斯王国的臣民，大家愿意在迈罗的率领下与罗基决一死战。迈罗组成的强大队伍对罗基构成了巨大的威胁，在罗基濒临灭亡之时，他为了保全自己，把跟随他多年的美女搭档海嘉从空中抛下去，由此可见他无情无义、心狠手辣的丑恶本质。邪恶终究灭亡，正义与仁爱一定会胜利。高潮部分中，现代冷漠的物质文明与古代质朴的精神文明的矛盾冲突以后者的胜利而得到解决，迈罗和罗基两个主要人物的性格也更加突出深化。拯救古老文明，抨击殖民者以探险为名掠夺财富的主题思想得到了充分而深刻的表现。

四、结局

高潮过后，主要矛盾和主要悬念得到解决，主要人物的性格成长和展示最终完成，作者要表达的思想也实现了形象的总结。

小仲马说："除非你已经完全想妥了最后一场戏的动作和对话，否则不应动笔。"韦尔特说："在结尾处开始，再回到开始处，然后再动笔。"易卜生说："我几乎可以说，我是为了最后一场戏而写这个剧本的。"可见，结局对于全剧的重要性：它是创作者对生活的独特发现，也是思想深度的揭示。因此，好的结局要做到：

(1)结局应在行动过程中表现，而不能借人物之口进行总结，大发议论。

(2)结局只是行动告一段落，生活还在继续，事物还在发展，应预示生活的发展方向和趋势。

在《亚特兰蒂斯：失落的帝国》的结尾处，船队的成员都回到了现代社会，只有迈罗留下来，与吉塔一起保护着梦幻中的亚特兰蒂斯帝国。直到航队成员来到亿万富翁面前汇报这次海上探险的结果时，观众才恍然大悟：原来指使船长罗基掠夺水晶球的真正主谋和元凶竟然是他！全剧开端的悬念到结尾才彻底释然了。首尾呼应，结构完整统一，令人回味无穷。

第三节　动画剧作艺术结构的表现形态

动画影片的叙事结构是多种多样的，每一部优秀的作品都有独特的叙事结构，但不论这些结构如何千变万化，总有若干相同和不同的特点，因而形成了几种基本的结构形态：戏剧式结构、小说式结构和散文式结构。

一、戏剧式结构

戏剧式结构主要有三个特点：

第一，以矛盾冲突为基础，矛盾构成贯穿全剧的故事情节。世间各种事物都充满矛盾，任何矛盾都有一个从渐变到突变，从量变到质变的发展过程。戏剧就是截取突变、质变的片段构成冲突，并以矛盾冲突为内在动力推动戏剧情节的进展。按照冲突律安排情节，从矛盾的提出、开始到矛盾的发展、激化直到最后矛盾的解决，可以说矛盾运动贯穿于情节发展的全过程。

第二，戏剧式叙事结构中的人物、事件、情景、细节等都是以因果关系而形成的。因此，其叙事也基本上是按自然时间和空间的顺序展开的，情节步步推进、环环相扣，中间虽有跳跃，但时间仍是连续的，空间仍是连接的，一般情况下不会打破时空的顺序。即使有时也运用插叙、倒叙等手法，但仍然不背离戏剧冲突主线，而只是作为必要的补充和交代，更有利于顺序的推进。

第三，一个完整的戏剧式叙事结构一般包括交代、开端、发展、高潮和结局五个部分，有头有尾，层次清晰，段落分明，场面与场面、段落与段落之间的连接和组合，整体的布局，前后的呼应讲究完整而严谨。

在动画影视作品中，戏剧式结构表现的矛盾冲突主要有两种形态：性格冲突和社会性冲突。

1. 性格冲突

性格冲突即人与人之间由于思想、性格的不同而形成的矛盾冲突。《钟楼驼侠》中，卡西莫多自被弗罗洛收养那天起就成了囚徒和奴隶，他完全成为弗罗洛役使的工具，没有丝毫的独立和自由。但卡西莫多毕竟是人，是有思想、有情感的人，追求独立和自由是人的本能，由此卡西莫多便与弗罗洛在对待爱斯梅拉达的态度上发生了严重的对立冲突：卡西莫多对爱斯梅拉达由感激到爱意到舍身保护，而弗罗洛对爱斯梅拉达由歧视到占有到仇恨到置她于死地，双方势不两立，最终以卡西莫多和爱斯梅拉达为代表的真善美战胜了弗罗洛所代表的假恶丑。全剧矛盾冲突层层推进，不断激化，尖锐剧烈，达到高潮，人物性格和思想情感随之愈加鲜明、丰富。

应该指出，性格冲突不一定是你死我活的矛盾斗争，也可以是你胜我负、你对我错的矛盾冲突。如《汽车总动员》中的麦昆与拖线的冲突只是个人英雄主义与团队精神的矛盾冲突。在日常生活中，由于思想性格不同产生的矛盾斗争经过提炼概括也可以构成戏剧冲突。因此,剧作者在设置戏剧式结构方式时视野应该宽广些,不可局限于敌我斗争之中。

2. 社会性冲突

社会性冲突即剧中主要人物与整个社会环境的矛盾冲突,而不是与某一个人之间的对立关系。《海底总动员》中,尼莫被囚禁在鱼缸里是人类的观赏兴趣所致,并非指某一个人对尼莫的迫害;马林在海底寻找儿子的过程中遭遇到大白鲨、锤头鱼、安康鱼等坏蛋的追杀,实际是在影射人类社会中的各种恶势力为攫取个人利益而残害善良无辜的丑恶现象。

社会性冲突来自社会各个方面,与剧中人物发生矛盾的对象是分散的,因此,戏剧中的社会性冲突不能集中在一条情节线上贯穿到底,它要求剧作者紧紧抓住主要人物的行动线索。虽然矛盾对象较多,但线索必须集中单一,才能杂而不乱,多而有致。动画影视片表现社会性冲突,能够触及社会各种矛盾和多种不良现象,唤起人们更多的关注和思索。同时,动画艺术的非现实、超现实的特征,使其可以大胆地想象,完全可以曲折而充分地反映人类生活。

二、小说式结构

小说式结构的主要特点有:

第一,小说式的叙事方式也表现事物的矛盾,但一般是表现矛盾的渐变过程,很少表现突变,即使表现突变也并不贯穿始终。比如宫崎骏执导的《梦幻街少女》,描写的是小女孩月岛霞喜欢写作,爱幻想,整天做着不切实际的、浪漫的梦,找不到自己的立足点和努力方向,因此,与周围的同学显得格格不入,产生这样或那样的矛盾纠纷。但这些矛盾并没有贯穿整个故事情节。后来,她遇到了与她有着同样苦恼的男孩天泽圣司,她认清了自己的问题,决心与天泽圣司互相帮助,互相学习。经过刻苦努力,她终于找到了自己的生活目标,并为自己的理想而奋斗。由此可见,小说式叙事结构以描写人物性格为中心,而不以戏剧冲突为主线贯穿到底。

第二,小说式结构以刻画人物性格为主,自然就不追求情节的大起大落和曲折复杂,而是着重选择细节。在动画片中,小说式结构常常运用一系列幻想、梦境和拟人化动物等,深入揭示人物的内心活动、感情变化和人物之间的微妙关系。《梦幻街少女》通过月岛霞看到"绅士猫"小塑像产生的幻象,把她带到了彩云间飞翔,仿佛进入了理想的境界。这是充分调动动画所特有的艺术手段揭示了月岛霞的内心活动。同时,剧作者还设计了一只老猫跟随着她,她又追赶着老猫,表现出她内心孤独、烦闷、不知所措的矛盾心情。这里并没有展现她与杉村等人的矛盾,矛盾更没有贯穿到底,而是着重描写人物的心理。

第三,小说式结构基本遵循自然的时空顺序,即使其中也有跳跃、回忆、幻梦、补叙插入其间,但整体的事件发展和人物行动过程仍然是按顺序进行的。日本动画片《千年女优》中,藤原加代子是战后日本银映电影公司鼎盛时期的巨星。她演遍了日本历史中战国时代、幕府时代、昭和时代等各个时期的故事,也饰演过包括古装时代剧、战争谍报剧、战后时代剧和科幻剧等不同剧种中的人物。《千年女优》就是将藤原加代子主演过的这些电影故事和她本人真实的人生经历、遭遇相互交织,把现实与回忆、真实与梦幻连接起来,交织在一起,亦实亦虚、亦真亦幻……在自然的时空顺序中叙写了个人命运在日本历史变迁中的沉浮与苦乐。

总之,小说式结构吸收小说艺术的基本规律,注重叙事性,虽然不像戏剧式结构那样正面表现矛盾冲突,但也要求在故事情节发展中蕴含矛盾的渐变过程,并揭示其中的深刻含义;小说式结构虽不强求结构严谨、周密,但也要求故事情节生动有趣、完整连贯。《听到涛声》讲述一个叫武藤的女孩因为搬家转学到新的高中,与杜崎拓成了同班同学。杜崎与松野原本是初中同学,因一次春季旅行两人不约而同地对学校的决定提了意见,于是两人被校方关进学校的美术室,名为写意见书,实际上是变相反省。两个初中生面对窗外,想象着十年、二十年后的今天该是何等情景,从此他们便成了好朋友。松野一直暗恋着武藤,武藤却不冷不热。武藤漂亮大方,聪明能干,高傲卓群,像个冷美人。杜崎深深地爱着她,她却故作不知,不理不睬。一次,杜崎被迫陪同武藤去东京,二人住在酒店里。杜崎自觉地睡在浴缸里,武藤显得孤单无助的样子,让杜崎意外地发现了她软弱的一面。然而回到学校后,武藤又恢复了她固有的冷傲。松野对武藤的纠缠傲慢无礼、出口不逊,致使杜崎心中不快,最终与武藤分手。高中毕业,杜崎得知武藤不顾母亲反对偷偷考上了东京的大学。别人问她为什么,她说东京有她想见的人,问她是谁,她说是睡在浴缸里的人。杜崎这才恍然大悟……一个淡淡的中学生的爱情故事围绕着友情、初恋、理解、同情、妒忌、误会、分别、重逢,情节徐缓进展,仿佛微波荡漾,大海的涛声与内心的波涛相呼应,唤起人们的情感共鸣。故事完整流畅,人物心理情感的变化牵动着情节的起伏曲折,贯穿于故事发展的全过程。

三、散文式结构

这种结构方式的特点是:

第一,散文式结构不是以戏剧冲突的形式展现生活矛盾,而是淡化事物间的外部冲突，用人物的观察、感受和心理来反映人与事物之间的种种复杂关系，全剧以人物感情及人物关系的发展和微妙变化为线索，矛盾冲突被有意淡化了。

第二，散文式结构由于强调人物的心理、感情的变化，并不考虑外在矛盾动作，因而全剧故事情节也不追求连贯和完整，而是在平常的生活情境中通过一系列细节反映生活的状态。它没有一个中心事件，只是将若干彼此没有因果联系的生活片段连缀起来，将艺术感染力分散在各个点上，诱发观众的联想、想象和幻想。表面上看，虽然没有一条外在的贯穿线，但其内涵却紧密联系在一起，即形散而神不散。所谓神，可以是人物性格，可以是人物的内心感受，也可以是一种哲理内涵……实际上是内在的精神将分散的生活碎片有机地联结在一起，构成一个完整的艺术结构。

第三，散文式结构是以人物心理、情感的发展为线索，而不是以矛盾冲突过程为情节发展的框架，因此，在时空的处理上就有更大的自由。散文式结构往往打破自然时空顺序，采取现在时空与过去时空交错衔接的方式，但交错的时空片段之间仍有内在的有机联系，并且共同形成顺畅的时空关系，使观众仍然能够清晰地了解人物与事件的时空发展脉络。

散文式的叙事结构可分为三种基本形式：叙事型、抒情型和哲理型。

1. 叙事型结构方式

这种结构方式是将几个互不相干的事件串联起来，不是为了讲述故事，而是为了表现主人公的内心感受和社会、时代的生存状态。如《我在伊朗长大》讲述女主人公玛赞的三段人生经历：第一阶段是小时候在伊朗，第二阶段是留学奥地利，第三阶段是重返祖国伊朗。

第一阶段，玛赞亲眼看到伊朗革命运动与封建专制的残酷镇压，藏身的女革命家被绞死；受牵连的亲友逃亡到瑞典；她还参与地下的非法交易，到黑市卖西方歌星的专辑磁带……

第二阶段，在奥地利，玛赞遭到种族歧视，被怀疑是小偷；在异乡的她还遭受失去爱情的沉重打击；玛赞孤独凄凉，无处栖身，被人送进医院。

第三阶段，玛赞回到家乡，却因受过西方教育而处处受到伊朗宗教体制的非议和打击，于是她消沉悲观，用酒精麻醉自己；祖母鼓励她振作起来，保持自我，活出自我；她又考入大学，重拾对生活的信心，并且收获了新的爱情；最终，她冲破当局的专制控制，勇敢地与心爱的人步入婚姻殿堂。

全剧将“国内—国外—国内”一系列零零散散的事件通过玛赞的生活变迁串联起来，许多事件互不相关，但每件事的背后都潜藏着民族、时代、宗教的深刻背景，都触动着玛赞的心理和情感。“我忍受了太多的痛苦，我在奥地利我是外国人，而在我长大的国家我也是外国人。”这句话说出了玛赞积郁已久、刻骨铭心的困惑和悲伤。所有事件的叙述都凝聚在主人公这种深刻的内心感受之中，这正说明在散文式结构中叙事是外在表象，而内心情感才是灵魂的集中表现。

2. 抒情型结构方式

如果说叙事型散文式结构是将主人公的情感渗透在事件的叙述之中，那么抒情型结构则很少叙事，只是通过主人公的一些不连贯的行动或直抒胸臆，或借景生情，或用音乐、音响传情达意，或渲染气氛以诉衷情。如《秒速5厘米》是一首情意浓浓的散文“组诗”，全片由《樱花抄》、《宇航员》和《秒速5厘米》三个短片组成，每个短片都是组诗中的一个部分，三部分既相对独立又浑然一体。

《樱花抄》中，贵树与明里青梅竹马，在樱花烂漫的时节，表达了纯洁而执著的初恋的爱。后来因明里转学，两人相隔千里，书信传情也倾诉不尽日夜的思念。寒冷的冬天贵树坐上火车去看明里，大雪、飞鸟、月台……火车里的灯忽明忽暗，车厢里空空荡荡，车轮轧着铁轨的声响在夜空中回荡……终于贵树见到了明里，两人在茫茫大雪中、在枯萎的樱花下，紧紧地拥抱着，虽然相约明年共赏樱花，想不到这竟是最后一次……像抒情诗一样，所有的景物都渲染着、衬托着这一对情侣纯真的爱、透明的心和炽热的情。

《宇航员》中，贵树随父母搬到鹿儿岛，五年之后成长为一个英俊帅气而又学习优秀的高中生，同班的女孩花苗深深地暗恋着他，却一直不敢表白。而贵树见到她表情麻木，眼神空洞，只是一味地往前走，他的心里只有明里。他们俩来到宇宙飞船发射现场，在火箭推进器的巨大轰响中，他们仰望着广阔的天空，仿佛旁若无人。花苗开始意识到，贵树的心像宇航员一样游走在太空，无所栖息。而贵树自己也不知道他思念的明里在哪里，他的初恋、他的美好回忆，连同他的魂魄都不知所终。片中用宇航员飞向浩瀚无际的天空隐喻主人公内心的茫然，蕴含着更深的情意，抒情中隐含着哲理。

第三个短片《秒速5厘米》讲述了多年之后，贵树已经成为一名职员，有一个与他相恋三年的女友，但他心里却一直追忆着明里，并且幻想着何时与她再次相遇，对于眼前的女朋友他觉得相距甚远。女友悲伤地说：“我仍然很喜欢你，但我们互发的1000多条短信，或许只使我们的心拉近了1厘米。”事实上，他们之间的距离一点儿也没有拉近，贵树的心依旧停留在以“每秒5厘米的速度”追逐着与明里初恋时的那份情愫。

樱花下落“秒速5厘米”，航天飞船的速度“秒速5公里”，追寻初恋的梦是痴情者的心在孤独中旅行，飞上太空是勇敢的宇航员在孤单中遨游，二者毫无关联却在孤独中契合，这便是剧作者艺术构思中的诗意内涵。追忆着少年时代纯真的初恋，孤独中饱含着凄美；遨游太空的孤独中洋溢着人类的豪情，二者反差极大，更反衬了男主人公无尽的哀伤。

3. 哲理型结构方式

这种结构方式多用于动画短片。即通过一系列画面和动作，或者是完全没有具体背景的简单事件，揭示某种社会、人生的哲理，令人深思。法国导演雷蒙德编导的《绳舞》以绳在虚幻的时空中的舞动来表现大与小、强与弱、主与次 、主动与被动的相互转化的辩证关系，揭示了宇宙万物、人世间时刻变化同时又井然有序、循环不已的客观规律。中国的《三个和尚》以"挑水"这一生活小事为媒介，诠释了三个和尚的不同态度和行动，表现了"各顾各、没公德"，"人心齐、泰山移"的人生哲理。

四、心理线索式结构

心理线索式结构是指根据主人公心理活动线索来安排情节，彻底突破时空界限，最大限度地利用动画影视时空转换的自由，将现在时空与过去时空交错衔接，形成新的再造时空的结构方式。在这种结构中插入的过去的情节不同于传统的戏剧式或小说式结构中的回忆片段，因为它已经成为主人公心理线索中不可缺少的有机组成部分，并具有独立存在的意义。而传统结构中的回忆片段只是现时剧情的补充，或是某些前情的交代，如果抽掉它们仍然可以保持全剧的结构完整，但心理结构中的过去情节一旦被抽掉，就损伤了全剧结构的完整性。《千年女优》在现在时的采访中不断插入过去时的回忆，构成全剧的情节结构。主人公千代子过去时的一个个生活和演艺的片段是由她的心理活动和情感变化作为线索贯穿起来的，这个心理线索就是千代子一生追寻的、一个莫须有的爱情的梦。千代子的回忆从采访者交给她一把钥匙开始，开启了往事的闸门：她 16 岁时偶然救助了一个被警察追捕的陌生男子，他是个画家，与千代子倾心交谈、情投意合，约定以后教她画画，并留下一把开启重要物品的钥匙，匆匆离去。而后，这把钥匙就成为千代子终生追寻这名陌生男子的信物，也是她心理情感变化的物化象征。在漫长的岁月里，千代子将钥匙时刻挂在自己的胸前，表达她对纯真爱情的无限追求和向往。即使在拍摄电影时，千代子也把扮演角色当成是对自己爱人的寻觅。但茫茫人海，到哪里去寻找这个连姓名都不知道的陌生男子呢？时光在流逝，现实如此残酷，她一次次地追寻和憧憬，又一次次地失望。这种苦苦的追寻和苦苦的期盼还能继续下去吗？她的内心有一股否定的力量在涌起，于是追寻的过程又伴随着内心的矛盾。聪明的剧作者还设计出了一个白发老妪作为千代子否定性心理活动的物化意象，让观众更直觉地感受到主人公的内心冲突。白发老妪多次在千代子追寻的旅途中告诫她：你将被爱火灼伤，放弃吧，没有希望的……千代子陷入内心的无限痛苦和恐惧之中。当她看到钥匙时又鼓起追寻的勇气，而想到白发老妪又悲伤失望……不料，意外发生了，钥匙丢了，千代子的精神支柱倒塌了，她仓促地嫁给了追求她很久的导演大泷。多年之后，千代子发现原来是大泷阴谋偷走了钥匙，于是她离开了大泷又找回了钥匙，潜藏在内心深处的追寻和向往又迸发出来，千代子又开始了追寻爱情的新征程。然而，她已经老了，其实那个不断阻止她追寻的白发老妪就是她自己。千代子的一生就是在追寻与放弃的心理矛盾中度过的。当她得知那个陌生男子早已被害致死的消息，这位著名的电影明星过起了隐居的生活。全剧几十年间的工作和生活片段就是由千代子追寻与放弃的心理矛盾起伏变化作为线索串联起来的。这种心理结构的回忆与其他结构方式中回忆的不同之处在于，前者为了揭示主人公的内心活动，而后者是为了叙述事件，说明某些人或事的渊源关系；前者紧紧与主人公的心理变化融合在一起，后者则起着推动剧情发展的作用。

五、意识流式的结构

“意识流”最早是由美国心理学家威廉·詹姆斯提出来的。他说，人类的思维活动是一股切不断的流水，意识是一种持续连绵的过程。意识流的动画电影以直接表现人的意识流动为目的，着重表现人的幻觉、梦境等不清醒的状态下的非理性意识活动。它与心理线索式结构所表现的心理活动不同。心理线索式结构以人物塑造为中心，其中表现的心理意识是理性的，有逻辑秩序的；意识流影片不以人物为中心，而以意识为中心，专门描写各种下意识、潜意识，唯独不描写人的理性意识。苏联动画片《故事中的故事》中的故事都不是严格意义上头尾俱全的故事，整部影片用超现实主义的荒诞手法，以一只人性化的小灰狼做主人公，从他的视角，通过一扇发光的门，窥视到穿越不同时空的景、物、人以及各种景象：雨水从光滑的苹果皮上一滴滴地滑落下来，霎时，苹果幻化为母亲怀中的婴儿，他在吮吸着乳汁，小嘴一嘬一嘬地蠕动，小脸一鼓一鼓地起伏；忽然，一只孤独的狼静静地注视着婴儿，婴儿也凝望着小灰狼，四目相对……一阵寒风吹起桌布，火车轰隆轰隆地飞驰而过……孤零零的小院，房屋门窗关闭着，树叶飘飘飞落，一片破败凄凉的景象；紧闭着的门渐渐打开，明亮的房间里人们幸福而愉快地生活：女孩和牛一起跳绳，鱼在天上飞，女人一边洗衣服，一边摇着摇篮，男人捕了鱼，鱼把猫踢得飞起来……桌布又被吹起来，火车呼啸着闪过，飞沙走石过后，只剩孤独的小灰狼，独自吃东西；突然音乐响起，情侣们翩翩起舞，渐渐地，男人们陆陆续续地消失了，海边粼光闪闪；一封封阵亡通知书不断传来，悲哀和恐惧笼罩着俄罗斯大地……光亮的门又被打开了，白雪覆盖大地，有孩子在树下啃苹果，苹果纷纷从树上落下，越来越多，雨水从苹果皮上流下来……废弃的汽车，毕加索风格的米诺牛，普希金作品中的人物，在雪地上吃着苹果的男孩，他的父亲在酗酒，突然他头上的帽子变成了18世纪俄国军人军帽的样式……最后，小灰狼偷走了一个发光的卷轴，不一会儿卷轴变成了婴儿，在树林里小灰狼唱着摇篮曲哄婴儿入睡……这些支离破碎的，毫无关联的、下意识、无意识乃至梦呓般的碎片，毫无逻辑、毫无理性，让人几乎不知所云。然而，我们仔细回味，深入思索，就会发现：狼的本性是吃人的、成群的，但它却是孤独的，它看到人类的生存状态却是错乱的、颠倒的，它的眼睛里充满了困惑。人类本应该和谐而快乐地生活，怎么变成人吃人了？战争吞噬了那么多人的生命，造成孤儿寡母、人们流离失所、哀鸣遍野；20世纪应是人类民主科学的文明时代，是毕加索等各种风格流派并存的多元文化时代，怎么又出现了18至19世纪普希金风格的人物？20世纪的男孩的父亲怎么忽然变成了18世纪的沙俄专制统治的工具？鱼本该在水里游，怎么上了天？猫本来是吃鱼的，怎么会被鱼踢翻？……一切都错乱了，世界错乱了，人类错乱了，人的意识也错乱了，孤独的小灰狼在唱着摇篮曲哄着孩子睡觉……孩子的命运会怎样呢？小灰狼真的改变了本性吗？意识流式结构呈现出许许多多杂乱无章的艺术意象，表面上是无意识、非理性的，然而，实际上，剧作者进行的是有意识、理性的艺术构思，他把现实与幻想、残酷与美好、悲哀与欢乐交织在一起，传达出大量多元的、开放的信息，为观众提供了广阔的想象空间，可以多角度读解、多方面诠释它的思想内涵。

这种结构方式要求剧作者对宇宙、自然、人类、社会有深刻的认识和感悟，有比较深厚的艺术功力，并且掌握比较娴熟的艺术技巧，方可慎重运用，否则将事与愿违。

第四节　动画剧作的结构技巧

动画剧作的结构技巧有很多，这里只讲解几种主要的、影响剧作整体结构的艺术技巧。

一、设置悬念

“悬念”在心理学上是指人的一种急切期待的心理状态。动画剧作在情节安排上就是要不断制造观众这种急切期待的心理状态。悬念是引起观众兴趣的最重要的艺术手段，是动画剧作的重要结构技巧之一。贝克说：悬念“就是兴趣不断地向前延伸和欲知后事如何的追切要求”。亨脱说：“悬念是……戏剧中抓住观众的最大的魔力。”在动画剧作中，任何一种结构方式都是必不可少的艺术技巧。一部动画片里常常设置大大小小的悬念，但从整体结构而言，只有两种悬念：总悬念和小悬念。

1. 总悬念

总悬念即在全剧开头设置一个关系整体结构的悬念，使观众产生猜疑，期待着答案，直到故事结束时，才揭开谜底，真相大白。《亚特兰蒂斯：失落的帝国》的开端充分介绍了痴迷研究亚特兰蒂斯的青年迈罗以探索这个古老帝国的奥秘为己任、为人生理想。然而他穷困潦倒，孤单无援，现实与理想遥不可及，不得不陷入悲观失望之中。他的命运将会怎样？观众关注着。突然，一个亿万富翁为迈罗提供一切优越条件请他去冒险，去实现自己的理想，迈罗的命运一下子有了转机，但这是为什么呢？亿万富翁是什么人？他为什么如此慷慨？迈罗真的能如愿以偿吗？一连串的疑问形成了巨大的悬念，吸引观众密切关注事态的发展，几经波折，最后才解开谜团，原来亿万富翁才是这阴谋攫取古老帝国宝物水晶球的罪魁祸首。这一总悬念是一股潜在的动力，推动着全剧情节发展：迈罗和罗基的目标相同，而动机和目的却截然相反，因而，必然会展开一场殊死搏斗；最后正义战胜了邪恶，保护古代文明战胜了现代野蛮掠夺。从一定意义上说，总悬念是开启全剧人物性格、矛盾冲突、情节发展、主题思想和故事结局的总钥匙，也是剧作者对于全剧艺术构思的总关节点。

2. 小悬念

小悬念或称局部悬念，是针对人物性格、情节、细节和场景设置的悬念。在《亚特兰蒂斯：失落的帝国》中，迈罗是个身材瘦小的文弱书生，却怀抱着航海冒险、拯救古老帝国的宏图大志，客观条件与主观理想存在着巨大反差，构成了性格悬念；航队在大海上突然遭遇海底机器怪兽的猛烈袭击，航队在它的围追堵截下陷入险境，是设置外在事件构成的情节悬念。《玩具总动员 2》中，巴斯带领一个玩具小分队去营救胡迪时，怎样横过马路本是一个小细节，但剧作者设计他们藏在“道路警戒屏障”里，排成一排并井然有序地穿过马路，构成一个细节悬念，让观众担心他们是否能够顺利通过。在《人猿泰山》的开端，父母带着小泰山乘坐的船突然燃起熊熊烈火，红色的火焰与大海掀起的黑色波涛制造出毁灭性的恐怖气氛，被火光照亮的父母的脸上充满了极其惊恐的神情，构成了场景悬念，人们急切地想知道他们是否能得救，更关注小泰山的命运。

无论是总悬念还是小悬念所造成的心理期待状态，从剧作者的角度来说，都是为了吸引观众、引人入胜；从观众的角度来说，期待的心理过程恰恰是获得和享受一种特殊审美愉悦的过程。

二、重复咏叹

重复是动画剧作结构的一种重要技巧。爱森斯坦曾说："有一系列的手段和手法，可以使作品具有结构上的某种稳定性和完整性……最简单的方法之一就是重复手法。"动画片是"一次过"的艺术，创作者对剧中影响主要矛盾冲突和故事情节的人物性格、心理的重要事物进行多次重复，可以达到两种目的：一是加强全剧结构的统一性和严谨性；二是引起观众注意，并在他们心里留下深刻印象。这种反复咏叹的技巧并不是简单的重复，而是在重复中有变化，使内容和情感不断丰富，逐渐提升。

在《料理鼠王》中，美妙的巴黎夜景重复出现了三次。第一次是主人公雷米因偷香料被人发现，慌忙逃跑，独自一人顺着巴黎错综复杂的下水道爬到一幢建筑物的屋顶，在那里他俯瞰整个巴黎的夜景：埃菲尔铁塔金光闪烁，凯旋门屹然壮观，塞纳河静静地流淌，两岸的古老建筑在河水中倒影迷离，万家灯火与天上的群星遥相辉映……一个乡下的小老鼠满环理想却因逃难来到这世界闻名的大都市，观看这美不胜收的夜景，真是大开眼界，激发了他要"当大厨"的豪情。

第二次是在林奎尼居住的顶楼小屋里。白天雷米和林奎尼一鼠一人合作烹制了一锅美味高汤，居然得到了苛刻的美食家伊苟的高度赞赏。夜晚回到房里，林奎尼开着电视就睡着了，而雷米为今天的成功兴奋不已，无法入眠，他坐在窗台上眺望巴黎夜景，耳边飘来电视剧中"Le Festin"的乐曲，乐声沁入雷米的心脾，令他深深陶醉，他内心的潜台词是："美丽的巴黎之夜啊，我雷米不过是个小老鼠，今天已经向自己的理想目标迈近了一步！"

第三次出现在影片结尾。雷米几经艰辛终于实现了成为"料理鼠王"的理想，他面对巴黎夜景，看到天空由蓝渐渐变紫，又出现了淡淡的粉红和鲜艳的橙红，五颜六色交相辉映，绚丽迷人。

三次巴黎夜景的重复，每次侧重点各有不同：第一次重在描绘巴黎的实景，符合雷米第一次见到它的心理和感受；第二次用乐曲衬托美景，渲染了雷米内心的喜悦和自信；第三次注重天空色彩的变化，以浩瀚无垠的天空衬托“小鼠做大厨”的雄心壮志，蕴含深刻寓意：任何一个人都是渺小的、微不足道的，但是只要你满怀信心，刻苦努力，都可能有所作为、有所创造，实现自己的人生价值。巴黎夜景与主人公的事业和心理变化紧紧地融合在一起，成为全剧艺术结构中不可分割的组成部分，也在观众心里留下深深的感动。

三、发现与突转

发现是指剧中人物从不知情到知情的转变，因为剧中人物或对自己、对某一人物有了新的认识，或对某一事物有了新的发现，从而产生新的行动。突转是指剧情突然发生急剧变化，出现了 180 度的大转变，即“由顺境转入逆境，或由逆境转为顺境”。这种转变通常是由“发现”引起的，所以亚里士多德说：“‘发现’如与‘突转’同时出现，为最好的‘发现’。”同时，他还特别强调：发现与突转“必须由情节的结构中产生出来，成为前事必然或可能的结果”。也就是说，新的发现必须在剧情进展中自然出现，而由发现引起的突转，又必须有前因后果，合情合理，真实可信。

人类社会中存在着许许多多的发现和突转的现象，为这种艺术结构技巧提供了客观基础，需要动画剧作者去发现和开掘，并巧妙地运用到动画创作中来。在《埃及王子》中，“埃及王子”摩西和哥哥兰姆西斯一样在王宫里享受着王子的特权和优越奢华的生活，他们可以肆无忌惮地赛马车，践踏许多的人和物，他们也可以毫无顾忌地戏弄米甸祭司的女儿……摩西达到了他人生享乐的巅峰。然而，一个偶然的机会让摩西遇到了自己的亲姐姐，并从她口中得知自己的真实身份。原来，摩西是希伯来人的后代，因为法老命令沦为奴隶的希伯来人生育的男孩一律处死，母亲不忍心看到亲生儿子被杀害，就把摩西装在竹篮里放入尼罗河，以求得到一线生存的希望。非常幸运的是，漂流在河水上的竹篮被埃及王后打捞上来，王后收养了可怜的小摩西，使他过上了幸福的王室生活。但是，通过姐姐的诉说，沉醉于王子生活的摩西才发现了自己，重新认识了自己：自己原来是个奴隶的儿子。这一重大发现使摩西的身份、地位、心理情感一下子从顶峰跌入谷底深渊，因此，必然促使他的思想和行动产生 180 度的突变性大转折。摩西得知他的所谓“埃及法老”原来是屠杀希伯来人的刽子手，他的亲密无间的哥哥将是登上王位的希伯来人的统治者。在这种思想情绪的支配下，当摩西看到埃及监工残暴地毒打一个希伯来老人时，他忍无可忍，上前阻拦，失手杀死了监工。从此，摩西便成为一个潜逃的杀人犯。很明显，剧作者运用的发现与突转技巧对全剧结构起着决定性的作用，它不但完全改变了主人公摩西的命运，也使整个故事情节发生了巨大变化，并带动了结构布局的重新调整和安排。从一定意义上说，以主要人物的发现和突转为中心安排全剧的情节是一种很好的结构方法。中国传统戏剧理论中有“戏眼”的说法，大概“发现”与“突转”就是一戏之眼吧。抓住“戏眼”，全剧生辉。

四、伏笔与照应

在动画作品中，重要情节出现之前必须要先有所准备。伏笔就是事先做准备的一种技巧，它能加强情节与情节之间的因果关系和逻辑性，使剧情进展合情合理，真实自然，并预示着剧情发展的方向和可能出现的事件。前面有了伏笔，后面一定要有照应。照应是伏笔后面必然要出现的结果，是造成前呼后应、结构严谨、逻辑缜密的一种结构技巧。如果没有照应，伏笔便成了多余的累赘；反之，如果没有伏笔，照应便不知所云。伏笔与照应在动画剧作中常常同时使用，二者相辅相成，交相辉映。李渔在《闲情偶寄》中说：“每编一折，必须前顾数折，后顾数折。顾前者，欲其照照；归后者，便于埋伏。”所以，这种技巧要先设计好“果”，然后再埋伏下“因”。也就是说，伏笔是为照应设下的。故而，伏笔要轻、要稳，不露痕迹，仿佛自然带过；而照应则要重、要显，要充分展示其“果”的戏剧效果。这二者的关系和要求绝不可颠倒，否则将失去它们应有的艺术作用。

《玩具总动员》中，在剧情出现高潮前，惯于拆散玩具的坏孩子希德把一枚火箭绑在巴斯的背上，准备把他发射到天上去，以图自己一时之快。胡迪带领玩具们战胜希德，救出了巴斯。可是，胡迪和巴斯没能赶上搬家的大卡车，他们俩只好跳上一辆电池玩具车追赶大卡车。偏偏在他们即将追上大卡车时，突然电池没电了。紧急关头，胡迪急中生智，点燃了巴斯背上的火箭，火箭飞起来载着他们正好落在卡车上。终于，他们又回到了小主人安迪的怀抱里。剧作者设计火箭原本是打算使其成为希德残害巴斯的工具，埋下伏笔，结果，火箭却成为挽救巴斯和胡迪的飞行器，在剧情高潮中有了照应，自然而然，天衣无缝，表面上好像没用什么技巧，实际上是因剧作者技巧娴熟而使其不露痕迹。

如果说，上述案例中关于火箭的伏笔和照应是在高潮前后安排的，主要是为了达到局部结构的紧凑连贯，那么，《快乐的大脚》中剧作者设下的伏笔则影响了全剧的整体结构。影片开端交代了帝企鹅族群中的每个成员都有美妙的歌喉，并以动听的歌声寻找心灵的伴侣，曼波的父母就是这样找到他们的爱情的。正因如此，帝企鹅族有了习俗，母企鹅产下鹅卵后，要出海捕鱼，公企鹅则守在家里保卫呵护鹅卵。但是,不幸还是发生了:孕育着曼波的鹅卵被父亲不小心掉在地上,这就犯下了族群的大忌。结果曼波诞生之后,没有美妙的歌喉,不会唱歌,却长着一双大脚,有神奇的跳舞天赋。但是帝企鹅族群却认为曼波是邪恶的化身,她的舞蹈触怒了伟大的圣企鹅,认为是造成族群捕不到鱼而忍饥受饿的根本原因。曼波因此受到了企鹅族群的歧视和排斥。父亲摔了蛋,是“因”,是伏笔,曼波长着两只大脚,不会唱歌,只会跳舞,是“果”,是照应。然而,这一因一果、一呼一应绝不仅仅影响着全剧开端部分的结构,而是改变了曼波一生的命运,决定着以后故事情节的发展走向,带动着整体结构的布局。后来,曼波被迫逃到阿德兰企鹅族群中,她的舞蹈天赋获得了充分的肯定。为了证实鱼类短缺与她的舞蹈并无关联,在人类面前她用一双快乐的大脚、美妙的舞步传递着警示性的信息,告诫人类:不要过度捕捞,这样下去鱼类要灭种,企鹅也要灭种,还会殃及更多的物种!曼波的舞蹈唤醒了人类的环保意识。最终,曼波得到了自己本族群的理解和喜爱。不小心摔了一个鹅蛋,以这一个小小的失误做伏笔,其造成的后果却关系着全剧的情节结构。也可以夸张一点说,这个伏笔以开端之后的全部情节做照应,构成全剧情节上的因果关系和结构上的呼应关系。这种艺术构思可谓大手笔。

思考题:

1. 请结合具体实例阐述故事、情节、结构三者之间的关系。
2. 在动画剧作中组织安排艺术结构要遵循哪些基本原则?
3. 动画剧作结构的基本要素是什么?结合具体实例讲述各环节所需要解决的问题以及它们是如何在影片中发挥作用的。
4. 动画剧作艺术结构的表现形态有哪几种?各自具有什么特点?
5. 动画剧作的意识流结构和心理线索式结构的相同和不同之处分别是什么?试举例说明。
6. 动画剧作的结构技巧主要有哪些?分别在剧中发挥着什么作用?

第八章 动画剧作的语言

本章知识点

动画剧作语言包括描述性语言、对话与独白、画外音、字幕与歌词

学习目标

学习动画剧作中各种语言的表达方式

动画剧作语言分两类，一类是描述性语言，主要任务是创造直观可见的视觉形象，作用于人的眼睛；另一类是有声性语言，主要是创造声情并茂的听觉形象，作用于人的耳朵。二者都必须与画面和镜头运动有机地融合在一起，构成完整统一的动画情境。

对话是动画人物思想性格最直接、最集中的袒露，因此，在人物行动中写好对话是塑造人物性格的重要环节。

对话也是动画剧作者通过人物之口表达自己思想感情的最直接的方式。但必须在符合人物性格及其所处情境中自然流露出来，切不可让人物成为剧作者的代言人。

动画剧作者运用动画电影的思维方式进行艺术构思，将一个个画面、场景、动作、冲突、人物、情节逐渐构思成熟后再用文字语言记录下来，形成动画文学剧本。所谓动画剧作语言就是指书写剧本的文字语言，它是一种与画面语言截然不同的语言形式。动画剧本是动画艺术构思过渡到银幕或荧屏形象的媒介，因此，它必须符合动画艺术创作的特殊要求，具有“可拍性”。

动画剧作中的语言大致包括以下几种：描述性语言、对话、独白、画外音与歌词和字幕。其中，描述性语言和对话是动画剧作的主要组成部分。

第一节　动画剧作的描述性语言

描述性语言是指动画剧本中对动画形象的肖像、动作、心理和景物、环境、场面、细节之类的描写，也有对人物关系的介绍、年代背景的交代等，以及对动画设计、导演构思、摄影镜头运动等创作人员的提示和说明。描述性语言是一切话语（包括对话、独白、画外音和歌词）以外的散文式描述，故称剧作的“散文部分”或“说明性语言”。

描述性语言具有以下特点：

一、视觉造型性

动画剧作中的一切描述性语言都必须是直观可见的视觉画面，是可供拍摄的视觉造型。苏联电影大师普多夫金说：“编剧必须经常记住这一事实，即他所写的每一句话将来都要以某种视觉造型的形式出现在银幕上。因此，他所写的字句并不重要，重要的是他的这些描写必须在外形上表现出来，成为造型的形象。”[①]也就是说，动画剧作中的描述性语言必须是绘形绘色的、可见可感的、具体真切的造型形象，而绝不能是抽象的、概括性的语言。

动画剧本主要对人物和场景的造型进行文字描述。

1. 人物造型描述应突出动画夸张变形的特点

比如，《大力神》中反面人物“死神”的造型特点是“头发就是燃烧的火焰，随着情绪的变化，火焰可以忽大忽小，变换不同颜色”。虽然这只是一句奇特的比喻式描写，却为美术设计者提供了广阔的想象空间。《音乐船》中对“爸爸”的形象是这

① 〔苏〕普多夫金：《论电影的编剧、导演和演员》，中国电影出版社1980年版，第32页。

样描述的："可爱中有点滑稽，大孩子气的大人。圆圆的肚皮，依据吃饱的程度、鼓音域的高低有所不同。可要是正赶上闹肚子，就难免走调了。脸上两撇胡子可以像两只手那样指挥乐队。大鼻子可以闻出音乐的好坏，所以他对音乐的评价都是'苹果味儿的'、'香肠味儿的'，糟糕的音乐就是'臭味儿的'。"这是个极具动画特征的形象，肚皮、两撇小胡子、大鼻子仿佛都有特异功能，造型师可以充分运用夸张变形的造型手段使其突现出来，妙趣横生。

2. 场景造型描述同样要抓住能够发挥动画优势的着眼点，加以具体描绘

《音乐船》中的场景是"在茫茫无际的大海上，有一艘很特别的小轮船，它只接受音乐指令，比如有'左转曲'、'右转曲'、'加速曲'、'刹车曲'。要是一次曲子吹不对，小轮船就会发出警报。两次吹不对，小轮船就开始冒烟。三次不对，小轮船就自动下沉。这艘小轮船就像一所真正的小别墅：它不仅有客厅、餐厅、卧室，还有专供一家人练习演奏的音乐室……小轮船上，住着奇特的一家人，他们是真正的'音乐人'，因为他们的身体就是各种优质乐器，肚皮为鼓、长发为琴……"这是怎样的一艘船啊！怎样将造型与音乐结合起来，实在是考验美术师的智慧和艺术功力。

3. 场景造型为人物的生存和遭遇提供特定的客观环境与人文环境，影响着人物的命运

《千与千寻》的场景是在千寻的行走中逐渐展现的：路对面是笼罩在奇怪的气氛下的日式楼梯，里面有油和写着字的大灯笼，还有老松；楼梯两侧都带有拱廊；在朱红色木桥对面，有一座巨大的澡堂沐浴在夕阳下；夕阳染红了店铺，里面的烟囱里冒着滚滚的黑烟……场景描述的文字很简约，美术师根据日本传统的建筑风格和民俗文化设计出了民间油屋——澡堂。正是在这充满神秘与诡谲的里里外外的不同场景中，千寻接受了一次又一次的考验和磨炼。

动画剧本描述性语言的重要职能就是能在未来荧屏上展现出独特而新奇的视觉造型，吸引观众眼球并令他们产生好奇心：这里会发生什么。场景造型的文字描绘应追求语言如画的艺术表达效果。

二、运动性

动画剧作是以动画形象的行动为中心的，因此，一切描述性的文字语言都必须紧紧围绕着动画形象的一系列行动，描写各种行动的状态，在行动中介绍人物关系，在行动中展现人物各自的肖像和神情，在行动中揭示其内心的秘密，同时，也伴随着人物的行动揭示时间、地点、环境、景物、气氛等。可以说，运动性是动画

剧作描述的第二个基本特点:人物在行动、物体在行动、事态在发展、环境在变化……动画是一个充满运动的世界。

比如在动画片《钟楼驼侠》中,"天堂之光"段落既描述了主人公卡西莫多的外在行动,又揭示了他内心的微妙变化。

表 8—1

镜头 1	卡西莫多望着远处塞纳河上的桥。
镜头 2	卡西莫多唱起"天堂之光"。
镜头 3	卡西莫多趴在塔楼的窗前,又转身走开。
镜头 4	卡西莫多走到桌台前看他做的木偶。
镜头 5	三个水怪,其中一个水怪被另一个水怪打了一拳。
镜头 6	卡西莫多将两个木偶合在一起,表达心愿。
镜头 7	卡西莫多拿着木偶,仔细端详。
镜头 8	一个水怪给卡西莫多一块木头。
镜头 9	卡西莫多又制作起木偶。
镜头 10	三个水怪趴在木板上画他们的心愿。
镜头 11	长脸水怪专注地画着。
镜头 12	猪鼻水怪吹了一口地上的尘土。
镜头 13	尘雾飘到长脸水怪面前。
镜头 14	卡西莫多掉头看向画处,又转身制作木偶。
镜头 15	长脸水怪打开自己的画让猪鼻水怪看,画面上是爱斯梅拉达。
镜头 16	卡西莫多放下木偶,去敲钟,钟声洪亮悦耳。

巴黎的夜晚、塞纳河畔、巴黎圣母院的钟楼上,这里虽然空间不大,时间不长,人物的动作不大,但卡西莫多的手、眼、口连同身体都不停地动,三个水怪也在不停地嬉戏,大家的动作都围绕着一个中心内容:坦露卡西莫多爱上爱斯梅拉达这个内心秘密。

动画剧本的文字描写就是运用鲜明、准确的语言将人物的外在动作和心理活动与特定环境融合在一起,构成富有动作性的场面。

三、简洁性

动画剧本是以描写连续不断而又迅速变换的行动为其主要职责的。对于介绍性、交代性的内容,动画剧本就要善于抓住事物的主要特征,用简洁而准确的语言表达出来，切忌不分主次、不论巨细、繁琐地罗列和堆砌。

《虫虫总动员》(*A Bug's Life*)的开端是这样描述的："蚂蚁们每一年都在辛苦地收集食物，把食物献给霸王蝗虫，以此交换太平。然而有一天，菲力却无意中把所有的食物都推进了水沟，蝗虫拿不到食物，向蚂蚁发出严厉的威胁。蚂蚁们不得不面临两难的境地：重新准备食物，蚂蚁们将没有时间为自己过冬储备，陷入饥饿的绝境；可蚂蚁又没有拒绝蝗虫的勇气。"几个关系着人物命运和整个故事情节的重要内容就此展开：第一，历史的渊源——这段文字不多却交代了蚂蚁与蝗虫是臣民与霸王的对立关系，多少年来维系蚂蚁太平和安全的唯一条件是每年向蝗虫供奉大量的食物，可想而知，蚂蚁自身必将陷入生存困境，蚂蚁就是一代又一代地忍受着这种压榨和欺凌。第二，眼前的处境——菲力闯了祸，蚂蚁们面临生死绝境。第三，围绕主人公菲力展开——他是怎样一只蚂蚁？怎么如此大胆，或是如此粗心？他将怎样对付蝗虫的威胁，怎样向蚁国王后和蚂蚁们交代？第四，设置了全剧的总悬念——主人公的命运又将如何？蚁国与蝗国将展开一场怎样的大战？胜负如何？……一连串的悬疑引人好奇，令人期待。

介绍性的文字实际上是一种提示性描述，因此，点到为止，没必要细致冗长。

四、综合性

动画剧作中的描述性语言反映的是剧作者运用动画电影思维对蒙太奇、摄影机、场面调度、画面构图、音乐、音响、光影、色彩等诸种因素的综合处理。苏联著名导演罗姆说："摄影机参与剧作就应当从文学剧作上或在剧本中加以规定，不是从技术上，而是从艺术上，不是抽象地，而是从一开始就可以感觉到它体现在构思之中。摄影机就是艺术家视角，是他处理素材的手法之一。"[①]从这一角度来看，这种描述性语言是对导演、摄影、美术设计等人员所做的综合性提示和说明。

《埃及王子》中"奴隶们修建神庙劳作"的段落共有30个镜头的文字描述，对"镜头运动"和"音乐、音响效果"进行了解读与阐释，可以帮助我们更具体、感性地认识和掌握动画剧作描述性语言的综合性。

表8－2用分镜头的形式描述了时间、场景、人物活动、人物关系及现场气氛等，实际上已经是用蒙太奇思维的方式进行表现了。动画文学剧本中的描述性语言要求剧作者从未来拍摄的综合性要素出发，使剧本符合蒙太奇组合的内在逻辑。

---

① 〔苏〕罗姆：《当代电影剧作的语言》，《世界电影》1982年第2期，第27页。

表 8—2

镜号	语言描述的内容
1	云层不断涌动,太阳渐渐升起。
2	一个巨大的石雕法老头像落在沙土地上。
3	石雕法老头像眉宇严肃。
4	很多奴隶拉着巨大的法老头像。
5	一双沉重的脚踩踏泥浆。两袋沙倒入泥浆池。
6	四个奴隶踩拌泥浆,浆水四溅。
7	四个奴隶在泼水。
8	五个奴隶在踩拌泥浆,其中一个被水流冲倒,泥浆飞溅。
9	一青年和一老年奴隶合抱一大捆甘草往下抛。
10	一个彪悍的埃及监工挥鞭催促奴隶干活。
11	监工挥鞭站在高地上,一群奴隶在踩拌着泥浆,一队奴隶往下抛干草,另一队奴隶拿水桶往下倒水。
12	一双手捧起泥浆。
13	一个奴隶用手捧的泥浆在砌砖,几个奴隶在抬石板。
14	一群奴隶在锄地,尘土腾起。
15	一双手用力拉绳子。
16	两个大水桶被人力起重机吊起来,桶里的水不停地溢出来。
17	四个奴隶往上运砖。
18	两个奴隶站在脚架上向下抛干草,一监工大声呵斥。
19	监工挥鞭抽下来。
20	鞭子落在一老年奴隶身上,他疼得大叫,倒下。一排奴隶背着麻袋从土坡上走下来。一个奴隶背着雕刻石材在行走。三个奴隶在石材上雕刻着。监工抽打着一个挑扁担的奴隶。
21	神庙的巨大廊柱中间,几个人在为廊柱雕刻或绘画;一群奴隶背着麻袋像蚂蚁一样在廊柱之间行走;监工在脚手架上窥视着奴隶们的劳作。
22	神庙施工现场,两组监工分别站在脚手架上监视着,奴隶们有的挑扁担,有的背麻袋,有的在拉砖……
23	奴隶们依然忙碌着,一尊巨大的像被慢慢竖起。
24	奴隶们一起拉着竖立神像的绳子。
25	监工在挥动着鞭子。
26	神像竖起来了,奴隶们松开拉神像的绳子。
27	奴隶们望着神像心怀忐忑。
28	一队奴隶背着麻袋走过。一个老奴隶突然伏倒在地,伸着手在寻求帮助。
29	老奴隶的手被另一只手拉住。
30	一青年奴隶拉起老人。一监工双手猛地用力推老人,把老人和青年一起推倒。奴隶们仍在劳作。夜空,尼罗河水静静流淌。

第二节　动画剧作的对话与独白

动画形象的话语包括两个或两个以上人物之间的口头对话以及揭示某一人物内心隐秘的独白。

一、人物对话

对话是动画剧作的主要组成部分：有些剧本的描述性语言很简单、粗略，绝大部分文字都是人物对话。当然也有的剧本对话极少，甚至一句都没有，只有描述性语言，这多是抒情和哲理类的动画作品。动画形象的对话有以下特点：

1. 动作性

动画艺术是一种始终充满着不间断的连续动作，并由这些动作构成的一个完整的动作体系，其中包括人物或拟人化形象的动作、环境变化等，而人物或拟人化形象又分为形体动作、面部五官动作、语言动作和内心动作。语言动作是指动画形象的口头话语。美国戏剧电影理论家霍华德·劳逊曾说："话是动作的一种，动作的一次压缩和外延。一个人说话，这也是在做动作。"[①]在动画剧作中，剧情发展的根本动力在于动画人物的行动、矛盾冲突引起的行动，他们的话语是行动的必然产物，因而语言动作能够传达出人物行动的意志、意图、思想和情感，并对其他人产生刺激和影响，促使人物关系发生变化并引起其他人物的话语。

例如，动画片《蒸汽男孩》中主人公雷与赛蒙和父亲见面的一场：

雷坐在餐厅里，侍者走过。

雷："那个……"

侍者反应冷漠。

雷："我是被坏人抓来的……是真的……对不起……请救我出去。"

侍者出去时，小狗进门。

远处传来斯嘉丽的声音："给我站住！"

雷："哎？"

---

① 〔美〕约翰·霍华德·劳逊著，邵牧君、齐宙译：《戏剧与电影的剧作理论和技巧》，中国电影出版社 1979 年版，第 359 页。

斯嘉丽追着小狗走。

斯嘉丽:“你给我站住。”

雷呆呆地看着斯嘉丽。

斯嘉丽气势汹汹地走到了餐厅的角落。

小狗来到角落,斯嘉丽走进餐厅。

斯嘉丽:“好啊!”叉腰等着小狗,抡起拳头:“终于被我抓住了……”

雷诧异的样子。

斯嘉丽回头瞪了一眼雷。

雷看着斯嘉丽走近身边,斯嘉丽来到雷的身后。

斯嘉丽抚摸着小狗,走着说:“你就是爱德华博士的儿子吧……”

雷惊讶:“你为什么知道我父亲的名字?”

斯嘉丽无视雷,把小狗放到冰镇葡萄酒的冰桶里。

赛蒙从门外走进来:“哦哦,斯嘉丽小姐……你把它放在这里了,呵呵,不错,不错……”

赛蒙来到餐厅坐下说:“啊,你就是雷吧,让你久等了。”

雷猛地站起来,怒气冲冲。

雷:“你们把我爷爷的蒸汽球怎么样了?你到底是……”

侍者在上菜。

赛蒙:“真是不好意思,我是欧哈拉财团的赛蒙……这便是我们财团创始人查尔斯·欧哈拉会长的孙女。”

雷露出非常诧异的神色。

斯嘉丽“哼”的一声转过头去。

雷:“那,那,那你们为什么要把我们家毁掉?”

餐厅的门冒出阵阵蒸汽。

雷:“你们觉得这样做有好处么?”

门上的机关在转动,雷回头看。在蒸汽中有一个阴影隐约可见。

大家愣住了。

神秘人(爱德华)在雷身边走过,“哐哐哐”的脚步声。

雷注视着他。

爱德华走过,“哐哐哐”的脚步声。雷看着他。

赛蒙笑眯眯的。

斯嘉丽甩甩手,露出厌恶的样子,说:“……你就不能……你就不能穿走路声音轻一点的鞋子……爱德华博士。”

雷呆住了:“哎? ……”

爱德华回头看雷。

爱德华:“怎么了? 雷……”

雷哑然地站在那里:“爸爸?”

爱德华看着雷:“好久不见。”

雷显出困惑的样子。

赛蒙:“一会儿再叙旧,趁热吃饭吧……雷,你也快坐下吧。”

雷坐下。

爱德华:“事情我听说了,如果不是爸爸这么固执,事情也不会闹到现在这个地步……”

赛蒙:“你们家我马上派人修理……”

爱德华:“其中有很多误会,都是……你能来我真的太高兴了。”

斯嘉丽低头闻菜。

雷:“我可不是自愿来的!”

斯嘉丽:“赛蒙,这肉馅派怎么是臭的?”

爱德华:“我正想着哪天接你和你的母亲一起过来呢……看看我的工作……”

雷:“工作? ……”

赛蒙端起菜盘闻着。

斯嘉丽:“全都有一股河腥味儿……”

爱德华站起来:“雷,跟我来……”

爱德华从雷身边走过。

赛蒙:“博士……您的饭还没……”

斯嘉丽:“什么?”

爱德华带着雷走了,门“咔嚓”关上了。

斯嘉丽:“真没礼貌!”[①]

这一段过场戏,几个人的对话表面上听起来似乎很平淡,却一直伴随着每个人的肢体、表情、心理活动而不断变化,仿佛酝酿着一场雷与父亲、爷爷关于蒸汽

---

① 以上内容引自孙立军、马华:《影视动画影片分析》,海洋出版社 2005 年版,第 24—31 页。

球的激烈争论，同时，还有与欧哈拉财团的代表赛蒙和斯嘉丽的尖锐斗争。

在动画剧作中，生动的对话既能表现人物身心的活动，反映人物关系的变化，同时也推动着剧情的发展，产生一举多得的艺术效果。

2. 个性化

运用个性化的对话刻画性格是塑造动画形象的重要艺术手段之一。不同的动画形象由于属性不同，所处地位和环境不同，其话语的特征自然大不相同。剧作者只有充分研究这些特征，才能写出富有个性的对话。李渔说："说一人，肖一人，弗使雷同，弗使浮泛。"对话的性格化同样源于性格冲突。别林斯基说："如果两个人争论着某个问题，那么这里不但没有戏，而且也没有戏的因素；但是，如果争论的双方彼此都想占上风，努力刺痛对方性格的某个方面，或者触伤对方脆弱的心弦，如果通过这个，在争论中暴露了他们的性格，争论的结果又使他们产生了新的关系，这就已经是一种戏了。"①这样的对话已经不是抽象的、理性的争论，而是以某一问题为媒介展开的双方的性格冲突，因此，各自的话语便个性化了。

比如《玩具总动员》中"巴斯到来"这场戏是这样处理的：

一群玩具从角落里出来，向着上面说："上面是什么东西？"

胡迪从床的下面钻出来，众人奇怪地看着他："你在床下干什么？"

胡迪站起来，边说话边整理自己的衣服和帽子："没什么，没什么，我想安迪有一点太兴奋了，大概是吃了太多的冰激凌和蛋糕，那只是个意外。"

有的玩具有些幸灾乐祸："胡迪，你被人取代了！"

胡迪："喂……我刚才怎么告诉你的？"

众人面面相觑。

胡迪："没有人可以取代我！"

胡迪："好，不管那上面是什么，我们都要给他来一个礼貌和温和的、带有安迪房间特色的欢迎。"

玩具们充满狐疑地抬头等待着。

大床上，巴斯以一双塑料大腿自信地站在那里。胡迪发呆了。

胡迪下意识地缩了缩头，看着上方。

巴斯左右观看着。

① 范景伍等编：《电影剧作八讲》，中国展望出版社 1983 年版，第 140 页。

巴斯按下自己身上的开关:"巴斯呼叫星际总部,听到请回答……听到请回答……"自言自语:"他们为什么不回答?"他看到了什么,大吃一惊,叫道:"我的飞船!"

巴斯拿起飞船样式的包装盒,打开盒盖,检查了一下:"天啊,要好久才能修好。"他看着自己手臂上的机械装置:"巴斯任务日志,星际日期4072年……我的飞船在12区脱离轨道,坠落在一个奇怪的星球上,一定是这种撞击使我醒来……"

巴斯在床头跳跃。他继续汇报式地说:"这地形似乎有点不稳定。目前还没有显示出能不能……呼吸空气的读数,而且也看不出来有智慧生命的迹象。"

突然,胡迪探过头来:"你好!"

巴斯:"等等……"巴斯快速退后。

胡迪也后退:"等等,我吓到你了么?我不是故意的。"

胡迪自我介绍:"抱歉,你好!我叫胡迪。"

巴斯仍在向星际总部"滴滴"地呼叫。

胡迪:"这里是安迪的房间。"巴斯仍不理不睬。

胡迪:"对不起,打扰你了,请恕我直言……我还有一个小问题……"胡迪认真地说:"这里是我们的地盘……"

巴斯指着自己身上的警徽:"……这张床……此地的执法人员?你早该来了!我是巴斯光年,保护宇宙和平的太空骑警。"①

小主人安迪有了新玩具——宇航员巴斯,非常喜欢它,便把他放在大床上,而把原来在床上的公仔木偶胡迪扔到床下去了,胡迪遭到了玩具们的嘲笑。眼前的失宠处境使胡迪很尴尬,内心很痛苦,他本来是非常受宠的,但现在,他居于众多玩具的领袖地位受到了巨大的威胁。但他不愿与巴斯光年发生正面冲突,于是他仍以领导者的身份号召大家对巴斯光年进行"礼貌和温和的带有安迪房间特色的欢迎",并且礼貌中语气强硬地对巴斯光年说:"对不起……打扰你了……请恕我直言这是我的地盘。"这些话语刻画出胡迪既心地善良、彬彬有礼,又自恃强大、维护地位和尊严的性格,同时,也揭示出他抱怨小主人,嫉妒巴斯和怜惜自己的复杂心理。而巴斯光年则以为自己是个真正的宇航员,高傲自大,目中无人,煞有介事

① 以上内容引自孙立军、马华:《影视动画影片分析》,海洋出版社2005年版,第52—58页。

地与什么“星际总部”进行电讯呼叫，而且自诩为“保护宇宙和平的太空骑警”——好一个不可一世的家伙。寥寥数语，便将一个人物的性格表现得活灵活现，入木三分。由此可见作者运用对话塑造角色个性的功力。

3. 精练生动

动画剧作的对话必须精练生动。原因有以下四点：第一，动画形象之间的对话不承担对人物、事件、背景、环境等诸多情况的介绍说明，因此，动画剧作中不允许出现大量的叙述、解释性对话；第二，动画形象是剧作者绘制的虚幻性形象，其语言要与表情、眼神、动作配合，简单、生硬而机械、冗长的对话会显得呆板、累赘，简明、精练的话语显得铿锵有力；第三，动画作品的受众大多数是少年儿童，简短生动的对话易于接受，引起他们的共鸣；第四，对话既要风趣幽默，又要蕴含某些哲理。上述四点，要求剧作者对动画形象的话语应该字斟句酌，提炼再提炼，推敲再推敲，使每一句对话都闪耀着智慧的光彩。

《我在伊朗长大》中玛赞奶奶的话语既精练又富有风趣。在玛赞和奶奶看完日本影片《哥兹拉》之后，奶奶抛出一句对影片的总体评价：“这帮日本人除了倒腾怪兽之外，他们还知道干什么呢？”简简单单且通俗风趣的一句话，却流露出一个普通老奶奶对人生和人的行为的意义和价值的质朴看法。在玛赞对于是否离婚的问题犹豫不决时，老奶奶说：“第一次婚姻是第二次的演习，这样下次就会更完整。”这样的话语既幽默风趣又不无哲理，令人回味。

《料理鼠王》中也有一些富有哲理的对话：

雷米的精神导师、已故的大厨古斯托说过：“成为一个厨师，你必须要充满想象力，内心坚强……没有人能以你的出身来确定你的极限，你唯一的限制是你的思想……每个人都能烹饪，但只有少数人能成为出色的厨师。”

“只要有一颗渴望的心，其他一切都不重要。”

“如果你总是怀念过去，你就不能看到未来，所以，向前看吧！”

这些话已经完全超越了烹饪厨师这一行业领域，而对无论从事什么工作的人都具有普遍的人生教育意义。

另一段是老爸要求雷米离开危险的厨房时，父子二人的对话：

雷米：“让我去吧，我会经常回来看看的。鸟儿总有离巢的一天啊。”

老爸："我们是老鼠，不是鸟类，我们不离巢，我们聚在一起壮大家族队伍。"

雷米："老鼠总是不劳而获，我厌烦了只是一味地索取，我想要创造，我希望为这个世界增加点东西。"

老爸："你说话的口气好像人类……物以类聚，人以群分，这是自然规律，你不可能改变自然规律。"

雷米："改变自身就是自然规律，只要我们下定决心，我们就可以慢慢地改变。"

这段关于人生价值和自然规律及其辩证关系的对话通过老鼠父子说出来颇有意义：连不劳而获的老鼠都要改变自己的本性，要创造，要贡献，那么，那些无所作为的，甚至不想作为的人呢？他们该作何感想？

动画剧作中的对话切忌脱离特定戏剧情境的长篇大论，或是可有可无的冗长对话。剧作者必须牢牢记住：动画艺术是用视听语言表达出来的艺术，而且是以视觉造型、画面变化、镜头运动、蒙太奇组接等为主要表现手段，音乐、音响的听觉语言是为了强化、补充、渲染视觉语言的。对话在当代有声影视片中也是必不可少的听觉语言，但"言必有声"，它是直接表达人物内心活动的最鲜明的、最精确的语言形式。因此，动画剧作运用对话遵循的基本原则是：第一，人物在特定戏剧情境中不得不说时，必须说，而且要说得精练有力；第二，能不说时不说，能少说时少说，因为视觉语言在同等时间内传达的信息量和对观众的心理、情感的冲击力要比苍白无力的话语大得多、强得多。千万不要用可有可无的对话湮没视觉语言的艺术效果。

下面将对中、日、韩几部动画片中的人物话语做比较分析，分析人物话语的不同比例对影片的艺术效果产生的不同影响。中国动画片选择的是《喜羊羊之虎虎生威》(2010)，韩国动画片选择的是《千年狐》(2007)，日本动画片选择的是《悬崖上的金鱼姬》(2008)，这些都是三个国家近年来上映的影院动画。

以这三部影片的前30分钟作为实验的样本，统计其中人物话语的时间长度，然后计算话语时长占样本总长(30分钟)的比例。

结果表明，《喜羊羊之虎虎生威》的样本中的人物语言时长占样本长度的61.32%，远远高于另外两部影片(见表8—3)。

表 8－3

影片名	样本长度	话语时长	话语占样本百分比
《千年狐》	30 分钟	562 秒	40.7%
《悬崖上的金鱼姬》	30 分钟	498 秒	36.4%
《喜羊羊之虎虎生威》	30 分钟	834 秒	61.32%

其中,《喜羊羊之虎虎生威》的前 30 分钟竟然有近 20 分钟是角色说话,几乎成了谈话纪录片。在银幕或荧屏上角色说话时,一般主要采用人物的中景、近景或特写,场景和环境的展现很受限制,画面变化和镜头运动也很难充分发挥各自的艺术表现力,只能使观众在喋喋不休中感到枯燥乏味,还会延缓剧情,甚而阻滞剧情发展。不要说这部影片的话语很一般,即使很精彩也不适合动画艺术的"画""动"的特点,另外,话语所传递的信息量远比画面变化要小得多。

我们再选中、日、韩三部题材基本相似的影院动画片:中国的《小倩》(1997)、日本的《悬崖上的金鱼姬》(2008)、韩国的《美丽密语》(2002),做一项实验性统计。

三部影片都可归于魔法情感类影院动画片。影片都涉及魔法和带有魔法的异类世界:《小倩》中宁采臣闯入鬼怪的世界,在这个世界里,包括小倩在内的鬼怪都会飞,有能变化成人形的树妖,有会走路的楼梯鬼等等;《悬崖上的金鱼姬》中,波妞能变成小女孩,波妞的爸爸喝下带有魔法的液体就可以抑制波妞的变身等;《美丽密语》中,罗武进入弹珠球内的美丽世界,那里生长着奇特的植物,白云如棉花一般柔软,还有一个美丽而会飞的女孩子。另外,这三部动画片的主题都是关于情感的:《小倩》讲述了宁采臣和小倩之间的爱情;《悬崖上的金鱼姬》主要讲述了波妞和宗介之间真挚的友情以及宗介和母亲、养老院的老奶奶们之间的感情;《美丽密语》讲述了罗武与弹珠球内的女孩的朦胧恋情、与俊浩的友情、与家人的亲情。

表 8－4　统计与分析

片名	样本长度(秒)	语言时长(秒)	语言占样本百分比
《悬崖上的金鱼姬》	1746	543	31.1%
《小倩》	1448	961	66.4%
《美丽密语》	1358	336	24.7%

由表 8－4 可以看出,《小倩》中,语言所占百分比远远高于其他两部影片,并超过 50%。初步推测,《小倩》通过话语的大量使用来进行叙事和塑造人物,而在

动画片中，用话语来叙述剧情的前因后果是最吃力不讨好的做法。相比之下，《美丽密语》中话语所占的比例要小得多，低于30%，影片的整体风格也比较舒缓，注重描写意境、抒发情感和表现细腻微妙的心理变化。另外，《悬崖上的金鱼姬》中话语的百分比在30%～40%之间，有充分的时间运用画面和镜头运动来塑造人物性格和表达思想感情。

例如，《悬崖上的金鱼姬》主要讲述波妞从海底世界逃脱，在魔法作用下变成小女孩，回到人类世界寻找宗介：暴风雨来临，理莎带着宗介开车回家，遇到波妞，三人在家中躲避暴风雨。

表 8—5

	话语时长	波妞	波妞、宗介(理莎)	宗介与理莎、奶奶等
实际时长	543 秒	26 秒	134 秒	161 秒
百分比	100%	4.8%	24.7%	29.7%

如表 8—5 的数据所示，波妞在近 5% 的话语比重中，表达了两次勇敢的宣告(要到宗介身边去)和见识到人类世界的物品(浴巾、方便面、天线等)而表现出的惊讶和欢喜。在短短的 26 秒内，前者展现了波妞性格中坚定和倔强的一面，后者则表现出了她天真可爱的特点。波妞和宗介的对话，往往与和理莎的对话交织在一起，这与波妞和宗介还是小孩子、在暴风雨的天气中需要得到理莎的照顾有关。而通过宗介与理莎、养老院的老奶奶们以及和老师的多次对话中，观众可以看到宗介的乖巧与善良；许多时候宗介往往用"嗯"应答，尤其是在母亲理莎发出指令(例如上车)之后，他会一边回答"嗯"，一边采取相应的行动，反映出他性格中比较听话的特点。另外，理莎一边行动一边自言自语和习惯性地发出指令的特点，则反映出她是个独立、有担当的女性。

所选取的《小倩》的样本主要讲述宁采臣保护小倩躲避阳光的照射，又在燕赤霞的帮助下躲避白云大师的追杀，护送小倩回到鬼城。

表 8—6

	语言时长	宁采臣	宁采臣、小倩	宁采臣与燕赤霞、自大男
实际时长	961 秒	21 秒	506 秒	170 秒
百分比	100%	2.2%	52.7%	17.7%

如表8－6的数据所示，宁采臣的自言自语基本上都是对现状的描述（例如“好高啊”等），除了反映出他是个喜欢把感受挂在嘴边的人以外，这种自言自语无论是对其自身的行动还是对其更深层性格的表现都没有太多的意义。宁采臣与小倩的对白所占篇幅不少，甚至超过了语言时长的50％，主要集中在两个段落：一是前往投胎的火车上（103秒），二是阳光照射的树林（264秒），占样本中两人对白的72.5％。前者主要是小倩讲述自己的男朋友，这是比较笨拙的做法，不但浪费时间，而且阻滞剧情。

一般而言，聪明的剧作者常常把事件的前情和人物关系在当前的剧情发展和人物行动中不露痕迹地交代出来。在《小倩》样本中，后者表现为宁采臣保护小倩免受阳光照射。这种保护的动作正应该由大量的具体行动来表现，无需滔滔不绝的话语。通过前后这两个段落中两人的对话，观众可以感受到两人关系的变化，虽然在二人的嬉笑怒骂中小倩对宁采臣无疑多了一份好感，但这一表现方法显然更适用于话剧舞台，不适合于银幕。除了这两个段落，两人之间基本没有太多的交流。在宁采臣与燕赤霞躲避白云大师追杀的过程中，小倩躲在他的伞中却始终一言未发（也没有画面镜头），就好像凭空消失了一般。而事实上，在遇到燕赤霞之前，小倩一直在伞中喋喋不休，为什么现在遭遇危险了既没有哼声，又没有对自己或宁采臣表示担忧？这是一个疑点。在宁采臣竭力保护小倩之后，她仍毫不犹豫、毫无留恋地飞向自己的男朋友；在被男朋友所伤之后，也不见她有多伤心或挣扎，却随即倒向了宁采臣的怀抱。小倩在感情上的转向缺乏内心的表现，从而使得其性格流于表面，成为事件的被动承受者，她的一些行动仅仅起到说明事件的作用，而缺乏内在性格的支撑。

所选取的《美丽密语》样本讲述罗武因为一颗神奇的弹珠球，而不受自己控制地来往于现实的世界与弹珠球内的世界之间。

表8－7

	话语时长	罗武⇒女孩、白狗	罗武⇒小猫	罗武、俊浩	罗武与妈、外婆、男人
实际时长	336秒	16秒	14秒	138秒	94秒
百分比	100％	4.8％	4.2％	41.1％	28％

如表8－7的数据所示，在《美丽密语》仅24.7％的话语比重中，主要都是罗武与他人的对话，反映出其情感组成的方方面面，包括与弹珠球内白衣女孩之间朦

胧的爱情、与小猫的亲密、与俊浩深厚的友谊，还有与家人间看似冷漠的感情。罗武与白衣女孩的对话很少，但是在他初次见面时磕磕巴巴的话语和再次相见时急切的语气中，观众能够体会到他内心的害羞与渴望。白衣女孩从来没有说过一句话，观众只能从她纯真的眼神和轻柔的动作中体会她的美好。对于罗武来说，她更像是带有某种象征意味的美丽的化身。罗武在两个世界之间穿梭时总会呼唤他的小猫，回到家时先叫的也是小猫的名字，然后才叫他的妈妈。他对小猫与对家人的态度形成了鲜明的对比，他把他的关爱与依赖给了捡回来的流浪猫，而不是自己的亲人。这背后显然埋藏着某种深层的理由，而这一点在后来罗武与俊浩的对话中也得到了解答——罗武的父亲在罗武很小的时候自杀了，这无疑对他的性格造成了很深的影响；再加上希望融入罗武一家、成为他继父的男人的存在，罗武对家人和那个男人冷淡的态度似乎也就可以理解了。当家人与他说话的时候，罗武基本上是置之不理的，例如出发去马戏团之前，妈妈对罗武说了很多话，包括让他穿衣服，劝说他大家在一起会开心、有生气，而罗武只说了一句话，就是“我不想去”；在那个男人与罗武长达 40 秒的对话中，与那个男人的小心翼翼不同，罗武只问了一句话，就关上房门不再理他了。不过，影片最后，罗武与家人，尤其是那个男人的关系还是得到了实质性的进展，也才会有他冒着暴雨去灯塔想要为迷失的船只指引方向的行动。与罗武对话最多的人是与他同龄的俊浩，也是他最好的或者说唯一的朋友，他把自己在弹珠球里的经历告诉俊浩，甚至和他一起到那个梦幻般的美丽世界去。正是这些人和动物，构成了罗武的生活；也正是在与这些人和动物的对话中，我们看到了罗武内心的敏感、寂寞和渴望，看到了他隐藏的伤痛和他追求的美好。

与《悬崖上的金鱼姬》和《美丽密语》相比，尽管《小倩》的话语时长远远超过两者，但在人物塑造上却反而不足。原因在于《小倩》中的人物话语大多只是对当下情况的描述、人物感受的简单流露或对事件的直接反应，缺乏人物丰富的内心活动和情感变化，因此才会流于表面。尽管人物说了很多话，观众却不能感受到鲜明的人物性格。反观日、韩的两部作品，人物说话的对象、内容、语气都是经过认真筛选和巧妙安排的，符合人物自身的性格，又有助于进一步塑造和表现人物的性格。中国动画剧作在运用人物话语上应当更加惜墨如金，充分发挥动画视觉表现手段，表现人物性格特征，并揭示其内在心理、情感的变化。当人物话语非说不可时，力求做到“掷地有声”。如果剧作者能够坚持这条原则，中国动画的人物语言一定会精彩很多。

二、人物独白

独白常常是动画形象独自一人在某一特定情境中不知不觉的、发自内心的话语，它是揭示其内心隐秘的最真实、最直接的语言方式。

运用独白时，应注意以下三点：

第一，独白必须真实自然，它要求剧作者一定要创造出一个特定的情境，使动画形象在此情景和气氛中自然地说出一两句不得不说的独白，因此切不可牵强地刻意安排。

第二，独白必须是人物内心激动时迸发出来的话语，或震惊、或赞叹、或疑惑、或自责、或不知所措、或无可奈何……总之，独白必须有充分的心理和情感依据，而不是无病呻吟。

第三，独白不承担介绍、交代、说明之类的任务，它只是坦露心理活动的手段之一，而且是当运用动作、对话、细节等其他手法都不能准确表达这种心理状态时，不得不用独白进行表现，这说明，独白这种手段不到非用不可的时候绝不能滥用。而且，独白也忌冗长啰嗦，一两句简短的自言自语足够。

影片《我在伊朗长大》快到结尾时，玛赞和奶奶一起进行了一次难得的旅行，玛赞禁不住发出内心感慨，涌出了几句独白："我完成了我人生一段很独特的经历，自由地生活在别的地方……我在那埋了很多无辜者的地方发誓，我会尽可能地做到表里如一……"玛赞在伊朗，去国外，又回来，经历了多少"失望—希望—失望"的困惑、疑虑和焦躁，人生怎么过？希望在哪里？怎样与不同的民族文化背景和生存状态融合？如此纷乱的思绪剪不断，理还乱。面对埋了很多无辜者的地方，她突然感悟：每个人的命运自己很难主宰，深处矛盾重重的社会、战乱动荡的世界，每一个个体都是极其渺小的、微不足道的，能够控制和驾驭的只有自己，于是她发出"我会尽可能做到表里如一"的誓言。所谓"表里如一"，无非是要求自己做一个真实忠诚、言行一致的人，在这充满谎言、欺诈和争夺的现实生活中，能够保持自我和纯真确实是很难得的。玛赞和奶奶的这次旅行使她仿佛经历了一次精神洗礼，无辜者的墓地让她对人生、对命运大彻大悟，所以才自然而然地发出那样的感慨。虽然只是简单的几句话，却是她半生的人生感悟，这段独白不但塑造了人物性格和心理，而且也预示着人物未来的人生准则。

人物独白有时不是用口头话语表达出来的，而是通过歌词和画外音抒情地唱出主人公的心声。比如在动画片《花木兰》的开端，花木兰在媒婆那里处处碰壁，内心失落，深感苦闷，这开始唤醒她对自我价值的思索，木兰自言自语道："何时才

能找到自我?”随后的一首歌曲直白地反映出花木兰内心的世界:

为什么我却不能够成为好新娘,伤了所有人。

难道说,我的任性伤了我。

我知道,我在执意做我自己,我会失去所有人。

为什么我眼里看到的只有我?

却在此时觉得离她好遥远。

敞开我的胸怀,去追寻,去呐喊,释放真情的自我,让烦恼不再。

释放真情的自我,让烦恼不再。

歌曲由第一人称唱出,实际上是花木兰的自我表白。花木兰本来是一个在中国传统文化熏陶下成长起来的女孩子,她替父从军完全是为了对父亲尽孝道,而迪斯尼公司在改编时却为其注入了美国精神和个性,将具有独立意识的西方价值观注入花木兰的性格里,于是就导致她对待婚姻的特立独行,为中国社会环境所不容,遭到人们的非议,使她陷入失落和烦恼之中,引发她“敞开我的胸怀、去追寻,去呐喊,释放真情的自我,让烦恼不再”的吟唱。这歌声实际上就是花木兰的性格、思想、心理和情感的自我宣泄,同时也感动了观众,更为后来她“替父从军”的行动找到了内在的依据。本来在中国南北朝时期的民歌《木兰辞》和后世两千多年的民间传说“木兰从军”中,“替父从军”都是歌颂木兰为父、为国的“忠孝”之举,而到了迪斯尼手里却变成了独立意识所驱动的外在行动,与歌声中的内心诉求相应和。

用歌词来表达剧中主人公的心声是美国动画片常用的艺术手法。《埃及王子》中的《我别无所求》一曲,表达了摩西如何面对自己和解救希伯来同胞的强烈愿望;《钟楼驼侠》中的《天堂之光》倾诉了卡西莫多对爱斯梅拉达压抑很久的爱慕之情;《地狱之火》中则倾泻着弗罗洛的淫欲之火,隐喻着这火焰终将把他烧成灰烬。

这种用歌曲表达心声的手法,使画面与音乐、音响相配合,动画人物的外在行动与内心隐秘相呼应,往往能达到视听交融、声情并茂的艺术效果。

第三节 画外音、字幕与歌词

画外音也称旁白，是银幕或屏幕画面以外出现的一种解说性的话语。它通常是代表剧作者或剧中某一动画形象对人、事、物、景等的叙述或评价。画外音有时是叙述人的声音伴字幕的形式，有时以歌曲形式表现出来。无论以哪一种方式表现，其功用都有以下四点：

第一，介绍故事发生的时间、地点以及社会背景，使观众迅速进入剧中规定的情境中。

第二，在某一动画形象第一次出场时，伴随其动态造型的画面介绍与剧情相关的情况。

第三，当剧情的发展出现大幅度的时空跳跃时，对某些省略的事件过程做必要的交代和说明，以使前后衔接，不显突兀。

第四，对剧情发展中的某些现象发表评论，使观众准确而深刻地理解剧作的思想内涵。

画外音有两种主要表现方式：主观式和客观式。

一、主观式画外音

主观式画外音是以剧中某一角色的身份，用第一人称的口吻对剧中人物或故事情节发展中的某些态势发表主观性的评述话语。

在《国王与小鸟》(*The King and the Mockingbird*)的开端，小鸟作为剧中主人公站在塔基卡迪王国的废墟上讲述他亲身经历的故事："这是完全真实的故事。这是我的经历，也是许多人的经历。那还是我在幅员辽阔的塔基卡迪王国的王宫顶上筑巢的那个幸福的年代。在那个年代里，当政的是塔基卡迪的国王夏尔第五加三等于八，第八加八等于十六。夏尔十六不是贤明的国王，他讨厌所有人，这个国家的人也讨厌他。他喜欢孤身独居，放枪打猎是他最好的消遣方式。总之，跟你们直说了吧，我们跟他可不是朋友。"这是小鸟作为直接参与者以倒叙的方式讲述剧中的另一个主人公夏尔十六(一个已经死掉了的专制暴君)的故事。这段画外音可谓达到了"一石三鸟"的艺术效果：第一，小鸟要讲的故事虽然离奇荒诞，却是他亲身经历的，令人感到真实亲切，拉近了与观众的距离；第二，小鸟对剧中主人公夏尔十六的主观评价充满讽刺、嘲笑，他不直接说出夏尔十六，而是曲折地由

“夏尔第五（这可能是个好国王）加三等于八（夏尔第八可能是个较差的国王），第八加八等于十六（封建时代统治者一代不如一代，到了第十六恐怕是邻近灭亡了）”表达，话语极为简单滑稽，但嘲讽的意味却格外深长，实际上是在说夏尔十六已经是个“等而下之”又“等而次之”的末代君王了；第三，饶有风趣的画外音设置了全剧的悬念和幽默的喜剧格调：这是怎样一个“等而下之”的末代君王？他会有怎样可笑而又可耻可鄙的行为？塔基卡迪王国将是怎样在他手里灭亡的？观众期待着观看后面的好戏。

二、客观式画外音

客观式画外音是剧作者以旁观者的视角对剧中人物、事件、情景发表的评述性话语。

《亚特兰蒂斯：失落的帝国》开端的画外音伴随着字幕，配以在亚特兰蒂斯发生的激烈的战争画面，介绍了这个失落帝国的历史命运。史实上最早研究亚特兰蒂斯文明的人是柏拉图，他认为亚特兰蒂斯是海神波塞冬（Poseidon）给自己儿子们的领地，其中最大的儿子叫阿特拉斯（Atlas），这块大陆由此闻名。这是一段史料的引证，而后字幕伴出画外音：“在柏拉图的描述中，亚特兰蒂斯人拥有的财富多得让人无法想象。亚特兰蒂斯人最初诚实善良，具有超凡脱俗的智慧，过着无忧无虑的生活。然而，随着时间的流逝，亚特兰蒂斯人内心充满了膨胀的野心，他们开始派出军队，征服他们周边的国家，他们的生活也变得越来越腐化。无休止的极尽奢华和道德沦丧，终于激怒了众神，于是，众神之王宙斯一夜之间让地震和洪水降临在岛上，亚特兰蒂斯最终被大海吞没，从此消失在深不可测的大海之中。”这段画外音征引了柏拉图对亚特兰蒂斯发展经历的记述，表明这个古老帝国的灭亡虽是神话传说，但“膨胀的野心”和“腐化奢华、道德沦丧”是其走向灭亡的根本原因，剧作者的意图非常鲜明，借古喻今，警示现代人不要重蹈覆辙。这里，剧作者以第三人称转述柏拉图的话语是客观的，但对应着全剧所蕴含的内在寓意却是主观思想倾向的流露。

客观式画外音在动画里常常以歌词的形式出现，同样是对剧中人物、事件、景象等的评述。美国动画片《迷墙》中有一首歌，名为《再见，蓝天》（*Goodbye, Blue Sky*），歌中唱道：

再见，蓝天。
你有没有看见那些受惊吓的人？

你有没有听到炮弹的轰鸣？
你有没有想过当一个崭新的世界在碧蓝的天空下诞生，
我们却要找地方躲藏？
战火已熄灭但痛苦长存。
再见，蓝天。
再见，蓝天。

歌声中展现出不断幻化的画面：象征和平的白鸽在蓝天中飞翔，转瞬间白鸽血肉纷飞，化作一只凶恶而可怕的战隼，它的两只巨大的黑翅膀遮蔽了整个天空，它的双爪划过大地，到处鲜血淋漓；忽而，它又幻化成令人恐怖的战斗机；忽而，一个大腹便便的战争怪物出现了，它仿佛要吞噬整个人类；无数的战斗机起飞了；数不清的白色十字架竖起了……画面充分发挥了动画可以任意幻化的优势，与歌词相映照，强化了对战争的控诉，声画交融，震撼人心。

也有的动画片用优美的歌词来揭示剧中所表现的大自然的奥秘。《龙猫》中的"多多洛"（即指龙猫）美妙而神奇：

多多洛，多多洛，
多多洛，多多洛，
有人悄悄地，
在小路上埋下稻种，
小小的芽茁壮后，
便将秘密的暗路，
化作森林，
即将展开美妙的探险。
隔壁的多多洛，多多洛，
多多洛，多多洛，
以前便住在森林里。
隔壁的多多洛，多多洛，
多多洛，多多洛，
唯有在小孩面前，
"她"才会出现。

真是个神奇的约会，
下雨天，
公车站牌，
突然出现了胖妖怪。
当“她”撑起你的小伞，
这便是通往森林的护照，
神幻之门就此开启。
隔壁的多多洛，多多洛，
多多洛，多多洛，
可爱地浮在山冈。
隔壁的多多洛，多多洛，
多多洛，多多洛，
若有幸遇见“她”，
幸福就在此降临。

“龙猫”原本是日本民间传说中的一种动物，人们只是感觉到它的存在，但是谁也没有见过它究竟是什么样子的，因此，就以为它是大自然所孕育的一种叫做“多多洛”的精灵，非常神秘。宫崎骏把他“好像就在身边的感觉”物化为外貌是猫头鹰与穴熊的结合体，而且仿佛是“隔壁的多多洛”，是邻居，又是朋友，非常亲近，然而又似乎很遥远。“从前便住在森林里”，需要“通往森林的护照，神幻之门就此开启”。这“护照”是什么呢？就是儿童的纯真与大自然的精灵之间的生命与心灵的沟通。宫崎骏以丰富的想象和浓缩的情感赋予龙猫有形有色、有声有情的形象，寄托着他对大自然的热爱和对生命的美好祝愿。

动画片中的歌词常常将剧作者的情感与剧中人物的行动和剧情的发展融为一体，使之具有浓浓的诗情画意，达到较高的审美境界。

应该强调的是，画外音只是动画剧作结构的一种辅助手段，它在视觉上并不是直观可见的，也不是有震撼力的有声语言，因此，它的表现力和艺术效果是有限的。画外音多在剧作者无法选用其他艺术手段时使用，且不可多用。运用画外音时，有以下三点要求：

第一，画面已经表达清楚的内容，不需用画外音重复，只有存在画面无法表达的东西时，才可使用画外音。

第二，画外音的使用应服从剧作整体结构和某一特定情境的需要，但无论是选用第一人称还是第三人称，应注意前后统一，二者不可同时使用，以免造成叙述角度的混乱。

第三，画外音应简洁有力，富于情感，且朗朗上口，节奏感强。

思考题：

1. 动画剧作中的描述性语言具有什么特点？
2. 动画剧作的对话力求精练生动的原因是什么？
3. 运用独白时需要注意的原则是什么？独白可以用哪些方式表现出来？试举例说明。
4. 通过对比相同题材动画片中的对白出现比例，可以得出什么样的结论？在影片中怎样使用对白才算恰当？
5. 画外音的功能是什么？有哪两种表现方式？分别举例解释。

第九章 改编——动画化的再创造

〉〉〉〉 本章知识点

动画剧作改编的目的、步骤和方法

〉〉〉〉 学习目标

学会各种改编技巧，运用到动画剧作的改编实践中

所谓改编，对于动画剧作来说，实际上就是把原著当作素材，进行大胆而全新的创作，或取其人物、故事的内核；或取其构思的基本框架；或取其中某些元素，充分发挥动画艺术“自由创造”的独有优势，展开神奇的想象和幻想，才可能创造出令人震撼的动画世界，一切依葫芦画瓢的改编都会失去动画剧作的意义。

文中涉及的各种改编方法仅供参考，每一部成功的改编不但是一部新作品的创造，同时也是一种新的改编方法的诞生。

第一节 改编贵在创造

一、改编是动画剧作的重要来源

选择文学类名著(包括小说、剧本、传说、童话、神话等)进行改编是动画剧作的重要来源,这已成为公认的事实。许多成功的动画片多取材于各类经典文学名著。例如,《狮子王》取材自莎士比亚剧作《哈姆雷特》,《钟楼驼侠》取材自雨果小说《巴黎圣母院》,《花木兰》取材自中国古诗《木兰辞》,《白雪公主》取材自《格林童话》,《怪物史莱克》取材自威廉・斯蒂格的同名童话,《阿拉丁》取材自《天方夜谭》,《虫虫危机》取材自《伊索寓言》,《小鹿斑比》取材自菲利克斯・萨尔顿的同名小说,《僵尸新娘》取材自俄罗斯古老的民间故事,《美女与野兽》取材自古老的法国神话,《亚特兰蒂斯:失落的帝国》取材自法国作家凡尔纳的《海底两万里》和《最后的亚特兰蒂斯人》两部小说,《泰山》取材自同名小说,等等。日本动画片也有很多改编自文学名著,如《哈尔的移动城堡》改编自英国作家安娜・卡恩琼斯的同名科幻小说,《魔女宅急便》改编自日本作家角野荣子的同名小说,《听到涛声》改编自冰室牙子的同名小说等,至于日本的动画片多由连环漫画改编而成则是一种特殊途径,另当别论。中国的改编类动画片比较出色的只有《大闹天宫》和《哪吒闹海》,两者都取得了巨大成功,《金猴降妖》也算优秀,《宝莲灯》、《三国演义》、《西游记》等改编作品则创作乏力。

列举上述改编作品无非是要说明两点:第一,优秀文学作品确实为动画片创作提供了良好的艺术基础,但仅此而已,并不等于新的成功的动画作品已经诞生。第二,改编类动画作品的成功,主要在于动画剧作者以原著为基础,否则,不过是用动画手法将原作搬上银幕罢了。

因此,必须认清:任何文学名著只是动画剧作的题材来源,并不意味着,更不能保证改编而成的动画作品获得成功。

二、明确改编的目的

动画剧作者要想成功改编文学类作品,首先必须明确改编的目的、改编的内容,对于改编的必要性和可能性要有清醒的认识和深刻的理解,也就是说要明确哪些作品适合改编,自己是否具备改编的能力和条件。提出这些问题并不是空穴来风、无的放矢。许多改编作品未能获得成功，实际上是由于剧作者对上述问题认识不清、理解不深而造成的。

有人认为:“选好了题材，就成功了一半，名著肯定是好题材。”诚然，动画剧作不否认选择题材的重要性，但更重要的是，剧作者要对题材理解和体验具有一定的深度、广度和高度，以及处理题材、驾驭题材、表现题材的艺术功力和思想文化修养。

有人自身原创力匮乏，以为改编是条捷径，只要对原著进行动画化处理就行了，这完全是一种误解。还有人认为改编比原创容易得多，这种想法也有偏差。造成上述错误的想法和做法的根本原因是对艺术作品改编的本质认识不清，甚至根本没认识，这也是我国动画改编难以成功的根本原因。

改编的本质是什么？是创造，是在原著的基础上进行一次全新的动画艺术的再创造。一切艺术都是创造，改编是由一种艺术形式向另一种艺术形式转化的艺术再创造，它不是简单地照搬、移植，而是一次全新的艺术创造。如果说原著是客观世界的“首次艺术发现”，那么改编则是对原著及原著中所描写的客观世界的“再次艺术发现”，这种“发现”是由剧作者的艺术眼光和审美追求所决定的。如果说原著是原著者与客观世界主客观统一的产物，那么，改编的动画剧本则是改编者与原著及其反映的客观世界主客观统一的产物。也就是说，原著及其展现的客观生活状态对动画改编者来说是客观的，改编者必须以自己的主观意识、审美态度和艺术感觉去理解、发现并体验原著中的人物、情节、情境，然后运用动画思维逐渐形成全新的动画艺术构思，才能进入改编的创作过程。

戏剧作品《哈姆雷特》已经被实拍电影改编了近20次，每一次成功的改编都有各不相同的艺术再创造，体现着不同改编者对原著的独特发现、理解和体验以及所采用的不同艺术表现手法。实拍电影的改编尚且如此，更何况动画影片的改编呢？如果不能充分发挥“神话本性”和“游戏本性”的独特优势，何必还要制作成动画片呢？直接用真人演员来演不是更好？《狮子王》的成功充分证明了动画特有的艺术魅力。改编动画与原著及其成功改编的影片各有千秋，都是富有创作个性的艺术作品，具有独立的艺术品格和审美价值。

综上所述，动画剧作者在阅读和分析某一文学类作品时，有了独特的感受和新鲜的发现，引起了丰富的想象和联想，从而产生了动画思维的灵感，燃起艺术再创造的冲动，因此，把这种感受、发现、想象和幻想表达出来才是改编的真正目的。倘若没有强烈的表达欲望，便不会产生创作的激情和冲动，还有什么必要进行改编呢？

三、改编的基本步骤

在动画剧作改编的过程中，具体做法多种多样，有人从一个形象造型中获取灵感，有人由某一巧妙情节引发新意，也有人通过环境的移置发现了一片神奇的梦幻世界……但无论怎样，有三个基本步骤应该完成：

第一步，选择最适合改编的作品。

这里提出的“最适合”是指“双向适合”：一方面作品本身适合改编成动画剧本，另一方面是改编者有能力、有条件改编好这部作品。只有达到“双向适合”，才有改编成功的可能。

文学作品应具备三个条件，才适合改编成动画片：第一，作品通过鲜明生动的艺术形象表现了深刻的思想内涵和具有普遍意义的哲学思考，是人类永久的精神财富；第二，人物性格突出、个性鲜明、动作性强，故事情节曲折多变、富有戏剧性、构思新奇、表达巧妙、极富审美价值，是人类享受不尽的艺术宝藏；第三，中外著名的文学类作品跨越民族和国界，跨越时代，经得起长久的时间考验，从而愈加闪耀其思想光芒和艺术特色，具有超越时空的永恒价值，成为全人类的瑰宝。

由文学名著改编而成的动画片凭借上述三条就具有很强的观赏吸引力和票房号召力，这正是改编的决定性因素。

虽然文学名著为改编提供了极好的思想艺术基础，但这只是动画剧作再创作的题材，决定改编成败的关键还在于运用动画思维，根据动画艺术特征，遵循动画创作规律和方法进行全新的、动画式的艺术创造，这无疑是对改编者提出的要求。

改编者也应该相应具备三个条件：第一，有较高的思想、理论水平、文化修养和广博的知识；第二，有较高的艺术鉴赏力，特别是对文学作品的解读和分析能力，能够较深刻地把握其中丰厚的思想内容和艺术品格；第三，能比较熟练地掌握动画艺术的创作规律和方法，有较强的动画专业敏感，能从文学名著中发现构成未来动画作品的潜在因素，并有能力运用动画思维将文学形象转化为银幕上的动画形象。

改编者与被改编的文学作品达到了“双向适合”也就实现了主客观的统一，为进入动画再创造的艺术构思提供了先决条件。

第二步，深入研读原著，唤起艺术再创作的冲动。

改编者在反复研读原著的过程中应从三个方面深入发掘，这是掌握改编的关键所在。

首先，必须深刻认识和挖掘原著中最本质、最闪光、最耐人思索的主题思想，如《西游记》中孙悟空不畏妖魔鬼怪敢于斗争的反抗精神,《巴黎圣母院》中宗教上层的虚伪、邪淫和残忍与下层民众的真诚、善良和友爱之间的巨大反差和鲜明对比。发掘了原著的思想精髓,也就掌握了改编的要领。

其次,牢牢抓住主要人物的性格特征及其具体表现形态,从中开掘富有动画性的要素。孙悟空的猴、人、神融为一体的外在造型与幽默智慧和神勇的内在品质有机结合,极具动画的神话本性和游戏本性;卡西莫多外貌的极端丑陋、畸形,造成严重的失衡和心理扭曲,但他的内心又是非常纯洁、正直的,从而导致行动怪诞而奇特,易于引发动画化的联想和想象。

再次,寻找动画化再创造的切入点,展开超越原著的想象和幻想。这种切入点有的是由人物性格引发的,如孙悟空;有的是由人物性格之间的强烈对比产生的,如卡西莫多与弗罗洛;还有的是由人物的核心动作唤起的,如花木兰;更有的是由于环境的移置而开辟了一片广阔的天地,如狮子王等。总之,不同的改编切入点由不同改编者对原著的理解、体验和发现来决定。一旦有了切入点,实际上就已经开始进入了改编的构思过程。

第三步,逐步实现由文学形式和手法向动画表现方式的转化。

在进入再创造的动画艺术之后,必然面临着把抽象观念式的符号性的文学语言转化为具体的,形、声、画和运动融为一体的视听语言,因此,必须完成时间和空间的变换、视像性造型运动的转化,完成画面与声音交融的再创造。

1. 时间与空间的变换

文学作品中对时间的描写一般比较粗略,常常一笔带过,如"冬去春来",而对空间、环境的描绘有的虽然很细致、具体、生动形象,如《巴黎圣母院》巍峨壮观、庄严肃穆的哥特式建筑群,仿佛充满了神秘和玄妙,但毕竟是语言符号,并没有具象化的视觉画面;还有的文学作品几乎没有时空观念,如叙事民歌《木兰辞》中只有一句"暮宿黄河边",具体是什么时间?在黄河边什么地方?根本没有交代。而在动画剧本中,每一个画面、每一个镜头、每一组蒙太奇段落都必须由具象化的时间和场景呈现出来,即使是时空的跳跃,也应让人在场景的变化中感受得到。因此,在改编文学作品中,首先面临的就是作品整体时空的再造,也就是将文学作品中的时空转化为动画剧作中的全新时空。如《花木兰》完全是对时空的具象化创造,而《狮子王》则将场景移植到非洲大草原,也是对时空进行全新的再创造。

2. 视像性造型运动的转化

在使文学作品动画化的改编中,必须将文字符号视觉化,将静止的描写运动化,将心理的刻画转化为可视的外在显现。因为视像性是动画艺术的重要特征,运动性是动画艺术的生命所在,是最富有艺术表现力的手段,同时也是最易引起观众兴致的场景。《西游记》原著中,孙悟空从东海龙王处取走金箍棒一段这样写道:

龙王道:(指定海神针)那是大禹治水之时,定江海深浅的一个定子,是一块神铁,能中何用? ……悟空道:“拿出来我看。”龙王捏手道:“扛不动,抬不动! 须上仙亲去看看。”悟空道:“在何处? 你引我去。”龙王果引导至海藏中间,忽见金光万道。龙王指定道:“那放光的便是。”悟空撩衣上前,摸了一把,乃是一把铁柱子,约有斗来粗,二丈有余,他尽力揝过道:“忒粗忒长些,再短细些方可用。”说毕,那宝贝就短了几尺,细了一圈。悟空又掂一掂道:“再细些更好。”那宝贝真个又细了几分。悟空十分欢喜,拿出海藏看时,原来两头是个金箍,中间乃一段乌铁,紧挨箍有镌成的一行字,唤作“如意金箍棒”。重一万三千五百斤,心中暗喜道:“想必这宝贝如人意!”一边走,一边心思口念,手掂着道:“再短细些更妙。”拿出外面,只有两丈长短,碗口粗细。

上述文字写孙悟空取金箍棒的行动,但动作性并不强烈,视像性更不鲜明,直接转化为银幕上的镜头运动必然显得简单、沉闷。请看动画片《大闹天宫》的改编者是怎样进行视像性造型运动的转化的:

龙王带猴王在岩洞中走着,这岩洞上下曲折,两人最后走到岩石的最高处,向下望去,只见远处黑蒙蒙一片,龙王说:“大仙请看。”

猴王道:“这是什么宝贝?”

深水中竖着一根黑漆漆的柱子。

龙王说:“这个宝贝可有来历,这是当年禹王治水时留下来的一根定海神针。”

猴王向下一看。

龙王继续说:“大仙要是拿得动,就送给大仙。”

猴王跳了下去。猴子跳到黑柱子旁,围着柱子一转,柱子旁的水草随着猴子转过,渐渐落了下来。猴王跳到旁边一块岩石上坐下,只见柱子一阵阵发出光芒,随后震动一下,变成了金箍棒。

猴王看着,又惊又喜,自语道:“真是个宝贝。”说完纵身一跳,蹿过去。

(金箍棒特写)猴王走近用手摸,粗有合抱,不断发出耀眼的光芒。

猴王喜极说:"好宝贝,可惜太粗了点儿,能细一点儿就好了。"

话刚说完,那宝贝立刻细了一圈。

龙王惊异地朝下面看着猴王。

猴王抱着柱子摇了几摇,说:"再细一点儿。"

金箍棒立刻又细了一圈。

猴王摆开架势,用力一提,把金箍棒拔了出来。

海中顿时翻腾起来,龙王站立不稳,东倒西歪,吓得抱着栏杆不敢动。

龙宫震动。

龙宫大门晃动。

猴王把棒舞动几下,还是太大,施展不开。

猴王提棒在手,定睛一看,只见棒上有一行字,闪着光,上面金字写着:"如意金箍棒,重三万六千斤。"

猴王大喜,一面舞动着棒,叫道"小、小、小、小",金箍棒果然又变小了许多。

猴王满心欢喜,提棒在手,舞弄起来,但见一片金光闪闪,猴王舞到最后用脚将棒踢起,又接在手中。

猴王一面舞棒,一面跳上石崖,收起棒来,跳到龙王面前。

猴王笑嘻嘻地向龙王拱拱手说:"老邻居,俺老孙多谢了。"

龙王抱住柱子怒气冲冲地说:"这是我镇海之宝,不能拿走。"

猴王说:"只要我拿得动,就送给我,难道你说了不算吗?"说完将金箍棒一晃,缩成绣花针大小,塞在耳中,转身走了。

这场戏非常成功地完成了从文学语言形式向动画视听语言形式的转化,围绕着金箍棒的由粗变细、由大变小的过程,孙悟空对它越来越感兴趣,拿走的欲望越来越强烈,而龙王则越来越惊奇,越来越舍不得。这里的物体在变化,两人的肢体、心理和情感配合着语言在不停地变化运动,场景也有几次变化,一切都可视、可听、可感,而且金箍棒粗细、大小的变化更是发挥了动画特有的神奇效果,大大增强了动画整体的动态感和幽默感。如果再用不同的镜头运动和蒙太奇技巧组接起来,则更加强了运动的连续性、节奏感,更富有艺术感染力。

3. 把声音作为剧作的一大要素

动画的视听语言是声画结合的运动形式，因此，要求改编者不但要有视觉形象的感受能力，同时还要有创造性地运用声音的能力。声音虽然是无形的，然而剧本中一旦出现描写声音的内容并表现在银幕上，就能构成形象，给人留下深刻的印象。以声音为戏剧元素对于刻画人物、推动剧情、加强真实感、烘托环境和渲染气氛都起着重要作用。特别是动画影视在借助科技手段后，更能深入到声音领域的各个方面，表现各种极微妙、怪异的声响。

这里所说的声音是指音乐和音响，不包括对话、独白和旁白之类。

美国动画片最善于用乐曲配合歌声表达情感、渲染气氛，造成浓郁的抒情效果，深深打动人心。例如《埃及王子》中，《摇篮曲》配合摩西被放入尼罗河漂流的画面，由母亲的歌声将过去与现在连接起来，揭示了主人公的真实身份；《灾难之歌》配合埃及所遭遇的种种灾难的画面，镜头运动中用摩西与兰姆蒂斯的对唱表现双方针锋相对、箭在弦上的矛盾斗争，一触即发似乎已经不可避免了，歌声具有强大的震撼力，激化了冲突，推进了剧情发展；主题曲《如果你相信》与希伯来人走在通往自由的路上，孩子们嬉戏、欢笑，牛羊成群地奔跑等画面结合在一起，阐释了坚定、自信和虔诚的信仰能够创造奇迹、创造美好未来的主题。此外，还有《序曲》、《我别无所求》、《米甸祭祀的歌声》、《魔术师的催眠》等，都在不同的场景和画面运动中发挥着不同的作用，成为全剧不可缺少的有机组成部分。

运用乐曲和歌声构成声画结合的蒙太奇组合是改编剧作的重要手段之一，是动画艺术构思中不可忽视的剧作要素。

同样，音响也是构成声画组合的要素。在《花木兰》中，木兰决定替父从军的雷雨之夜的片段里，在木兰“进香”、“用花簪告别时取走征兵令”、“拔剑断发”、“换上男装”、“马厩牵马”、“出门回望”和“奔驰而去”等一连串动作画面和镜头运动中，音乐由低沉逐渐转入激昂、亢奋，同时伴随着雨声、雷声的时大时小，拔剑的声音、马的嘶叫声、开门声、马蹄声等交替出现，时断时续，音乐、音响与人物、动作的画面完美组合，烘托着、强化着“木兰从军”这一行动背后的果敢、义无反顾的心理和性格。

日本动画片《秒速 5 厘米》虽改编自长篇漫画，但其中音响的运用却是剧作者的再创造。剧中多次出现的火车车厢与车厢连接处的画面，配合着“咣当、咣当”的撞击声，再与时而出现的男女主人公相互思念、企盼、等待、失望的画面组接在一起，不但外化了人物内心的焦虑与不安，同时也震撼着观众的心灵。

改编者在经历上述三个步骤的孕育后，整体的剧作构思已接近成熟，这时改编者必然会产生强烈的创作冲动和不吐不快的激情，于是，一部在原著的精髓中饱含着改编者的思想情感、创造功力和艺术才思的全新动画剧本即将诞生。

第二节　改编的方法

长期以来，人们对于“改编是否忠于原著”的争论一直没有停止过，这样的争论其实大可不必。改编不过是从原著中取材进行再创作。改编方式可以多种多样，不拘一格。对于原著，剧作者们仁者见仁，智者见智，各取所需，各抒其情，各明其志。评价动画作品的唯一标准是思想文化价值和艺术审美价值。而对于原著的增删和修改则不必多加指责，只要改编后的动画剧作符合逻辑并具有独特的审美意义，就应该承认它是一种新的创造。

对于改编的动画剧作来说，改编方法本身就是一种艺术创造。在《狮子王》、《怪物史莱克》和《花木兰》出现之前，谁曾想过这样的改编方法？应该强调的是，动画改编与一般实拍影视作品的改编不同，动画再创造的空间更大、更自由，因而，改编的方法和手段也更灵活多变。这里只介绍几种方法供参考和借鉴，但剧作者们千万不能生搬硬套地使用，大胆创新才是根本。

一、浓缩改编法

这种改编法基本保留着原著的人物形象特征、人物关系、故事情节、时代背景、生活环境和艺术风格，但对人物、情节等进行削减和压缩，在原著中又深入挖掘可能展开的动画想象的空间，以便充分发挥动画的夸张变形、超越时空的全能表现方式。根据小说《巴黎圣母院》改编的动画片《钟楼驼侠》便是一个成功的范例。

《巴黎圣母院》是19世纪法国浪漫主义文学运动领袖维克多·雨果的代表作之一。小说以15世纪的巴黎为背景，描写的是，巴黎圣母院主教克洛德·弗罗洛作为一个祭司，认为情欲是罪恶，会毁灭人的灵魂，但是当他看到以卖艺为生的吉卜赛女郎爱斯梅拉达之后，被她的美貌吸引，他那被禁欲主义所压抑的情感蠢蠢欲动起来，疯狂地爱上了她，并且不择手段地想占有她。弗罗洛指使他的养子卡西莫多在街头劫持爱斯梅拉达，但她却被弓箭队队长菲比斯救出。女郎爱上了轻浮的队长，为此，弗罗洛怒火中烧，挑拨离间，陷害女郎。在主教罪恶的情欲支配下，他对她的追求却变成了对她的迫害。菲比斯为了维护自身的地位和利益不惜牺牲与爱斯梅拉达的爱情，成了弗罗洛的帮凶。而巴黎圣母院的敲钟人卡西莫多相貌非常丑陋而怪异，但心地善良。他也深深地爱上了爱斯梅拉达，但他的爱却是高尚的，具有人道主义和自我牺牲的精神。他自惭形秽，自愧不配有爱。当弗罗洛的罪恶企图不能得逞时，他便对爱斯梅拉达判死刑。行刑之日，卡西莫多奋不顾身地来到教堂前的法场上把女郎救出，并安置在圣母院顶楼避难。教会视吉卜赛女郎为女巫，法院予以逮捕。巴黎下层社会的乞丐们闻讯赶来攻打圣母院，营救女郎。混战之际，弗罗洛把爱斯梅拉达劫出圣母院，威逼她屈从他的兽欲，但遭到了女郎的断然拒绝。于是弗罗洛把她交给追捕的官兵，美丽的少女在圣母院的顶楼上被绞死了。当卡西莫多发现自己无法救助女郎时，深感绝望而愤怒，毅然将自己的养父、主人、道貌岸然的伪君子弗罗洛从顶楼推下去摔死。同一天，钟楼怪人卡西莫多也失踪了。18个月后，人们在收放犯人尸体的地窖里发现了他和女郎的尸骨，一具把另一具抱得很紧。书中结尾写道："人们想要把他和他抱着的那具尸骨分开，他就倒下去化作了灰尘。"

这个故事充满了戏剧性和浪漫色彩，以及渗透于其中的深刻思想内涵，为再创作者们提供了广阔而丰富的想象空间，非常适合改编成动画影片。

从有利于改编为动画片的角度着眼，《巴黎圣母院》的戏剧性表现在人物形象、人物关系、人物行动和环境造型四个方面。

第一，雨果笔下的人物形象、外貌和内心、行为和性格极其鲜明：爱斯梅拉达天真美丽、善良而勇敢；弗罗洛端庄而威严、猥亵而险恶；卡西莫多虽奇丑无比，但善良而纯真；菲比斯英俊而潇洒，又轻浮而自私。显然，人物自身、人物之间关系以巨大反差和强烈对比，构成了真与假、善与恶、美与丑的多重矛盾冲突。雨果认为："丑就在美的旁边，畸形靠近着优美，粗俗藏在崇高背后，恶与善并存，光明与黑暗相共"，"把阴影掺入光明，把粗俗结合崇高而不让它们相混"[①]，正是这种美丑对照使人物造型的动画设计个性各异，色彩丰富，戏剧效果更浓。

第二，雨果在小说中设计了两组三角关系：一组是爱斯梅拉达和卡西莫多、弗罗洛之间的恩与爱、情与仇的关系；另一组是爱斯梅拉达和菲比斯、弗罗洛的恩与爱、妒与恨的关系。这四人两组的感情纠葛蕴藏着强烈的戏剧冲突，形成了推动情节进展的冲击力，为动画片奠定了良好的剧作基础。但人物关系和情感纠葛太复杂，导致情节曲折，不能满足动画剧作的要求，剧作者必须忍痛割爱，大力削减，

① 雨果著，柳鸣九译：《克伦威尔序言》，转引自伍蠡甫主编：《西方文论选》下卷，上海译文出版社1979年版，第183页。

于是确立可以卡西莫多为主人公，以集中表现“钟楼怪侠”的美好心灵为中心，原著中的主人公爱斯梅拉达成了卡西莫多与弗罗洛矛盾冲突的媒介，弗罗洛对她占有不成反要杀害，而卡西莫多牺牲自己的爱情成全菲比斯，两人对比鲜明，这样两组三角关系浓缩成单纯而丰富的戏剧情节，充满悬念与巧合、发现与突转，紧张曲折，变化莫测。这样，改编后的故事通过动画手段展现在银幕上将会极具观赏性和吸引力。

第三，人物形象造型的奇特差异、人物性格的鲜明对比以及人物之间矛盾冲突的尖锐激烈，决定了人物行动富有传奇色彩。动画家充分发挥了想象，对人物行动进行了大幅度夸张的设计：爱斯梅拉达跳舞飞转迷人，卡西莫多在愚人节被众人愚弄、欺侮，爱斯梅拉达的同情与帮助，弗罗洛迫害爱斯梅拉达，卡西莫多救助她时，抱着她飞檐走壁，攀援绳索在圣母院塔楼间自由悠荡。最后，卡西莫多成功救出了爱斯梅拉达，将弗罗洛从钟楼上推下去摔死。原著的悲剧转变为皆大欢喜的喜剧结局，更符合动画的喜剧性特征。

第四，发现并挖掘原小说中的“非小说”、“非戏剧”的成分，赋予其独特的戏剧效果。小说第三卷描写了15世纪巴黎圣母院的建筑，它与故事情节毫无关系。但雨果本人很重视这一卷，他在《定刊本前记》中请求有水平的读者在这些小说之下的非小说成分中寻找隐藏的美学和哲学思想，并说它“将使《巴黎圣母院》变得完整”。雨果对巴黎圣母院的建筑艺术情有独钟，把它描写成“一个巨大的石头交响乐”，它代表着哥特式建筑的最高成就。巴黎圣母院建于1163年至1235年，工程历时72年。它的正面是一对高六十余米的钟塔，靠近后面的是一座高达90米的尖塔。大门一反罗马式厚重阴暗的半圆形拱门的教堂样式，而采用两根交叉的曲线结成线条轻快的尖拱券。尖塔、尖拱券，再加上晶莹剔透的飞扶壁，修长华美的立柱、簇柱等，表现出一种向上升腾、驾空缥缈的气势，使人们产生超凡入圣的宗教感情。正是在这神圣而崇高的圣母院里发生了卡西莫多和爱斯梅拉达的悲惨故事。动画家抓住了环境与命运的反衬、美与丑的对抗，使静态的教堂与动态的人物相互映衬，产生了强烈而富有讽刺性的悲剧意味，在“石头交响乐”中控诉了中世纪神权和法权的黑暗统治，预示着浪漫主义的理想之光。

雨果的浪漫主义就是给予作家思想的自由和在艺术上发挥独创性的最大自由。他说：“思想是一片肥沃的处女地，上面的庄稼要自由地生长。”正因如此，他怀着美的理想来描写丑恶，怀着对光明的追求来揭露黑暗，刻画丑恶和黑暗的目的正是为了“在人类灵魂中再燃起理想”，使人的精神向着张扬人道与自由的崇高境界不断上升。

动画片《钟楼驼侠》深入细致地发掘原小说《巴黎圣母院》中适合由动画艺术展现的思想和艺术因素，并发挥出动画特有的优势，完成了经典的改编。

二、拓展改编法

在某些文学作品中，某一人物的重大行为或某些故事情节虽然很简单、很粗略，但很有艺术价值，很有改编成动画作品的潜在优势，于是，改编者将其挖掘出来，加以大肆拓展、延伸和补充，使其构成人物性格、人物关系、矛盾冲突、故事情节和场景环境等非常完整的动画剧本，这种方法被称为拓展改编法。动画片《花木兰》当属这种改编的成功范例。

中国古代叙事民歌《木兰辞》只描述了大敌当前，木兰替父从军这一行为，千古流传，举世称赞。但木兰怎样离家？怎样入伍？到军营里怎样训练？如何打仗？怎样战胜敌人？立了什么功劳？为什么得到皇帝的奖赏？……诗中叙述得非常简约、概括，缺少视觉性的造型和动作，也达不到90分钟左右的动画片容量。但是，改编者以动画艺术的敏感发现"女扮男装"、"替父从军"、"征战杀敌"、"立功受赏"等较抽象、概括的事件中潜藏着极丰富的戏剧元素和动画元素。其中，大敌当前，敌我矛盾深重；"女扮男装"对父亲、家族、军队而言暗藏危机，同时木兰自己内心也充满矛盾；在全是男人的军营，隐瞒性别必然会引出许多搞笑的情节和细节；面对强暴的敌人如何杀敌立功，更是对木兰的最大考验……重重戏剧冲突、喜剧潜质和动画化的夸张、变形的可能性，使改编者大有发挥动画艺术超越时空、超越现实的优势的空间，将原有的简单事件加以拓展、延伸和补充。于是，在人物方面，剧作者大大丰富了女主人公花木兰的思想性格，把她塑造成一个虽然有着东方相貌，却有着西方自我意识和独立品格的中国古代女性，她忠孝耀祖、刻苦努力、勇敢坚强、机智敏锐、救君卫国，是一位传奇式的巾帼英雄；剧作者还增加了男主人公李翔，既是木兰的教官，后来又成为她自由恋爱的对象；又在木兰身边安排了一个小伙伴木须龙，他实际上是花家列祖列宗派出的木兰的监护者；最后，剧作者安排蟋蟀这个角色在木兰遇到困难时常常与木须龙一起为木兰打气，鼓励她坚定信心。蟋蟀和木须龙这两个小角色既制造了许多麻烦，又带来许多乐趣，大大增添了喜剧效果。还有木兰最忠实的好伙伴黑马，为木兰从军和英勇杀敌作出了重大贡献。此外，动画片还将皇帝描绘成慈父一般的君主。

在剧情方面，剧作者在改编时拓展了许多重要情节，比如开端的相亲闹剧，在祖先祠堂发誓，削发从军，祖先们派遣木须龙监护木兰，木须龙与蟋蟀帮助木兰在军营隐瞒身份，木兰爱上了李翔，木兰在雪山脚下激战，机智地造成雪崩，导致敌军覆没，木兰与李翔在雪海相互救助死里逃生，木兰身份暴露，李翔以命相保，皇帝被绑架，木兰单身救出皇帝，木兰救主救国立功，皇帝赐官封赏，木兰辞官，木兰恢复女儿身，衣锦还乡，李翔随后登门提亲。一首三十余句、300 多字的叙事小诗，居然在改编者的笔下拓展为时长 88 分钟的影院长片。

三、截取改编法

截取改编法是指，在一部文学名著中选取其中最适合运用动画形式表现的某一部分或某几个部分进行改编，构成一部完整的动画作品。这是一种常用的改编方式。

动画片《大闹天宫》的改编选取了中国四大名著之一的《西游记》中的前七回，即“石猴出世”、“学得长生之道”、“讨得如意金箍棒”、“花果山称王”、“大闹天宫”、“被压五指山”等情节。《西游记》作为中国文学史上一部伟大的浪漫主义神话小说，非常适合改编为动画影视片，尤其是前七回，仿佛吴承恩就是专为拍摄动画片而写的。

《大闹天宫》中蕴藏的动画要素几乎是无所不有的。择其要者，简述几点：

其一，孙悟空是中外文学史上独一无二的、最神奇的动画形象。他集猴的灵性、神的法术和人的思想、心理、情感于一身，手持三万六千斤的如意金箍棒，翻一个“筋斗云”飞行十万八千里，有七十二般变身术，火眼金睛能看穿妖魔鬼怪，他的外在形态是猴子自然习性的高度夸张和升华，是个神猴，而内在精韵却是一个有理想、有美德的美猴。他积极追求平等自由的人性解放，敢于冒险，开拓进取，不畏强暴，勇敢斗争，机智聪明，乐观幽默，这样一个亦猴亦人亦神的艺术形象对于动画创作者来说的确是千载难逢的。

其二，孙悟空所处的环境是天宫，这是一个没有任何时空界限的场所，他完全可以为所欲为、任意驰骋。自然环境如此，其人文环境更是各路神仙大显神通的场所。天宫似为仙界，实是人间的投影，天宫实际上是玉皇大帝统治的等级森严的神权世界，与当时社会的封建统治何其相似。玉皇大帝不过是个昏聩糊涂、不辨贤愚而刚愎自用的独夫，只会玩弄一些阴谋诡计和政治欺骗的伎俩。孙悟空原本生活在“仙的福地，古洞神州，不伏麒麟辖，不服凤凰管，又不伏人间王位拘束，自由自在，乃无量之福”。这是人性自由平等的生存状态，因而，对于天宫的不自由、不平等、受侮辱、遭伤害的境遇自然要奋起而反抗斗争，这是孙悟空的思想性格处于天宫这样的环境所产生的必然冲突，也正是人世间广大民众对封建统治者进行反抗斗争的必然逻辑。

神奇的造型形象、勇敢的斗争性格、积极的人性追求、恶劣的生存环境、无限的动作时空，充满浪漫幻想，为动画艺术发挥自身优势提供了再好不过的基础，也为动画艺术家施展自己奇妙的想象、伟大的创造以及艺术才能，提供了极好的机遇。

《大闹天宫》的改编虽然选取自《西游记》的前七回，但改编者并未按原著情节照搬，而是有所突破，有所创造，构成了一部完整的动画艺术作品。正如该片导演万籁鸣在谈及剧本的改编时所说："在改编古典文学作品时当然应该忠实于原著，忠实于原著的主要人物、主要情节，忠实于原著的主题，忠实于原著的浪漫主义色彩。但这个'忠实'不等于照抄照搬，因而不应该拘泥于原著。……改编《西游记》为动画电影剧本时，根据主题和人物性格的要求，决心对孙悟空'刮目相看'，使原来自己心目中的他来个'脱胎换骨'，把他刻画成一个反抗者和叛逆者的形象。"于是推翻了原著中孙悟空被玉皇大帝请如来佛镇压在五指山下的悲剧结局，而"改为让孙悟空踢翻八卦炉，拿起金箍棒，打上灵霄宝殿，几乎使玉帝坐不成宝座，这样就使孙悟空的形象格外丰满和完整。"[①]这种改编既符合孙悟空思想和性格的必然逻辑，满足了观赏者的心理期待，同时也达到了性格和情节的双重整体性。

四、幻化改编法

幻化改编法是提取原著之核心，即文学名著中的基本思想内容，它具体表现在主要人物的思想性格、主要行动、主要人物关系和基本情节的脉络上；然后对原著进行全新改造，通过大胆的想象和幻想，使原著的人物、情节幻化为面目全非的新形象、新故事，让观众几乎联想不到原著，无法与改编联系起来。

这种改编方式取得成功的范例应属美国迪斯尼公司出品的《狮子王》。

其实，莎士比亚的悲剧代表作《哈姆雷特》是不适合改编成动画片的。如从悲剧人物、情节、环境入手企图对应式地转化为动画表现形式，几乎难以找到切入点和展开动画式的想象。其中最大的，也是最主要的难点在于主人公哈姆雷特的思想和性格：他内心非常复杂，充满矛盾，十分忧郁。叔父杀死父王，母后改嫁叔叔，国家陷于黑暗和混乱，"丹麦是一所监狱"，父王魂魄出现，让他复仇；老同学、好朋友、心爱的人都变成了奸王的帮凶；爱情、友谊、人文主义的生活破灭，但他又要承担"重整乾坤的责任"，感到孤立无助，"生存还是毁灭"，复仇还是逃避……这种种沉重的、悲剧的心理矛盾冲突又是通过大量的独白表达出来的，如果要忠实于原

① 万籁鸣口述，万国魂整理：《我与孙悟空》，北岳文艺出版社1986年版，第136、141页。

著实在不适合，甚至不可能转化为动画形象。

但是，王子复仇的故事太震撼人心了，400 多年来一直久演不衰。话剧、歌剧、舞剧演过成千上万场次，电影拍过十几次，票房号召力太强大了。迪斯尼的动画家们怎么能就此罢手呢？改编者紧紧抓住原著中“为父报仇、夺回王位”这一核心内容，努力寻找切入改编的突破口，不知受到什么触发联想到狮子和草原，于是产生：“王—丹麦之王—森林之王—狮子王”。这一闪念突然出现，激发灵感，想象和幻想的闸门一下子打开，把人世间的矛盾斗争转移到动物中去，展现在非洲大草原上，一切便豁然开朗了，幻想的翅膀可以在广阔的空间自由飞翔了……于是，保留原著戏剧冲突的焦点和基本情节内核，删减人物，简化人物关系，丹麦王国的夺权斗争幻化成红狮父子与黑狮（老红狮之弟、小红狮之叔）之间的矛盾斗争……并且，剧作者还从动物中挖掘新的戏剧因素，设计了白毛猴的抚爱和激励，红嘴鸟的戏弄和调侃，三只土狼的贪婪和阴谋……大森林里的大象、斑马、长颈鹿，日、月、风、雨、山谷、小溪……剧作者用尽一切动画技巧，使动画作品令人愉悦、令人倾倒。在这个多彩的动物世界里，观众仍然能感受到“哈姆雷特式”的震撼。

五、颠覆改编法

文学名著长期以来已经在人们心中留下了传统的艺术模式，形成了根深蒂固的审美价值，而颠覆性的改编就是反其道而行之，打破传统，消解经典，将原著中的核心内容和人物形象摧毁得面目全非，然后再重新组合成既熟悉又陌生的动画作品，给人一种新鲜的感觉。动画片《怪物史莱克》根据威廉姆斯的同名童话故事改编而成，它几乎全面覆盖了原著的主要内容。

1. 人物形象的颠覆

传统童话的主人公原本应是勇敢英俊、舍身救美的白马王子，而史莱克却是奇丑无比、粗俗自私、孤僻自卑的家伙，而且浑身是毛病，让人无法与之相处；作为女主人公的公主本应是美丽善良、雍容华贵、娇羞柔情的少女，而菲奥娜虽是公主，也很美丽，但却蛮横任性、满腹牢骚，还身怀“临空蹬腿”的绝技，更令人震惊的是一到夜晚她就会变成面目狰狞的怪物；与主人公对立的法尔奎德，虽也邪恶，妄图娶菲奥娜公主为妻，使自己成为真正的国王，但在菲奥娜遇难时，他不是舍身去救公主，而是在史莱克救出公主后，以归还他沼泽地作为交易条件，这就消解了双方的尖锐矛盾。

2. 爱情的颠覆

传统童话中的爱情是王子与公主一见钟情，几经磨难，终成眷属。史莱克与菲奥娜既非一见钟情，又非痴情相救。史莱克救她的真实目的是履行要回沼泽地的协议。后来当史莱克敢于正视自己内心的情感时，才恍然大悟并及时赶到菲奥娜的婚礼现场，倾吐了真情。这种以财产交换爱情和有爱而不敢表白的自卑心理是传统童话中根本不可能出现的。

3. 情节的颠覆

传统童话中英雄救美女、王子救公主是何等充满浪漫色彩的情节，令人向往，让人羡慕。然而史莱克的救美却是为了交易。公主菲奥娜被囚禁在古堡的高塔里，由一头火龙看守着，勇敢的骑士们前去攻打，却被故意处理成啼笑皆非的闹剧；还有公主菲奥娜小时候曾被巫婆施魔咒，一到夜晚，她就失去了美貌，只有得到真爱的一吻，才能获救；当史莱克被国王处以极刑，菲奥娜被永远囚禁时，竟然是驴子和火龙及时赶到，救出了他们。这些荒诞不经的离奇情节，是传统童话里不曾有过的。

至于对匹诺曹、罗宾汉、小矮人、三只小猪和小老鼠之类的小角色大肆进行丑化和嘲弄，完全颠覆了这些可爱的童话人物在人们心目中的美好形象。在此，不再赘述。

思考题：

1. 改编的具体步骤有哪些？每一步都需要注意什么？
2. 世界文学应具备哪三个条件才适合改编成动画片？
3. 动画改编时如何把抽象观念式的、符号性的文学语言转化为具体的，集形、声、画和运动为一体的视听语言？需要完成哪些工作？
4. 试举例说明浓缩改编法在文学作品适合动画艺术展现的思想和艺术因素的基础上，需要在哪几个方面进行调整。
5. 截取改编法适合什么样的原著的改编？
6. 颠覆改编法的核心准则是什么？需要在哪几个方面作颠覆？

第十章 美、日、中动画剧作比较

本章知识点

美、日、中三国动画剧作风格、理念及其民族文化根源

学习目标

理解美、日、中动画剧作风格、理念及其民族文化的特点，以利于博采众长，为我所用，弘扬本国动画的民族特色

上世纪五六十年代，中国曾在国际动画影坛上创造独具特色的“中国学派”，许多作品赢得了全世界的广泛赞誉。如今，在中国大力发展动画产业、试图再创辉煌之际，笔者对美、日的动画发展进行了深层次的剖析，深刻认识两国动画产业发达的根源，以便取长补短，重新创建更高层次的“中国学派”的动画艺术。

学习外国动画之长，必须以我为中心，使其融入中国民族化的动画创作之中，任何崇洋媚外、生搬硬套、模仿因袭都是动画剧作的大忌。

本章将对美国、日本、中国三个国家的剧作风格、理念及其形成的民族文化根源做某些探讨、梳理和比较，或许会对我国动画剧作水平的提高有一定的借鉴和启示作用。

第一节　美、日、中动画剧作风格比较

经过比较，美、日、中三国剧作风格的主导倾向分别表现为：美国追求喜剧效果，日本体现悲剧色彩，中国展示正剧品格。

一、美国——追求喜剧效果

搞笑和追求喜剧效果是美国动画片的一大特征，不但以米老鼠、唐老鸭为主角的一系列动画作品充满喜剧性，就连严肃的正剧《埃及王子》也不乏诙谐和幽默。比如，摩西逃离王宫，在沙漠中躺倒，埋在沙子里，骆驼咬着他的头发当草吃，结果把他从沙土里拖了出来；摩西在河边喝水时，河岸对面一头绵羊嘴里含着水呆愣愣地看着他；影片最后海水分开，两侧形成高高的水墙，当希伯来人走过时，透过侧面的水墙看到一群群大鱼在水中遨游，仿佛置身于巨大的水族馆里……上述种种情景，穿插在紧张惊险的情节中，不但令人惊叹艺术家超凡的想象，而且妙趣横生，产生一种幽默感。即使在极具悲剧性的《钟楼驼侠》中，剧作者也设计了不少喜剧性元素，比如，三个石怪作为卡西莫多的朋友，经常为他排忧解难，但它们的形象、动作、言语十分滑稽可笑，给阴暗而沉重的故事涂上了一些明亮而诙谐的色彩。

动画艺术需要调侃和诙谐，人类也需要滑稽和幽默。美国动画，特别是迪斯尼的作品，在适应这两者需求的前提下，极尽玩噱头、爆笑料之能事，运用各种各样的手法和技巧，创作出丰富多彩的喜剧效果。

1. 设计喜剧造型

美国动画片中的每一个动画造型都是经过精心设计的，让人感到既奇异可笑，又亲切可爱。迪斯尼运用经典的圆形造型套用法，设计米老鼠的头部和身体是由两个球体构成的，而且两个圆球的大小几乎相同。白色的圆脸，两只黑色的圆耳朵，穿着黑色的衬衣，红色短裤和黄色的圆头大鞋，俨然一个运动健将，又像一个足智多谋的领袖人物，其实却是一个逗人开心的动画明星。

这种圆形造型套用法，线条柔曲，富有弹性，极具动感，充满幻想浪漫和滑稽

幽默的趣味。《白雪公主》中的七个小矮人也是用这种造型方法设计出来的。七个人整体造型和骨架大体相似,但每个矮人形象又各具特色,性格鲜明,同中见异,统一中有不协调,显得格外诙谐。

近年来,美国动画运用方圆结合的造型方法,同样创造出许多具有幽默感的动画形象。《超人总动员》中的超人先生尖头、阔胸、圆臂、细腿,见棱见角;弹力女超人圆头、细胳膊,臀部比肩膀还宽,一双修长的美腿构成一种卡通式的性感。二者都有大智大勇的幽默,又各有不同的性格特征,二者在一起相得益彰,更增添不少喜剧气氛。

2. 塑造喜剧性格

喜剧人物的性格中存在不协调的内在矛盾,因而使人物的行为显得滑稽可笑。怪物史莱克由于自己外表的丑陋而感到自卑,长期离群寡居,在沼泽中自闭为王,拒绝与外人交往。但他内心却非常善良,也渴望着理解和爱情,这种复杂而矛盾的心境,使他的行为与心理往往不相协调,从而造成喜剧性。同样,菲奥娜公主既珍视美丽的外表,又追求真挚的爱情,但白天的美丽在夜晚就会消失,只有真爱的一吻,才能使她永葆美丽,于是她在真爱与美丽如何得以两全的内心冲突中产生了许多令人发笑的行为。比如当她清晨欣喜时无意中与一只小鸟比起了高音,结果是小鸟承受不住过高的音量而爆炸了;再如史莱克与菲奥娜在不知不觉的相爱过程中,史莱克吹"胖"了一条蛇,菲奥娜吹"胖"了一只青蛙,然后各自拿它们当气球来玩,这里充满了智慧和乐趣,在逗人欢笑中刻画了各自的喜剧性格。

3. 设置小配角

美国动画片,特别是迪斯尼作品一向注重在主人公身边设置古灵精怪而又可爱的小配角,并加以精心刻画,从而创造出许许多多妙不可言的喜剧效果。比如《阿拉丁》中的阿不、鹦鹉和小精灵,《狮子王》中的丁蛮和彭彭,《钟楼驼侠》中的三个石头怪人,还有《花木兰》中的木须龙、蟋蟀和汉马,虽然就全剧情节结构的完整性而言,它们似乎可有可无,无关大局,但从揭示花木兰的心理、性格和增加全剧喜剧感而言,它们却是不可或缺的。木须龙原本是华家列祖列宗祠堂里守护龙身边的一个小跟班,他挺身而出去保护花木兰,是希望自己能在祠堂里留取功名。他狡猾伶俐、喋喋不休,虽然给木兰制造了很多麻烦,但每当木兰遇到艰险,他总是陪伴在木兰身边给她开心解闷。那只小蟋蟀总是在木兰身边跳来跳去,在木兰去相亲时,他不但没有给木兰带来好运,反而增添了不少麻烦;在木兰从军后,他与木须龙一起不断给花木兰鼓劲打气,使木兰对自己增强了信心和勇气。汉马是一匹飞驰千里的黑马,他是木兰最忠实的好伙伴,在木兰深陷囹圄时,这匹汉马总能及时赶到，救助木兰化险为夷。这些小配角虽有些怪诞，甚至荒诞，但这正是采用非理性、超理性的思维方式对客观世界进行超常组合和扭曲变形而创造的、与理性思考内容极不协调的动画形象。

二、日本——体现悲剧色彩

“悲剧感绝不是一种单纯的悲痛、哀伤、忧愁和自怜，而是一种悲怆、悲凉、悲愤和悲壮的感觉，其中贯穿了作为主体的人面对灾难和邪恶时的耻辱、愤怒、沉着、刚强、壮烈，孤独奋斗的自豪，冲决罗网的痛快，对自由和幸福的热烈憧憬，对自身力量的信心与对胜利的希望等等。所以在悲剧感中包含着自由感，包含着幸福与快乐，包含着美感。”“悲剧感中不仅包含着自由感，而且包含着责任感，这种责任感在于：第一，你想追求自由和幸福，就不要怕承担风险……第二，追求自由和幸福不仅是你的权利，而且是你的责任。”①

日本动画片多是反映主人公在面临各种矛盾斗争中所承受的巨大压力与痛苦，及其在追求自由与幸福的历程中所表现出来的刚强与悲壮，具有浓厚的悲剧色彩。

1. 战争的悲剧

《萤火虫之墓》反映了“二战”造成的无数家庭家破人亡、妻离子散的真实情况，就连两个无辜的孩子也逃不过饥饿的折磨而相继死去。影片充满悲凉而灰暗的气氛。人们不禁要问：残酷的战争悲剧究竟是谁造成的？谁是战争的罪魁祸首？影片并没有明确地回答，反而含混不清。历史的事实却非常清楚：是日本法西斯的侵略战争给中国人民和亚洲人民带来了如此巨大的灾难，3500 万中国人死于这场战争。当然，日本军国主义分子进行的侵略战争也使本国善良的人们蒙受苦难。但历史的真相是不容模糊的，战争的祸根是不容含混的，侵略与被侵略的界限是不能混淆的。

2. 生存的悲剧

《浪客剑心》描述了幕府末期日本内外交困，国家面临分崩离析、兵荒马乱、民不聊生的境地，生存、生命沦落到朝不保夕的地步。年幼的剑心早已父母双亡，自己沦入一群被拐卖者的行列。当他眼睁睁看着几个被拐卖的姐姐被残酷杀害时，他为自己无力保护她们而感到愧疚和自责。一个姐姐临死前对剑心说：“……你不能死，你要活下去，代我……活下去！”从这句话里剑心感到了生命的意义，似乎

① 王江松：《悲剧人性与悲剧人生》，中国社会科学出版社 1994 年版，第 302 页。

体悟到“代我活下去”的责任，感受到自己的生命中背负着别人的生命。这样的生存太痛苦、太沉重。剑心苦练武艺，学到“飞天御剑流”的最高境界，他决定牺牲自己的“自由独立”而依靠新生的政治力量去拯救全国百姓。剑心从此仗剑救人，保护弱者，铲除恶人。但是，在政治斗争的混世中，剑心的善良和武艺被一种政治力量所利用，成为排除异己的杀人工具，甚至连他心爱的女人雪代巴也误死在他的剑下。剑心的武艺、剑心的理想、剑心的生命、剑心的人生，与血腥的杀戮紧紧连在一起！彷徨、无奈、痛苦、哀伤，身心在血与泪的交融中煎熬着……这是生命的悲剧、人性的悲剧。

3. 成长中的悲剧意识

反映少男少女们在青春萌动时期的成长故事原本应该天真烂漫、纯洁无邪，无限阳光和美好。然而，在日本许多动画片里却令人感觉太过于沉重，充满太多磨难。《魔女宅急便》中的小魔女琪琪 13 岁就要接受成人仪式，并且必须带着一只黑猫和一把扫帚外出修炼一年，去开创自己的天地。她不但要面对人世间的冷酷，还要经历蝙蝠和各种怪异的虫兽的邪气和恐怖。尽管全剧自始至终不乏幽默诙谐的笑料，仍留下一股挥之不去的悲剧气氛。

《梦幻街少女》中的小霞是个浪漫的、爱幻想的小女孩，为了寻找和确定自己的人生目标和未来发展的方向，经过一次次内心的痛苦折磨和坚持不懈的努力，才明确了自己的生活道路。创作者赋予小女孩的使命感和责任感似乎太早、太强、太重了！超过了这个年龄段的孩子们所能承受的能力。

更有甚者，《千与千寻》一开始就把一个极其平常的小女孩千寻投进了一个神异的世界里。千寻不但要拯救父母，还要拯救自己；她帮汤婆婆做苦工，学会了忍耐；帮助河神洗去了身上的污垢，学会了尊重别人，顽强做事；她挽救无面人，学会了善待他人、体谅他人；她解救小白龙，修炼了自己的诚实和执著……最后，千寻成长为一个礼貌、忍耐、善良、谦逊、真诚、勇敢的人。她不仅救回了父母，找回了自己的名字，更重要的是她找到了自己的尊严和自我的价值。毫无疑问，千寻的成长是难能可贵的，然而在成长的历程中却蒙上了一层令人深思的悲剧色彩。

4. 人类与自然对立的悲剧性

人类追求生存与幸福的本能，就是与自然中其他种族产生冲突的根源，尤其是在人类掌握了更高的科学技术之后，对自然的破坏力更大。

《幽灵公主》着重描写了人类与自然搏斗的过程，在残酷的断头断臂的血腥屠杀中，万物得以重生，人类开始新的生活。主人公少年战士阿西达卡为了调解人类与自然双方和平共处而周旋于人神之间，但最终仍是两败俱伤，以悲剧的结局收尾。幽灵公主姗姗感激犬神的抚养之恩，并帮助犬神猎杀人类，后来又爱上了一心想帮助人类、保护自然的阿西达卡。这样一对少男少女陷入感情上相爱、立场上对立的复杂而痛苦的矛盾之中。最后，面对失去头颅的麒麟兽为了夺回自己的头颅疯狂地破坏森林时，阿西达卡和姗姗联手将麒麟兽的头颅从疙瘩和尚手里夺了回来，并还给了麒麟兽，使麒麟兽的灵魂得以安歇，被破坏了的大自然又恢复了生机。这场斗争充满了灾难和悲壮，令人毛骨悚然，神魂震撼。

《风之谷》中的娜乌西卡为保护环境、拯救人类而进行着艰苦卓绝的斗争，在她强烈的使命感和责任感之中，饱含着悲剧性的情怀。

三、中国——展示正剧品格

一般而言，正剧多是正面展开矛盾冲突，主要情节线索贯穿始终，既歌颂正面人物，也鞭挞反面人物，并以正面力量战胜反面势力而告终。全剧既有悲剧因素，也有喜剧因素，往往悲喜交加，故亦称"悲喜剧"。但其中的悲与喜都是人物性格、行动、心理和戏剧冲突、情节发展的必然，而不是刻意制造悲剧气氛或耍噱头、搞笑料。正剧注重情景描写和人物性格的展示，同时，也将悲剧与喜剧的艺术手法综合运用。

1. 正反分明，邪不压正

中国动画片多有改编自古代小说之作，自然继承了中国古代叙事文学的正剧审美形态。比如《西游记》以唐僧、孙悟空、猪八戒、沙僧师徒四人为一方，去西天取经，成为正义力量的代表；以白骨精之类的各种妖魔鬼怪为一方，千方百计阻挠、破坏取经这一正义行动，并欲置唐僧等人于死地，是邪恶势力的代表。然而，鬼怪终究是鬼怪，纵有万般魔法，也骗不过孙悟空的火眼金睛，最终死于金箍棒下。

同样，《哪吒传奇》以哪吒、小龙女、姜子牙、姬发等人为正义一方；以大魔头石矶、纣王、申公豹为邪恶一方。经过一次次智慧和力量的反复较量，正义终于战胜了邪恶。

动画影片《雨石》讲述的是一个争夺雨石的故事。雨石好像是一个宝物，人人都想得到它，于是单纯而迷惘的陆凡、勇敢而乐于助人的少女叶善以及表面凶狠但内心善良的狄鼠结成一队，与为了妻子的复活而不惜一切代价的战神铁哲和欲壑难填的阴谋家突狼展开了针锋相对的斗争，结果是宝物给人类带来了幸运。

2. 悲喜交织，亦庄亦谐

中国动画的正剧审美形态往往悲喜交织，亦庄亦谐，丰富多彩，满足多元的审美心理愉悦。其中，悲剧或喜剧的情境多是由人物性格的必然行动形成的。动画片《西游记》中的孙悟空和猪八戒都是喜剧性格，他们俩的外在形象、言谈举止、一颦一笑，无不饱含着喜剧因素，而在他们与各类魑魅魍魉展开的激烈搏斗中却又表现出许多惨烈与豪壮的悲剧色彩。其中，“过火焰山”一节可谓紧张、惊险，而又谐趣横生。大火熊熊，挡住去路，罗刹女一扇将孙悟空扇到五万里以外的灵吉菩萨处，悟空的生死令人担忧；悟空随后变成虫子，钻入罗刹女肚子里上下翻腾，罗刹女疼痛难忍，只得将扇子借给悟空，幽默奇绝；不料悟空煽火不熄，方知此扇是假的，原来悟空也有受骗之时，好笑；悟空又偷了牛魔王座椅上的金睛兽，变成牛魔王来到芭蕉洞，骗得真扇子；没想到此扇只能变大，不能变小，牛魔王赶回芭蕉洞与悟空展开生死搏斗，故事又被蒙上了一层悲剧气氛；最后，诸金刚与天兵天将收服牛魔王，罗刹女交出宝扇，悟空用宝扇煽熄山火，师徒翻越火焰山，皆大欢喜。

《哪吒传奇》中的哪吒是伴随使命而生的小英雄，侠肝义胆，舍身为人。当四海龙王水淹陈塘关时，哪吒为了不牵累他人，毅然自杀，是何等大义凛然、刚烈悲壮！然而，围绕在哪吒身边的小猪熊、小龙女和雷震子等人又常常在危机四伏的斗争中给他带来许多快乐和情趣。另外，天生快乐的“搞笑专家”须虎和既可恨又可笑的商朝国师申公豹也给全剧增添了不少喜剧色彩。

第二节　美、日、中动画剧作理念比较

美、日、中三国动画风格的不同，是由各国不同的动画剧作理念决定的。所谓剧作理念也就是剧作目的，体现为对商业利润、娱乐消遣、艺术价值和教育功能的追求程度。

一、美国：商业＋娱乐＋艺术＋教育

在美国，动画一经诞生就以娱乐大众的形象展现出来，在人们心目中的作用主要是娱乐和消遣，满足了广大消费者的文化休闲和享受的需要。制作者们发现了其中蕴藏着的巨大的商业潜力，于是就把动画片作为一种商品生产出来，销售出去，从中获得巨大的利润。这样，生产动画的工厂应运而生，动画文化产业化的运作体系逐渐形成，并且迅速成熟起来。

商业性即以赢利为最终目的，亦即实现利润最大化，因而，商业价值就成为评价一部美国动画片成功与否的基本标准。动画片作为商品，自然有其交换价值和

使用价值。交换价值即创造的利润，使用价值即动画片的娱乐性能。以迪斯尼为代表的美国动画产业在“欢乐＝财富”的宗旨的指导下，千方百计地满足观众的娱乐需求，艺术便成为博得观众欢欣的手段了。美国人非常清楚：赢得观众，就是赢得利润。因此，一切艺术方法、手段都是为了满足观众的感官和心理的享乐需要。

娱乐有雅俗、高低之分。追求高雅的动画片既受观众欢迎，也能使人得到教益，如《白雪公主》、《埃及王子》、《海底总动员》等；庸俗的动画片为了迎合某些观众的低级趣味和感官刺激，充满凶杀、暴力、恐怖和淫秽等。

应该指出，商业是目的，娱乐是媒介，艺术是手段，至于教益的高雅、低劣与否则唯利是图，这就是美国动画文化产业奉行的公式：

大投资—大制作—大利益

在这种理念的引导下，美国动画以追求利润为第一要务是非常自然的事情，但他们深谙剧作的基础作用，因此，将很大的力气花在动画剧作的原创和改编上。

二、日本：教育＋商业＋艺术＋娱乐

日本动画源于繁荣的日本漫画。手冢治虫作为日本漫画的奠基人，创造了崭新的漫画表现形式和分镜头式的漫画语言，得到了日本观众乃至全世界的认同，使日本漫画蔓延全世界，成为日本经济收入的重要来源之一。随后，手冢治虫又与安彦良逐步创造了一套日本式的动画理论，出于商业的需要，大批经典漫画被改编成动画片，使日本动画产业突飞猛进地发展起来。如《铁臂阿童木》、《聪明的一休》、《森林大帝》、《花仙子》以及宫崎骏的《龙猫》、《千与千寻》等一系列动画片不但在思想和艺术上获得了广泛的赞誉，而且也为日本创造了巨大的经济利益。

日本作为动画文化产业大国，是把教育、商业和艺术放在同等重要的位置来对待的。日本动画片注重教育目的主要是为了传播日本民族的思想文化，包括大和精神、武士道精神、樱花情结、忧患意识、茶道哲学等等，对于这些思想内容就需要具体分析、区别对待。其中，对于人类生存环境的深切关注，人类对世界认识的哲学思考，反对战争、拥护和平，以及赞美人性的纯真、善良、友爱等值得肯定，并受到世界各国人民的赞扬，但有些动画片混淆战争性质，为日本侵略战争张目，宣扬狭隘的民族主义，表面上歌颂勇敢、牺牲精神，实则鼓吹武士道甚至军国主义，是应该予以坚决批判和抵制的。

日本动画把思想与商业紧紧融合起来，吸收美国商业运作模式又结合日本的民族特点，使动画产业链中的各个环节如玩具、生活用品、电子游戏、文具等无不透着日本卡通的气息。可以说，达到了教育与商业的双赢。

日本动画为了达到教育和商业的目的，同样注重艺术技巧的创新。日本动画家们创造了独具艺术魅力的“视觉系”动画模式，即认为画面是动画人物、情节、思想的载体，必须创造由线条与色彩组成的画面，达到令人赏心悦目、刺激观众心理状态发生变化的效果。因而，日本剧作家们必须研究光与色的关系，强调外光，强调色彩的科学性，强调人眼的直觉作用，以色彩的微妙变化追求其远近空间的最佳效果。比如《千与千寻》中，剧作者要求建筑的颜色和质感达到某种和谐与统一，在适当的地方有些变化，以求趣味的对比和张力。

日本动画在教育、商业、艺术三者并重的道路上迅猛发展，创造出许多美轮美奂的动画精品。日本成为与美国并驾齐驱的动画大国，引领着世界动画发展的潮流。对于娱乐性，日本动画并不像美国那样刻意追求。

可以发现，**小成本—小制作—大利益**，是日本动画产业奉行的宗旨。

日本为了保证商业利润的丰盈，充分发挥漫画优势，用长篇漫画试探市场，一旦成功，立即加以改编，投入拍摄，既保证票房，又少担风险。另外，大力倡导原创，也是日本动画剧作成功的重要途径。

三、中国：教育＋艺术＋娱乐＋商业

自古以来，中国一向强调文学艺术的社会作用。《尚书·乐记》曰：“乐也者，圣人之所乐也，而可以善民心。其感人深，其移风易俗，故先王著其教焉。”刘勰在《文心雕龙·原道》中说：“《易》曰鼓天下之动者存乎辞，辞之所以能鼓天下者，乃道之文也。”这种“文以载道”的写作目的，无疑是把文艺的教育功能放在了首位。为此，自然强调文艺作品的思想性。

本来，文以载道的优良传统是将文艺的思想性与艺术性高度统一起来，有机结合在一起的，在审美中潜移默化地得到教益。但在实践中往往有失偏颇，多是过分强调思想性而忽视了艺术性。特别是对待动画片创作，一段时期以来，很多中国人认为动画片是哄孩子的东西，是教育未成年人的一种工具。这种将动画作品定位于“教化儿童”的理念必然导致概念先行、主题先行，剧作者们在创作之初首先想到的是给孩子们一点什么教育，于是大人装成孩子，极尽幼稚之能事，对孩子做些枯燥无味的说教，致使中国动画片不但失去了成人观众，也失掉了儿童观众。

诚然，强调教育无可非议，但动画片毕竟是艺术品，它的本性主要是给人以审美愉悦和消遣娱乐，从中达到潜移默化的美感教育，因此，“寓教于乐”当属必然。

长期以来，中国视动画片为教育的载体，主要靠政府投资摄制，从不考虑它的商业性。中国转轨为社会主义市场经济体制以后，在美国、日本、韩国的动画文化产业冲击下，中国的动画业才开始走上了产业化的道路。目前，中国动画文化产业链已初步形成，其运行效果尚待研究。可以相信，在不久的将来，中国凭借本国的动画产业完全能够跻身于世界动画大国的行列。也可以肯定，中国动画无论怎样重视其商业性，也绝不会以牺牲思想性为代价。因为中国始终坚持社会主义、共产主义思想体系，坚持继承和发扬“文以载道”、“寓教于乐”的文艺传统。所以，视教育、艺术、娱乐和商业性同时并重，将四者融为一体，不断创造出动画艺术精品，达到社会效益和经济利益的双赢，是中国动画产业发展的必然方向。中国动画产业运作的现状可归结为：

小投资—小制作—小利益（或无利、或亏损），很快将逐渐转变为较大投资—精心制作—较大收益。

近几年，中国动画已经开始注重商业利润的获得，但收效甚微，主要还是因为动画剧作水平较低。目前大量作品还是外包加工、模仿翻版之类，真正原创的优秀剧本则非常匮乏。下大工夫制作好动画剧作的基础是中国动画获得教育、商业、艺术和娱乐全面成功的根本保证。其实，将艺术放在第一位，努力创作出深受广大观众喜爱的作品，才有可能获得动画艺术全方位的成功。

附：

欧洲和加拿大：艺术＋教育

欧洲和加拿大的动画创作一开始就与美国、日本分道扬镳。在动画观念上，欧洲的动画家们认为动画是艺术的载体，而非商品。英国、法国、德国、前苏联、南斯拉夫和加拿大等国的创作者们一直在探索着动画的艺术本质。因此，实验性成为欧洲和加拿大动画片的主要特点。它们以欧洲深厚的社会文化和艺术底蕴为基础，为使动画与美术、音乐等其他艺术紧密结合进行多方面的探索和实验：法国的贝索尔·德巴尔以先锋派的做法，根据弗朗茨·马塞雷尔的一系列版画摄制了一部叫做《形象》的动画片，成为一部卓越的版画动画片；英国导演埃伦·帕克根据世界著名摇滚歌星平克·弗洛伊德的生平和音乐创作拍摄的音乐片《迷墙》，表现了人与人在精神上的阻隔和迷惑，梦境与现实的巨大反差，心灵与情感的变形扭曲；前苏联的乔尔波在动画片中不用普通的方法录音，而是用"描绘的"方法创造出一种声音，这种特殊的声带能够发出迄今为止任何乐器都无法产生的音响；加拿大的当代动画大师诺曼·麦克莱伦以富于诗意的幽默感和简明的手法做了各种实验，拍出了许多动画片，如用手在胶片上绘画的方法制作抽象性的《划船》，用"自动绘画"的特技摄制了彩色粉笔画《在高山上》，还用一些单线条表现《D调提琴》和《赶走忧愁》中的动画形象，这些勇敢而有益的探索都为动画艺术的发展作出了突出的贡献。

不难看出，对艺术的追求是欧洲和加拿大动画艺术家的主要目的。当然，他们也不是单纯地为艺术而艺术，这些实验动画都有各不相同的思想文化内涵，给人以启迪和教益。但这种教育不是停留在人物、故事的表面，而是渗透在理性的思辨、人生的感悟、生活的体察和哲学的反省之中。

对于娱乐，欧洲和加拿大的动画艺术家们根本不是为了娱乐而创作，在他们的作品中绝无噱头、搞笑之类的感官刺激，为了艺术的追求他们的作品中不乏高雅的幽默和令人回味不尽的美感。

对于商业利润，欧洲和加拿大的动画艺术家们似乎不齿于问津，这恐怕也是欧洲很多国家拒绝美国、日本的商业动画和不倡导发展本国动画产业的主要原因。

第三节　美、日、中动画剧作模式形成的民族文化根源

美、日、中三国动画创作在风格、理念和表现方式等方面有很大的差异，其深层的根源就在于各不相同的民族文化背景。

一、价值观念不同

举下面一则趣事：美、日、中三国少女都穿着裙子、戴着草帽一起在海边散步，忽然一阵海风吹来，美国少女双手急忙捂住草帽，生怕刮跑了这顶价值5美元的帽子；中国少女急忙双手捂住裙子，生怕被人看见大腿，有伤儒雅；日本少女则一手捂住草帽、一手捂住裙子，财产和儒雅一样都不能丢。

1. 美国——物质至上、金钱至上

著名社会学家马克思·韦伯认为：将赚钱视为人生目的，视为"天视"的经济

伦理，乃是资本主义的一条首要原则。这种经济伦理乃是资产阶级文化的社会伦理中最具代表性的东西，而在某种意义上说，它是资产阶级文化的根本基础。[①]

迪斯尼的动画大片、故事大片每每出厂，就会有大把的钞票滚滚而来，这些动画大片虽然是“精神产品”，但美国人并不单纯是为了精神而生产，也以赚钱为目的。但能把精神的传递转化成财富确实也值得借鉴。

2. 日本——既重精神，又重物质

日本人为什么对樱花情有独钟，如醉如痴？其实最根本、最深层的原因是樱花中有他们自身的投影。樱花在开放时，千树万树一起盛开，绚丽无比，繁花似锦，而凋谢时，一夜之间落得干干净净，遍地花瓣。日本人似乎在樱花的花开花落之间感悟到自己人格的外化，认为人生就应该像樱花一样既辉煌又壮烈，这正是他们的精神追求和价值取向。

同时，日本人对物质利益的追求也是不遗余力的。日本在两次世界大战中疯狂掠夺别国财富。20 世纪 50 年代，朝鲜战争爆发，日本又一次发动了“经济战争”，使日本经济再次高速发展起来，成为经济强国。

因此，日本的动画产业也充分表现出精神和物质并重的价值观念。

3. 中国——以义为上，精神至上

中国传统的价值观念强调“义”的内在价值。孔子说：“君子以义为上。”（《论语·阳货》）“义者，天理之所宜。”（朱熹《论语集注里仁》）义，之所以是至高无上的品格，在于它体现了“理”的要求，而“天理”具有普遍的必然的品质。义，实际上成为一种无条件的道德准则，具体化为“富贵不能淫，威武不能屈”的道德要求，并且在中国历史上出现了许多舍生取义的志士仁人。动画片《哪吒传奇》中的小哪吒可称为一个道德至上的动画形象。

长久以来，中国人创作文学艺术作品包括动画片，不是为了赚钱，而是为了精神陶冶。但在创作之初往往主题先行，不注重艺术性，导致了概念性大于观赏性。

二、人生哲学不同

任何一个国家都有各自不同的哲学理念，但一个国家主流社会所奉行的主导性哲学思想却是单一的，这正是各国所遵循的哲学思想存在不同的主要标志。

1. 美国——实用主义

实用主义是美国本土哲学，是美国文化在哲学上形成的某种具体的系统，是

① 参见马克思·韦伯：《新教伦理与资本主义精神》，三联书店 1987 年版，第 38 页。

关注社会问题、关注事物的现实和现状的哲学，而不是假定的哲学命题。

实用主义与其说是一种哲学，不如说是美国文化的核心。

美国人的进取和求实的精神是从实用主义哲学当中汲取了许多非常有用的学术的和实践的资源，实用主义强调实践的标准就是“兑现价值”和“讲效用”。所谓“真理”，就是“有报酬”、“有效用”和“能满足我的需要”。

美国动画创作的实践正是这种“兑现价值”、“讲效用”的实用主义哲学的产物。

2. 日本——复合型人生理念

日本早在从奴隶制向封建制国家过渡的“大和时代”，即公元 7 世纪，就效仿中国隋唐的文物制度进行了一次重大的政治改革，史称“大化革新”。公元 710 年至 794 年的“奈良时代”，更是提出“一法隋唐”的政治主张，全面学习中国，接受儒家的哲学思想。1868 年开始的明治维新确定了吸收西方文明的基本方针，于是接受资本主义国家的实用主义哲学。但是，日本能在短短 30 年左右的时间获得西方资本主义国家用一二百年才达到的成果，而成为“年轻的资本主义强国”，其精神动力何在呢？明治时代的思想家、政治家大隈重信分析说：“日本国民自古以来感受外国文明的能力是敏锐的，同时又有着不丧失保持本国长处的执著力。”[①]那么，日本本国的长处是什么呢？是日本下层武士阶层身上的传统的武士道精神，即强烈的爱国心，这是日本传统文化的核心。他们吸收儒学营养，接受西方实用主义，都是为了自己国家的发展与进步，因此日本的哲学理念是以武士道为核心的日本化的伦理实用主义。

在日本动画作品的思想内容和艺术形象中，我们也不难看到这种复合型哲学理念的踪影。

3. 中国——人生境界

中国人生哲学的一大特色即是人生境界学说。中国现代哲学家冯友兰在《新原人》一书中把人生境界划分为四个等级：自然境界、功利境界、道德境界、天地境界。如果一个人只能顺其本能或社会风习去做，对自己所做之事毫无觉解，那么他的人生境界就是自然境界；如果一个人所做的事，动机是利己的，其事对于他有功利的意义，他的人生境界就是功利的境界；如果一个人自觉他是社会整体之一员，他自觉为社会利益做各种事，所做的事都有道德的意义，他的人生境界就是道德的境界；如果一个人了解到超乎社会整体之上还有一个更大的整体，即宇宙，觉

① 转引自倪健中主编：《人文大国》，中国国际广播出版社 1997 年版，第 84 页。

解自己不仅是社会的一员，而且还是宇宙的一员，即是孟子所说的“天民”，他自觉为宇宙的利益而做各种事情，并觉解其中的意义，这种觉解为他构成了最高的人生境界，就是天地境界。道德境界有道德价值，天地境界有超道德价值。按照中国哲学的传统，哲学的任务是帮助人达到道德境界和天地境界。[①] 为社会、为他人的道德境界是人生的追求，在今天，为自然、为宇宙（即为生态平衡、为环境保护）是当代人生境界的崇高目标。

中国动画中的孙悟空、哪吒等艺术形象正是追求道德境界的人生写照。

三、民族精神不同

每个民族都有表现属于自己民族的精神文化，这种文化反映了该民族普遍的价值观和占主导地位的意识形态经过长期的积累、积淀的过程，形成了一种内在的精神力量，这就是民族精神。它对一个国家和民族的发展起着重要的甚至决定性的作用。

1. 美国——商业精神

美国的商业精神包括自由竞争、实用主义和创新精神。

（1）自由竞争：美国宪法明文规定“人身自由”、“精神自由”，并实施“自由开放”的经济政策，这就为资本主义的“自由竞争”提供了法律的、社会的有利条件。

（2）实用主义：美国人有两句格言：“有用即真理”，“新的总是好的”。这种永远背朝过去、面向未来的精神正是实用主义哲学的核心内容。美国的实用主义表现为重行动、重效率、重科学、重自由，只要对自己有用，就不排斥，就是对的，就是好的。难怪美国前国务卿基辛格说，美国精神就是实用主义。

（3）创新精神：加尔文的新教促进了美国人在经济活动中的进取心。新教宣扬：“上帝帮助自助的人。”一个人要想得救，既不能依赖外力，也不能由别人代劳，必须靠自己的竞争心理和进取精神；而在激烈的自由竞争中，要想取胜，就必须不断地创新。美国动画之所以屡屡成功，可以说是美国精神的艺术体现。

2. 日本——大和精神

菊是日本皇室的族徽，刀是日本武士文化的象征，两者形象地反映了日本民族的大和精神——忠与和。

（1）忠：从日本古代武士效忠天皇演变为现代的忠于集团、效忠企业、誓死不二，决不“背叛自己所属的集团”，“决不背叛自己的伙伴”，对自己所属的企业尽心

---

① 参见冯友兰：《中国哲学简史》，北京大学出版社 1985 年版，第 389～391 页。

尽力并极端负责。

(2)和:"以和为贵"本来是中国儒家的主张,日本吸收了这一思想精髓,在圣德太子颁布的"十七条宪法"中,第一条便规定:"以和为贵,无忤为宗。"由此,大和成为日本人一切行为的准则,长期以来便形成了团结与合作的民族精神。人们常说"一个日本人是一条虫,三个日本人却成了一条龙",这恰恰是日本这种大和精神所致。

日本动画产业之所以能够迅速崛起,并与美国动画一争高低,正是以这种大和精神作为内在的推动力。

3. 中国——伦理精神

中国文化的基本精神是中华民族生存发展的精神支柱,也是民族不断延续发展的精神动力。

中国文化的基本精神实质是一种博大的伦理精神,具体表现为"天人合一"、"以人为本"、"刚健有为"、"贵和尚中"四个方面。

(1)"天人合一":强调人与自然的统一,人的行为与自然的协调,道德理性与自然理性的一致,自我身心的平衡与自然环境的平衡的统一,由此达到天道与人道的统一。"天人合一"的思想对于解决当今世界由于工业化和无限制地征服自然而带来的环境污染、生态平衡遭到破坏等问题,具有重要的启迪与实践意义。

(2)"以人为本":强调在天地与人之间、人与神之间,都必须以人为中心,人是万物之灵长,是宇宙的中心。"以人为本"的人本主义思想对于人的精神的开发、对于个体道德自我的建立,具有十分重要的意义。尤其是在当今世界普遍道德缺失的情况下,提升个体道德精神境界,更具有现实意义。

(3)"刚健有为":强调不断进取、自强不息、奋发有为,坚持真理,坚持独立人格,注重"舍生而取义","富贵不能淫,贫贱不能移,威武不能屈"的"大丈夫"人生态度。

(4)"贵和尚中":贵和谐、尚中道,作为东方文明的精髓,对于社会的稳定和发展起着积极而有效的作用。做事不走极端,着力维护集体利益,求大同存小异,保持人际关系和谐,对社会、对国家、对世界各国和睦相处与共同发展都具有良好的促进作用。[①]

中国的文化精神博大精深,对中华民族具有极强的凝聚力和激发力,激励着中国人民为中华民族的伟大复兴而努力奋斗。然而,遗憾的是,我们的动画片还

---

① 参考张岱年、方克立主编:《中国文化概论》,北京师范大学出版社1994年版,第375～394页。

远远没有表现出我们民族的伟大精神。

各国文化各有其稳定性，也有变异性。随着信息时代全球文化交流、沟通越来越频繁和广泛，逐渐形成了各国文化相互吸收、融合的大趋势，但各民族千百年来形成的文化基本特征和固有传统是很难改变的。尽管如此，在动画剧作中学习和借鉴国外的优秀方式、方法和成功经验并加以民族化的改造，是提高我国动画剧作水平的有效途径。

思考题：

1. 美、日、中动画剧作风格各有哪些突出的特点？
2. 美、日、中动画剧作理念的不同会对实际剧作产生什么影响？
3. 美、日、中动画剧作模式形成的民族文化根源各有何特点？

中文参考文献

周星:《中国电影艺术史》,北京大学出版社 2005 年版。

〔法〕丹纳著,傅雷译:《艺术哲学》,人民文学出版社 1963 年版。

〔德〕格罗塞著,蔡慕晖译:《艺术的起源》,商务印书馆 1984 年版。

〔法〕乔治·萨杜尔著,徐昭等译:《世界电影史》,中国电影出版社 1982 年版。

〔法〕马赛尔·马尔丹著,何振金译:《电影语言》,中国电影出版社 1980 年版。

罗慧生:《世界电影美学思潮史纲》,山西人民出版社 1985 年版。

张慧临:《二十世纪中国动画艺术史》,陕西人民出版社 2002 年版。

贾否、路盛章:《动画概论》,北京广播学院出版社 2002 年版。

贾磊磊:《电影语言学导论》,中国电影出版社 2000 年版。

李显杰:《电影叙事学:理论和实例》,中国电影出版社 2000 年版。

王亮衡主编:《电影学研究》,中国广播电视出版社 1997 年版。

王川、武寒青著:《动画前期创意》,高等教育出版社 2003 年版。

章柏青、张卫:《电影观众学》,中国电影出版社 1994 年版。

〔美〕苏珊·朗格著,滕守尧等译:《艺术问题》,中国社会科学出版社 1983 年版。

谢选骏:《神话与民族精神》,山东文艺出版社 1987 年版。

金天逸:《电影艺术的科学》,中国电影出版社 1996 年版。

彭锋:《美学的感染力》,中国人民大学出版社 2004 年版。

陈池瑜:《现代艺术学导论》,清华大学出版社 2005 年版。

徐书城:《绘画美学》,东方出版社 1997 年版。

张奇:《儿童审美心理发展与教育》,北京师范大学出版社 2000 年版。

严定宪:《美术电影动画技法》,中国电影出版社 1981 年版。

〔美〕马克·莫尔:《迪斯尼传》,长江文艺出版社 1996 年版。

黄玉珊、余为政:《动画电影探索》,台湾远流出版公司 1997 年版。

范志忠、马华:《影视动画编剧学》,浙江大学出版社 2009 年版。

〔美〕罗伯特·麦基著,周铁东译:《故事——材质、结构、风格和银幕剧作原理》,中国电影出版社 2001 年版。

〔美〕杰罗姆·布鲁纳著,孙玫璐译:《故事的形成:法律、文学、生活》,科学教育出版社 2006 年版。

张会军、黄欣主编:《崛起的力量——韩国电影研究》,中国电影出版社 2008 年版。

宫承波主编:《动画概论》,中国广播电视出版社 2007 年版。

〔美〕约翰·A. 兰特著,张慧临译:《亚太动画》,中国传媒大学出版社 2006 年版。

廖明君、杨利慧:《朝向神话研究的新视点》,《民族艺术》2005 年第 1 期。

何江胜:《西方神话综述研究》,《西安外国语学院学报》1999 年第 4 期。

杨晓林编:《世界动画电影名片分析》,中国传媒大学出版社 2009 年版。

附录二

影像资料

特伟、钱家骏导演:《小蝌蚪找妈妈》,上海美术电影制片厂,1960 年。

钱运达、唐澄导演:《草原英雄小姐妹》,上海美术电影制片厂,1964 年。

阿达导演:《三个和尚》,上海美术电影制片厂,1980 年。

王树忱导演:《过猴山》,上海美术电影制片厂,1958 年。

常光希导演:《宝莲灯》,上海美术电影制片厂,1999 年。

特伟、钱家骏导演:《牧笛》,上海美术电影制片厂,1963 年。

阿达、马克宣导演:《超级肥皂》,上海美术电影制片厂,1986 年。

王树忱、严定宪、徐景达导演:《哪吒闹海》,上海美术电影制片厂,1979 年。

特伟、马克宣、阎善春导演:《山水情》,上海美术电影制片厂,1988 年。

托尼·班克罗夫特、巴里·库克导演:《花木兰》,迪斯尼电影公司,1998 年。

布伦达·查普曼导演:《埃及王子》,梦工厂电影公司,1998 年。

安德鲁·亚当森导演:《怪物史莱克》,梦工厂电影公司,2001 年。

宫崎骏作品:《魔女宅急便》、《千与千寻》、《风之谷》、《幽灵公主》、《龙猫》。

彼得·洛德、尼克·帕克导演:《小鸡快跑》,美国梦工厂电影公司、美国联合国际影业,2000 年。

蒂姆、波顿、麦克·约翰森导演:《僵尸新娘》,蒂姆·波顿工作室,华纳兄弟电影公司,2005 年。

罗杰·阿勒斯、罗伯·明科夫导演:《狮子王》,迪斯尼电影公司,1994 年。

加里·特鲁茨代尔导演:《钟楼驼侠》,迪斯尼电影公司,1996 年。

李成疆导演:《美丽物语》,SizEntertainment 公司,2002 年。

克里斯·韦基导演:《冰河世纪 1》,二十世纪福克斯电影公司荷兰分公司,2009 年。

亚伦·布莱斯、罗伯特·沃克导演:《熊的故事》,迪斯尼电影公司,2003 年。

大卫·西弗曼、彼得·道格特导演:《怪物公司》,皮克斯动画工作室制作,迪斯尼电影公司发行,2001 年。

西维亚·乔迈导演:《疯狂约会美丽都》,2003 年。

宫崎骏、高畑勋导演:《生活中的点点滴滴》,吉卜力工作室,1991 年。

安德鲁·斯坦顿、约翰·雷斯特导演:《虫虫总动员》,美国皮克斯动画工作室、迪斯尼电影公司,1999 年。

大友克洋、森本晃司、冈村天斋导演:《大炮之街》,1996 年。

安德鲁·斯坦顿、李·安魁克导演:《海底总动员》,皮克斯动画工作室、迪斯尼电影公司,2003 年。

克里斯·巴克、凯文·利玛导演:《泰山》,迪斯尼电影公司,1999 年。

大卫·汉德导演:《小鹿斑比》,迪斯尼电影公司,1942 年。

约翰·史蒂芬森、马克·奥斯本导演:《功夫熊猫》,派拉蒙电影公司、梦工厂电影公司,2005 年。

井上雄彦导演:《灌篮高手》,1996 年。

约翰·雷斯特导演:《玩具总动员》,迪斯尼电影公司,1995 年。

后 记

动画剧作课是一门实践性很强的课程，既需要一定的生活经验和艺术感悟的积累，还要有一定的技巧训练，笔者通过几年教学经验的积累，几次项目合作经验的总结，完成了拙作——《动画剧作》。

写作要在繁忙的工作之余完成，更需要加倍的勇气和坚持，还需要踏实、沉静、不受干扰的心态，现在捧上了极不成熟的书稿，自己也深感惭愧。动画创作十分神奇，有太多奥秘值得我们去思考，我只是借助本书和所有的动画爱好者进行交流。个人水平有限，难免存在各种偏颇，尤其是很多经验性的东西很难用确切的语言表述，需要大家在掌握一定的理论知识和创作规律的基础上反复地实践。在此，诚恳接受各位专家的批评与指正。

感谢在撰写本书期间给与我大力支持和帮助的刘萌薇同学、罗雁歆同学、郑学佳同学、王常远同学、夏一霖同学、李亚飞同学，他们为本书贡献了很多的智慧和劳动。

感谢为本书的出版付出大量辛勤工作的张旭女士，她的敬业和认真让我欣赏。

感谢年迈的父母，他们永远是我前行的动力。

感谢在我身边支持我的好友们，他们的存在丰富了我的人生。

所有的故事都来自于生活，而生活永远是诗和远方。

2012 年 10 月

图书在版编目（CIP）数据

动画剧作/佟婷著．—北京：中国传媒大学出版社，2012.10
ISBN 978－7－5657－0590－8

（21世纪动画专业核心教材）
Ⅰ.①动… Ⅱ.①佟… Ⅲ.①动画片—剧本—创作方法
Ⅳ.①I053.5 ②J954

中国版本图书馆CIP数据核字（2012）第232339号

动画剧作

著　　者：佟　婷
丛书策划：冬　妮
责任编辑：张　旭
特约编辑：李　雪
责任印制：张　玥
封面创意：夏　扬
封面设计：阿　东
出 版 人：蔡　翔

出版发行：中国传媒大学出版社（原北京广播学院出版社）
社　　址：北京市朝阳区定福庄东街1号　　邮编：100024
电　　话：65450532或65450528　　传真：010－65779405
网　　址：http：//www.cucp.com.cn
经　　销：全国新华书店
印　　刷：北京中科印刷有限公司

开　　本：787×1092米　1/16
印　　张：15.25　彩插：1
版　　次：2012年12月第1版　2012年12月第1次印刷

ISBN 978－7－5657－0590－8/I・0590　　定价：45.00元
